FÊTE,

REVUES

ET

VOYAGES DU ROI.

DE L'IMPRIMERIE DE Mme VEUVE AGASSE.

RELATION

DE

LA FÊTE DU ROI,

DES GRANDES REVUES

ET

DES DEUX VOYAGES

DE SA MAJESTÉ

DANS L'INTÉRIEUR DU ROYAUME,

EN MAI, JUIN ET JUILLET 1831.

A PARIS,

Chez Mme veuve AGASSE, imprimeur-libraire,
rue des Poitevins, n° 6.

1831.

RELATION

DES VOYAGES

DE LOUIS-PHILIPPE Iᴇʀ,

ROI DES FRANÇAIS,

DANS L'INTÉRIEUR DU ROYAUME,

Commencés en mai 1831, après la solennité de sa fête, et après avoir passé deux grandes revues formées, l'une de différens corps de troupes de ligne, et l'autre de la garde nationale de Paris et de la banlieue.

———

CETTE RELATION, puisée en entier et littéralement dans le *Moniteur*, sera, dans les pays qui n'ont pu encore avoir le bonheur de posséder le Roi, un sujet de jouissance pour tous les citoyens, en attendant que Sa Majesté puisse effectuer le desir qu'elle a de visiter chaque département. Ils y remarqueront le vif enthousiasme et les acclamations sans cesse répétées d'amour et de dévouement qu'ont fait éclater, dans les villes, dans les villages, dans les églises, dans les temples, dans les ateliers, les inspirations, les expressions et les

1

manifestations, franches, loyales et paternelles du cœur de Sa Majesté, et en les appréciant ils se plairont sans doute à les regarder comme l'augure d'un avenir prochain qui viendra réaliser des vœux et de douces espérances de paix, de prospérité et d'ordre public imperturbable.

Comme les voyages du Roi ont suivi de près le jour de sa fête (1er mai), on fait précéder cette relation de quelques actes et annonces relatifs à cette solennité, et en premier lieu de l'acte de clémence qui, en accordant amnistie pleine et entière aux déserteurs et réfactaires des départemens de l'Ouest, a rendu à la patrie et à leurs familles des enfans séduits ou égarés. L'ordonnance royale qui leur a pardonné va donc être transcrite à la suite d'une manifestation de M. le maréchal Soult, duc de Dalmatie, ministre secrétaire-d'état au département de la guerre, ainsi conçue :

« Le ministre de la guerre, bien certain que la fête du Roi ne pouvait être mieux célébrée que par des actes de clémence, et que c'était entrer dans les secrètes pensées de Sa Majesté que de lui offrir l'occasion de pardonner, vient de solliciter la grace de tous les militaires condamnés au boulet qui se seront distingués par leur bonne conduite dans les ateliers de travail sur lesquels ils sont répartis. En conséquence, d'après les ordres de M. le maréchal, une revue de ces condamnés doit être faite immédiatement par MM. les inspecteurs-généraux ; trois classes

doivent être établies : ceux qui étant encore en état
de servir se seront fait remarquer par leur subordination et leur exactitude , seront proposés pour obtenir la grace du restant de leur peine ; la deuxième
comprendra les condamnés hors d'état de servir et
reconnus dignes de la même faveur ; enfin la troisième, ceux qui auront mérité seulement d'être proposés pour obtenir une commutation de peines. Il
fallait, dans un acte de clémence, ne pas blesser la
justice, et cette distinction a paru propre à concilier
l'une et l'autre. »

ORDONNANCE DU ROI.

LOUIS-PHILIPPE, Roi des Français,

A tous présens et avenir, salut.

D'après le compte qui nous a été rendu par notre
ministre secrétaire-d'état au département de la
guerre, relativement aux dispositions des déserteurs
et réfractaires des départemens de l'Ouest qui,
desirant rejoindre les drapeaux de l'armée, offrent
de faire leur soumission,

Nous avons ordonné et ordonnons ce qui suit :

Art. 1er. Amnistie pleine et entière est accordée
aux déserteurs ou réfractaires du département d'Ille-
et-Vilaine qui dans le délai de huit jours, à partir
de la publication de la présente, se seront rendus
auprès de M. le lieutenant-général commandant le

13e division, de M. le maréchal-de-camp commandant la subdivision, ou de l'officier supérieur commandant la gendarmerie, pour y faire acte de soumission et s'y mettre à la disposition de l'autorité.

2. La présente amnistie sera applicable aux déserteurs et réfractaires composant les bandes qui se sont formées dans ce département, à raison des poursuites dont ils pourraient être l'objet pour crime ou délit de rébellion et de désobéissance aux los .

3. Nos ministres secrétaires-d'état de la guerre, de l'intérieur et de la justice, sont chargés, chacun en ce qui le concerne, de l'exécution de la présente ordonnance.

Paris, le 27 avril 1831.

LOUIS-PHILIPPE.

Par le Roi :

Le ministre secrétaire-d'état de la guerre,

Mal duc DE DALMATIE.

Paris, le 3o avril.

Aujourd'hui samedi, à midi, le Roi a reçu, à l'occasion de sa fête, les pairs de France, les députés, le conseil-d'état, la cour de cassation, la cour des comptes, le conseil royal de l'instruction publique, la cour royale, le corps municipal, le tribunal civil, le tribunal de commerce, les juges de paix et l'Institut.

A une heure et demie, Sa Majesté a reçu pareillement les maréchaux de France, les officiers-généraux, l'Académie de médecine, les consistoires de l'Eglise réformée et de la confession d'Augsbourg, le consistoire central israélite, les ingénieurs des pouts et chaussées et des mines, la Société royale d'agriculture, les agens de change, la Société libre des beaux-arts, l'Académie de l'industrie et les conservateurs administrateurs de la Bibliothèque royale.

A trois heures, le Roi a reçu le corps diplomatique.

Discours de M. le Nonce, portant la parole au nom du corps diplomatique.

SIRE,

Le corps diplomatique, dont j'ai l'honneur d'être l'organe, saisit avec empressement cette belle occasion pour renouveler à Votre Majesté l'hommage de son profond respect.

Que ce jour, Sire, qui vous appartient d'une manière toute particulière, puisse se reproduire sans cesse heureux pour Votre Majesté, ainsi que pour votre auguste famille; et que la France et l'Europe entière, par la conservation inaltérable de leur bonne intelligence et amitié réciproques, puissent toujours jouir des bienfaits de la paix, qui est la source féconde de la prospérité et la base solide du véritable bonheur des empires.

C'est le vœu, Sire, que le corps diplomatique se

hâte de vous offrir, au nom des souverains qu'il a l'honneur de représenter, vœu que Votre Majesté daignera accepter sans doute avec une bonté égale à la sincérité avec laquelle il est émis.

Réponse du Roi.

« Monsieur le Nonce,

« Je reçois avec une vive satisfaction l'expression des sentimens que vous me témoignez, pour ma famille et pour moi, au nom du corps diplomatique dont vous êtes l'organe. Je suis pénétré, comme vous, de cette grande vérité, que la paix est la source féconde de la prospérité publique et la base solide du véritable bonheur des nations. Aussi, depuis mon avènement au Trône, je n'ai rien négligé pour en assurer le maintien. Les vœux que vous m'exprimez au nom des souverains que vous représentez auprès de moi, sont un nouveau gage de la continuation de la bonne intelligence et de l'amitié qui subsistent entre nous, et que je mettrai toujours un grand prix à conserver, dans l'intérêt de la France et dans celui de l'Europe. »

La France va saluer le premier anniversaire de la fête du Roi qu'elle s'est donné. Le caractère de la royauté nouvelle, de cette royauté toute nationale par son origine, toute constitutionnelle par ses sermens, imprime déjà un aspect nouveau à ce jour de fête, qui ne se présente plus à l'imagination des peuples uniquement comme une solennité de cour. Aujourd'hui la France a la satisfaction de pouvoir fêter dans la royauté le Roi même qui en remplit les devoirs ; sa reconnaissance est raisonnée ; ses hommages s'adressent à des actes connus.

Cette heureuse amélioration des mœurs publiques et des rapports de la Couronne avec la nation se révèle jusque dans les formes extérieures de la célébration de ce jour. On en a supprimé des habitudes que le bon goût et l'amour propre national condamnaient dès long-temps, mais en lui conservant tout ce qui pouvait fournir aux sentimens populaires l'occasion de se manifester. La bienfaisance surtout substituera sa munificence éclairée à d'aveugles prodigalités. Ce jour sera fêté aussi dans l'asile des malheureux.

A une époque grave, où la nation déploie avec énergie toutes ses forces morales et matérielles, pour l'affermissement de l'ordre intérieur, pour le maintien de la paix au dehors, l'éclat d'une fête toute française devait se composer principalement d'une revue de cette garde nationale qui veille sur nos libertés, d'une revue de cette armée qui défendrait notre indépendance. Ils sont loin de nous, en effet, les jours où le pouvoir royal redoutait la présence de ces soldats-citoyens qui ont prouvé, depuis neuf mois, que les lois n'avaient pas de meilleurs défenseurs ; bien loin aussi le tems où le Gouvernement ne cherchait de garantie pour la paix que dans son extrême faiblesse. La Charte et la France ont aujourd'hui à elles, l'une et l'autre, une armée qui ne leur manquera jamais.

Ce sont là déjà deux grandes créations dont le spectacle atteste au peuple la sollicitude du Roi qui, après neuf mois de règne, peut déployer aux yeux du pays et de l'Europe ces légions rassurantes et formidables, ces drapeaux de liberté et de gloire! Et quand ce peuple généreux, qui sait par ses souvenirs, qui sent par ses propres émotions ce qu'il y a de puissance dans la valeur française, ce qu'on pourrait faire avec de tels moyens, les aura contemplés de près; quand il songera que le Gouvernement du Roi ne s'applique, avec de pareils élémens, qu'à consolider la paix qui nous est si nécessaire à tous, ce n'est pas lui qui doutera que ce ne soit une paix fondée sur l'honneur; car il aura vu par lui-même que nous avons de quoi conquérir, si on nous y forçait, plus de gloire qu'il n'en faut pour garantir long-temps notre patrie des menaces de l'étranger! Le peuple a un sentiment plus élevé de la force du pays et de la valeur de nos soldats que quelques-uns de ceux qui se font ses organes, et qui laissent entrevoir dans leurs prévisions de guerre une sorte d'effroi mal déguisé, une défiance injurieuse pour l'armée comme pour le Gouvernement. Ce n'est pas lui qui redoute l'étranger, car il croit à la victoire! Ce n'est pas lui qui a peur d'une contre-révolution, car il a foi dans les journées de juillet! Ce n'est pas lui qui voit l'ennemi en France, car c'est lui qui se sent la puissance de l'en repousser bien loin ! En revenant du Champ-de-Mars le peuple ne craindra pas plus la guerre que les émeutes.

A ces deux grandes garanties d'ordre et de paix, qu'on ajoute celles que la liberté a obtenues de la législature dans le cours d'une session si remplie : un système municipal fondé sur l'élection ; l'élection imprimant son véritable caractère à cette grande institution de la garde nationale, qui consomme, après quarante-deux ans, l'œuvre commencée par elle ; le vote annuel du contingent de l'armée ; les droits du courage mis à l'abri des caprices de la faveur ; l'appréciation des délits politiques et des délits de la presse livrés à la conscience du jury ; enfin un système électoral qui, en agrandissant de plus de moitié le cercle des électeurs et des éligibles, associe au développement de nos libertés la génération qui a contribué à leur établissement ! On trouvera sans doute dans ces importans travaux assez de motifs pour fêter aujourd'hui, sans flatterie, avec justice, le Roi qui avait promis ces garanties le 9 août, et qui les a déjà données au 1er mai.

Ce n'est pas tout : en dehors des promesses de la Charte, la vigilance des pouvoirs n'a-t-elle pas opéré encore d'importantes améliorations ? On a rendu plus efficace la répression du trafic infâme des hommes de race noire. Une loi de sang qui outrageait la religion sous prétexte de la venger est abolie. De nouvelles immunités ont été accordées à la presse, qui comprendra ses devoirs sous un

Gouvernement qui respecte ses droits. L'impôt sera mieux réparti. Un grand acte de justice politique, qui a consacré les droits de la nation et l'indépendance de la magistrature, s'est accompli de manière à prouver l'énergie de nos institutions et les progrès de l'humanité. Le commerce a été secouru autant qu'il était possible de le faire; les sources du travail ravivées. Enfin, une munificence toute nationale s'étend sur les famille des nobles martyrs de la liberté.

Cet exposé, sans doute, est le plus beau tribut qui puisse être offert aujourd'hui à la Couronne! Ce sont les actes qui louent, et ces actes eux-mêmes permettent de nouvelles espérances! Croyons-en la confiance qui renaît de toute part, et qui se communique successivement à toutes les branches de la prospérité sociale. Que la tranquillité rétablie, que la paix maintenue, qu'un pouvoir juste et fort, que des chambres éclairées et sincères, qu'une opinion publique, sage et décidée, secondent les généreuses intentions du Trône, et la fortune de la France triomphera de jalousies impuissantes, d'ambitions inquiètes, de contradictions systématiques; les esprits, rassurés par le développement progressif des institutions, se reporteront, comme le Gouvernement lui-même, sur les questions de législation positive, d'économie politique, de commerce, d'agriculture et d'industrie qui réclament désormais la sollicitude de tous les intérêts. Aujourd'hui même, l'ordonnance qui accorde le transit annonce les voies nouvelles dans lesquelles le pouvoir s'engage, et appelle l'activité nationale. Bientôt les questions d'entrepôt seront débattues; des systèmes de canalisation examinés; la concordance des lois poursuivie avec ardeur; la politique spéculative fera place à l'administration pratique : car la liberté n'est que l'instrument de la civilisation, et les peuples ne vont à la conquête des idées que pour s'assurer la satisfaction de leurs intérêts. Honneur au Roi qui l'a compris! paix, gloire et prospérité à la nation qui, dans ce but, secondera les généreux efforts de son Roi!

Des représentations *gratis* ont eu lieu aujourd'hui à une heure sur tous les théâtres. L'ordre le plus parfait a régné dans ces réunions populaires : a l'Opéra, Nourrit a chanté la *Parisienne* au milieu de vifs applaudissemens. Au théâtre du Vaudeville, des couplets ont été jetés sur le théâtre. Aux termes des réglemens, les acteurs n'ont pu les chanter : la personne qui les avait lancés sur la scène a été invitée par le public à les faire entendre, et les spectateurs ont répondu par leurs exclamations à des refrains en l'honneur du Roi et de son auguste famille. Dans la plupart des théâtres, des couplets analogues à la fête du jour ont été accueillis par des applaudissemens unanimes. Toutes les représentations étaient terminées avant six heures.

Une pluie continuelle est tombée par torrens pendant toute la journée, et à arrêté les préparatifs d'un grand nombre d'habitans qui s'étaient disposés à illuminer leurs maisons.

———————

Lettre adressée par M. l'évêque de Versailles aux curés de son diocèse.

« Monsieur le curé,

» Quoique la religion fasse une loi à ses ministres de présenter incessamment à Dieu leurs vœux et leurs prières, pour les maîtres du Monde et les pasteurs des peuples, cependant le jour de la fête du Roi doit donner, à l'accomplissement de ce devoir, plus d'éclat et d'appareil. Vous voudrez donc bien célébrer le 1er mai, jour de la Saint-Philippe, une messe solennelle, que vous terminerez par le chant de l'*Exaudiat* avec le verset de l'oraison convenable. Vous communiquerez aux autorités civiles et militaires les ordres que je vous transmets, afin que si elles jugent à propos de se concerter avec vous pour leur exécution, la maison de Dieu offre, dans ce moment, l'image de cette union fraternelle dont la religion seule est le véritable lien.

» Recevez, etc.

« † ETIENNE, *évêque de Versailles.* »

———————

Paris, le 1ᵉʳ mai.

Discours prononcé par M. le garde-des-sceaux,
au nom du conseil-d'état.

SIRE,

Permettez à votre conseil-d'état de vous exprimer ses sentimens de dévouement et de fidélité à l'occasion d'une fête que la France célébrera comme une fête nationale.

Dans votre constante préoccupation pour donner à la France toutes les garanties qu'elle avait droit d'attendre, vous avez voulu que la publicité pénétrât jusque dans le sein de la justice administrative : ce qui était une garantie pour la France a été considéré comme un bienfait par le conseil-d'état lui-même, dont la considération s'est accrue. Tous ses membres, pleins de dévouement à votre personne, ont été heureux de pouvoir prouver, par la publicité même de leurs séances, que dans l'administration de la justice, sous un prince ami des lois, la fidélité ne coûte jamais de sacrifice à la conscience ; ils multiplieront leurs efforts pour continuer à se montrer dignes de la confiance dont vous les avez investis.

Réponse du Roi.

« Je suis bien sensible à l'expression des sentimens du conseil-d'état. J'ai cru que la publicité de ses séances était à-la-fois une garantie de la légalité de ses actes et une satisfaction pour vous, en mettant le public à portée de les bien connaître, et par conséquent de les apprécier. J'attends avec impatience que les améliorations que j'ai désirées dans votre organisation générale se soient effectuées. J'ai eu pour but, en les provoquant, de rendre vos travaux plus utiles à la France, et de conserver un corps précieux, tant par les hommes qui le composent que par les services qu'il a rendus, et par ceux qu'il pourra rendre encore. »

Discours de M. le premier président de la cour de cassation.

SIRE,

Les magistrats de la cour de cassation suspendent le cours de leurs travaux, en ce jour de fête, pour offrir leurs hommages respectueux au chef de la grande famille.

La justice leur en fait un devoir ainsi que la reconnaissance.

Le maintien de l'ordre au dedans, la conservation de la paix au dehors, étaient les premiers besoins du pays.

Ils sont devenus les objets de la constante sollicitude de Votre Majesté.

Puissent des biens si précieux, Sire, être votre ouvrage ! ils seront en même temps votre récompense ; car les bénédictions des peuples font seules la véritable gloire des rois.

Réponse du Roi.

« Atteindre le but que vous venez d'indiquer à été l'objet de mon dévouement et celui de tous mes efforts ; soutenu par la voix nationale, je les continuerai avec persévérance, et j'espère qu'ils seront couronnés par le succès. Si je parviens à l'obtenir, ce sera ma plus douce récompense.

» Je reçois avec grand plaisir les vœux de la cour de cassation, et je vous prie de lui témoigner combien je les apprécie. »

Discours de M. le premier président de la cour des comptes.

Sire,

Nous venons souhaiter une bonne fête à un bon Roi. Vous aimez la France et elle vous rend amour pour amour. Les suffrages reconnaissans d'un peuple libre vous ont porté au Trône, et chaque jour nous célébrons le généreux sacrifice que vous avez fait au salut de la patrie. Votre persévérante modération a rendu impuissans les efforts de ceux qui semblaient s'irriter encore de notre tranquillité intérieure. Les inquiétudes du dehors s'apaisent ; elles sont dissipées par la prudence royale. Une haute sagesse concilie les mesures de prévoyance avec ce sentiment qui entraîne tous les amis de l'humanité vers la paix entre les sociétés humaines ; sentiment digne des respects universels, et qui sied si bien aujourd'hui à celui qui, autrefois sur les champs de bataille, vit ses jeunes années couronnées des mains de la victoire.

Jouissez, Sire, des beaux témoignages qui vous sont offerts par cette foule de citoyens qui, partout où vous paraissez, heureux de votre présence, s'efforcent de la prolonger en se pressant autour de vous.

Votre cour des comptes, Sire, dépose devant le Trône l'hommage de sa fidélité et de son profond respect.

Réponse du Roi.

« C'est l'espoir d'obtenir les suffrages de la nation qui m'a déterminé à me charger de la grande tâche que j'ai entreprise. Je ne m'en suis dissimulé ni les difficultés, ni les dangers ; mais la patrie m'appelait, et je me suis dévoué. J'ai senti que pour assurer le triomphe de la liberté, il fallait maintenir intact le dépôt des lois. Ce n'est que quand la conservation de l'ordre public est bien assurée, que chacun peut jouir du libre exercice de ses droits. Je jouis de pouvoir dire que nous avons fait de grands progrès dans cette carrière, et j'espère que nous achèverons heureusement ce qui peut encore rester à faire pour consolider ce grand ouvrage. Je remercie la cour des comptes des vœux que vous m'exprimez en son nom. »

Discours au nom du conseil royal de l'instruction publique.

SIRE,

Le conseil royal de l'instruction publique vient offrir à Votre Majesté l'hommage de son profond

respect et de son dévouement. Pour rendre plus
agréable au Roi l'expression de nos vœux, nous savons qu'il faut lui parler de la persévérance avec
laquelle nous travaillerons au perfectionnement de
toutes les études, et surtout à la propagation de
cet enseignement primaire qui, en éclairant un peuple, le rend plus digne des bienfaits de la liberté
et du gouvernement d'un bon Roi. La France sait
en effet que l'instruction publique est l'un des objets
sur lesquels se reportent avec plus de sollicitude vos
généreuses pensées.

Sire, les membres du corps enseignant jouissent
doublement de ce jour de fête. Citoyens, ils bénis-
sent en vous le protecteur de l'ordre et l'ami de
la liberté ; tuteurs de l'enfance et de la jeunesse,
ils se reposent avec une profonde sécurité sur l'avenir que réservent aux générations nouvelles confiées
à leurs soins, la pratique et l'exemple de tant de
vertus royales.

Réponse du Roi.

« Je suis bien sensible à tout ce que vous m'exprimez au nom du conseil royal de l'instruction publique. Vous avez bien saisi mes intentions. Faciliter l'enseignement, l'établir sur de bonnes bases,
a été le desir constant de toute ma vie. Aujour-
d'hui que j'en ai le pouvoir, vous me trouverez
empressé de seconder vos efforts, de les encourager par tous mes moyens. Répandre les lumières
sur une nation, c'est lui procurer le plus grand

avantage qu'elle puisse obtenir. Les propager en France, c'est les propager dans toute l'Europe ; car l'universalité de notre langue fait circuler partout notre littérature ; et nos livres élémentaires servent à l'éducation chez toutes les nations. Mais l'enseignement primaire est encore bien retardé dans plusieurs parties de la France, et je ne saurais assez vous recommander de les propager et d'en faciliter les progrès. »

Discours de M. le premier président de la cour royale de Paris.

SIRE,

Le mois de mai qui, dans l'antiquité avait été consacré à la déesse de la terre, le fut chez les premiers Français au génie de la politique. La fête de Votre Majesté pouvait-elle rencontrer une époque de l'année plus propice? La renaissance de l'ordre des saisons devient le symbole de la renaissance de l'ordre social, et Philippe préside à l'une et à l'autre. Par vous, Sire, les bienfaits du Gouvernement marcheront avec ceux de la nature. Vous avez voulu mettre la vérité dans la Charte, et vous la retrouverez tout entière dans notre amour.

Réponse du Roi.

« Défendre la Charte a été le principal objet de la révolution de juillet. Soutenir les libertés nationales, prévenir les maux qui pouvaient découler du grand ébranlement que le corps social a subi, tels ont été les motifs qui m'ont déterminé à déférer au vœu national, en acceptant le Trône. Les souvenirs du Champ de Mai sont chers à la nation; ce sont des souvenirs de liberté : je suis heureux que vous y associez ma fête. Je vous en remercie, ainsi que de tous les vœux que vous m'exprimez au nom de la cour royale. »

Discours de M. le préfet de la Seine au nom du corps municipal de Paris.

Sire,

Les magistrats municipaux de la ville de Paris, admis à l'honneur d'offrir à Votre Majesté leurs respectueux hommages, joignent aujourd'hui l'expression de leur amour aux vœux qui se forment de toutes parts pour votre bonheur, si intimement lié à celui de la France.

La première fête de famille offerte à Votre Majesté s'annonce sous de favorables auspices : les passions se calment, le crédit renaît, la confiance se rétablit avec la sécurité : bientôt, nous l'espérons, Sire, les travaux, qui sont la fortune de la classe ouvrière, retrouveront leur activité; et la France, après une crise glorieuse, se reposera au sein de la prospérité.

Demain, Sire, Paris va célébrer au milieu de l'enthousiasme général, une fête digne d'un règne populaire, et faite pour le cœur de Votre Majesté.

En présence d'une partie de cette armée dont Votre Majesté rend tous les jours l'attitude plus im-

posante, cette grande cité vous présentera sa garde
nationale, fière d'un ordre de choses qu'elle a choisi
et qui satisfait toutes ses espérances ; le pauvre recevra dans son humble demeure les consolations qui
lui seront portées en votre nom : là population entière accourant sur votre passage voudra jouir de
votre présence : un million de citoyens élèveront
leurs voix pour la prospérité de votre dynastie, et
la capitale, saluant son Roi de ses acclamations,
applaudira de nouveau aux heureux événemens qui
ont uni Louis-Philippe à la France.

Réponse du Roi.

« Vous ne pouviez rien m'offrir de plus agréable
pour ma fête que l'espérance que vous me donnez
que les passions se calment, que la confiance se
rétablit, et que le commerce commence à reprendre
cette activité si nécessaire à la prospérité publique.
Tel a été le but constant de mes efforts et de ceux
de mon Gouvernement. Mon desir le plus cher est
que ce soit sous mon règne que la ville de Paris
parvienne au degré de prospérité qu'elle est susceptible d'atteindre, et je serai toujours bien empressé
d'y concourir. Il est tout simple que ma ville natale
soit pour moi l'objet d'un sentiment particulier ;
mais ce sentiment est bien augmenté par les témoignages d'affection que j'ai reçus d'elle dans tous les
temps, et dont elle me donne chaque jour de nouvelles preuves. Je vous prie d'être, auprès de mes

compatriotes, l'organe de mes sentimens, et de les assurer de la vive et sincère affection que je leur porte. »

————————

Pendant toute la matinée de ce jour le temps a été beaucoup plus favorable qu'on ne pouvait l'espérer; les jeux et les divertissemens préparés aux Champs-Elysées et à la barrière du Trône ont attiré une foule considérable. Un ordre parfait a régné partout; aucune force publique n'était sur pied, si ce n'est quelques vedettes placées pour donner aux voitures la direction nécessaire pour éviter l'encombrement. Un grand nombre d'équipages et de cavaliers n'ont cessé de parcourir les allées d'enceinte des Champs-Elysées et d'y donner une sorte de répétition des promenades de Long-Champ. Le grand-carré et les allées voisines offraient l'aspect d'une immense foire champêtre très-animée.

Vers quatre heures, quelques cris se sont fait entendre : *Voilà le Roi !* et à l'instant la foule, abandonnant les jeux qui l'occupaient, a traversé à la hâte la grande avenue, et s'est portée sur le passage de Sa Majesté, qui arrivait par la colonnade de la place. Le Roi était à cheval, sans escorte, vêtu d'un simple habit de ville, accompagné des princes ses fils, du maréchal Gérard, et suivi de quelques hommes de sa maison. Arrivé à l'avenue et en retour vers la place, il lui a fallu percer la foule qui se pressait autour de lui, et qui ne cédait qu'après l'avoir long-temps contemplé et salué de ses acclamations. Il est impossible de décrire l'impression que cette scène a produite sur tous ceux qui en étaient témoins. Long-temps après le départ du Roi, il était l'objet de l'entretien de tous les groupes et de tous les promeneurs. Chacun répétait ce qu'il avait vu, ce qu'il avait entendu, et les paroles qu'on avait adressées au Roi, et celles que sa bienveillance et son émotion lui avaient dictées. Le Roi est rentré au Palais-Royal à cinq heures, ayant constamment pour escorte les flots d'une population qui se renouvelait sans cesse.

A huit heures et demie, les feux d'artifice ont été tirés, et déjà la ville entière était illuminée : les rues étaient remplies de monde et retentissaient du bruit des boëtes et des pétards ; mais à neuf heures, une très-forte pluie est venue diminuer l'éclat des illuminations, et forcer les habitans à la retraite.

Quatre-vingts officiers-généraux, plusieurs intendans militaires et un grand nombre de colonels et d'officiers supérieurs, se sont réunis chez Lointier, pour célébrer la fête du Roi. Les vétérans de la gloire nationale, les plus illustres chefs de notre vieille armée, assis à ce banquet patriotique, sous la présidence du lieutenant-général Pajol, ont fait éclater les sentimens qui animent tous les cœurs français, et dont les plus honorables interprètes devaient se trouver dans une pareille réunion.

Les toasts suivans ont été portés et accueillis aux cris de *vive le Roi!*

Par le général Pajol : « A Louis-Philippe, Roi des Français, et à son auguste famille! »

Par le lieutenant-général Lemoine : « Aux journées de juillet! à tous les braves qui ont su par leur courage reconquérir la liberté française! »

Par le général Fririon : « A l'union de tous les Français, pour la défense du pays et du trône constitutionnel! »

Par le lieutenant-général Pully : « Aux braves gardes nationales du royaume; on doit compter sur elles comme sur l'armée pour la défense des frontières et le maintien de l'ordre public! »

Par le colonel du 1er régiment de ligne : « A nos généraux, aux exemples qu'ils nous ont donnés, et que nos jeunes soldats brûlent de suivre! »

Par le lieutenant-général Pelet : « Au ministre de la guerre! »

Par le lieutenant-général Decaen : « Aux défenseurs de la liberté des Deux-Mondes! aux succès de ceux qui combattent pour elle! »

Par le lieutenant-général Dutaillis : « Au Roi des Français, qui fut notre compagnon d'armes à Jemmappes! au seul Bourbon qui a combattu pour la liberté! »

L'amour de la patrie, qui rajeunit nos vieux guerriers, devait aussi ranimer leur muse. M. le lieutenant - général Fririon a chanté sur l'air de *la Marseillaise* des couplets pleins de verve, et de patriotisme.

Sur la proposition de M. le lieutenant-général Lallemand, il s'est fait une quête au profit des indigens : c'était couronner l'œuvre par un acte de bienfaisance et terminer dignement cette réunion d'hommes de guerre, la plupart blanchis par les combats, mais qui ne cesseront jamais d'être citoyens, et dont chacun pourrait prendre pour devise : *civis miles*.

Paris, le 4 mai.

Le Roi s'est rendu aujourd'hui, à cheval, au Conservatoire des arts et métiers. Il était accompagné de LL. AA. RR. Mgr le duc d'Orléans, Mgr le duc de Nemours, du ministre du commerce et des travaux publics, du maréchal Gérard, et de trois aides-de-camp. Sa Majesté a été reçue au Conservatoire par M. le maire de l'arrondissement. Le ministre du commerce et des travaux publics a eu l'honneur de présenter au Roi MM. Christian et Pouillet, directeur et sous-directeur du Conservatoire; M. Clément Desormés et M. Say, professeurs, et MM. les membres du conseil de perfectionnement.

Sa Majesté la Reine, les princesses Louise, Marie et Clémentine, et M. le prince de Joinville, sont arrivés peu d'instans après, au milieu des mêmes témoignages de la joie publique.

Le Roi a visité en détail ce bel établissement ; il s'est entretenu avec bonté avec le directeur, le sous-directeur, les professeurs et MM. Delessert et Thénard, et plusieurs autres membres du conseil de perfectionnement. Sa Majesté a remarqué que MM. Clément Desormes et J.-B. Say n'avaient pas la décoration de la Légion-d'Honneur. Le Roi a adressé des paroles bienveillantes à de nombreux détache-mens de la garde nationale qui occupaient les corridors, les escaliers et le jardin du Conservatoire. Cependant une foule immense s'était réunie autour du Conservatoire ; elle a fait éclater le plus vif enthousiasme à l'aspect du Roi. Sa Majesté a eu peine à traverser le marché Saint-Martin et les rues Jean-Robert et des Gravilliers, tant le peuple montrait d'empressement à l'entourer et à se presser sur ses pas. De tous côtés des bouquets lui étaient offerts, et les cris mille fois répétés de *vive le Roi!* se faisaient entendre sans discontinuité.

Du Conservatoire, le Roi s'est rendu à l'hôpital Saint-Louis, où l'on venait à peine d'être averti de son arrivée. Le Roi a parcouru toutes les salles de l'hôpital : il s'est arrêté devant le lit de plusieurs des blessés de juillet; il leur a adressé des paroles d'intérêt et de consolation; il s'est enquis avec un soin minutieux du régime de l'établissement, et a goûté le bouillon et le pain; il a fait distribuer des secours aux malades dont les familles étaient signalées comme se trouvant dans le besoin. Il a fait verser 1,000 fr. à l'économat. Dans chaque salle,

Sa Majesté a été accueillie par les cris de *vive le Roi!*
Les malades paraissaient profondément pénétrés de
l'intérêt qu'il témoignait prendre à leur situation.
En sortant de l'hospice, le Roi a trouvé la garde
nationale du quartier rangée en haie sur son passage.
Salué par de nouvelles acclamations, le Roi a été
accompagné par ces détachemens dans le faubourg
Saint-Martin, sur les boulevards et jusqu'au Palais-
Royal. Partout même foule, mêmes témoignages
de joie, mêmes acclamations, tant est grande et
profonde la reconnaissance et l'amour du peuple
pour ce prince qui, se dévouant pour son pays,
travaille incessamment à consolider les libertés publiques et le bon ordre, élément ind spensable de
la prospérité publique.

On nous écrit de Versailles, le 1er mai :

En attendant les revues militaires et les réjouissances qui auront lieu à Versailles, une solennité
toute religieuse a rappelé aujourd'hui la fête du
Roi des Français. L'Eglise catholique a voulu répondre à l'élan national, en adressant au Ciel des
prières pour la prospérité d'un Roi garant de nos
libertés les plus chères. Les autorités civiles et militaires, les officiers de la garde nationale, les officiers
de la garnison, d'après l'invitation de M. l'évêque de
Versailles, se sont rendus dans la cathédrale, où une
messe suivie de l'*Exaudiat* a été chantée en l'honneur
de Louis-Philippe.

Lille, le 1er mai.

A l'occasion de la fête du Roi, le collége de Lille vient de faire distribuer aux enfans indigens qui fréquentent les écoles ouvertes par la ville, trois mille cinq cents livres de pain.

———

Paris, le 1er mai.

Au banquet des officiers du 2e bataillon, 3e légion, les toasts suivans ont été portés : Par M. le commandant de Montullé : « A Louis-Philippe, roi honnête homme ; sa vie entière est son plus bel éloge. » — Par M. le capitaine Poullain-Deladrue : « A la famille royale ! En partageant les sentimens du Roi pour le bonheur de notre belle patrie, elle a droit à l'amour et à la reconnaissance des bons Français. » — Par le capitaine Lambert : « A la France ! elle a conquis son Roi et sa liberté ; elle saura toujours les conserver l'un et l'autre et faire respecter au-dehors la dignité nationale. »

———

Paris, le 4 mai.

Les rapports qui parviennent déja au Gouvernement sur la célébration de la fête du Roi dans toutes les parties du royaume, répondent dignement à ce que nous avons vu, à Paris, durant ces deux jours de fête ; car pour le peuple comme pour le Roi, c'était une fête aussi que cette revue d'hier qui confirmait tant d'espérances de paix, en les appuyant sur le sentiment de notre force.

Nous publierons successivement les détails qui nous parviendront des départemens sur cette solennité. Aujourd'hui, nous sommes empressés de faire connaître l'heureuse unanimité dont les premières dépêches nous entretiennent : Rouen , Brest , Bordeaux , toutes les villes traversées par ces diverses lignes télégraphiques , ont rivalisé de zèle. Partout des revues brillantes , des illuminations , des bals , de bonnes œuvres , une joie franche , un sentiment déjà profond d'un bien - être récent ; mais ce qui ajoute à la satisfaction que doivent causer les détails transmis sur toutes les circonstances de ce jour de fête , ce sont d'heureuses nouvelles sur la reprise des travaux , sur la hausse des produits , sur l'activité des marchés , sur le retour de la confiance. Voilà comme le Roi voulait être fêté. Sa fête , c'est le bonheur public , dont tous les élémens reparaissent. Quiconque a observé hier dans Paris la satisfaction qui éclatait sur toutes les physionomies à la vue de nos couleurs , de notre armée , de notre Roi , peut se faire l'idée des sentimens manifestés partout. Paris n'a jamais représenté plus fidèlement la France.

On écrit de Bordeaux :

Avant-hier soir, à la chute du jour , des salves d'artillerie et un feu d'artifice tiré sur un des bateaux à vapeur de la Compagnie bordelaise, furent les préludes de la fête du lendemain. Hier, au lever du soleil, la cloche de l'Hôtel-de-Ville, les détonnations de plusieurs pièces de canon se firent entendre, et annoncèrent au loin la fête d'un Roi-citoyen. A ce double signal, chaque citoyen orne sa maison d'un drapeau tricolore, chaque garde national prépare son uniforme et ses armes, chaque fonctionnaire se dispose à célébrer dignement un si beau jour. Par les ordres de M. le maire, des distributions de secours, des gratifications sont faites dans les divers quartiers de la ville, et des mesures de police sont exécutées sur la place de Louis-Philippe avec beaucoup de soin, afin de maintenir un ordre convenable parmi la foule immense qui devait bientôt s'y porter. A dix heures, le 9ᵉ de ligne, la 1ʳᵉ légion de la garde nationale, les autorités civiles et militaires, et un grand nombre de citoyens se rendent dans la cathédrale de Saint-André. Mᵍʳ l'archevêque y célèbre la messe, assisté de tout son clergé ; il entonne ensuite *l'Exaudiat*; et la prière pour le Roi, chantée par tous les fidèles, termine cette religieuse cérémonie, après laquelle les cris de *vive le Roi! vive Louis-Philippe!* mille fois répétés, frappent les voûtes élancées de la majestueuse basilique.

A midi, tous les corps de la garde nationale, le 9ᵉ régiment de ligne et l'escadron des lanciers en garnison à Bordeaux, sont rassemblés sur la place *Louis-Philippe*. Les longues lignes de notre milice citoyenne et celles des troupes de la garnison se dé-

veloppent autour du périmètre immense de cette
place; et un triple rang de chaises, occupées par la
population bordelaise, parée de ses habits de fête,
entoure, à une distance convenable, cette enceinte
vivante et belliqueuse. A midi et-demi, les tambours
battent, les clairons, les trompettes se font entendre, et la revue commence. M. le préfet, M. le
maire, M. le premier président de la cour royale,
M. le procureur-général, MM. les adjoints de M. le
maire et un nombreux état-major, parcourent successivement tous les rangs de la garde nationale, et
leur passage devant chaque corps de cette garde patriotique est marqué par des cris de *vive le Roi!*
vive Louis-Philippe! exprimés avec l'enthousiasme
de l'amour et de la reconnaissance.

Après cette revue, les différens corps de la garde
nationale exécutent avec précision diverses manœuvres, de même que le 9e régiment de ligne. A deux
heures et demie, le défilé commence aux sons d'une
musique militaire, et chaque peloton, chaque escadron, en passant devant le groupe de généraux,
de colonels et de fonctionnaires civils, placés dans
le centre de la place, exprime encore ses transports
par les cris de *vive le Roi! vive Louis-Philippe,*
vive la liberté!

Il faudrait avoir été témoin, comme nous, de
cette belle revue, exécutée sur la place *Louis-*
Philippe, par un temps magnifique, au milieu du
peuple bordelais, groupé de la manière la plus pittoresque et la plus grandiose sous les arbres des

Quinconces, aux croisées, aux balcons et sur les terrasses des beaux édifices voisins, pour se faire une idée de ce spectacle national.

Pendant cette revue, on a généralement remarqué l'excellente tenue des divers corps de la garde nationale, et des progrès sensibles de tous les soldats-citoyens qui la composent, dans l'art de commander, d'obéir et de manœuvrer sur le terrain. Encore quelques études, quelques exercices à feu, et la patrie pourra compter sur nous pour opposer à ses ennemis d'intrépides défenseurs.

Dans l'après-midi, des jeux populaires ont attiré de nouveau la foule sur la place *Louis-Philippe*. A huit heures, le 9e régiment a exécuté un feu de file avec des cartouches étoilées, qui a été terminé par un bouquet formé d'un grand nombre de fusées. Les ifs, les orchestres élevés sur la place, ont été subitement illuminés, et des danses joyeuses paraissaient devoir se prolonger bien avant dans la nuit. Malgré l'incertitude du temps, des illuminations avaient été préparées, et elles ont eu lieu dans toute la ville.

A huit heures, les portes du Grand-Théâtre ont été ouvertes, et un grand nombre d'équipages se dirigeaient vers cet édifice transformé en salle de bal philanthropique, qui a produit, dit-on, une recette de 10,000 francs.

On écrit de Châteauroux, le 2 mai :

La fête du Roi a été pour les habitans de Châteauroux une nouvelle et heureuse occasion de faire

éclater les sentimens dont ils sont animés ; la remise
du drapeau accordé par le Roi à la garde nationale
avait été avec intention ajournée au 1er mai ; toutes
les autorités administratives et militaires, MM. les
membres des tribunaux de première instance et de
commerce étaient réunis sur le *Champ-aux-Pages*,
des députations des gardes nationales de l'arrondissement s'étaient rendues à Châteauroux ; le temps, qui
la veille faisait craindre de n'être pas propice, a favorisé la cérémonie ; la garde nationale, dans la plus
belle tenue, a exécuté diverses manœuvres comme
le ferait un vieux régiment ; en recevant le drapeau
qui lui était destiné, elle a témoigné, par l'organe
de son commandant et par ses acclamations, son
dévouement à la patrie, au Roi, à la liberté.

La ville n'ayant pas de local assez spacieux pour
contenir la garde nationale en corps, chaque compagnie s'est réunie en un banquet séparé, et dans
toutes ces réunions, on a remarqué la plus franche
cordialité ; des toasts ont été portés avec enthousiasme au Roi des Français, à la famille royale. Cette
adhésion générale des habitans de Châteauroux, et,
on peut dire, du département de l'Indre, à la révolution de juillet et au Gouvernement de Louis-Philippe, ne laisse pas échapper une occasion de se
manifester. Ainsi, lorsque des jeunes gens de la
classe de 1830 ont quitté leurs foyers et que la garde
nationale s'est empressée de les accompagner jusqu'à
une lieue de la ville, le même sentiment de patriotisme était dans tous les cœurs : si les premiers quit-

taient leurs familles sans regrets, prêts à cimenter de leur sang l'honneur et l'indépendance du pays, les gardes nationaux s'associaient à cette généreuse résolution, prêts de leur côté à tous les sacrifices pour garantir de toute atteinte la liberté et l'ordre public qui en est la sauve-garde.

Des jeux publics, des bals auxquels toute la population a pris part, ont terminé la fête du 1er mai.

———————

On lit dans le *Journal du Hâvre* du 2 mai :

Gardes nationales du Hâvre et d'Ingouville, troupes de ligne, douanes, marine, tout était hier sous les armes. Le vaste quai du nord du bassin du commerce était couvert d'une ligne de bataille, qui s'étendait de la rue de Paris jusqu'à la porte Neuve. Au milieu du bassin, dégagé des navires qui le remplissaient la veille, flottait le cutter *le Rôdeur*, pavoisé de ses signaux. Sous la mâture, et en face du cutter, s'était placée l'artillerie de la garde nationale avec ses quatre pièces.

Après le *Te Deum* chanté à l'église Notre-Dame, toutes les autorités et les corps constitués se sont présentés sur le front de bataille de la troupe. Une salve d'artillerie, partagée entre *le Rôdeur* et la terre, et tirée alternativement par le cutter et les canonniers de la garde nationale, a fait retentir l'air de quarante-deux coups de canon. Les cris de *vive Louis-Philippe! vive la Charte!* ont succédé au

3

bruit de l'artillerie. L'aspect de cette scène militaire si animée était ravissant. Les curieux étaient en grand nombre, et là les curieux partageaient l'enthousiasme général. Les troupes ont défilé à deux heures, en faisant le tour de la place du spectacle, au haut de laquelle s'étaient placés les autorités et l'état-major. Tout le reste de la journée s'est écoulé dans la joie. Le soir, presque toutes les maisons étaient illuminées, pavoisées de riches drapeaux, et des groupes de gardes nationaux parcouraient les rues aux accens de la *Marseillaise* et de la *Parisienne*. Beaucoup de joie, un tems magnifique, des réunions bruyantes et nul désordre; tel a été chez nous la Saint-Philippe.

On nous écrit de Lille le 3 mai :

La fête du Roi des Français a été célébrée dans notre ville avec beaucoup de splendeur. La veille au soir et le lendemain matin, les salves d'artillerie des remparts l'annoncèrent, et le pavillon national fut hissé au haut du beffroi. Après un *Te Deum* où les autorités assistèrent en grand costume, commença la revue de la garde nationale et des troupes de la garnison. M. le comte d'Erlon, grand'croix de la Légion-d'Honneur, inspecteur-général, M. le comte Corbineau, commandant la seizième division militaire, et M. le baron Méchin, préfet, passèrent dans tous les rangs, après quoi chaque corps, précédé de sa musique et de ses tambours,

défila dans le meilleur ordre sous le commandement de M. le vicomte de Rigni, maréchal-de-
camp. On remarqua parmi les artisans un groupe
de gardes civiques belges, vêtus de la blouse bleue,
ornée d'aiguillettes aux couleurs rouges, noires et
jaunes.

Déjà tout était préparé sur l'esplanade. Le signal
des jeux donné, le tir au canon, le tir à la cible, à
l'arc, à l'arbalète, à la grande arbalète, réunirent
sur les points déterminés une foule avide de plaisir.
Hier lundi, à dix heures, commença un carrousel
auquel succéda la joute sur l'eau et la distribution
des prix aux vainqueurs. Au carrousel, où la garde
nationale à cheval triompha, les vœux se réunis-
saient en faveur d'un brave trompette du 1er régiment de cuirassiers, décoré de l'ordre de la Légion-
d'Honneur pour avoir enlevé un drapeau à la bataille
de Waterloo.

La distribution des prix a eu lieu sous le péristyle
du manége qui termine si heureusement la belle
promenade de l'esplanade. Un concours immense,
la toilette des dames, de nombreux équipages, l'é-
clat des uniformes, les drapeaux des anciennes cor-
porations flamandes mêlés aux drapeaux tricolores,
tout contribuait à rendre ce spectacle aussi brillant
que pittoresque. Appelés successivement, les vainqueurs des sociétés de *la Réjouissance*, de *Belle-
Vue*, de *la Grappe de raisin*, de *l'Alliance*, du *Nouveau Jeu*, de *Saint-Éloi*, de *Saint-Matthias*, etc.,
vinrent recevoir la récompense de leur adresse

et leur couronne olympique. Ces vieilles institutions locales reproduites sous leurs dénominations primitives, les costumes de plusieurs conservés, contrastaient d'une manière piquante avec la pompe moderne. La distribution des médailles de *Belle Tenue* et de l'*Eloignement*, prix accordés aux sociétés les plus élégantes et les plus éloignées, ont terminé la fête, dont le canon et les fanfares ont annoncé la fin.

Vendredi dernier, 6 mai, le Roi et la famille royale sont allés visiter la maison de Saint-Denis. Plusieurs journaux contiennent une lettre d'une élève, où nous trouvons plusieurs détails exprimés avec naïveté, mais pleins d'intérêt sur cette visite. Nous ne croyons pouvoir mieux faire que de la laisser parler.

« . . . . . A une heure, nous nous rendîmes à la chapelle; bientôt arrivèrent LL. MM., la princesse Adélaïde, les ducs d'Orléans, de Nemours, les princesses Louise, Marie et Clémentine. On entonna le *Domine, salvum*; ensuite on remonta dans les classes. Dans la mienne on appela trois de nous pour répéter. Ce fut la reine qui désigna les élèves, et le Roi qui interrogea. Sa bonté était peinte sur sa figure; aussi je répétai sans me troubler. Mais une autre épreuve m'était réservée : j'étais chargée de demander la grace de deux de mes compagnes qui avaient la ceinture grise; c'était un bien grand honneur pour moi, et le plaisir de voir pardonner mes deux compagnes me fit surmonter l'espèce d'agitation et de crainte que j'éprouvais dans ce moment. En effet, je m'approchai de la table près de laquelle se tenait le Roi, et lui parlai en ces termes : Sire, j'ai l'honneur de vous demander, au nom de toute ma classe, la grace de deux de nos compagnes qui ont mérité une punition particulière. Aussitôt ce bon Roi en demanda la permission à Mme la surintendante, et la Reine me prit la main en me faisant des complimens trop flatteurs pour que je te les répète. Les deux élèves furent pardonnées ; la Reine les embrassa, et leur mit la ceinture de leur classe.

» Après la visite des classes, on se rendit à la salle d'inspection ; les élèves se rangèrent sur les gradins disposés depuis long-temps pour le concours ; et l'on chanta au Roi un chœur délicieux. Ensuite le maréchal adressa à Sa Majesté un discours dans lequel il lui demandait de vouloir bien lui accorder sa protection. Le Roi répondit dans les termes les plus touchans, et termina en assurant qu'il serait heureux de contribuer à la prospérité de cette maison et d'en imiter le fondateur. La salle retentit alors des cris de *vive le Roi! vive la Reine! vive la famille royale!* Au dîner, le Roi et la Reine goûtèrent le pain et le gâteau. Ils allèrent ensuite visiter la maison, et au bureau des comestibles, ils voulurent aussi goûter le pain, qu'ils trouvèrent fort bon.

» A quatre heures, la famille royale se retira ; nous nous échappâmes toutes alors du réfectoire, et courûmes les accompagner jusque dans la cour. Là on cria si fort *vive le Roi!* et d'une manière qui peignait si bien le chagrin de le voir s'éloigner, que le Roi, qui montait en voiture, revint vers nous en disant : *Ces cris me rappellent.* »

Paris, le 7 mai.

Le mauvais temps a fait ajourner jusqu'au dimanche 15 mai la revue de la garde nationale. On annonce également que les élections d'officiers et de sous-officiers qui devaient avoir lieu dans le cours de cette semaine, sont renvoyées au lundi 16. Cet ajournement s'explique d'une manière toute simple, par le desir que le Roi éprouve de remercier, dans la revue du 15, de son dévouement et de ses services, la garde nationale telle qu'elle existait depuis notre révolution, telle qu'elle a traversé les circonstances au milieu desquelles a éclaté son zèle infatigable. Le retard apporté aux opérations électorales par suite de ce desir délicat du Roi, ne peut donc être accueilli qu'avec reconnaissance par cette garde nationale de juillet, d'août, d'octobre, de décembre, de février, que le Roi a besoin de revoir avec tous ses souvenirs, pour que sa fête soit complète.

Paris, le 8 mai.

On assure que le Roi va commencer incessamment les voyages qu'il se propose de faire dans toutes les parties du royaume pour s'enquérir par lui-même de leurs desirs et de leurs besoins. Cette fois-ci, Sa Majesté doit visiter les départemens de la Normandie, qui longent la Seine, et s'arrêter à Rouen, au Hâvre, et peut-être à Cherbourg. Son départ paraît devoir avoir lieu quelques jours après la revue de la garde nationale. Au nombre des personnes qui doivent accompagner le Roi, on cite MM. les ministres de la guerre et de la marine.

On écrit de Nîmes :

La fête du Roi a été célébrée avec éclat : 6,000 hommes de garde nationale ont été passés en revue malgré la pluie, qui ne cessa qu'à deux heures. La coïncidence de l'élévation d'un mai, de l'inauguration du buste du Roi, et de l'apparition du soleil, fut saisie avec avidité par nos imaginations méridionales ; de 7 à 8 lieues à la ronde les populations des campagnes affluaient dans la ville. Pas une seule rixe n'a eu lieu, et la fête s'est prolongée jusqu'à 4 heures du matin.

On écrit de Chantilly :

Le 1er mai, la ville de Chantilly a célébré la fête du Roi des Français, Louis-Philippe Ier. La veille il y eut distribution de pain et de viande aux vainqueurs à l'arc et à l'arbalète. Une salve a annoncé le jour de la fête.

Le maire a passé la revue de la garde nationale, remarquable par sa belle tenue. A trois heures, il y eut un banquet de 250 couverts, sous le superbe dôme, où s'élevait une élégante pyramide ornée de fleurs et de drapeaux aux couleurs nationales ; le buste du Roi-citoyen, entouré d'emblèmes et d'inscriptions patriotiques, couronnait cet obélisque. Le docteur Aran, commandant de la garde nationale, vétéran de l'ancienne armée, prononça un discours brûlant d'amour pour le Roi et pour les libertés publiques. Une salve annonça l'unique toast porté au Roi des Français et à son auguste famille, aux cris de *vive le Roi!* mille fois répétés : chacun se félicitait du bonheur promis de posséder bientôt le duc d'Aumale, notre prince chéri. Des danses publiques succédèrent au banquet. De brillantes illuminations vinrent terminer cette belle fête.

On écrit de Pontivy :

Pontivy a offert, le 1er de ce mois, un spectacle que n'oublieront jamais ceux qui en ont été les témoins. On avait choisi le 1er mai pour la remise du drapeau dont le Roi faisait don à la garde nationale. La veille, au coucher du soleil, une salve de vingt-un coups de canon fut tirée par la compagnie d'artillerie, et le lendemain matin, une seconde salve annonça que le grand jour était venu. Depuis le mercredi précédent, la pluie tombait par torrens ; mais le 1er mai, le soleil se leva pur et sans nuages.

Dans un instant, toutes les fenêtres furent pavoisées de drapeaux tricolores, et nos glorieuses couleurs brillèrent sur toutes les poitrines et à tous les chapeaux. A onze heures, le vénérable sous-préfet de l'arrondissement, M. Lebare, remit à la garde nationale le drapeau que le Roi confie à son patriotisme, et l'on peut assurer qu'il est en bonnes mains. Le 11e régiment de chasseurs à cheval, qui tient garnison à Pontivy, avait pris les armes, et les plus vives acclamations saluèrent le noble drapeau, lorsqu'il parcourut ses lignes et celles de la garde nationale, remarquable par son nombre, sa bonne tenue et son instruction. Ensuite, ces deux corps, avec leur musique en tête, les autorités en costume, auxquelles s'étaient réunis tous les maires des communes voisines, et des députations de Josselin, de Laminé, de Baud, de Guiméné, du Faouët, et jusque de Gourin, éloigné de douze lieues, se rendirent à l'église, où le drapeau fut béni par M. le curé de Pontivy.

A trois heures, la garde nationale alla s'asseoir à un banquet de huit cents couverts, préparé sur les boulevards. Les citoyens de Pontivy, auxquels leur âge ou leurs fonctions ne permettent pas de compter dans ses rangs, s'y étaient joints. Le 11e chasseurs y avait envoyé une députation, et toutes les personnes qui avaient paru au cortége vinrent y prendre place. Les boulevards, ornés de faisceaux d'armes et de drapeaux tricolores entrelacés d'arbre en arbre, couverts d'une nombreuse population accourue pour jouir de la vue de cette fête de famille, offraient un coup-d'œil ravissant. Une salve de sept coups de canon annonça la santé du Roi, portée par le sous-préfet. Après lui, le maire se leva, et proposa un second toast à la France! un troisième toast fut porté par le commandant de la garde nationale, à l'armée! et le colonel du 11e chasseurs répondit à ce toast par un quatrième, aux gardes nationales! Des courses, des jeux publics, des danses et une brillante illumination terminèrent cette belle journée, pendant laquelle l'ordre le plus grand n'a pas cessé de régner un seul instant. Il est beau de savoir allier l'ordre à la liberté. Pontivy n'est qu'une petite ville, mais quand il s'agit d'union et de patriotisme, Pontivy n'a rien à envier à aucune ville de France.

Notre correspondance particulière de Caen continue de nous donner sur la fête du Roi des détails en si grand nombre, que nous serions forcés, comme nous l'avons déjà fait, de ne les mentionner que d'une manière sommaire, après les avoir réunis à ceux que nous fournissent les journaux des départemens. Nous aurons soin de rapporter les circonstances particulières que cette solennité aura fait naître dans quelques localités. C'est ainsi qu'à Caen, tandis que la garde nationale célébrait joyeusement le 1er mai, un digne ecclésiastique du pays, voulant jouir du spectacle de la fête, s'approcha au milieu

de la foule de la ligne qui séparait les nombreux
spectateurs des tables du banquet. Dès qu'il fut
aperçu par les gardes nationaux qui, par sa présence
et son visage riant, ne doutèrent pas qu'il ne parta-
geât les sentimens de l'assemblée, il fut invité à accepter un verre de vin en l'honneur de la solennité.
« De tout mon cœur, répondit-il ; je suis trop heu-
» reux du beau spectacle de cette fête, et je m'unis
» trop bien de pensée avec les bons citoyens pour
» ne pas accepter votre invitation. » M. l'abbé G***
vint aussitôt se mêler pour un instant aux gardes nationaux et à l'armée, et porta à la fête du jour une
santé qui fut accueillie avec enthousiasme par tous
ceux qui se trouvaient dans le voisinage.

———————

- On écrit de Bordeaux :

Parmi les petites villes de ce département,
pour qui la fête du Roi des Français a été une
occasion solennelle de faire éclater tout leur dévouement à la dynastie régnante, celle de Libourne doit occuper un rang distingué. Cette sous-
préfecture, quoique reléguée, comme toute petite
ville, loin de nos grandes scènes politiques, n'en
sait pas moins faire une part très-large à toutes
les idées de nationalité, et rarement elle est restée
en arrière lorsqu'il y a eu un hymne à entonner
pour la liberté, un témoignage de dévouement à
offrir. C'est une justice que nous nous plaisons à
lui rendre ; et les détails que nous recevons sur

la manière dont elle a célébré la Saint-Philippe viennent confirmer les éloges que nous lui donnons aujourd'hui.

Les habitans de Libourne ont déployé, pour saluer ce glorieux anniversaire, nous ne dirons pas toute la pompe locale, la pompe n'est souvent qu'une ruineuse flatterie, mais toute cette gaîté française, toute cette *naïveté* de patriotisme qui ne coûte rien et qui pourtant parle plus haut à l'oreille d'un prince populaire, parce que c'est le cœur qui fait alors les frais de la fête.

Il y a eu bal, comédie, divertissemens, mâts de cocagne, feu d'artifice, illuminations, chants joyeux, cohue à se faire étouffer, en un mot, tout le désordre de la joie populaire, et la nuit s'écoula aux cris de *vive le Roi! vive la liberté!*

Paris, le 11 mai.

Ce n'est pas sans de vifs regrets que le Roi a ajourné la grande revue générale qu'il se proposait de passer des gardes nationales de Paris et de la banlieue, deux fois contrariée par le temps. Nous apprenons que, dans tous les arrondissemens, l'impatience de cette solennité s'en est accrue : de nouvelles armes ont été demandées et accordées, un grand nombre de citoyens se sont empressés de se faire habiller, et nous avons lieu d'espérer que la journée de dimanche 15 verra cette réunion augmentée en nombre et en éclat.

C'est sans doute l'occasion convenable de rendre
un nouvel hommage à cette garde nationale qui,
après s'être recréée d'elle-même, sans autre règle,
sans autre loi que celle de ses souvenirs et de son
patriotisme, après s'être replacée d'élan et miraculeusement sous les armes, a constamment fait, depuis dix mois, un service tel qu'on n'aurait osé
l'attendre des troupes les plus instruites et les mieux
disciplinées. C'est à elle, sans doute, et à ses sympathies avec un Roi autour de qui elle aime tant à
se presser, que nous devrons de recueillir les véritables fruits de l'heureuse révolution de juillet, des
institutions franchement libérales et une paix honorable. N'est-ce pas en effet dans les rangs de cette
imposante garde nationale, que la France et l'étranger lui-même ont trouvé des témoignages de cette
unanimité de sentimens où il convient de chercher
le véritable esprit du pays? Sans conseils de discipline comme sans récompenses, elle a accompli
des entreprises auxquelles ne suffisent point les lois
de contrainte et les encouragemens; elle a rétabli
l'ordre, prévenu des troubles, dissipé les émeutes;
la tranquillité, qui était son but, est devenue son
ouvrage, et elle n'a pas coûté un excès, pas une
violence.

Si, depuis dix mois, des divergences ont surgi au
milieu d'une révolution qui a remis en présence
tant de passions diverses, c'est au sein de la garde
nationale qu'on les a constamment vues disparaître :
prise en corps, les nuances d'opinion s'y sont effa-

cées toutes les fois que l'intérêt commun, celui de
la tranquillité publique, semblait compromis. La
garde nationale a été comme le type de l'esprit de
concorde et de bonne harmonie qu'il est à souhaiter
de voir dominer en France : à cette œuvre, où suc-
combent trop souvent les efforts du Gouvernement
(on doit cet éloge à la garde nationale), un rappel
et un coup de baguette ont suffi.

C'est pourtant à travers des sacrifices répétés de
temps et d'argent, c'est sous un régime sans règles
fixes et tout provisoire, que la garde nationale s'est
formée consistante, énergique, à tel point qu'une
vieille et régulière organisation n'aurait rien produit de plus fort et de mieux discipliné; et cependant, à peine la loi est-elle promulguée, que, par
respect pour elle, la garde nationale se montre im-
patiente de s'y soumettre : elle croit ne pouvoir
trop se hâter, par une prompte réorganisation, de
rentrer dans les conditions légales; consentant ainsi
le sacrifice d'habitudes faites, d'affections contrac-
tées, elle appelle de nouveaux officiers, elle se présente à de nouveaux cadres, et ne craint pas de
renouveler sur-le-champ des formations qu'elle pouvait, même légalement, conserver jusqu'au 1er jan-
vier 1832.

C'est assurément dans l'intention de reconnaître
tant d'éclatans services, d'en exprimer sa gratitude,
devenue un sentiment profond et personnel par les
rapports établis depuis dix mois entre le Roi et la
garde nationale constituée dans ses formes provi-

-soires, que Sa Majesté a si vivement desiré en passer une dernière revue avant la réorganisation.

Rien ne sera plus majestueux et à la fois plus touchant que cette grande solennité où le Roi viendra comme pour faire un adieu à cette garde nationale de juillet et d'août, qu'il reverra bientôt la même, sauf quelques échanges d'épaulettes et de galons que va produire la chance prochaine des élections.

C'est, dans cette occasion, exprimer un vœu de Sa Majesté que de faire un appel aux gardes nationaux; la présence de tous doit lui être agréable, au moment surtout où, près de s'en séparer pour quelques jours, elle desire emporter les témoignages réitérés des sympathies qui existent entre la garde nationale et le prince à qui ces réunions sont si chères.

Au reste, dans le moment même où nous traçons cet hommage à la garde nationale de Paris, elle est encore occupée à y acquérir de nouveaux droits. Les derniers soupirs de l'esprit de désordre ont appelé de derniers efforts. Le brave général Jacqueminot s'est montré aujourd'hui plus digne que jamais des fonctions où ses concitoyens l'ont vu élever avec une confiance si unanime.

Un accident, heureusement peu grave, enchaîne un moment son zèle. L'activité du général en chef n'en est que redoublée. M. le comte Lobau saura suffire à tout, grace au secours puissant qu'il trouve dans l'affection que lui porte toute la garde nationale, aussi fière d'un tel chef qu'il est fier d'un tel commandement.

On écrit de Lyon, le 7 mai :

La veille de la fête du Roi, le canon avait annoncé la fête ; dimanche, à dix heures, les gardes nationales de Lyon, des faubourgs et des campagnes environnantes, et les deux régimens formant notre garnison, se trouvaient réunis au Champ-de-Mars, où la revue a été passée par M. le général Roguet, accompagné de M. le préfet et de M. Terme, remplissant les fonctions de maire. De nombreuses salves d'artillerie ont été tirées pendant la revue ; les troupes ont ensuite défilé dans l'ordre suivant : les gardes nationales des campagnes, au nombre de trois mille hommes environ ; les quatre légions de la ville et des faubourgs, formant environ six à sept mille hommes, habillés ou non habillés ; le beau corps des canonniers, composé de trois cents hommes ; la garde nationale à cheval de Lyon, formant avec la compagnie de Saint-Genis-Laval, cent cinquante hommes environ.

La journée s'est terminée par un bal donné par M. le préfet, qui a duré toute la nuit, et a réuni une société nombreuse, composée en grande partie de gardes nationaux. Au reste, tout s'est passé dans le plus grand ordre et la tranquillité la plus parfaite.

Il y a eu des distributions à domicile. Des

prisonniers pour dettes ont été délivrés sur les fonds légués pour cet objet par le major-général Martin.

— Notre ville jouit depuis quelques mois d'une tranquillité parfaite ; notre nombreuse population n'éprouve pas des besoins et des privations aussi grandes qu'on avait lieu de le craindre ; la charité lyonnaise s'est surpassée cet hiver, et quelques commissions survenues depuis peu des pays étrangers alimentent nos manufactures de soie suffisamment pour répondre aux besoins les plus essentiels de la classe ouvrière, appartenant à cette branche importante de notre industrie.

Les travaux de fortifications occupent une partie des autres ouvriers, en sorte qu'à travers une assez grande stagnation d'affaires, notre population est pourtant, pour le présent, à l'abri d'un entier dénuement. Une grande émigration parmi la classe ouvrière de tous les états, est pour beaucoup dans cet heureux état de choses.

Nos autorités administrent avec une sagesse et une impartialité dont elles trouvent les fruits dans le refroidissement de l'esprit de parti, et dans une tendance à un rapprochement désirable entre des hommes qui, unis pour la plupart par des principes d'honneur et de religion, s'étaient trouvés, sans pouvoir se rendre compte des motifs, divisés sur des questions politiques.

Notre garde nationale montre un calme en rapport avec son institution, qui est toute d'ordre

4

et de paix ; le service se fait régulièrement et avec
zèle.

————————

On écrit de Bordeaux :

Il n'est pas de si petite ville de notre département qui n'ait voulu donner un témoignage solennel
de son dévouement à la nouvelle dynastie à qui sont
confiées les destinées de la France. De tous côtés
nous recevons des lettres dans lesquelles on nous
rend compte de la manière dont la fête du Roi a été
célébrée dans nos campagnes.

Au nombre des communes qui se sont le plus
signalées en cette occasion, nous trouvons celles de
Royan, Gujan, Saint-Laurent (Médoc), Portets,
Podensac, Arbanats et quelques autres. Dans toutes
ces communes cette fête a été la même, c'est-à-dire
que partout on retrouve le même amour pour le Roi
des Français, le même attachement à son trône
constitutionnel. Du reste, les amusemens ont été
variés selon le goût des habitans ou les usages des
localités. Peu de pompe, beaucoup de joie, voilà
l'histoire de cette journée. Pour rendre la fête plus
belle, la bienfaisance avait voulu qu'au milieu des
réjouissances générales, il n'y eût pas une seule
ame qui se ressouvînt des peines de la veille. Des
distributions de pain, de vin et d'alimens, ont été
faites aux familles indigentes.

Partout le paysan s'est souvenu qu'il était à la
fois *soldat* et *citoyen*; des évolutions militaires ont

fait remarquer l'habileté du premier ; des danses vives
et gaies ont fait briller l'enjouement du second. C'est
ainsi qu'au milieu des jouissances les plus variées
s'est écoulé ce jour qui laissera dans toutes les ames
de profonds souvenirs.

On écrit de Toulouse :

Parmi les réponses faites par le Roi aux dis-
cour prononcés devant lui, à l'occasion de sa fête,
il en est une qui nous a plus particulièrement frappés, parce qu'elle se rattache à l'un des besoins
le plus universellement sentis ; celui de *l'instruction
primaire.* Le peuple doit étre l'objet, sous ce rapport, de toute la sollicitude du Gouvernement ;
et c'est la plus utile comme la plus juste récompense qui puisse lui être offerte de la part qu'il a
prise à la révolution de juillet. La propagation de
l'enseignement primaire est l'élément le plus actif
d'une civilisation progressive, le moyen le plus honorable et le plus efficace tout à la fois d'une amélioration dans l'état physique et moral des classes
pauvres, la garantie la plus infaillible de l'ordre
public et de la prospérité nationale.

GARDE NATIONALE DE PARIS.

Ordre du jour du 12 mai.

Le général en chef croit devoir rappeler à ses
camarades que la grande revue du Roi est arrétée

pour dimanche prochain, 15 du courant, Sa Majesté ne voulant pas commencer son voyage sans avoir encore une fois réuni ces admirables légions de Paris et de la banlieue, qui ont si bien justifié sa confiance et celle du pays.

La garde nationale fera sans doute tous ses efforts pour donner à cette solennité le caractère de grandeur qu'on doit en attendre, et elle y paraîtra tout entière avec la satisfaction d'avoir honorablement rempli jusqu'à ce jour tous ses devoirs patriotiques.

Le général en chef profite de cette occasion pour remercier ses frères d'armes de leur concours empressé et efficace pendant les derniers troubles; ils ne se lasseront pas plus de faire respecter les lois que les agitateurs ne se lassent de les enfreindre, et la reconnaissance publique leur tiendra compte de leurs efforts.

LOBAU.

Pour copie conforme :
Le chef de l'état-major général,
JACQUEMINOT.

On écrit de La Rochelle, le 6 mai :

Dans toutes nos communes, la fête du Roi, cette fête vraiment nationale, a été célébrée avec enthousiasme et allégresse. Partout des distributions de comestibles ont eu lieu; des aumônes particulières ont en outre été distribuées. Des feux de joie, des illuminations, des danses, etc., etc., ont été, pour les habitans du département, une occasion de témoigner la joie franche et animée que leur inspirait ce beau jour.

Dans les campagnes, l'allégresse la plus vive s'est manifestée par des réjouissances publiques qu'on n'y avait jamais vues. Des dons et des distributions volontaires ont fait, presque partout dans ces localités, les frais de ces fêtes populaires, auxquelles la présence des gardes nationales ajoutait toute la solennité qu'on pouvait désirer. Nous citerons avec satisfaction que, dans beaucoup de communes, MM. les curés, s'associant aux sentimens de la population, ont allumé eux-mêmes, de concert avec l'autorité municipale, les feux de joie dressés par leurs soins.

A La Rochelle, c'est M. l'évêque qui a célébré l'office divin dans l'église cathédrale, où les fonctionnaires publics et une quantité considérable d'habitans étaient réunis pour assister à cette cérémonie religieuse.

Des cérémonies semblables ont également eu lieu dans les temples protestans.

On nous écrit de Château-Thierry :

Le 1er mai la garde nationale de Château-Thierry a inauguré le buste de Louis-Philippe Ier. Dans un banquet qui a suivi cette solennité, les nobles et généreux sentimens qui animent cette ville ont éclaté avec la plus parfaite unanimité.

La commune d'Essommes, voisine de Château-Thierry, a célébré dimanche, 7 courant, la fête du Roi, avec zèle et enthousiasme. La garde nationale, formant un bataillon de quatre compagnies, s'est réunie dès le matin dans un vaste champ sur les bords de la Marne, où des préparatifs avaient été faits par ordre de M. le maire, pour que chacun des gardes nationaux pût tirer à la cible. Quatre prix, se composant chacun d'objets d'armement et d'équipement, ont été distribués aux vainqueurs par le magistrat. Des manœuvres ont ensuite été exécutées avec beaucoup d'ensemble en présence des habitans de la commune et des environs.

La journée s'est terminée par une grande réunion sur la jolie place du pays, où l'on a dansé et chanté toute la soirée.

Aucun accident n'a troublé cette fête de village, que la fraternité et le patriotisme ont rendue intéressante par l'union et la gaîté qui y ont régné.

On écrit de Perpignan :

La fête du Roi devait être une époque digne de remarque. L'attente des citoyens, des vrais amis de la patrie, n'a pas été trompée. Les mêmes sentimens se sont manifestés jusque dans les plus petites communes du département. Des divertissemens, des jeux, des illuminations ont eu lieu. La classe pauvre a reçu partout des secours. Le bon ordre n'a été troublé nulle part. On se montrait indistinctement et avec la même confiance dans les lieux publics. Tout sujet de ressentiment semblait effacé de la mémoire. Les habitans rivalisaient de dévouement et de zèle avec les autorités. Dans les villes de garnison et dans les cantonnemens la troupe se confondait avec les citoyens. C'étaient partout les mêmes vœux pour l'élu de la nation, pour le Roi des Français.

Les chefs-lieux avaient donné l'exemple. A Perpignan, tout ce qu'annonçait le programme de la fête a été rempli. L'artillerie de la garde nationale l'a saluée par des salves le matin et le soir. Cette belle compagnie a assisté à la parade et occupait la droite de la troupe de ligne. Après avoir déposé ses armes, elle s'est réunie en repas de corps pendant lequel des toasts ont été portés *au Roi et à son auguste famille, aux Polonais, aux Belges*, et divers autres, tous également patriotiques.

Les façades des casernes avaient été décorées avec élégance, et les illuminations du soir ont ajouté un nouvel éclat à ces embellissemens.

Divers repas de corps ont réuni pendant l'après-midi les troupes du génie, de l'artillerie et de la ligne.

Un feu d'artifice, ouvrage de M. Bousquet, a terminé la fête du chef-lieu du département.

La fête n'avait pas été moins brillante à Ceret.

Elle a été marquée par des distributions de secours aux pauvres, par des danses, des courses de taureaux et des illuminations.

Il en a été de même à Prades. La fête s'y est prolongée pendant trois jours.

Nous aurions encore à citer les chef-lieux de canton, les villes, les principales communes, tout le département, enfin, jusqu'au moindre hameau. Nous dirons de tous que, si les récits offrent quelque diversité, les vœux, le zèle, l'empressement, à quelques exceptions près, que nous signalerons plus tard, pour la honte de leurs auteurs, ont été partout les mêmes.

On écrit de Toulon, le 10 mai :

Le 1er mai 1831, jour anniversaire de la fête de Louis-Philippe, M. l'abbé Ghersi, aumônier de la marine, affecté à la chapelle de l'hôpital de Saint-Mandrier, après avoir réuni les différens employés du département de la marine, leur a adressé une allocution dans laquelle sont exprimés des sentimens de patriotisme dignes d'être remarqués.

« Braves marins, a-t-il dit, avec quel enthousiasme et quelle fidélité ne devez-vous pas servir ce prince magnanime si cher à votre glorieuse patrie ! avec quel héroïsme et quelle ardeur ne devez-vous pas défendre ces couleurs génératrices, ces couleurs si glorieuses pour la France et si redoutables pour les ennemis ! votre patrie et votre Roi les ont con-

fiées à votre honneur et à votre bravoure ; soyez-leur
fidèles dans la paix et dans la guerre : si la dernière
avait lieu, vous y donneriez, qui oserait en douter?
les preuves les plus éclatantes de votre patriotisme
et de votre audace accoutumée pour les défendre,
comme votre prince donna, il y a quarante ans,
celles du plus brillant courage, en défendant, au
milieu des combats, la même cause que vous défen-
driez. Combien je jouis de pouvoir unir mes vœux
aux vôtres, pour la prospérité du règne de Louis-
Philippe, et de les déposer au pied du trône de l'Im-
mortel et de son apôtre, dont nous sommes ici rassemblés pour célébrer les mérites et les triomphes;
afin que notre bien-aimé et citoyen-roi soit à jamais l'objet de notre amour et de notre dévouement
inaltérable. Grand saint et grand apôtre, interposez,
nous vous en supplions, votre puissante protection
auprès de ce Dieu que vous avez servi avec tant de
fidélité sur la terre, afin que ce prince auguste qui
porte votre nom soit pour long-temps la splendeur
de ce trône où il lui a plu de l'élever ; qu'il règne à
jamais sur nos cœurs, que sa bonté et sa sagesse
le guident dans les moyens les plus propres à rendre heureux les Français, à terrasser ses ennemis,
ceux de sa patrie et de nos chères libertés. *Vive le
Roi!* »

Honneur à ce digne prêtre, qui est persuadé que
son caractère sacré ne lui a pas fait perdre son titre
de citoyen, qui en remplit tous les devoirs, et qui
se laisse guider par les dogmes de la Sainte-Écriture

en même temps que par les inspirations de la conscience, en obéissant aux puissances de la terre établies par Dieu lui-même.

GRANDES REVUES.

REVUE DE LA TROUPE DE LIGNE.

Paris, le 2 mai.

Le Roi est sorti aujourd'hui du Palais-Royal à
dix heures et demie, accompagné de S. A. R. le
duc de Nemours, de M. le maréchal ministre de
la guerre, de M. le maréchal Gérard, de M. le
maréchal duc de Trévise, et d'un nombreux concours d'officiers-généraux et supérieurs; des détachemens de la garde nationale à cheval précédaient
et suivaient Sa Majesté.

Le Roi, dont le départ avait été annoncé par
des salves d'artillerie, est arrivé à onze heures au
Champ-de-Mars, où étaient formées quatre lignes
d'infanterie à la gauche de l'estrade du Roi, six
lignes de cavalerie à droite, quatre lignes d'artillerie, du génie et du train des équipages militaires,
faisaient face à l'Ecole-Militaire. M. le ministre de
la guerre avait organisé les troupes pour passer la
revue du Roi, en six divisons, de douze brigades,
ainsi qu'il suit :

La brigade d'Arriule, composée des 12e, 52e de

ligne et 3e léger, et la brigade Favier, composée
des 1er et 62e de ligne, formait la première division
d'infanterie, aux ordres du lieutenant-général Ledru-
des-Essarts. Le lieutenant-général Boyer commandait la deuxième division, composée des 7e, 16e
de ligne et le 8e léger, aux ordres du général Cu-
bières, des 8e, 46e de ligne, sous le commandement
du général Rumigny.

La première division de cavalerie, aux ordres du
lieutenant-général Gérard, se composait des brigades Merlin, gendarmerie, 1er et 2e régimens de carabiniers ; Clary, 9e et 10e régimens de cuirassiers ;
marquis Oudinot, 3e et 6e régimens de dragons.

Les brigades Marbot, 1er et 6e lanciers ; Faudoas,
3e et 4e chasseurs ; et la brigade de S. A. R. Mgr le
duc d'Orléans, 1er et 6e hussards, formaient la
2e division, sous les ordres du lieutenant-général
Subervic.

L'artillerie, commandée par le lieutenant-général
Carbonel, se composait du 8e régiment en première
ligne, sous les ordres du général Dagereau, et du
11e en seconde ligne, sous les ordres du général
Gourgaud.

Le lieutenant-général Valazé commandait le 1er
régiment du génie, et celui des ouvriers d'administration.

Les détachemens destinés à recevoir les drapeaux
ont été conduits par les chefs de troupe, et se sont
rangés en demi-cercle au pied de l'estrade.

Le Roi leur a adressé l'allocution suivante :

« Mes chers camarades,

« C'est toujours avec un nouveau plaisir que je
» remets successivement aux différens corps qui
» composent notre brave armée, ces drapeaux por-
» tant les glorieuses couleurs que la valeur natio-
» nale a reconquises, et sous lesquelles je m'énor-
» gueillis d'avoir combattu dans vos rangs pour la
» défense de notre territoire et pour l'indépendance
» de notre patrie. Vous leur serez toujours fidèles ;
» vous répondrez toujours à ce que la France at-
» tend de vous, et tant que j'existerai, vous me trou-
» verez toujours prêt à soutenir, avec vous, l'hon-
» neur de nos armes et celui du nom Français. »

Les cris réitérés de *vive le Roi!* ont répondu à
l'allocution de Sa Majesté.

Le Roi a immédiatement après parcouru les lignes,
et distribué les décorations accordées aux régimens
d'infanterie, de cavalerie, d'artillerie et au train des
équipages militaires.

Les divisions se sont ensuite formées en colonne,
et ont défilé sous les yeux de Sa Majesté.

Le temps le plus propice a favorisé cette magnifique revue, à laquelle ont assisté un nombre immense de spectateurs, qui n'ont cessé d'admirer la
beauté des régimens, la force des corps, la régula-
rité de leur tenue et la précision de leurs mouvemens. La revue a fini à cinq heures.

Le retour du Roi a été de nouveau annoncé par
des salves d'artillerie : partout sur son passage le
Roi a été accueilli par des acclamations réitérées.

PREMIÈRE DIVISION MILITAIRE.

Ordre du jour.

Paris, le 3 mai.

Je m'empresse de faire connaître aux troupes de toutes armes qui ont figuré à la revue d'hier, combien le Roi a été satisfait de leur tenue.

La précision des mouvemens qui ont été exécutés pour former les masses, et pour défiler devant Sa Majesté, a prouvé que les jeunes soldats sont déjà des anciens pour la manœuvre; tout en eux garentit à la France qu'en moins de temps encore ils seraient des vieux pour le combat.

Lieutenant-général, PAJOL.

REVUE

DE LA GARDE NATIONALE DE PARIS ET DE LA BANLIEUE.

Paris, le 15 mai.

La revue du Roi, deux fois retardée par un temps contraire, favorisée aujourd'hui par un ciel magnifique, a satisfait aux vœux empressés de la capitale entière, qui y a vu ses citoyens armés se livrer comme elle à l'éclatante manifestation des sentimens qui les animent pour le Roi et pour sa famille, et le Roi répondre à l'expression de ces sentimens avec une effusion qui a pénétré tous les cœurs. Cette revue a été une fête pour la garde nationale, une fête pour Paris, et, si on peut le dire, une seconde célébration de la fête du Roi.

Dès huit heures du matin les légions de la garde nationale étaient sous les armes, dans la plus belle et la plus complète tenue, et de leurs quartiers respectifs elles se sont rendues au Champ-de-Mars, où elles ont pris l'ordre de bataille indiqué par l'état-major. Les légions de la banlieue étaient placées à la gauche de l'École-Militaire. La garde nationale à cheval et l'artillerie étaient adossées au pont.

A onze heures trois quarts le Roi est sorti du Palais-Royal, accompagné de la Reine, de M. le duc de Nemours (M. le duc d'Orléans étant déjà à sa batterie), de M. le président du conseil, en sa qualité de ministre de l'intérieur, de M. le maréchal ministre de la guerre, de MM. les maréchaux duc de Trévise et Gérard, de M. le comte Lobau, et d'un nombreux cortége d'officiers - généraux et supérieurs. Des détachemens de la garde nationale à cheval précédaient et suivaient Sa Majesté.

A midi un quart, le Roi est arrivé au Champ-de-Mars, où Sa Majesté a été reçue par M. le général Jacqueminot, qui, reparaissant dans cette solennité, a reçu de tous ses frères d'armes les témoignages du plus vif intérêt.

Le Roi ayant mis pied à terre a reçu les hommages du corps municipal, à la tête duquel était M. le préfet de la Seine : Sa Majesté, conformément à son ordonnance du 13 de ce mois, a ensuite remis à MM. les sous-préfets de Sceaux et de Saint-Denis et à MM. les maires des douze arrondissemens de Paris, les modèles des croix de juillet qui doivent être distribuées aux citoyens auxquels cette récompense nationale a été décernée.

Le Roi est remonté à cheval et a parcouru toutes les lignes.

Pendant cette revue, le Roi a décerné de sa main la croix de la Légion-d'Honneur à trois gardes nationaux qui ont été blessés sous les armes, par des coups de pierres, dans les derniers troubles.

Sa Majesté a vu avec satisfaction ces grâces accueillies par l'assentiment marqué des camarades de ceux qui en étaient l'objet.

A deux heures et un quart, toutes les lignes ayant été passées en revue, les légions se sont formées en colonnes serrées pour défiler : pendant ce mouvement, le Roi a fait le tour du Champ-de-Mars, dont les tertres, couverts d'une foule immense, ont retenti d'acclamations réitérées.

Sa Majesté ayant pris place devant l'École-Militaire, les légions ont défilé devant elle, ayant à leur tête M. le général comte de Lobau, M. le général Jacqueminot, MM. les sous-préfets et les maires des communes de la banlieue. Tous les pelotons, en défilant, agitaient leurs armes et saluaient Sa Majesté du cri de *vive le Roi !*

Le Roi est rentré au Palais-Royal à cinq heures et

demie, répondant partout sur son passage aux acclamations d'une foule empressée : bientôt après Sa Majesté a cédé à l'empressement général en reparaissant au balcon, pendant que les cours et la place du Palais retentissaient des cris de *vive le Roi !*

La Reine et les Princesses avaient précédé de quelques instans le retour du Roi : Sa Majesté et LL. AA. RR. étaient dans une calèche découverte, et ont reçu constamment les témoignages des sentimens que la capitale a voués à l'alliance de toutes les vertus qui se font à la fois honorer et chérir.

Les détails que nous venons de publier sur la revue de ce jour, répondent à tout ce que l'on devait attendre de la solennité qu'un ajournement inévitable n'a rendue que plus complète et plus brillante. C'est un attribut des gardes civiques que d'offrir, avec toute la pompe militaire d'un corps d'élite, un air de liberté et d'aisance qui imprime à leurs réunions l'aspect d'une fête. L'objet de la revue d'aujourd'hui, qui était, pour la garde nationale, de saluer l'anniversaire de la fête du Roi, et pour le Roi, de resserrer les liens qui l'unissent à elle (au moment où quelques-unes de ses parties vont changer de cadre sans changer d'esprit), lui donnait surtout ce caractère.

Toutefois, les graves souvenirs des services que la garde nationale a rendus depuis neuf mois étaient présens à tous les esprits. On savait que cette solen-

nité était destinée par le Roi à en consacrer la mémoire. Ce déploiement de légions citoyennes, cette
affluence de toute la population, qui semblait venir
aussi remercier la force pacifique qui a protégé son
repos et son travail ; ce mouvement prodigieux d'une
foule dans le sein de laquelle la politesse française
faisait presque seule la police ; ces bouquets enlacés
dans les baïonnettes, ces acclamations, ces adieux,
ces souvenirs, ces espérances ; tout ce que la liberté
et la patrie doivent déjà et demandent encore à cette
milice généreuse ; que d'attraits attachés à cette réunion ! quelle garantie elle donne à la société ! qu'il est
utile de la voir se reproduire de temps en temps,
comme un lien nouveau formé entre le trône et le
peuple, comme un rendez-vous de paix et d'union
offert à tous les citoyens ralliés sous le même uniforme, sous le même drapeau !

Voyez en effet comme, dans tous les États, tour à
tour, s'introduit l'imitation de cette organisation
puissante, qui donne aux principes l'autorité des
armes, et aux armes le sentiment du patriotisme ;
qui ennoblit l'obéissance en l'éclairant ; qui discipline les opinions particulières en les encadrant
dans l'intérêt général. On peut se fier à l'instinct des
sociétés du soin de veiller à la conservation de leur
bien-être. Aussi, en 1827, un pouvoir jaloux pré-
ludait-il, en France, à la violation des lois par le li-
cenciement de la garde sous la protection de laquelle
ces lois étaient placées. Et depuis neuf mois, on a
vu comment cette même garde nationale a démenti

5

les accusations d'esprit anarchique qu'on n'avait pas craint d'élever alors contre elle. C'est que tous les intérêts privés ont chacun un point qui les rattache à l'intérêt général. La société armée ne tournera pas ses armes contre elle-même; elle se défendra, et avec elle, le Gouvernement qui la protége.

La loi vient de régler les rapports des citoyens entr'eux et envers l'Etat, pour ce service important. Elle ne peut rien ajouter, ni enlever au dévouement de la garde nationale; elle établit seulement des relations qui avaient besoin d'être définies pour l'avenir. C'est une garantie nouvelle qui place cette organisation à l'abri des caprices du pouvoir ou des factions. La garde nationale a eu le mérite de prouver qu'elle n'avait pas besoin de loi pour remplir ses devoirs; le législateur ne devait être que plus empressé d'en établir une qui consacrât ses droits.

Le plus glorieux de tous, qui lui est confié par la Charte, c'est celui de la défendre, et de défendre le Trône, qui en est le plus ferme appui. Elle le revendiquera toujours avec orgueil.

GARDE NATIONALE DE PARIS.

Le général commandant en chef la garde nationale de Paris et de la banlieue s'empresse de remplir auprès de ses camarades une mission bien douce, celle de leur faire connaître la satisfaction que le Roi lui a témoignée, à plusieurs reprises, durant la revue

mémorable de ce jour, tant sur la tenue que sur l'instruction des différens corps de la garde nationale.

Sa Majesté a été frappée des progrès rapides que
révélait un ensemble dont il n'appartenait peut-être
qu'à des Français de donner en si peu de temps le
spectacle à leurs concitoyens et à l'Europe, spectacle si rassurant pour l'ordre et pour la paix.

Au moment d'adresser à ses camarades ces témoignages d'une auguste approbation, le général commandant en chef reçoit de la main du Roi une lettre
dans laquelle Sa Majesté exprime avec tant de bonté
ses sentimens, qu'elle ne laisse plus à celui qui a eu
le bonheur de la lire le premier, que le besoin de la
communiquer immédiatement à ses camarades, et
de les associer à la reconnaissance que ce noble langage inspire si naturellement.

Au général comte de Lobau.

« Vous savez, mon cher général, que j'avais
» voulu célébrer ma fête de la manière qui me conve-
» nait le mieux, en revoyant encore une fois la garde
» nationale de Paris et de la banlieue; telle qu'elle
» avait été formée par l'organisation spontanée de
» juillet et d'août. Je voulais, avant que cette orga-
» nisation eût subi les changemens prescrits par la
» loi qui règle sa constitution; témoigner à la garde
» nationale que par son zèle patriotique et tout vo-
» lontaire, elle a surpassé en instruction, en disci-
» pline et en dévouement tout ce que je pouvais
» attendre d'elle et tout ce que la France pouvait en

» espérer. Je ne crains pas de le dire, mon cher
» général, l'histoire des nations ne présente pas
» d'exemple d'un élan aussi généreux et d'un résul-
» tat aussi brillant, et mon orgueil national me porte
» à croire qu'il n'y avait que des Français qui en
» fussent capables.

» Mais j'ai encore d'autres dettes à acquitter en-
» vers la garde nationale. Je dois d'abord lui témoi-
» gner la reconnaissance de la nation et la mienne
» pour cette activité, cette patience et ce sang-
» froid souvent plus difficile que le courage, avec
» lesquels elle a si puissamment concouru, au mi-
» lieu des circonstances pénibles que nous ayons eu
» à traverser dans les neuf mois qui viennent de
» s'écouler, à la répression des tentatives d'agita-
» tion, et au rétablissement de l'ordre public, sans
» lequel il ne saurait y avoir ni liberté, ni prospé-
» rité pour la France.

» Je dois ensuite m'acquitter de ma dette person-
» nelle, et témoigner à la garde nationale combien
» mon cœur est pénétré de l'accueil qu'elle m'a fait,
» des sentimens qu'elle m'a manifestés, et de l'af-
» fection qu'elle me témoigne en toute occasion. Je
» sens que je les dois à la connaissance qu'elle a de
» mon patriotisme, et à la garantie que présente
» ma longue carrière, de ma fidélité à mon pays et
» de mon dévouement à la cause sacrée de ses liber-
» tés constitutionnelles. Mais que la garde nationale
» connaisse aussi tous les sentimens que je lui porte,
» qu'elle sache combien je m'identifie à elle dans

» tous les services qu'elle rend à la patrie , et com-
» bien elle doit toujours compter sur ma vive et
» sincère affection.

   » Je ne puis trouver, mon cher général, de meil-
» leur interprète auprès de la garde nationale que
» celui qui remplit si dignement le poste important
» où ma confiance vous a placé. Veuillez donc lui
» faire connaître tout ce que je viens de vous expri-
» mer. J'y ajoute bien sincèrement l'assurance de
» mes sentimens pour vous.

LOUIS-PHILIPPE.

» Saint-Cloud, ce dimanche soir, 15 mai 1831. »

On lit l'article suivant dans le *Journal de Paris* :

Si l'on avait pu avoir des regrets de voir remettre deux fois la revue de la garde nationale,
la journée d'aujourd'hui a dû les faire cesser. Il était
impossible d'avoir un plus beau temps et une réunion
plus belle et plus animée. L'accueil qu'a fait au Roi,
non-seulement la garde citoyenne dont il a parcouru
les rangs, mais la population tout entière dont il a
lentement traversé la foule, avait quelque chose de
plus vif encore que de coutume. Il y avait là bien
certainement quelque chose de plus que le plaisir
qu'excite toujours la vue du Roi : il y avait comme
une protestation contre les désordres qui viennent
encore, sinon de troubler la capitale, au moins
d'affliger la raison publique et d'entraver une fois
de plus la marche du Gouvernement et les pro-

grès de la liberté même dont ils prostituent le nom.
Les conversations que nous avons entendues de plusieurs côtés dans les rangs de la garde nationale
avant et pendant la revue ne nous permettent point
de douter que ce ne fût là la disposition générale
des esprits

Il nous semble que ce doit être un nouvel
avertissement à ceux qui pourraient conserver quelque illusion sur l'état de l'opinion publique, sur
la nature des besoins et des intérêts qui se manifestent toutes les fois qu'une grande partie de
la population se trouve réunie, et peut d'une manière ou d'une autre exprimer son avis sur ce qui
se passe.

Que les acclamations qui se sont fait entendre
sur le passage du Roi prouvent une adhésion ab-
solue de la population tout entière à toutes les
mesures du ministère actuel, ce n'est pas assurément ce que nous prétendons. Mais on ne peut
se refuser à reconnaître une chose, c'est qu'elles
expriment une improbation et un éloignement complet de tout ce qui ressemble au désordre, de tout
ce qui menace le principe des institutions que nous
avons conquises, et le Roi qui en est tout à la fois
une conséquence et une garantie.

Nous ne cesserons donc de le redire aux hommes
de bonne foi, qui veulent plus vivement peut-être,
mais, à coup sûr, pas plus sincèrement que nous,
l'accomplissement de tout ce que juillet nous a promis, et le maintien de ce qu'il nous a donné. Pour

avoir avec vous et faire concourir selon vos vœux au bien du pays cette puissance de l'opinion à laquelle en définitive tout le monde est contraint de se soumettre, séparez-vous hautement de ce qu'elle réprouve et ne la réduisez point au choix entre ce que vous appelez la liberté et ce qui lui paraît l'ordre et la vie sociale. Surtout et dans l'intérêt même de la cause à laquelle vous êtes dévoués, ne jouez pas le jeu de nos véritables ennemis, pour qui ce serait également un triomphe de voir l'ordre affaibli ou la liberté compromise.

Au reste, nous sommes heureux de le dire, il nous a paru que tout le monde commence à se réunir dans le sentiment de cette vérité. L'abus qu'on a fait de quelques noms et de quelques professions de foi a dû éclairer les amis les plus ardens de la liberté, et la revue d'aujourd'hui aura servi, nous n'en doutons pas, à faire voir que le vœu unanime est pour le développement, le plus grand possible, de la liberté par l'ordre.

PREMIER VOYAGE DU ROI.

La note suivante a été communiquée au *Journal de Rouen* :

Sa Majesté ne cherche ni la pompe ni l'appareil. Elle desire se mettre en communication avec les populations et recueillir la manifestation spontanée des sentimens qui les animent; elle ne veut pas que son séjour donne lieu à aucune dépense de la part des villes où elle doit s'arréter. Le voyage du Roi se faisant avec rapidité, les gardes nationales devront être formées en ligne sous les armes au moment de son passage.

Le Roi est accompagné des ducs d'Orléans et de Nemours, des maréchaux Soult et Gérard, de M. le baron Fain, secrétaire du cabinet, des généraux ses aides-de-camp, de ceux attribués à la personne des princes.

L'administration municipale se propose de présenter à Sa Majesté, lors de son passage en cette ville, une réunion des produits de nos fabriques. Cette exposition aura lieu dans une des salles de l'Hôtel-de-Ville.

———

Par une autre note il est dit :

Le Roi entrera le 24 dans le département de la Somme. Le conseil-général du département du Nord, maintenant assemblé, et le conseil municipal de la ville de Lille délibéraient sur la députation à envoyer auprès de Sa Majesté pour lui présenter les vœux et les hommages du département et de la ville chef-lieu. M. le préfet se proposait également de se rendre à Amiens. Une lettre de M. le ministre mande à ce magistrat que Sa Majesté est sensible à ces preuves de dévouément, mais qu'elle regrette de ne pouvoir donner son assentiment à ces démarches;

parce qu'elles donneraient à son voyage un caractère
et un appareil qui n'entrent pas dans ses intentions.
« A une époque peu éloignée, ajoute M. le ministre,
» Sa Majesté se propose de visiter votre départe-
» ment. Elle sera charmée de juger par elle-même
» de l'esprit qui l'anime, et des heureux résultats de
» votre administration. »

Paris, le 17 mai.

Le voyage du Roi n'est qu'une continuation de
sa fête; partout sur son passage Sa Majesté retrouve
ce que nous avons vu à Paris le 1er et le 15 mai.
Toutes les précautions avaient été recommandées et
prises contre l'étiquette, les dépenses, le cérémo-
nial; mais que faire contre de la joie, des fleurs, de
l'enthousiasme? Céder avec bonheur à l'attrait de
ces démonstrations si vives, si spontanées.

Le Roi est parti de Saint-Cloud lundi 16 mai, à
dix heures, accompagné de LL. AA. RR. les ducs
d'Orléans et de Nemours, des maréchaux Soult et
Gérard, de M. le comte d'Argout, ministre du commerce, et de MM. Aubernon et Merlin, l'un préfet,
l'autre général commandant du département de
Seine-et-Oise.

La première station s'est faite à Saint-Germain,
où Sa Majesté a passé en revue, sur la place du
château, 5,000 gardes nationaux des cantons de

Saint-Germain, Marly et Argenteuil, et le régiment des chasseurs de Nemours. Le château de Saint-Germain, ordinairement solitaire et silencieux, voyait aujourd'hui ses balcons, ses terrasses, ses créneaux garnis d'une foule immense qui saluait de ses acclamations le Roi qui a fondé son gouvernement constitutionnel sur des bases nationales.

A Poissy, le Roi a trouvé 2,500 hommes de garde nationale, des arcs de triomphe spontanés, des députations, au milieu desquelles se faisait remarquer un groupe de vingt demoiselles, qui ont offert à Sa Majesté des vers et des fleurs. A Meulan même revue, aussi nombreuse, aussi brillante, même accueil, même enthousiasme.

A Mantes, où se trouvaient réunies les gardes nationales des cantons de Magny, Limay, Mantes et Houdan, au nombre de 7,500 hommes, le maire a reçu le Roi, qui a été harangué par le sous-préfet et le président du tribunal civil.

A Bonnières, 1,800 hommes étaient en bataille.

Depuis Saint-Cloud jusqu'aux limites du département de Seine-et-Oise, toute la population accourue sur la grande route formait une double haie, portant des bannières tricolores, des drapeaux, des branches de verdure.

Les corps constitués, les habitans, des arcs de triomphe, des acclamations franches et répétées, des harangues dictées par le cœur, partout un élan que l'autorité s'était fait un devoir d'abandonner à lui-même, voilà ce que toutes les lettres nous man-

dent ; voilà ce que le Roi a rencontré sur son passage jusqu'aux frontières du département de l'Eure,
où l'on voit déjà, par l'exemple de Vernon, que le
même accueil l'attend, et où il a été reçu par le
préfet de ce département et par le lieutenant-général Teste, commandant la division, qui ont accompagné Sa Majesté jusqu'à son château de Bizy.

Il y a, dans ces démonstrations publiques rap-
prochées des circonstances que nous venons de traverser et de celles qui se préparent, une significa-
tion que nous ne saurions méconnaître. C'est un
cri de confiance que le peuple français a senti le
besoin d'élever de toute part vers le Trône ; c'est
l'écho de la revue du 15 mai.

La santé du Roi est parfaite, à travers la fatigue
naturelle que donnent tant d'émotions.

Paris, le 18 mai.

Le Roi est parti à 11 heures et demie de Bizy.

À une heure et demie, le Roi est arrivé devant
l'arc de triomphe élevé à l'entrée du faubourg de
Louviers, et décoré ingénieusement de festons aux
trois couleurs, en étoffe de laines de cette fabrique.

Sa Majesté a passé immédiatement en revue les
gardes nationales d'Evreux, de Louviers et des communes environnantes, réunies au nombre de 7,000
hommes, sur la rive gauche de l'Eure, toutes dans
une tenue très-remarquable.

Le Roi a fait ensuite son entrée dans la ville, au milieu des vives acclamations de la population pressée sur son passage. Après le déjeûner, que le Roi a accepté à l'Hôtel-de-Ville, Sa Majesté est allée visiter plusieurs fabriques, celles de MM. Jourdain, Germain-Petit et Ternaux.

Au retour, Sa Majesté a reçu le tribunal de première instance, le tribunal de commerce, le conseil-général, le conseil d'arrondissement et le corps municipal.

Les dames de la ville ont été présentées par M. le maire.

Le Roi est parti à quatre heures et demie de Louviers pour Elbeuf, où Sa Majesté est arrivée à six heures un quart, et a trouvé une réception qui n'a été ni moins brillante, ni moins animée qu'à Louviers, quoique toute improvisée; en effet, le Roi avait cédé aux instances d'une députation d'Elbeuf, pour traverser cette ville, qui n'était pas comprise dans son itinéraire.

Un arc de triomphe, dont les produits des fabriques du pays faisaient aussi le plus bel ornement, avait été élevé à la hâte.

Le Roi a rendu à l'industrie d'Elbeuf les mêmes visites, les mêmes honneurs qu'à celle de Louviers, notamment dans la belle manufacture de M. Grandin. Son arrivée à Rouen a été retardée par ce détour.

Nous voudrions varier nos récits, comme un enthousiasme ingénieux a varié, sur tout le passage du Roi, ses manifestations. Mais les mêmes mots se reproduisent pour exprimer les mêmes senti-miens ; partout de l'affection, du respect, un em-pressement inouï, des discours d'un excellent esprit, les acclamations d'une joie sincère, s'élevant de tous les rangs.

Tous les vieux militaires, sortis de leurs villages, s'étaient mêlés aux gardes nationales, qui bordaient la route des deux côtés. Les cris de *vive le Roi!* se répétaient sans interruption. Le clergé a montré partout un louable empressement.

L'ordonnance sur la prime des tissus avait été accueillie avec reconnaissance par les fabricans, qui en ont fait au Roi des remerciemens publics; déjà des expéditions avaient été faites à la douane, le jour même de la promulgation, c'est-à-dire dès le lundi. On s'accordait à dire que le commerce reprenait sensiblement de l'activité. De tous les hommages que le Roi a reçus, ce n'était pas un des moins flatteurs pour lui. C'était partout sa première sollicitude; et partout on lui a donné des assurances satisfaisantes sur ce point.

Parti d'Elbeuf à sept heures le 17, le Roi n'est arrivé qu'à neuf heures au faubourg de Rouen, où il est monté à cheval avec les princes et les personnes qui l'accompagnaient. Il faisait nuit, mais on avait illuminé. Il y avait une telle affluence sur les pas de Sa Majesté, qu'elle a mis une heure et demie pour arriver du faubourg à la préfecture. Toutes les lettres de Rouen rendront compte de cette réception, dont les détails consignés ici sembleraient peut-être exagérés. Nous laissons aux correspondances particulières le soin de les retracer, certains d'avance qu'elles resteront encore au-dessous de la réalité.

Le Roi a passé une demi-heure au spectacle, d'où il est rentré à la préfecture, où les députations l'attendaient; le dîner n'a commencé que vers minuit.

Le 18, à huit heures et demie, le Roi doit visiter quelques manufactures, la monnaie, l'hospice, l'exposition; ensuite revue de la garde nationale et de la ligne; réception à quatre heures, banquet à six, bal à neuf.

Dans tout cet itinéraire, des vœux utiles ont été recueillis; ils seront examinés avec soin. Le Roi rapportera de son voyage des souvenirs de bonheur et de nouvelles pensées de bien public.

Discours de M. le commandant de la garde nationale de Louviers.

SIRE,

La garde nationale dont je suis l'organe vient offrir au père de la patrie, au pacificateur de l'Europe, l'expression de son amour et de sa reconnaissance: elle n'ignore pas, Sire, que sans le sublime dévouement de Votre Majesté, la France était menacée de l'anarchie; une poignée de rêveurs politiques, aidés de quelques intrigans prêts à sacrifier la tranquillité

publique à leur intérêt particulier , cherche à entretenir la division parmi nous. Qu'ils apprennent, ces
hommes qui osent se dire la France, qu'ils n'ont aucun écho dans nos départemens ; qu'ils sachent surtout que si leurs tentatives obtenaient un succès
momentané, tous les vrais Français sont prêts à seconder leurs frères de la capitale !

Croyez, Sire , à la sincérité de ces sentimens ; ils
sont vrais , puisqu'ils sont inspirés par les vertus publiques et privées de Votre Majesté.

Vive le Roi !

Réponse du Roi.

« Nous ne nous rappelons que trop les maux qu'a
faits à la France l'exagération des théories politiques.
Elle veut se renfermer dans la pratique de la liberté.
La liberté ne consiste que dans le règne des lois.
Que chacun ne puisse pas être tenu de faire autre
chose que ce que la loi exige de lui, et qu'il puisse
faire tout ce que la loi n'interdit pas, telle est la liberté. C'est vouloir la détruire que de vouloir autre
chose; la chercher dans de vaines théories, c'est appeler sur la France des excès et des désordres. L'espoir de l'en préserver m'a déterminé à accepter le
Trône ; je n'ai pas eu d'autre ambition. J'emploierai
tous mes moyens à écarter de mon pays le fléau de
l'anarchie ; à maintenir l'honneur national et notre
indépendance contre tous. (Sa Majesté est interrompue par des cris réitérés de *vive le Roi!*)

La garde nationale a une grande force ; elle m'a

secondé dans cette grande entreprise; elle a suffi
pour comprimer les agitations du dedans, et sa force
imposante a sans doute puissamment contribué à
nous préserver du fléau de la guerre extérieure, car
il n'y a pas d'armées étrangères qui pussent pénétrer
sur un sol où tous les bras armés pour la patrie sont
déterminés à défendre son honneur et son indépendance. »

*Discours du président du tribunal de commerce de
Louviers.*

SIRE,

Interprète du tribunal de commerce de Louviers,
je suis heureux de pouvoir exprimer à Votre Majesté
ses sentimens de dévouement, de reconnaissance et
d'admiration !

La ville de Louviers, Sire, florissante il y a quelques années encore, a beaucoup souffert des mesures désastreuses qui ont précédé et amené la chute
de l'ancien Gouvernement.

D'autres événemens, inséparables peut-être d'une
grande crise politique, ont été funestes au commerce depuis les glorieuses journées de juillet. La
ville de Louviers en a, plus que toute autre, res-
senti les effets.

Toutefois, Sire, nous pouvons offrir à votre cœur
cette douce consolation, que dans une grande détresse l'humanité ici a rempli ses devoirs, et que
l'ordre y a été maintenu.

Une nombreuse population d'ouvriers sans travail

attend avec résignation les effets de votre sollicitude paternelle pour procurer des débouchés aux produits de son industrie. La dernière ordonnance sur la prime d'exportation nous prouve déjà la protection spéciale de votre Gouvernement.

Votre présence, Sire, ranime notre courage et remplit nos cœurs de confiance et d'espoir.

Vive Louis-Philippe, roi des Français! vive son auguste Famille!

Réponse du Roi.

« Je suis bien aise d'apprendre que l'augmentation de la prime d'exportation des tissus de laine facilite déjà le commerce de Louviers. J'espère que par l'effet de la confiance publique qui se rétablit, ses manufactures reprendront leur activité et votre industrie toute son extension. C'est à l'ombre des institutions constitutionnelles qu'elle pourra se développer. La liberté est nécessaire au commerce; mais il n'y a pas liberté là où la loi ne règne pas. »

Discours du président du tribunal civil de Louviers.

Sire,

Ce n'est pas par un long discours que le tribunal civil de Louviers croit devoir vous exprimer les sentimens qui l'animent; c'est en vous assurant qu'il rend à tous une justice égale; qu'il a banni toutes les sollicitations; qu'il conserve une parfaite harmonie entre ses membres et avec le barreau; qu'il met en

6

pratique votre devise chérie : *ordre et liberté*; et qu'enfin, il est heureux de voir de jour en jour s'affermir le payois national sur lequel les Français vous ont élevé.

Réponse du Roi.

« Je suis infiniment sensible à tout ce que vous m'exprimez; les sentimens que vous avez manifestés sont ceux de mon cœur. Je desire pour la France la liberté, et je ne connais pas de liberté sans ordre public; c'est ce qui m'a fait inscrire cette devise sur les drapeaux de la garde nationale.

» Ayant été toute ma vie fidèle à mon pays, à ses institutions, à son esprit constitutionnel, quand il a fallu me dévouer pour lui, je l'ai fait de tout mon cœur; mon sacrifice a été entier. Je suis heureux d'en recevoir la récompense dans l'approbation que me témoignent mes concitoyens. »

Discours de M. Dumeylet, président d'une députation du conseil-général de l'Eure.

SIRE,

La présence de Votre Majesté, dans ce département, nous donne un jour de fête et de bonheur!

Le conseil-général, légalement réuni pour sa session annuelle, profite avec empressement de cette circonstance pour offrir au Roi, appelé sur le Trône par les suffrages d'un peuple libre, l'hommage de son respect, de son amour et de son dévouement.

Pour rendre cette expression plus agréable à Votre Majesté, nous lui parlerons de notre desir d'introduire dans toutes les parties du service que nous sommes appelés à régler, l'économie, qui seule permet la réalisation de ces améliorations si vivement desirées par son cœur paternel.

Au premier rang de ces améliorations, Sire, nous comptons le besoin d'assurer à la classe laborieuse et indigente les moyens de travail, qui sont la vraie garantie de l'ordre public, et la nécessité de réserver des secours convenables pour ceux que l'âge et les infirmités laissent sans aucune ressource.

Nous proposerons au gouvernement de Votre Majesté tout ce qui pourra contribuer à favoriser l'agriculture et à encourager le commerce et l'industrie de ce département.

Nous n'oublierons pas ce que réclament les besoins de l'instruction primaire, dont un des plus grands avantages est de faire connaître aux citoyens leurs droits et leurs devoirs, en même temps qu'elle leur fait apprécier le bonheur qu'ils ont de vivre sous le Gouvernement de Votre Majesté.

Enfin, Sire, nous mettrons tous nos soins à assurer dans ce département la répartition équitable de l'impôt; nous ne perdrons pas de vue que la participation aux charges publiques, dans la proportion de la fortune de chacun, est le plus sûr moyen d'en alléger le poids. Ce sera encore, Sire, une justice rendue en votre nom, et elle ajoutera

aux titres nombreux de Votre Majesté à l'amour et
à la reconnaissance des Français.

Réponse du Roi.

« Vous pouvez compter sur mon concours pour
faire jouir ce département de tous les avantages que
vous cherchez à lui procurer. J'apprécie surtout
celui qui résulte de la propagation de l'instruction
primaire. Appliquez-vous à la répandre parmi les
enfans de vos ouvriers. L'instruction est un puissant moyen de civilisation ; elle inspire l'amour de
l'ordre et de la liberté, et par là facilite le développement du commerce, qui est la source vivifiante
de la prospérité nationale. »

Paris, le 19 mai.

Rouen, 18 au soir.

La journée du 18 n'a été que la continuation de
celle du 17. Toujours le même empressement, le
même enthousiasme.

A onze heures, le Roi a visité l'Hôtel-Dieu, où il
a été reçu par MM. les administrateurs. Un discours
a été adressé à Sa Majesté, qui y a répondu en
témoignant l'intérêt tout particulier qu'elle prenait
à ces refuges de l'infortune. Le Roi a visité en détail ce bel établissement ; il a demandé des rensei-
gnemens sur sa situation, et sur les mesures qui
pouvaient être prises pour l'améliorer. Sa Majesté a

laissé en partant 2,400 fr. pour être distribués aux malades les plus indigens ; au moment où ils sorti-raient de l'hospice.

Le Roi est allé ensuite à la manufacture de M. Aubert, où il s'est plu à examiner et à se faire expliquer le jeu des machines à la Jacquart.

Dans sa visite à l'Hôtel-de-Ville, où l'on avait improvisé une exposition des produits de l'industrie du département, Sa Majesté a saisi toutes les occa-sions de manifester sa vive sollicitude pour les inté-rêts si sacrés de nos manufactures et de notre com-merce, et de prendre note de toutes les idées utiles et de toutes les réclamations qui lui ont été soumises.

Sa Majesté, accompagnée de S. A. R. M. le duc d'Orléans, de MM. les ministres de la guerre et du commerce, du maréchal Gérard, du préfet de la Seine-Inférieure, du lieutenant-général baron Teste, et de M. Bartet, maire de Rouen, s'est rendue à cheval au Champ-de-Mars, en suivant les boulevards. Là se trouvaient, rangés en bataille, la garde na-tionale de Rouen, composée de 7,000 hommes, 8,000 de gardes nationales rurales, 1,200 de la garde nationale d'Elbeuf, les 31e et 51e régimens d'infanterie de ligne, un régiment de hussards et deux compagnies du train.

Le Champ-de-Mars présentait un magnifique coup-d'œil. Les hauteurs qui le dominent étaient entièrement couvertes d'une foule innombrable de spectateurs ; les fenêtres de la caserne occupées par des femmes élégamment parées ; l'air retentissait de cris non interrompus : soldats, citoyens, uniformes, parures, aspect militaire, enthousiasme bruyant, c'était une fête toute française !

Le Roi a passé la revue de la garde nationale et de la ligne. Il a donné un étendard au régiment de hussards qui a prêté serment. Le défilé a eu lieu ensuite devant le Roi. Rien de plus brillant que la tenue de ces troupes, de plus précis que leurs manœuvres. Le Roi a témoigné plusieurs fois son approbation et le public son admiration à la garde nationale de Rouen, dont la tenue et l'instruction sont d'autant plus méritoires, que le commerce de cette ville a beaucoup souffert dans le cours de l'hiver dernier, et qu'aucun sacrifice ne lui a coûté cependant pour faire preuve de son patriotisme. On sait avec quelle fermeté ces gardes nationaux ont réprimé, il y a quelques mois, à Rouen même, des tentatives de désordre, et avec quel empressement ils s'étaient dirigés sur Paris pour seconder leurs frères de la capitale. Aussi, on est heureux d'apprendre que le rétablissement de l'ordre et de la confiance commence à rendre quelqu'activité au commerce de cette ville, si digne d'intérêt. Il n'est pas étonnant qu'elle en reporte aujourd'hui sa reconnaissance sur le Roi, dont la sagesse a déjà réparé tant de maux.

La revue s'est terminée à quatre heures, aux cris de *vive le Roi !* Sa Majesté a traversé avec quelque peine des flots de peuple, pour se rendre à la fila-

ture et à la tisserie de M. Grand, l'une des plus
belles manufactures de Rouen, et de là à l'hôtel
des monnaies, où des médailles d'or et d'argent,
destinées à perpétuer le souvenir du voyage du Roi,
ont été frappées en sa présence.

A cinq heures, le Roi, rentré à la préfecture, a
reçu les dames de la ville, puis le corps des officiers
de la garde nationale et des officiers de la ligne. Le
Roi s'est plu à rappeler qu'à l'époque où les chefs
de la garde nationale de Rouen s'étaient rendus à
Paris pour y offrir son concours contre les perturbateurs, il leur avait promis de leur rendre cette
visite à son premier voyage, et qu'il avait eu à cœur
de tenir cette parole. Sa Majesté a, du reste, répondu aux regrets qu'on lui exprimait sur l'absence
de la Reine, que les témoignages d'affection dont il
était entouré lui faisaient regretter aussi vivement
de ne l'avoir point amenée.

A six heures, un banquet a réuni chez le Roi plusieurs des notables de la ville et un grand nombre
d'officiers.

A dix heures, le Roi est allé au bal qui lui était
offert au Grand-Théâtre. L'illumination et le décor
de la salle ne laissaient rien à désirer. Dans le fond
de la scène, sur une estrade, avait été placé le
fauteuil de Sa Majesté. Trois rangées d'arbustes
rares formaient un mur de verdure, au milieu duquel on avait encadré un buste de la Reine. Le Roi
s'est montré ému de cette attention ingénieuse. Il a
parcouru la salle, en adressant aux dames des pa-

roles pleines de bienveillance ; et après quelques quadrilles dansés en sa présence, il s'est retiré au milieu des plus vives acclamations.

Le Roi part demain, à 8 heures, pour le Hâvre.

Nous avons renoncé, dans tout le cours de ces récits, à exprimer la vivacité des sentimens, l'ardeur des démonstrations manifestées partout et par tous, non de peur d'exagération, mais par crainte d'insuffisance. Les lettres particulières diront le reste, car aucun témoin ne pourra écrire froidement ce qu'il aura vu.

Aux adresses et harangues que nous avons publiées hier, il faut en ajouter que le défaut d'espace ne nous permet pas d'insérer, mais que nous mentionnons avec plaisir : celles du conseil d'arrondissement de Louviers, du maire de Vernon, du maire de Poissy, du préfet de l'Eure, du maire et du curé de Triel, du maire de Meulan, du curé de Saint-Just, du maire de Gaillon, du maire d'Orival, du maire de Louviers, du curé de Pont-de-Larche, du préfet de la Seine-Inférieure, du tribunal de commerce d'Elbeuf, de la garde nationale d'Elbeuf, d'un chef ouvrier de la manufacture de M. Grandin, du tribunal civil de Rouen, du conseil-général de la Seine-Inférieure.

Paris, le 21 mai.

Le Hâvre, 20 mai.

Le Roi est parti de Rouen le 19, à neuf heures du matin. Sa Majesté est montée à cheval, escortée de ses fils. Elle a trouvé sur son passage la garde nationale formant la haie jusqu'à la sortie de la ville. La pluie qui commençait à tomber n'a pas empêché la population de se porter en foule sur le passage du Roi. A trois quarts de lieue de Rouen, Sa Majesté, que la pluie avait forcée de remonter en voiture, s'arrêta pour visiter la fabrique du maire de Deville.

A Pavilly, à Yvetot, à Caudebec, que le Roi a eu le regret de traverser sans pouvoir s'y arrêter, à cause du mauvais temps, les rues offraient mille emblèmes ingénieux de l'affection publique.

A Lillebonne, le Roi est descendu de voiture pour visiter l'église, monument curieux par son antiquité et l'élégance de son architecture. Le clergé, là, comme dans presque tous les lieux traversés par l'auguste voyageur, a offert ses hommages au Roi.

Arrivée à quatre heures à Bolbec, Sa Majesté a pu monter à cheval, et passer une revue de la garde nationale, favorisée par un plus beau temps. Elle a reçu ensuite les autorités à l'Hôtel-de-Ville, et examiné avec une sollicitude toute particulière les produits de l'industrie de cette ville si intéressante. Durant son séjour à Bolbec, le Roi a été constamment entouré de la population ouvrière, qui y est considérable, et dont les acclamations sincères ont, plus d'une fois, touché Sa Majesté.

Après avoir traversé Harfleur, on est arrivé à sept heures à Ingouville, faubourg du Hâvre. Sa Majesté est montée à cheval pour entrer dans la ville, aux portes de laquelle elle a été reçue par le maire et le corps municipal.

De l'Hôtel-de-Ville, et après la réception des autorités, le Roi, accompagné des princes, s'est rendu à la salle de spectacle, où sa présence a été saluée par les acclamations les plus vives, redoublées surtout quand Nourrit est venu chanter des couplets de M. Naudet, mis en musique par Boyeldieu, dans lesquels est ramené toujours avec bonheur ce refrain : *te voilà Roi !* refrain accueilli à chaque reprise par les cris de *vive le Roi !*

En se retirant, Sa Majesté s'est arrêtée au foyer, pour contempler la vue magnifique qu'offrait le port, entouré et couvert de brillantes illuminations. L'ordre qui a régné dans toute cette soirée semblait ajouter à son éclat. Deux transparens placés à la porte de l'hôtel qu'habite le Roi portaient les mots *paix* et *Charte*, qui sont bien réellement le mot d'ordre de tout le pays.

La garde nationale d'Honfleur vient au Hâvre par le bateau à vapeur, et celle de Caen y est arrivée dans la nuit du 19 pour assister à la revue du 20, qui certainement sera brillante.

A travers les récits qui nous parviennent, et dans

lesquels nous choisissons les détails que renferme ce
bulletin, nous ne pouvons nous empêcher de remarquer l'unanimité des réflexions auxquelles se livrent
les divers correspondans sur l'effet magique produit
par la présence du Roi et de ses fils, sur l'élan que
ce voyoge sans étiquette donne à l'opinion nationale,
sur la vivacité des sentimens qui éclatent de toute
part. On redoute d'employer, pour dire ces choses,
les formules banales dont la flatterie a tant abusé
qu'elle les a d'avance interdites à la vérité. Cependant, il faut bien dire ce qui est. Mais nous nous
consolons de la réserve que nous nous sommes imposée, par la conviction que les témoins de pareilles
scènes n'en garderont pas autant dans leurs correspondances.

Le Hâvre, le 20 mai au soir.

La journée du 20 comptera parmi les plus belles
du voyage du Roi, tant par la variété du spectacle
qu'elle a présenté, que par la vivacité des sentimens
qui animaient la nombreuse population accourue sur
les pas du Roi.

Vers sept heures du matin, une salve d'artillerie a
annoncé l'arrivée du bateau à vapeur portant à son
bord la garde nationale d'Honfleur. En passant sous
les fenêtres du Roi pour entrer dans le chenal, ce
navire a salué par une bordée le réveil de Sa Majesté.

A dix heures et demie, le Roi est monté à cheval,
pour aller visiter les travaux qu'on exécute à l'avant-
port. Sa Majesté était accompagnée des princes, des

ministres de la guerre et du commerce, du préfet et du maire, de ses adjoints, et des ingénieurs. Le Roi a posé la première pierre du nouveau bassin, et ne s'est éloigné qu'après avoir signé le procès-verbal, qui a été dressé sur les lieux mêmes.

De là, le Roi s'est rendu, en longeant les bassins, au quai d'Ingouville, pour y passer la garde nationale en revue. Elle était rangée en bataille sur toute la longueur du quai, du côté des maisons. En passant devant cette ligne, Sa Majesté a été saluée à la fois par des acclamations qui partaient des rangs de la garde nationale et de toutes les fenêtres. Le Roi, vivement ému de ces témoignages d'affection, n'a pu exprimer ce qu'il éprouvait qu'en portant à plusieurs reprises la main sur son cœur.

Après la revue, le Roi est sorti de la ville et a traversé le faubourg d'Ingouville pour se rendre à la maison de campagne de M. Delaroche, maire du Hâvre. Cette maison est située sur une hauteur, d'où l'on découvre, d'un côté, la mer, et de l'autre l'embouchure de la Seine, bordée de sites pittoresques. C'est une des plus belles vues que puisse offrir un port de mer.

De retour dans la ville, Sa Majesté est allée visiter *le Camoëns*, bâtiment français qui va partir pour le Brésil, et le paquebot américain *la France*. Les Américains ont reçu notre Roi comme des Français.

On savait que le Roi devait faire, en chaloupe, une promenade de mer. Les bâtimens et le port étaient couverts d'une foule immense; tous les na-

vires avaient arboré leurs pavillons. La chaloupe du
Roi, suivie d'une barque où étaient les officiers de
son cortége, et d'une grande quantité de petites em-
barcations, a parcouru les bassins entre deux rangs
de vaisseaux. Pendant ce trajet, l'air n'a pas cessé de
retentir des cris de *vive le Roi! vive Louis-Philippe!* La marée montante étant parvenue au niveau
de l'eau des bassins, les écluses se sont ouvertes, et
la chaloupe s'est avancée en mer. Cette promenade
a été favorisée par le plus beau temps ; c'était une
scène admirable à voir : ce sera un long souvenir
pour la population du Hâvre.

A cinq heures, le Roi a reçu les dames et les consuls étrangers. Il a répondu de la manière la plus
gracieuse au discours qui lui a été adressé par le
consul des États-Unis, comme doyen du corps con-
sulaire.

A neuf heures et demie, après le banquet où
avaient assisté les principales autorités et des personnes notables de la ville, le Roi s'est rendu à la
fête qui avait été préparée. Un bâtiment immense,
élégamment décoré, avait été construit en six jours.
Trois mille personnes avaient été invitées au bal.
Cette salle offrait un coup d'œil ravissant. De la
foule, des *vivat*, une joie générale, ce sont toujours
les mêmes formules, parce que c'est partout le même
accueil.

L'affabilité, la bonté du Roi allaient à tous les
cœurs, et tous y répondaient dignement. Durant le
séjour du Roi au Hâvre, les boutiques ont été fer-

mées volontairement en signe de fête, et toutes les maisons illuminées. On distinguait, au milieu du canal, une colonne éclairée en verres de couleurs, qui produisait un effet très-piquant. L'église principale et l'arsenal de la marine offraient aussi des illuminations remarquables.

Discours adressé au Roi par le doyen des consuls étrangers résidant au Hâvre.

SIRE,

Je dois à ma qualité de doyen de mes collègues l'honneur de présenter, tant en leur nom qu'au mien, à Votre Majesté, à l'occasion de son voyage au Hâvre, nos félicitations et nos hommages respectueux.

Notre longue résidence dans cette ville loyale et patriotique nous a en quelque sorte identifiés avec les sentimens et les intérêts de ses habitans.

La politique éclairée et libérale du Gouvernement de Votre Majesté, la sollicitude que Votre Majesté a montrée pour le maintien de la paix, si essentielle au bien-être de la France et du monde entier, donnent à Votre Majesté un titre spécial à toute notre gratitude.

Nous éprouvons un plaisir particulier à adresser, dans cette circonstance, la parole à un Monarque qui, fier de tenir sa couronne de la volonté d'un peuple brave et courageux, met sa plus grande gloire dans l'usage qu'il fait de son pouvoir pour le bonheur de la nation qui l'a choisi pour chef.

Puisse la Providence répandre ses faveurs sur Votre Majesté et sur son auguste famille !

Réponse du Roi.

« Je reçois avec grand plaisir l'expression des sentimens que vous me témoignez. Je suis fier, comme vous le dites, d'avoir été appelé au Trône par la volonté nationale. Ce n'est qu'avec son concours que je veux accomplir tout ce que je desire faire pour le bonheur et pour la prospérité de la France. Vous venez, M. le consul, d'un pays que j'ai habité long-temps, et dont j'ai conservé un souvenir qui m'est d'autant plus précieux que j'ai bien joui de la manière dont mon avénement au Trône a été accueilli en Amérique. Vous nous donnez sans doute de grands exemples par votre respect profond pour la loi, et j'ai été à portée d'apprécier, dans le séjour que j'ai fait aux États-Unis, combien le commerce prospère sous l'impartiale exécution des lois qu'aucune entrave n'arrête jamais. C'est ce respect, c'est cette entière obéissance à la loi que je veux assurer à la France. Mais vous y êtes parvenus en vous attachant à perfectionner lentement la pratique de vos gouvernemens sans vous livrer à de vains calculs métaphysiques sur ces théories politiques dont la réalisation détruit tout pouvoir dans l'État en paralysant l'exécution des lois et en livrant, par conséquent, les nations à l'oppression et à la misère. Tels sont en effet, Messieurs, les maux que, dans ma jeunesse, j'ai vu se répandre sur mon pays. C'est du renouvellement de ce déplorable système que j'ai voulu le préserver. Il n'y a pas un autre sentiment dans mon cœur, ni une autre ambition dans ma tête. Vous représentez le commerce étranger dans une de nos principales villes de commerce, et je me réjouis de pouvoir vous dire que j'ai tout lieu d'espérer que rien ne troublera la paix et la bonne intelligence qui subsistent entre la France et toutes vos nations. Vous pouvez compter que c'est là le but de mes efforts, et que pour l'atteindre je prendrai toutes les mesures qui seront compatibles avec notre honneur et nos intérêts nationaux. »

Discours de M. le maire du Hâvre.

S IRE,

Heureux interprète d'une population avide de voir son Roi et de le saluer de ses acclamations, je viens déposer aux pieds de Votre Majesté les hommages des habitans de la ville du Hâvre, et vous protester de leur dévoucment.

En présence du Roi citoyen, que les vœux de la France entière ont appelé sur le Trône, la vérité réclame aujourd'hui, pour se faire entendre, les expressions dont s'étaient emparées l'étiquette et l'adulation.

Sire, notre amour pour vous est aussi vif que sincère ; il est indissolublement uni à celui de nos libertés publiques ; c'est à vous qu'elles furent confiées au jour du danger, comme à leur plus digne gardien : elles sont impérissables.

Que la Charte que vous avez jurée reçoive une
stricte exécution; *que les lois soient obéies; tels*
sont particulièrement les besoins de ces contrées.
C'est ainsi que, respectée au-dehors, tranquille et
laborieuse à l'intérieur, la France entière attend,
sous les auspices d'un prince sage et éclairé, et ami
des institutions libérales, une ère nouvelle, et jusqu'alors inconnue, de prospérité et de bonheur.

Réponse du Roi.

« Lorsque vos généreux et braves concitoyens
accourent au secours de la population de Paris,
pour défendre avec elle nos lois, nos libertés et la
Charte constitutionnelle, si déplorablement violée,
je leur promis que ma première visite dans les
départemens serait pour leur en témoigner ma satisfaction et la reconnaissance nationale. Toujours
dévoué, comme vous, à la cause des libertés publiques, je pense, comme vous, qu'elles ne peuvent
être conservées que par la stricte et sincère exécution des lois. Il était digne de la ville du Hâvre
de manifester cette opinion, et j'en jouis, parce que
les peuples commerçans ont toujours été à la fois
les patriotes les plus zélés et les défenseurs les plus
éclairés de la véritable liberté, et que cette opinion
ne peut manquer d'exercer une heureuse influence
sur ceux qui se laissent entraîner par l'exagération
des théories politiques. Je vois avec plaisir que tout
se calme aujourd'hui; j'espère que le rétablissement
de l'ordre et la stricte exécution des lois ramèneront

la confiance ; et que la confiance va rendre au commerce son essor et son activité. J'ai lieu d'espérer
que la paix intérieure consolidera son développement, et je n'omets, pour l'obtenir, aucun effort
compatible avec notre honneur et notre indépendance nationale ; car si jamais ils étaient attaqués ou
compromis, je reprendrais les armes de ma jeunesse, et je combattrais encore pour ma patrie,
comme j'ai eu le bonheur de le faire à Jemmapes et
à Valmy. »

*Discours de M. le président du tribunal du
commerce.*

SIRE,

Ces bruyantes acclamations dont l'air retentit encore, cette population entière se précipitant sur
vos pas, ces drapeaux, signes glorieux de notre
glorieuse révolution, qui flottent et s'agitent pour
saluer Votre Majesté, ne lui disent-ils pas mieux
que tous les discours, combien nous sommes heureux de la posséder dans nos murs ?

Sire, le Hâvre méritait bien que Louis-Philippe,
Roi des Français, se souvînt de la ville que Louis-
Philippe, duc d'Orléans, avait jugée digne de son
attention et de son intérêt.

Sire, Votre Majesté ne trouvera ici que des sentimens qui plairont à son cœur ; elle n'entendra
qu'un cri, ce cri vraiment populaire de *vive le
Roi !* elle ne verra d'autre association que l'union

de tous les habitans dans un même dévouement à
la Charte de 1830, dans un même amour pour le
monarque qui en est le premier et le plus ferme
appui.

Sire, la justice et la vérité n'ont qu'un langage ;
que Votre Majesté daigne en croire nos paroles ; le
seul besoin que la France éprouve aujourd'hui, c'est
de jouir en paix, sous le gouvernement paternel de
Votre Majesté, du prix de tous les sacrifices qu'elle
a faits pour recouvrer ses droits et ses libertés.

Sire, le tribunal de commerce, dont je suis fier
d'être en ce jour solennel le président et l'organe,
prie Votre Majesté d'accueillir avec bonté l'hommage
de son profond respect et de son sincère dévouement.

Réponse du Roi.

« J'ai cru depuis long-temps que ce que la France
voulait avant tout, c'était l'ordre légal, parce qu'il
est à-la-fois la meilleure garantie de la liberté et de
l'ordre public. Il n'y a de véritable liberté que celle
qui s'appuie sur les lois. Que les lois soient bonnes
et bien observées, et les hommes seront libres et
heureux. C'est l'espoir de procurer à la France ces
avantages qui m'a fait entreprendre la grande tâche
à laquelle j'ai été appelé par le vœu national. C'est
ce vœu qui m'y a déterminé, et je ne puis vous
exprimer combien et à quel point je suis touché des
manifestations que je reçois dans ce voyage. L'ordre,
en se rétablissant, ramène la confiance ; nous re-

cueillons déjà les fruits qu'il produit. J'espère que
le commerce du Hâvre va reprendre son activité ;
son développement accroîtra dans la même proportion tout le commerce de la France. J'ai lieu d'espérer que la consolidation de la paix extérieure
nous assurera celle de ces grands avantages, et c'est
l'objet de tous mes vœux. J'ai déjà eu occasion,
Messieurs, d'exprimer ces sentimens à vos concitoyens lorsqu'ils sont venus partager les dangers des
habitans de Paris pour la défense des lois, de la
Charte et de nos institutions, et je vous renouvelle
avec bonheur l'expression de tout ce que me fait
éprouver l'accueil que je reçois parmi vous. »

*Discours de M. le vice-président de la chambre de
commerce.*

SIRE,

Ce fut une pensée vraiment heureuse que celle
qui inspira à Votre Majesté de se montrer successivement aux diverses populations du royaume pour
en connaître l'esprit et les sentimens, pour en apprécier les vœux et les besoins ; et notre ville, si
éminemment distinguée par son amour de l'ordre et
du travail, par sa parfaite soumission aux lois, par
son ardeur pour le triomphe des libertés publiques,
devait être l'une des premières qui fixât vos regards
et qui fût honorée de votre présence.

Sire, le commerce, cette source féconde de la
prospérité des empires, appelle toute la bienveillance, toute la protection de Votre Majesté. Nous

ne chercherons pas à lui dissimuler et ce qu'il a souffert et ce qu'il souffre encore (c'est la vérité et non des flatteries qu'elle nous demande et qu'elle est digne d'entendre) ; mais il place son espoir et sa confiance dans l'avenir plus heureux que votre sagesse et votre sollicitude lui préparent. Déjà, Sire, vous lui avez conservé cette paix précieuse sans laquelle il n'est pas d'existence pour lui ; vous lui avez assuré cette liberté raisonnable qui peut seule faciliter ses mouvemens et multiplier ses opérations ; qu'il vous doive encore la conclusion de traités qui admettent partout le pavillon français au partage des avantages accordés aux pavillons les plus favorisés ; qu'il vous doive l'adoption de mesures qui permettent à notre marine marchande de naviguer à aussi peu de frais que celle des autres puissances maritimes ; qu'il vous doive enfin la refonte entière du système des douanes, système qui n'est plus en harmonie ni avec les mœurs ni avec les besoins de l'époque actuelle, et Votre Majesté aura satisfait à quelques-unes de ses nécessités les plus urgentes, en même temps qu'elle lui aura donné un gage éclatant de son auguste appui.

Sire, la chambre de commerce dépose aux pieds de Votre Majesté l'hommage de son profond respect et de son entier dévouement.

Réponse du Roi.

« Il était difficile que la grande secousse de l'année dernière n'apportât pas quelque interruption dans les relations commerciales, par suite de l'ébranlement social qui devait en résulter. Tous mes efforts ont tendu à calmer cette crise que le commerce éprouve. Elle a commencé à s'apaiser ; j'espère qu'elle le sera bientôt tout-à-fait. Lorsque le commerce aura repris toute son activité, on pourra s'occuper de procurer au pavillon français les avantages que je desire vivement lui assurer. Mon Gouvernement s'efforcera de concilier nos intéréts commerciaux avec les dispositions des lois de douanes, de manière à en faire disparaître quelques vieux préjugés qui gênent encore plus l'industrie et le commerce qu'ils ne profitent au Trésor public.

Aux discours et adresses publiés ou indiqués par *le Moniteur*, nous ajouterons les adresses des maires d'Yvetot, de Pavilly, de Vernon, de Gainneville, de Limay, de Notre-Dame et Saint-Cyr-du-Vaudreuil, de Lory, de Saint-Romain-de-Colboc, de Portejoie, de Tournedos, Saint-Pierre et Saint-Etienne-du-Vauvray, de Lillebonne, de Harfleur, d'Ingouville, de plusieurs curés ; du commissaire de marine à Rouen, de l'arrondissement d'Ivetot, de celui du Hâvre, du tribunal civil du Hâvre ; etc., etc., etc.

Paris, le 22 mai.

Dieppe, le 21 mai, à cinq heures du soir.

Le Roi arrive à l'instant à Dieppe, en parfaite santé toujours accueilli par le même enthousiasme, toujours heureux de cet accueil touchant.

Fécamp, Saint-Valery et Dieppe, ont rivalisé de démonstrations. Le Roi part ce soir pour le château d'Eu où il doit coucher. A demain les détails.

Paris, le 24 mai.

Le Roi est parti du Hâvre le 21 à six heures du matin. La garde nationale était déjà sur pied, et formait la haie depuis l'hôtel de la préfecture jusqu'au foubourg d'Ingouville. La population entière, en mouvement comme le jour de l'arrivée de S. M., se pressait sur son passage. Les acclamations de la veille se sont renouvelées. Tous les jours de ce voyage se ressemblent, et dans tous les lieux parcourus par le Roi.

C'est à pied que Sa Majesté a traversé les communes de Montiville, Goderville, Fécamp, Cany et Saint-Valery, pour y passer en revue les gardes nationales.

A Fécamp, le Roi a accepté un déjeûner qui lui a été offert par M. le maire, et a visité l'église, vaste édifice gothique, où sont renfermées les tombes des ducs de Normandie. A Saint-Valery, les prisonniers ont offert à Sa Majesté des produits de leur pêche.

Dans ces divers lieux, les démonstrations d'enthousiasme étaient les mêmes, à la vue d'un Roi marchant avec ses deux fils à travers des flots de peuples qui le portaient, pour ainsi dire, jusque dans sa voiture.

Il était quatre heures et demie quand le Roi est parvenu à l'arc de triomphe, élevé à l'entrée de la ville de Dieppe, dans laquelle il a fait son entrée à cheval. Toutes les maisons étaient pavoisées de drapeaux tricolores et décorées de feuillages. Le Roi, qui avait été salué à son arrivée par le corps municipal, a reçu ensuite le tribunal de première instance, le tribunal de commerce et les diverses autorités de la ville.

Après ces réceptions, Sa Majesté est allée à pied passer en revue 4,000 hommes de garde nationale, tant de la ville que de divers cantons voisins, et dans les rangs de laquelle flottaient quatre drapeaux de 1792, conservés par le patriotisme des habitans. Sa Majesté a visité l'établissement des bains de mer. Après le dîner, et malgré l'heure avancée, le Roi n'a pas voulu quitter Dieppe sans assister à l'ouverture du bal donné par la ville.

Sa Majesté est arrivée à minuit et demi au château d'Eu.

Eu, le 23 mai.

Durant le séjour du Roi et des Princes à Dieppe, les deux compagnies d'artillerie de la garde nationale de cette ville avaient prié Mgr le duc d'Orléans d'assister à leurs manœuvres. Le prince, en le leur promettant, avait ajouté qu'il prendrait part à ces exercices, et que l'on tirerait à boulets.

Hier, Mgr le duc d'Orléans, en uniforme d'artilleur, est parti d'Eu, avec ses aides-de-camp, pour se rendre à Dieppe.

La garde nationale à cheval est venue le recevoir à une lieue de la ville, et l'a escorté jusque derrière la jetée du port, où les pièces étaient en batterie. La garde nationale avait obtenu la permission de prendre les armes ; elle se trouvait réunie sur cette place au moment où le prince est arrivé. Un grand concours de monde s'y était aussi rassemblé.

La manœuvre a commencé aussitôt. Mgr le duc d'Orléans, confondu dans les rangs des artilleurs, comme avec des camarades, a servi les pièces, passant successivement par toutes les positions du canonnier. Plusieurs blancs ont été abattus.

Après ces exercices, le prince a admis à déjeûner avec lui les officiers de la garde nationale et deux canonniers de chaque pièce.

La ville de Dieppe, et en particulier l'artillerie de la garde nationale, conserveront long-temps le souvenir de cette journée.

Le prince, de son côté, a paru très-satisfait de l'accueil cordial qu'il a reçu.

A une heure le Roi a passé en revue, dans la cour du château, la garde nationale d'Eu et des communes environnantes ; il s'y trouvait 2,200 hommes. Elle était commandée par M. le duc de Nemours, qui en est le colonel. Le jeune prince a montré dans cette circonstance qu'il savait joindre l'assurance à la grace.

Avant la revue, M. le préfet a distribué trois médailles d'argent, décernées par décision du ministre du commerce, aux sieurs Paucris, sergent-major des pompiers de la ville d'Eu ; Victor Plouard, caporal de la garde nationale ; et Jérôme Carlus, pour le dévouement qu'ils ont montré dans l'incendie de Baroménil.

Après la revue, le Roi a reçu les maires qui étaient venus avec la garde nationale des communes rurales.

Sa Majesté est ensuite montée dans une voiture découverte, avec les princes, les ministres de la guerre et du commerce, le maréchal Gérard et le préfet de la Seine-Inférieure ; elle s'est rendue à Tréport, petit port de mer à trois quarts de lieue d'Eu. La garde nationale de Tréport qui assistait à la revue avait eu le temps de retourner avec le maire pour recevoir Sa Majesté.

Un arc de triomphe en verdure avait été élevé à l'entrée de la commune.

Le Roi a visité le port, et s'est avancé sur la jetée, où un grand concours de monde s'était rassemblé.

Les acclamations de la multitude se sont mélées au bruit du canon du port et des bâtimens qui étaient en rade.

Sa Majesté, avec les princes et les personnes qui l'accompagnaient, s'est avancée en mer dans la péniche *la Princesse-Amélie*. Elle est montée de la péniche dans une chaloupe pour visiter trois bâtimens gardes-côtes : *le Vigilant, le Rôdeur* et *le Furet.*

Le ciel était brumeux et empêchait de découvrir au loin en mer.

Le Roi est rentré à cinq heures et demie au château d'Eu.

Le Roi partira le 24 pour Amiens, où il passera la journée du 25; le 26, Sa Majesté partira pour Beauvais, d'où elle se dirigera dans la soirée sur Saint-Cloud.

AUDIENCES DU ROI.

Discours de M. Binel, maire de Dieppe.

SIRE,

Les acclamations par lesquelles se manifeste l'allégresse publique, prouvent à Votre Majesté, mieux que ne pourraient le faire tous les efforts de l'éloquence, combien sa présence nous est chère.

Quelles paroles, en effet, seraient capables de rendre, de peindre cette expression unanime de sentimens de reconnaissance et d'affection intime qui s'élève du sein de cette nombreuse population, à la

vue d'un Roi que ses vœux appelaient depuis long-
temps au trône constitutionnel, pour rétablir et
consolider nos institutions tant de fois menacées, et
renversées enfin par la perfidie et le parjure.

Nous vous remercions, Sire, d'avoir su conserver au mouvement libérateur de juillet son caractère mémorable de légalité, de grandeur et de générosité ; d'avoir concilié l'honneur national et la gloire
du nom Français avec l'intérêt puissant du maintien
de la paix, cette source de toute liberté, de toute
amélioration sociale et de toute prospérité.

Nous vous devons, Sire, la renaissance de l'ordre
et de la confiance, qui semblent braver dans leur
essor les troubles que les ennemis de la patrie opposent encore à leur affermissement.

Grace à la sage fermeté de votre Gouvernement,
la France recueillera bientôt les fruits qu'elle a droit
d'attendre des sacrifices qu'elle s'est imposés de
maintenir sa liberté et son indépendance, et préparer les jours prospères qui sont promis à son avenir.

Qu'il nous soit permis, Sire, d'exprimer ici notre
respectueuse gratitude à votre auguste compagne.
Nos établissemens particuliers souffraient, elle les a
pris sous sa haute protection, et ses bienfaits ne leur
laisseront rien à desirer.

C'est pour la seconde fois, Sire, depuis votre
avénement au Trône, que j'ai l'honneur de vous
présenter les hommages de mes concitoyens.

Après tant de bonheur, le maire de juillet, parvenu à l'âge de la retraite, déposera cette écharpe,

à laquelle Votre Majesté a daigné attacher le signe de l'honneur, pour rentrer dans la vie privée et y bénir jusqu'à son dernier jour le règne de Louis-Philippe. *Vive le Roi ! vive la liberté !*

Réponse du Roi.

« Je suis bien aise que la Reine ait eu l'occasion de témoigner à la ville de Dieppe l'intérêt que nous lui avons porté ; elle fera pour soutenir ces établissemens tout ce qui dépendra d'elle, et je serai charmé de seconder ses efforts. Je ne puis rien faire de mieux pour assurer la prospérité de la France, que de maintenir l'ordre au-dedans et la paix au-dehors. L'ordre est la base de la liberté ; c'est ce qui peut donner de la force à nos institutions et du développement à notre commerce.... »

Discours de M. le président du tribunal de première instance de Dieppe.

S I R E ;

Si la justice est le premier besoin des peuples, elle est, sans doute, aussi le premier besoin des Rois.

Nous n'en saurions douter quand nous nous rappelons ces paroles sorties de la bouche de Votre Majesté : « Pour que le bonheur des nations soit « assuré, il faut que les lois règnent sur elles, et que, « depuis le Roi, jusqu'au plus simple individu, tous « soient soumis à leur empire. »

Des paroles si généreuses ne pouvaient manquer

de trouver de l'écho en France ; elles y ont retenti. Les acclamations qui saluent, en tous lieux, la présence du Roi des Français, annoncent assez que ses nobles inspirations ont été comprises. Elles ont dû l'être surtout par les organes de la loi, qui les retiendront.

Le tribunal que je préside vous prie, Sire, d'agréer avec bonté l'hommage de son respectueux dévouement.

Réponse du Roi.

« Vous avez bien saisi mes intentions et mes sentimens. Je suis charmé de vous en réitérer l'expression, et de voir que vous êtes bien pénétrés des devoirs que vous impose votre position. Rendre la justice avec impartialité à tous, c'est un grand moyen d'assurer l'ordre dans la société et de consolider la liberté. C'est ce que nous devons desirer ; c'est l'objet le plus cher à mon cœur. »

Discours de M. Deslandes, au nom de la chambre du commerce de Dieppe.

SIRE,

La chambre de commerce est heureuse de se trouver appelée à offrir à Votre Majesté l'expression de son amour et de son dévouement.

Sire, la paix au-dehors, l'ordre et la liberté au-dedans, étaient les besoins les plus pressans du commerce et de l'industrie. Ces bienfaits nous les de-

vous à la sage fermeté, à la sollicitude éclairée de
Votre Majesté. Nous marchons donc avec confiance
vers le moment heureux où notre belle patrie verra
se féconder et se développer à l'ombre d'un trône
loyalement constitutionnel et par le règne de la justice et des lois, tous les germes de prospérité qu'elle
renferme dans son sein.

Votre présence dans nos murs, Sire, atteste encore votre haute prévoyance. Vous avez voulu connaître par vous-même et nos besoins et nos intérêts.
Vous associez à ces nobles travaux les héritiers de
vos vertus, vos fils, nos augustes princes, que vous
accoutumez d'avance à étudier, comme Votre Majesté, tout ce qui peut assurer le bonheur et la félicité des peuples. Graces vous en soient rendues,
Sire ! Tous les bons Français se joindront à nous
pour acquitter en amour pour Votre Majesté et pour
sa noble dynastie tout ce que nous en recevons en
bienfaits, et la reconnaissance des peuples se char-
gera d'acquitter la dette de la patrie.

Réponse du Roi.

« Ce n'est qu'en agissant loyalement qu'on peut
réussir. La meilleure diplomatie est la loyauté; c'est
aussi le meilleur guide d'un Roi. C'est en étant
sincère avec sa nation, en voulant franchement ses
institutions, son bonheur, sa liberté, tout ce qu'elle
a le droit d'attendre de son Gouvernement, que le
Gouvernement lui-même tire de la nation la force
dont il a besoin pour se soutenir et assurer à la so-

ciété les avantages qu'il lui doit. Telle est la règle
de ma conduite. J'ai toujours été dévoué à mon
pays. Je sens combien la paix extérieure lui est nécessaire. Je serai heureux de pouvoir la lui assurer,
parce que je crois qu'elle sera maintenue sans qu'il
en coûte aucun sacrifice à notre honneur, à notre
indépendance, que je défendrais si elle était attaquée, comme je l'ai défendue dans ma jeunesse.
J'espère qu'avec la paix le commerce fleurira, et
que la ville de Dieppe jouira avec toute la France
de l'accroissement de la prospérité publique, qui est
l'objet de tous mes vœux et de tous mes efforts. »

Discours de M. le maire de Fécamp.

Sire,

Il n'est pas souvent donné, même à une longue
vie, de déposer deux fois, en la même année, aux
pieds de son Roi, l'hommage de son respect et de
son amour ; cet honneur s'accroît encore pour celui
qui est l'organe d'une population dont le dévouement et la joie sont inexprimables.

Sire, depuis le jour où je vous apportais l'expression de sa sympathie et de ses vœux, Votre Majesté
a voulu y mettre le comble, et venir elle-même au
milieu de nous. Eh bien ! que ses yeux se réjouissent
de voir de toutes parts se presser sur son passage
d'innombrables gardes citoyennes qui viennent jurer
de mourir pour la défense des glorieuses couleurs !...
Enfin, grace aux bienfaits de la paix, la Normandie

peut étaler devant Votre Majesté les produits de son sol et de son industrie, qu'elle regarde, à juste titre, comme des richesses nationales.

Sire, les habitans de votre ville de Fécamp viennent se confondre dans cette fête universelle dont le retentissement est dans tous les cœurs, et qu'anime la présence de leur Roi.

Eh! qui résisterait aux sentimens qu'il inspire, lorsque tous les Français peuvent contempler en son auguste personne tout ce qui fait leur union, leur force et leur liberté?

Vous le savez, Sire, cette triple alliance fonde la grandeur des nations; et la France, qui le sait aussi, a mis son orgueil à vous placer à sa tête, comme son plus digne et son plus solennel représentant.

Forts de cette conviction, les Français sont confians dans leurs destinées; et Votre Majesté leur est le plus sûr garant qu'elles seront heureuses et immortelles.

Réponse du Roi.

« Je vous ai déjà témoigné, à Paris, combien j'apprécie le patriotisme et tous les sentimens qui animent les habitans de Fécamp; combien j'étais impatient de venir au milieu d'eux pour le leur exprimer. Mes sentimens vous sont connus depuis long-temps. C'est à la confiance qu'ils ont inspirée à la nation, que je dois d'avoir été appelé à présider à ses destinées. L'espoir de la servir, de la voir libre et prospère m'a seul déterminé à accepter le Trône. Ma consolation ; ma récompense est dans le suffrage de mes concitoyens. Tout ce que vous me dites à cet égard pénètre mon cœur de reconnaissance. Je conserverai toute ma vie le souvenir de l'accueil que je reçois dans vos contrées. »

Discours du président du tribunal de commerce de Fécamp.

SIRE,

Ce n'est pas seulement une faveur qu'un souverain accorde à ses sujets quand il parcourt ses Etats ; c'est un véritable bienfait, dont le souvenir et les traces sont d'autant plus sensibles et durables, qu'il satisfait le besoin que ressent aujourd'hui son peuple d'être parfois en contact avec son Roi.

En effet, l'empressement de la multitude à accourir sur le passage de Votre Majesté, et l'allégresse dont elle est enivrée, sont des témoignages manifestes de la soif qu'elle éprouvait de jouir de sa présence, et de lui offrir ses hommages en la saluant de ses respectueuses acclamations.

Heureux le monarque qui se procure ainsi l'occasion d'apprécier lui-même les sentimens qu'il inspire !

Heureux le peuple qui, sans intermédiaire, peut émouvoir le cœur de son Roi !

Plus heureux encore, Sire, celui qui, par ses fonctions, a le bonheur de pouvoir déposer aux pieds de Votre Majesté son amour, son respect et ses vœux, et ceux de sa compagnie.

Organe du tribunal de commerce de Fécamp, je supplie Votre Majesté de daigner les accueillir avec bonté, et de le trouver digne de sa bienveillante protection.

Réponse du Roi.

« Mon cœur est en effet vivement ému de l'accueil que j'ai reçu dans ce département et dans tous ceux que j'ai traversés. C'est pour moi une grande satisfaction que d'obtenir le suffrage de mes concitoyens. Je ne veux que leur bonheur et la prospérité de la France. C'est l'espoir de l'opérer qui m'a fait entreprendre cette grande tâche. Si j'y parviens, je serai assez récompensé. »

Discours de M. le maire de Saint-Valery.

SIRE,

Avoir possédé naguère dans nos murs le duc d'Orléans, déjà entouré de notre amour et de nos respects, n'était que l'aurore du bonheur inappréciable dont nous comble aujourd'hui la présence de Votre Majesté. Vos efforts constans, vos veilles, vos nobles travaux pour notre bonheur, pour le maintien de la paix et de l'ordre public, assurent à Votre Majesté et à votre auguste Famille la conquête d'un amour sans réserve.

Oui, Sire, vous possédez nos cœurs; vous les possédez seul! C'est le plus beau domaine des Rois.

Je m'estime heureux, Sire, d'être l'organe de mes concitoyens pour les sentimens que j'exprime ici : Votre Majesté ne les dédaignera pas, parce que le cœur les a dictés.

Vive le Roi! vive la Famille royale!

Réponse du Roi.

« J'ai entendu avec la plus vive émotion l'expression des sentimens que vous m'avez témoignés. Je crois avoir répondu au vœu de la France, en inscrivant sur les drapeaux de la garde nationale : *Liberté, Ordre public.* Ce que la France desire, c'est l'ordre légal, parce qu'il est le garant de la liberté et la meilleure base que l'on puisse donner à nos institutions. C'est de la loi qu'elles reçoivent la force nécessaire pour protéger les citoyens et empêcher qu'ils ne soient opprimés ou gênés dans l'exercice de leurs droits. Je suis arrivé au Trône dans la ferme intention de faire jouir la France de toute l'étendue de ces institutions constitutionnelles si glorieusement défendues dans les journées de juillet; je suis venu dans l'espoir de maintenir l'ordre au-dedans, la paix au-dehors, de faire prospérer le commerce, et d'assurer le bonheur de la nation. J'espère que nous atteindrons ce but si desiré. »

Outre les harangues et adresses que nous avons textuellement imprimées, nous avons sous les yeux et nous regrettons de ne pouvoir publier celles des maires de Mentivilliers, Épouville, Cricquetot, Goderville, Cany, Veules, Ouville, Saint-Léonard, Eu, et du commandant de la garde nationale de Goderville, du juge de paix de Fécamp, du tribunal de commerce de Saint-Valery, du sous-préfet de Dieppe, du tribunal de commerce de la ville d'Eu, etc., etc.; toutes respirent le même enthousiasme, les mêmes principes, le même vœu.

***

On lit dans le *Journal du Hâvre*:

Le Roi a paru, surtout dans sa tournée d'hier, attacher une grande importance à visiter les travaux du port dans leurs détails principaux.

Il a parcouru à pied l'espace compris entre le quai de l'île et la jetée du sud.

Le Roi, satisfait de tout ce qu'il voyait, a voulu poser la première pierre du nouveau port. Le Roi a voulu tracer son chiffre de la pointe du couteau sur la boîte de plomb qui renferme la plaque de cuivre et les pièces de monnaie à l'effigie de Sa Majesté.

Les ingénieurs ont reçu du Roi, pour être distribués aux ouvriers, 1,400 fr., et 200 fr. pour être remis à l'un d'eux, qui, la veille, avait eu le doigt emporté sous un mouton.

Le Roi s'est servi de la truelle avec plaisir et dextérité. Il a lui-même indiqué la manière de poser la pierre. « On m'accuse, a-t-il dit, d'aimer la » truelle; mais jamais je ne regretterai de l'employer » à des travaux si importans et si utiles. »

Ce qui a surtout frappé le Roi, c'est le grand développement des travaux, et le résultat qu'ils doivent produire pour le commerce, en faisant du Hâvre un port aussi complet que possible, et surtout sûr et commode pour toute espèce de navigation.

Chemin faisant, et en voyant le plan général du Hâvre, il a témoigné au ministre des travaux publics le desir de voir concéder à la ville du Hâvre la place projetée derrière la comédie, et l'a même engagé à proposer une loi si cela était nécessaire.

Enfin, le Roi a prouvé tout l'intérêt qu'il prenait au port du Hâvre, et nous pensons qu'il saisira toutes les occasions de témoigner combien il a été sensible à l'accueil qu'il y a reçu.

Sa Majesté a demandé à voir les volontaires du Hâvre. Tous eussent accouru avec empressement s'ils avaient pu connaître le vœu du Roi. Quelques-uns d'entre eux seulement, réunis à la hâte, ont pu lui être présentés par M. Troussel, un de leurs chefs : ils ont été accueillis par des paroles pleines de bienveillance, de franchise et de patriotisme. M. H. Expert, décoré de juillet, s'est ensuite avancé et a dit :

« Sire, comme décoré de juillet, qu'il me soit per-
» mis, au nom de mes camarades, de protester
» hautement de notre attachement à votre personne.
» Jamais nous ne séparerons notre dévouement au
» pays de celui que nous devons au Roi ; gardien
» vigilant de nos libertés et de l'honneur national. »
A ce langage, à la fois respectueux et énergique, Sa Majesté a répondu par un allocution entraînante.

Nos braves volontaires se sont retirés heureux et convaincus que Louis-Philippe n'a pas oublié l'acte de civisme et de dévouement qui honorera à jamais notre ville et ceux qui y ont participé.

***

Paris, le 25 mai.

Journée du 24.

Le Roi est parti à six heures et demie du matin du château d'Eu. Sa Majesté a suivi la route de la forêt de Blangy, qu'elle a traversée dans un char-à-bancs découvert.

A une demi-lieue de Blangy, la garde nationale occupait un des côtés de la route, au nombre de huit mille hommes. On remarquait dans les rangs de la garde rurale quelques compagnies qui, n'ayant pas encore de fusils, portaient des lances avec une flamme tricolore.

L'empressement de ces compagnies rurales venues de dix, de douze et même de quinze lieues, était d'autant plus remarquable que c'était le jour de la foire de Gournay, foire importante pour le pays : 138 maires et 140 adjoints, sur les 145 communes de l'arrondissement, se sont également trouvés sur le passage de Sa Majesté.

Le Roi est descendu de voiture, et a parcouru à pied cette longue ligne, au milieu de continuelles acclamations. Sa Majesté s'est arrêtée à la maison habitée par l'inspecteur de ses forêts, où elle a ad-

mis à déjeûner avec elle les présidens des tribunaux
de première instance et de commerce de Neufchâtel, le commandant de la garde nationale et les
autorités.

M. le préfet de la Somme s'est trouvé à la limite
du département, dans la commune même de Blangy,
avant que Sa Majesté ne remontât en voiture. Le
Roi est parti à onze heures et quart pour Abbeville, où Sa Majesté est arrivée à une heure et
demie.

A l'arc de triomphe élevé à l'entrée de la ville,
Sa Majesté a été reçue par M. le maire à la tête du
corps municipal. De là, en traversant une partie de
la ville, escortée par la garde nationale, Sa Majesté
s'est rendue de pied à la manufacture royale de draps
de M. Lemaire. (C'est la plus ancienne manufacture de draps fins en France ; elle a été créée par
Colbert.)

Pendant ce trajet, les acclamations d'une population nombreuse qui se pressait sur ses pas se sont
fait continuellement entendre.

Le Roi, immédiatement après son arrivée, a
reçu les diverses autorités d'Abbeville, et a visité
les ateliers de la manufacture de draps.

La ville ayant offert un déjeûner au Roi, Sa Má-
cesté l'a accepté, et a admis à sa table les principales
autorités.

Le Roi est ensuite monté à cheval avec les princes, et est allé passer la revue de la garde nationale
hors de la ville. Les diverses compagnies de la

garde nationale d'Abbeville et des campagnes environnantes étaient rangées en bataille sur les glacis, et formaient un carré long. 2,500 hommes d'une magnifique tenue, les drapeaux tricolores flottant sur un fond de verdure (dix drapeaux de là liberté conservés depuis 1792), l'éclat des armes, les bastions et les parapets couverts d'une foule innombrable, l'allégresse générale, ont offert aux regards du Roi une scène animée dont Sa Majesté a paru vivement émue.

On a remarqué que cet accueil a produit un effet très-vif sur les familles anglaises qui résident en grand nombre à Abbeville, et qui se sont associées à ces démonstrations de la joie publique.

Après la revue, le Roi est remonté en voiture à l'arc de triomphe élevé à la porte de sortie, après avoir remercié M. le maire et le corps municipal de l'accueil qu'il venait de recevoir dans leur ville.

Parti à quatre heures et demie d'Abbeville, le Roi est arrivé à 7 heures et demie au faubourg d'Amiens, où Sa Majesté a trouvé ses chevaux. Elle a fait son entrée à cheval dans la ville, ayant à côté d'elle ses deux fils, et pour escorte une nombreuse garde nationale à cheval et un escadron de hussards.

Le Roi a été reçu sous un arc de triomphe par M. le maire, qui a présenté à Sa Majesté les clés de la ville.

Le cortége s'est avancé au milieu de deux rangs de garde nationale et de troupes de ligne, qui formaient la haie jusqu'à l'hôtel de la préfecture, où Sa Majesté est descendue.

Après la réception des autorités, il y a eu spectacle et souper, où 70 personnes avaient été invitées.

Demain 25, grande revue et visite à des établissemens publics et à des manufactures.

SUITE DES AUDIENCES.

Discours de M. le maire de Blangy.

Sire,

Heureux en ce jour d'être auprès de Votre Majesté l'organe des habitans de Blangy, mes concitoyens, j'ai l'honneur de vous présenter nos hommages respectueux, et de vous supplier, Sire, de recevoir l'assurance de nos sentimens de fidélité et de dévouement à Votre Majesté et à votre royale famille, et de notre attachement sincère aux institutions que vous consolidez de plus en plus.

Les habitans de Blangy sont ivres de joie du bonheur de posséder Votre Majesté ; ils se rappellent à chaque instant tous les bienfaits que vous, Sire, et vos augustes aïeux, ont répandus sur leur ville ; que les pauvres ont souvent partagé les fruits de votre munificence ; la population entière vous en doit des remerciemens. Daignez, Sire, les agréer, et nos souhaits seront accomplis.

Discours au nom de la garde nationale de Blangy.

SIRE,

Permettez à la garde nationale de Blangy, dont je suis l'organe, de vous exprimer combien elle est heureuse et fière de vous posséder et d'avoir l'honneur de garder Votre Majesté pendant les cours instans qu'elle passera parmi ses fidèles Blangeois.

Sire, la preuve de la confiance que vous nous donnez aujourd'hui restera gravée dans nos cœurs ; nôtre dévouement à votre personne égalera notre amour pour la liberté.

Réponse du Roi.

« Je vous remercie de tous les sentimens que vous m'exprimez. Je suis bien aise que vous appréciez mon dévouement à ma patrie, ma volonté de maintenir nos institutions, de garantir nos libertés de toute attaque. J'éprouve une grande joie à me retrouver au milieu de vous, au milieu de la garde nationale de Blangy. »

Discours du tribunal civil de Neufchâtel.

SIRE,

Le tribunal civil que j'ai l'honneur de vous présenter s'empresse d'apporter aux pieds de Votre Majesté l'hommage de son profond respect et de son dévouement.

Chargé de l'importante mission d'appliquer et de

faire respecter les lois, nous avons mesuré, avec la ferme volonté de la remplir fidèlement, toute l'étendue des devoirs qui nous étaient imposés. Procurer à nos concitoyens, sans acception de personnes ni de parti, une bonne et prompte justice; contribuer, autant qu'il est en nous, au maintien de l'ordre public et de cette sage liberté qui doit fleurir sous votre règne ; tel a été, tel sera toujours le but de nos travaux.

Mais nos efforts n'ont pu être couronnés d'un plein succès ; qu'il nous soit permis d'en dire la cause à Votre Majesté, qui seule peut satisfaire à nos vœux et à ceux des justiciables. Le personnel des juges n'est pas proportionné aux besoins de ce vaste arrondissement, où les intérêts agricoles et industriels d'une nombreuse population multiplient outre mesure les affaires, trop souvent désolé par de grands crimes, naguère frappé du fléau des incendies.

Un quatrième juge est depuis long-temps réclamé; la nécessité en a été reconnue par toutes les autorités locales, par les conseils d'arrondissement, de département et de la cour royale.

Dans notre impatience de l'obtenir, nous disions : Si le Roi le savait, il exaucerait un vœu si légitime ! Aujourd'hui, Sire, vous le connaissez, et nous sommes remplis de la confiance que nous devrons ce bienfait à votre sollicitude, pour un pays auquel vous daignez en ce jour même donner une preuve si touchante de prédilection.

Réponse du Roi

« Vous pouvez compter que je vais m'occuper immédiatement de la réclamation , digne d'une grande attention, que vous faites pour obtenir l'augmentation de juges, afin de satisfaire aux besoins des justiciables ; je le desire d'autant plus que c'est sur le règne des lois que je fonde toutes mes espérances et que je crois que se fondent aussi celles de la nation. Ce que la nation veut, ce qu'elle a toujours voulu, c'est l'ordre légal , dont les journées de juillet ont si glorieusement réparé la violation. En arrivant au Trône, mon but a été de préserver l'ordre légal de toute atteinte. Mon intention, mon devoir est, que tout s'incline devant la loi ; elle ne doit pas connaître de supérieur en France. Le Roi doit toujours en donner l'exemple le premier. Mais aussi, pour que la liberté ne soit pas un vain mot, il faut que l'autorité ait la force nécessaire pour assurer l'exécution de la loi et la faire obéir. »

Discours du tribunal de commerce de Neufchâtel.

Sire,

L'enthousiasme d'une population entière est le plus beau discours que puisse entendre un souverain ; toutefois qu'il nous soit permis de vous dire que cet enthousiasme est celui de l'attachement et de la reconnaissance. Nous ne saurions contempler, sans une profonde émotion, le Prince citoyen qui,

se sacrifiant pour tous, a consenti à monter sur le
Trône, qui depuis s'est occupé avec tant de persévérance et de loyauté du développement de nos institutions; de la prospérité de la France et de l'honneur
national; un si grand exemple ne saurait être perdu
pour tout ce qui sent battre un cœur français : pour
nous, Sire, magistrats citoyens, nous exercerons
nos droits avec l'indépendance que vous encouragez,
mais aussi nous remplirons nos devoirs avec l'é-
nergie et le dévouement qu'a droit d'attendre Votre
Majesté et le pays dont elle est à jamais inséparable.

Réponse du Roi.

« Vous ne devez pas douter de mes constans
efforts pour rendre au commerce tout le développement dont il a besoin. La grande secousse que nous
avons subie a amené une crise qui a paralysé le
commerce. Mais la confiance renaît ; j'espère que le
maintien de la paix redoublera les moyens que nous
desirons employer pour favoriser le commerce.
Vous pouvez être sûrs que ce sera de tout mon cœur
que je m'y emploierai.

Discours du tribunal de commerce d'Abbeville.

Sire,

J'ai le bonheur de présenter à Votre Majesté le
tribunal de commerce dont j'ai l'honneur d'être
président.

Nous venons vous prier d'agréer l'expression de

notre amour ainsi que de notre reconnaissance. Ce dernier sentiment, gravé profondément dans nos cœurs, nous le devons au prince qui a fait le sacrifice de son repos pour le bonheur de la France.

Nous ne connaîtrions pas votre sollicitude pour le commerce, que nous en aurions la preuve par votre présence dans un établissement industriel qui fait l'ornement de cette ville, et qui, comme tous les autres, attend les effets de votre administration paternelle.

Réponse du Roi.

« Les souffrances du commerce m'affligent. Je voudrais qu'il fût en mon pouvoir d'y porter immédiatement remède, mais j'espère qu'elles ne dureront pas. J'espère que le rétablissement de l'ordre dans l'intérieur, la conservation de la paix extérieure, ramèneront la confiance, et rendront bientôt aux ouvriers leur pain, et à la ville d'Abbeville sa prospérité. Je lui ai toujours porté beaucoup d'intérêt. Je suis bien heureux de me trouver au milieu d'elle, et bien sensible à l'accueil que j'y reçois. »

Discours du principal du collége d'Abbeville.

SIRE,

Les fonctionnaires du collége d'Abbeville sont heureux de pouvoir offrir à Votre Majesté l'expression de leurs respectueux hommages.

Persuadés, Sire, que l'éducation prépare l'avenir des peuples, nous sentons que notre devoir est d'inspirer à la jeunesse, avec le goût des lettres et des sciences, l'amour de Dieu, de la patrie et du Roi choisi par nous pour veiller à la garde de nos institutions.

Sire, tous nos travaux seront dirigés vers ce but; et si nos élèves ont besoin d'une nouvelle émulation, nous leur montrerons les princes sortis de nos écoles, les dignes rejetons qui entourent le Trône populaire.

Vive le Roi!

Réponse du Roi.

« Je vous remercie bien. J'apprécie les soins que vous donnez à l'éducation publique ; c'est en effet préparer l'avenir. C'est pour cela qu'il est important d'inculquer aux jeunes gens tous les sentimens dont vous venez de m'entretenir, de leur inspirer l'amour de la patrie, le sentiment du besoin de l'ordre et de la soumission à la loi. C'est par ces moyens que la liberté pourra se consolider en France. »

MM. les grands-vicaires d'Amiens ont offert au Roi l'hommage de leurs sentimens dans une adresse qui ne nous est pas parvenue, et à laquelle le Roi a répondu en ces termes :

« Mon premier vœu est de vous préserver du fleau des discordes civiles. C'est ce qui m'a déterminé à accepter le Trône. J'espère que j'y serai secondé par le clergé. Je crois que c'est son devoir, et que c'est

aussi son intérêt. Vous avez bien défini les doctrines
que vous avez eu à prêcher; je dis les doctrines politiques, je ne parle pas des doctrines religieuses.
Les doctrines politiques consistent à mettre l'union
dans les familles, à effacer tout ce que nos dissensions civiles pourraient conserver d'aigreur; et en
cela vous mériterez bien de Dieu et des hommes.
Quant à moi, je puis vous assurer que ma volonté
est que le clergé reçoive toute la protection qu'il a
le droit d'attendre de la loi, et je m'empresserai
toujours de soutenir de tout mon pouvoir le respect
qui est dû à la religion. »

Discours de la cour royale d'Amiens.

SIRE,

La cour royale d'Amiens vient offrir à Votre Majesté l'hommage de son dévouement et de son profond respect.

Dans quelque partie de la France que vous por-
tiez vos pas, les acclamations des peuples témoigne-
ront des sentimens que fait naître la présence du
père de la patrie.

Et nous, Sire, impassibles interprètes des lois,
dont vous êtes le défenseur, froids et calmes dans le
temple de la justice, nous cédons ici à l'entraînement
général, et nous mêlons nos transports et nos vœux
à ceux de nos concitoyens, en contemplant celui
dont le courage et les vertus civiques assurent à jamais la gloire et la liberté de la France.

Réponse du Roi.

« Rien n'est plus essentiel que l'impassibilité dans les juges qui doivent administrer la justice en mon nom. Ce que je desire, ce que la France veut, c'est le règne de l'ordre légal ; c'est que la loi soit supérieure à tout ; qu'elle domine les passions, qu'elle calme toutes les agitations ; qu'elle prévienne tout ce qui pourrait être nuisible à l'ordre public. Telle est, Messieurs, la haute mission que vous avez à remplir. C'est aussi le vœu de mon cœur. Je sens combien la France a besoin de repos et de calme. C'est là ce qui peut assurer de la durée, et donner de la stabilité à nos institutions : cela seul peut faire renaître la confiance nécessaire au développement du commerce et à la prospérité de la France. Je vous remercie de la justice que vous rendez aux efforts que je fais pour atteindre ce but si desiré. »

Nous mentionnons à la suite des adresses qu'on vient de lire, celles de M. le procureur-général d'Amiens, du juge de paix de Blangy, du tribunal de première instance d'Abbeville, de la Compagnie des pupilles de Tréport, du sous-préfet de Neufchâtel, de la garde nationale du canton de Gournay, du maire et du curé d'Abbeville, des maires de Perquigny, Ailly-Haut-Clocher, Amiens, de l'Académie du département de la Somme, de la Société médicale d'Amiens, du recteur de l'Académie d'Amiens, des juges de paix de la ville d'Amiens et du canton de Perquigny, de la chambre de commerce

d'Amiens; du conseil des prud'hommes de cette
ville, du tribunal de commerce, du tribunal civil
d'Amiens, de la garde nationale de Perquigny, etc.

———————

Paris, le 26 mai.

Amiens, le 25 mai au soir.

La revue que le Roi a passée aujourd'hui à Amiens
peut être comparée aux plus belles revues du Champ-
de-Mars de Paris, tant par le nombre des troupes
qui s'y trouvaient réunies que par leur belle tenue,
l'ensemble de leurs mouvemens, leur air martial et
l'esprit qui les anime. On comptait 4,000 hommes
environ de garde nationale, dont la tenue était admirable; 22,000 hommes de troupes de ligne, infanterie, cavalerie, artillerie; équipages militaires, et
54 pièces de canon.

Ces troupes étaient en bataille sur les boulevards,
dont le terrain avait été tout récemment aplani,
et formaient une espèce de cordon autour de la ville.
Une estrade, surmontée d'un pavillon tricolore,
s'élevait sur l'emplacement de l'ancien bastion de
Longueville, en face de la rue Royale. On y voyait
flotter les drapeaux et les étendards que le Roi devait remettre à plusieurs régimens d'infanterie et de
cavalerie.

A onze heures, le Roi, accompagné des princes
ses fils, est arrivé au bas de ce pavillon qui, de
chaque côté, offrait un vaste amphithéâtre garni

d'une foule innombrable. De vives acclamations ont accueilli Sa Majesté. Le Roi s'est placé sur l'estrade, a fait approcher les colonels des divers régimens qui venaient recevoir leurs drapeaux des mains de Sa Majesté, et d'une voix forte leur a adressé les paroles suivantes :

« Mes chers camarades,

» Les glorieux souvenirs qui se rattachent à ces
» couleurs, si honorables pour l'armée, me sont
» chers à plus d'un titre. C'est sous les couleurs
» nationales que je suis entré dans la carrière mili-
» taire, que j'ai combattu dans les rangs de vos
» prédécesseurs pour l'honneur de la France, pour
» la gloire de nos armes et pour l'indépendance de
» la patrie. Si de nouveaux dangers nous mena-
» çaient, vous marcheriez sur leurs traces dans la
» même carrière, vous feriez encore triompher les
» armes françaises que vos prédécesseurs ont il-
» lustrées.

» Je suis heureux de vous rendre ces drapeaux;
» je vous les remets avec autant de confiance que
» de satisfaction, sûr que dans vos mains ils seront
» noblement défendus, et toujours le gage du pa-
» triotisme, de la valeur et de la victoire. »

Le Roi ayant remis les drapeaux aux colonels, M. le ministre de la guerre s'est exprimé en ces termes :

« Officiers, sous-officiers et soldats, vous jurez
» fidélité au Roi des Français, obéissance à la

» Charte contitutionnelle et aux lois du royaume.
» Vous jurez de sacrifier votre vie pour la défense
» et l'honneur du drapeau que le Roi vient de vous
» confier, pour le maintenir toujours dans le sen-
» tier de l'honneur et de la victoire. Vous le
» jurez ! »

Les cris : *Nous le jurons !* répondent à cette allocution ; ils sont suivis des cris de : *Vive le Roi !*
vive le duc d'Orléans ! vive le duc de Nemours !
répétés sur toutes les lignes.

Une salve d'artillerie annonce que le serment est
prêté.

On ferme le ban et l'on bat au drapeau.

Les colonels se portent sur le front de bandière
avec les drapeaux qu'ils tiennent des mains du Roi,
et vont faire prêter le nouveau serment par leurs
régimens.

Pendant ce temps, le Roi a passé en revue la
garde nationale et les troupes de ligne.

Sa Majesté est revenue ensuite se placer en face
du pavillon pour voir le défilé, qui a eu lieu dans
le plus bel ordre, et qui a duré près de trois heures.

La cavalerie a défilé au grand galop, ayant à sa
tête les deux princes.

Après la revue, le Roi s'est rendu à la bibliothèque de la ville, où les produits de l'industrie
avaient été exposés.

Le Roi s'est entretenu long-temps avec divers manufacturiers, et a fait prendre note des observations
d'intérét local qui lui ont été soumises.

Les élèves du collége royal s'étaient réunis dans le jardin de la bibliothèque.

Le principal a adressé au Roi un discours auquel Sa Majesté a répondu.

A l'hospice général, bel établissement où 450 vieillards ou enfans trouvés sont entretenus avec un revenu de 100,000 fr., le Roi s'est livré à un examen minutieux qui l'a beaucoup satisfait.

A l'hôpital, à la fois civil et militaire, Sa Majesté s'est approchée, avec une vive sollicitude, du lit d'un hussard, renversé le matin à la revue, et assez grièvement blessé.

Les manufactures de MM. Laurent et Lecaron garderont le souvenir des marques d'intérêt que le Roi a données à ces précieuses industries.

Les réceptions, le banquet, le bal, qui ont terminé la journée, ont offert toujours cet aspect de satisfaction, de fête, d'enthousiasme, qui a marqué tous les pas du Roi. Amiens, c'était encore Rouen et le Hâvre ; c'était toujours Paris ! c'est toute la France !

Le Roi est attendu ce soir 26 au château de Saint-Cloud.

SUITE DES AUDIENCES.

Discours de M. le maire d'Amiens.

SIRE,

La ville d'Amiens vous reçoit sans faste. Dans les hommages qui sont rendus à Votre Majesté, elle

trouvera l'expression spontanée des sentimens qu'inspirent vos vertus et votre dévouement à la patrie.
Le bonheur de vous posséder, de voir auprès de
vous des princes qui font l'orgueil et l'espoir de la
France occupe toute vos pensées. Rien de factice
ne doit se placer entre un Roi tel que vous et la
population reconnaissante d'un pays qui conserve,
comme son plus beau titre, sa réputation de franchise.

Sire, le sol de la France, le génie de ses habitans, sont des germes de prospérité, mais un gouvernement national pouvait seul les faire fructifier.
La France avait besoin d'un Roi qui sût interroger
les vœux du peuple et sympathiser avec les citoyens.
Vous avez compris, Sire, que les institutions les
plus libérales pouvaient se concilier avec l'ordre
public, et que le pouvoir ne devait chercher sa force
que dans les lois. Vous marcherez à la tête de votre
peuple dans la voie des améliorations progressives,
vous saurez ouvrir et diriger toutes les sources de
la richesse de l'Etat, et la postérité dira :

Sous Louis-Philippe, Roi des Français, la France
eut liberté, bonheur et gloire.

Réponse du Roi.

« Rien ne me sera plus agréable que de laisser à
la postérité la devise que vous venez de présenter.
Elle a été constamment l'objet de tous mes vœux.
Faire jouir la France de la liberté était le devoir de
tous les Gouvernemens qui l'ont régie, mais c'était

aussi leurs véritables intérêts. Malheureusement ils
ne l'ont pas compris : ils se sont trop souvent égarés
en cherchant leur sûreté dans une force factice, et
la nation l'a brisée. C'est pour empêcher qu'à la
suite de cette grande lutte la France ne fût plongée
dans le fléau de l'anarchie, par l'abus des théories
politiques, que j'ai accepté le Trône. J'espère qu'aujourd'hui l'ordre public ne sera plus troublé, que
rien n'empêchera que les lois ne soient progressivement améliorées, et que la France, comme
vous l'avez dit, ne trouve dans ces avantages de
quoi compenser les maux qu'elle a soufferts, et
dont j'ai si long-temps gémi sans pouvoir y porter
remède. »

Discours du tribunal civil d'Amiens.

SIRE,

Le tribunal civil d'Amiens vous supplie d'agréer
l'hommage de son profond respect et de son dévouement.

Un plus digne organe devait lui servir d'interprète auprès de Votre Majesté; mais nos sentimens et nos vœux peuvent se résumer en peu de
mots.

C'est du fond du cœur, Sire, que nous avons
juré de vous être fidèles et d'obéir en même temps
à la Charte et aux lois. Ce serment, qui consacre
à la fois les droits du Trône et ceux des citoyens,
sera gardé en conscience et en vérité.

Après une révolution légale et glorieuse, la France
a parfaitement compris qu'elle devait au monde ci-
vilisé un exemple sublime : celui du développement
paisible et régulier de ses institutions. Cet exemple
sera donné.

Nous le savons, Sire, le but de tous vos efforts est
de consolider les libertés, le bonheur et la gloire
de la patrie. Que votre ouvrage s'achève, et le cœur
de Votre Majesté trouvera sa plus douce récompense
dans la félicité publique !

Réponse du Roi.

« Le but de tous mes efforts est de consolider les
institutions que la France chérit, que je chéris également, et qui doivent lui assurer la liberté et le
règne des lois : c'est par là que chaque Français pourra
librement exercer tous ses droits, et que le bonheur
particulier concourra à la prospérité générale. Je vous
remercie de la justice que vous rendez aux efforts
que j'ai faits pour prévenir les maux qui pouvaient
résulter de la grande secousse qui a ébranlé l'ordre
social. J'espère, avec l'appui de la nation, la préserver du fléau de l'anarchie et de celui d'une guerre
extérieure, qui pourrait entraîner de grands maux à
sa suite. Mais si l'honneur national nous contraignait
à la guerre, nous la ferions avec ce concours général, avec cet élan qui assurent le succès. Toutefois,
il est plus glorieux encore de pouvoir l'éviter. La
France appréciera les avantages de la paix : c'est elle
qui consolidera son ordre intérieur, sa liberté, qui

amènera le développement de son commerce et sa prospérité. »

Discours du tribunal de commerce d'Amiens.

S<small>IRE</small>,

Le tribunal de commerce, dont je m'honore d'être l'organe, vient apporter aux pieds de Votre Majesté ses hommages.

Depuis la révolution de juillet, un prince éminemment français a accepté la royauté. Aux coups d'État, à la fraude, à la violence et au despotisme, ont succédé la justice, la vérité, la modération et la liberté.

Le commerce, principale ressource d'un vaste empire, a souffert d'une manière bien cruelle. Par votre sollicitude, il commence à se ranimer, et par votre protection et votre persévérance, il parviendra à obtenir la plus grande prospérité.

Nous pouvons nous livrer avec d'autant plus de confiance à cet espoir consolant, que notre belle patrie possède des moyens suffisans pour rendre heureux ses habitans ; il ne s'agit que de les rechercher avec soin et de les mettre en action avec prudence : nos besoins ont été si bien compris, que déjà vous avez rétabli un ministère du commerce.

Nous osons nous permettre de présenter à Votre Majesté les travaux du tribunal sur la révision d'une partie du Code de commerce, et des observations sur l'industrie des cotons dans ce département.

Nous prenons la confiance de réclamer pour eux votre bienveillance.

Heureux les peuples qui, comme les Français, peuvent dire : Nous avons un Roi-citoyen ; il nous aime comme ses enfans ; aussi nous le regardons et nous le chérissons comme un père.

Nous prions Votre Majesté d'accueillir avec bonté l'expression de nos sentimens respectueux et sincères.

Réponse du Roi.

« Le développement du commerce est un des objets dont je me suis le plus occupé. C'est lui qui entretient au sein de la société l'activité et l'indus-trie, qui offre aux hommes des professions utiles dans lesquelles chacun peut recueillir le fruit de ses travaux. Nous avons traversé une grande crise com-merciale, j'espère qu'elle va se calmer. J'ai nommé en effet un ministre qui s'occupe constamment avec moi de ce qui peut accroître l'industrie et donner de l'essor au commerce. Vous me faites grand plai-sir de profiter de mon passage pour m'éclairer sur vos intérêts locaux. De retour à Paris, on s'occupera avec empressement de ce que vous recommandez pour les cotons et l'industrie de ce pays. Je vous remercie de ce que vous me dites sur les services que j'ai rendus à la France ; mon bonheur est de les voir appréciés, et de sentir que j'ai eu celui de lui être utile. »

Discours du conseil des prud'hommes de la ville d'Amiens.

SIRE,

Le conseil des prud'hommes de cette ville vient aussi présenter à Votre Majesté ses très-humbles hommages et vous offrir l'expression de son amour et de son inaltérable fidélité.

Inaperçu dans la hiérarchie judiciaire, parce que ses fonctions toutes pacifiques n'ont ni l'éclat ni la gravité imposante des tribunaux, parce que son origine est toute récente, puisqu'il la doit au grand capitaine qui préludait à votre règne, et désennuyait la France avec de la gloire, en attendant que vous vinssiez lui apporter le bonheur, le conseil des prud'hommes se complaît dans ses modestes attributions, qui le mettent constamment en harmonie avec les sentimens paternels de Votre Majesté.

Prévenir les procès en matière industrielle, tenter tous les moyens de concilier les hommes divisés, ou juger leurs différens à l'heure même et sans aucun frais, tels sont, Sire, les occupations du conseil depuis 17 ans; 12,000 conciliations réussies l'ont bien payé de ses fonctions gratuites; et cette année 469 procès conciliés sur 475 lui ont fait oublier qu'il négligeait ses affaires personnelles.

Mais une autre tâche lui est encore imposée par son institution. Sentinelle permanente, il doit veiller à la prospérité de l'industrie, cette mère du commerce, qu'elle fait naître et qu'elle alimente,

sans laquelle les nations seraient pauvres et malheureuses, sans laquelle toute société est impossible.

Sire, vous êtes venu visiter un pays où la franchise est territoriale ; nous vous dirons la vérité par
instinct et par devoir : nos fabriques ont souffert et
souffrent encore ; de bruyantes qu'elles étaient, vous
les trouverez bien silencieuses. Manquant de débouchés, elles produisent peu : nous aurons peu de
choses à soumettre aux regards de Votre Majesté.
Depuis plusieurs mois un grand nombre d'ouvriers
ont dû leur subsistance à la sollicitude de nos magistrats et à la bienfaisance publique ; mais aucun
d'eux ne s'est découragé : tous ont mis en vous leur
espérance. Vous les avez vus, Sire, vous les verrez
encore se précipiter sur vos pas, vous bénir comme
l'ange consolateur et tutélaire qui daigne en personne leur annoncer un meilleur avenir, et dont les
vœux les plus ardens sont pour le bonheur de la
France. Cette pensée nous soutient tous ; elle affermit pour toujours l'amour et la fidélité que nous
avons voués à Votre Majesté et à votre auguste
Famille. Vous n'entendrez qu'une acclamation :
*Vive Louis-Philippe long-temps, et sa dynastie
toujours !*

Réponse du Roi.

« Je voudrais pouvoir, en arrivant dans votre
ville, vous annoncer la fin de toutes les souffrances
que le commerce a éprouvées. Il était difficile qu'il
n'en éprouvât pas après une aussi grande crise. Mais

j'espère que nous touchons à son terme. J'admire la résignation avec laquelle la classe ouvrière a supporté cet état de choses. J'ai été bien sensible à l'accueil qu'elle m'a fait dans cette ville, et qui est le même que celui que je reçois partout. C'est ma satisfaction et ma gloire. Tout ce que je désire, c'est l'adoucissement de leurs souffrances ; mais j'espère que le règne des lois, bien assuré au-dedans, la paix consolidée au-dehors, rétabliront bientôt entièrement la confiance, feront circuler les capitaux, et procureront aux ouvriers la juste rétribution de leurs travaux et de leur industrie. »

Discours de la chambre de commerce.

SIRE,

La chambre de commerce d'Amiens vient supplier Votre Majesté d'agréer l'hommage de son profond respect. Heureux d'être auprès du Roi l'interprète des sentimens qui animent les commerçans d'un département essentiellement manufacturier, elle n'affligera pas son cœur par le tableau des souffrances que la population industrielle a éprouvées pendant plusieurs mois. Les commotions politiques amènent toujours des crises qui froissent surtout les intérêts commerciaux. La ville d'Amiens a fait généreusement les sacrifices que les circonstances lui ont imposés. L'administration municipale, les manufacturiers, tous les habitans ont rivalisé de zèle pour soulager les misères de la classe labo-

rieuse ; l'administration municipale en procurant du
travail aux ouvriers sans emploi, les manufacturiers en maintenant l'activité de la fabrication autant et aussi long-temps que leurs moyens le leur
ont permis et au détriment même de leurs intérêts, tous les habitans par les dons d'une charité
inépuisable. Déjà un comptoir d'escompte avait été
établi sous la garantie d'une foule de souscripteurs,
et il a rendu des services au commerce.

Si Votre Majesté daigne visiter quelques-uns des
nombreux ateliers de cette ville, elle ne les verra
pas encore repeuplés entièrement, mais la chambre
de commerce se hâtera de lui dire qu'elle a l'espérance d'un avenir plus heureux. Depuis un mois la
confiance tend à se rétablir, les affaires s'améliorent,
les ateliers ont rappelé quelques ouvriers, parce
que les produits se sont mieux vendus. Sans doute
le commerce et l'industrie souffrent encore, car le
bien s'opère lentement ; mais la conservation de la
tranquillité au-dedans et de la paix au-dehors ra-
nimera la consommation intérieure et rétablira nos
anciens débouchés à l'étranger : ce sont les vœux et
les espérances de la chambre de commerce ; elle en
attend l'accomplissement de la bienveillante sollicitude de Votre Majesté, et fidèle au but de son institution, elle s'empressera, comme elle a fait en
tout temps, de seconder le Gouvernement dans ses
vues d'amélioration.

Réponse du Roi.

« Vous pouvez être sûrs que les intentions de mon Gouvernement et les miennes, sont de remplir l'objet que vous venez d'indiquer. Rétablir la confiance, montrer aux capitalistes qu'ils n'ont rien à craindre, qu'ils peuvent se lancer dans des spéculations sans courir d'autre risque que ceux attachés à la spéculation elle-même, tel est l'objet que je me propose. Il était difficile d'avancer plus vite dans cette voie. Nous espérons que le commerce prendra bientôt plus d'extension par la consolidation de la paix extérieure; que les ventes des produits de l'industrie devenant plus faciles, l'activité renaîtra dans les ateliers.

« Je remettrai à mon ministre du commerce les demandes que vous m'avez présentées, et vous pouvez compter qu'elles seront examinées avec tout le soin que vous avez droit d'attendre. »

Discours de l'Académie.

SIRE,

C'est avec une vive émotion qu'au milieu des transports de la joie publique, l'Académie du département de la Somme vient vous offrir l'hommage de son respect et de son dévouement.

Les progrès de l'intelligence ont amené ceux de la civilisation et de la liberté. C'est parce que la France est éclairée, qu'il lui fallait un Roi qui se crût lié par des sermens, et qui vît les lois au-dessus de lui. Sire, tout ce qui tient aux études utiles attend beaucoup de votre règne : bien des institutions nous manquent encore ; des classes nombreuses restent livrées à une profonde ignorance ; mais la patrie compte sur les efforts constans d'un prince qui sut, dans toutes les vicissitudes de sa vie, apprécier les bienfaits de la science, et reconnaître en elle une des sources les plus fécondes des vertus de l'homme et du citoyen. Ce que vous commencerez, Sire, nos enfans le verront achever par les vôtres : sous une dynastie populaire, la France doit monter au comble de la prospérité.

Réponse du Roi.

« Il ne tiendra pas à moi qu'il n'en soit ainsi ; cela a été toute ma vie le premier de mes vœux : aujourd'hui, c'est le premier de mes devoirs. Mes enfans suivront après moi la même voie ; ils ont été élevés sur vos bancs, ils ont partagé l'éducation publique ; ils sauront lui procurer tous les avantages que je n'aurais pu moi-même parvenir à assurer. Tant que je vivrai, je m'attacherai à propager les lumières : le plus grand service que l'on puisse rendre à l'espèce humaine est de la préserver des idées dangereuses, des fausses routes dans lesquelles on s'engage plutôt par défaut de connaissance que par volonté. Il est rare qu'on fasse le mal pour le mal même. C'est à vous à développer tous les moyens que vous avez d'éclairer les hommes. Vous rendrez par là un grand service à la France. Vous pouvez compter sur mon appui et sur mon concours. »

Discours du principal du collége d'Amiens.

Sire,

Le jour où le vœu de la nation française mit le sceptre aux mains de Votre Majesté, l'Université accueillit avec transport cet acte solennel, gage de la paix et de la prospérité publiques. Asservie et mutilée par tous les pouvoirs ennemis de la liberté et des lumières, elle obtint de Votre Majesté une éclatante justice. Les nobles rejetons de votre Trône, confiés à ses soins, attestent assez aux familles ce que doit avoir de généreux une éducation qui a pu satisfaire à la fois le citoyen, le prince et le père. Elle continuera, Sire, à mériter la confiance de Votre Majesté en faisant de cette jeunesse des citoyens dévoués à leur patrie et fidèles à leur Roi. *Vive le Roi!*

Réponse du Roi.

« Avant que le vœu national m'eût appelé au Trône, j'avais voulu donner un grand exemple en mettant mes fils sur les bancs de l'éducation publique, en les associant à leurs jeunes contemporains, afin que, vivant au milieu d'eux, ils pussent apprendre à les connaître et obtenir l'avantage d'être connus d'eux. J'ai cru que c'était le meilleur moyen de les mettre à portée d'apprécier les besoins et les exigences de l'époque actuelle. Je me flatte que mon

but a été atteint ; j'en ai du moins un grand gage
dans l'affection que leurs camarades ont conservé
pour eux. Quant à moi, aujourd'hui que le pouvoir
est déposé dans mes mains, je m'efforcerai de donner à l'enseignement public tout le développement
dont il est susceptible. C'est en formant l'esprit des
jeunes citoyens que vous procurerez à la France
tous les avantages qu'elle a droit d'attendre d'eux,
et qu'eux-mêmes pourront parcourir avec fruit les
diverses carrières dans lesquelles ils entreront. L'espoir et la gloire de la France sont fondés sur la jeunesse et sur le perfectionnement de l'éducation
publique. C'est un objet qui appelle toute ma sollicitude et tous mes soins. Je suis bien aise de vous
en assurer en présence du collége. »

Paris, le 27 mai.

Le Roi, dans son voyage, a été constamment
partagé entre deux sentimens, le désir de répondre
à l'empressement que chaque ville, chaque commune
lui témoignait, en cherchant à le retenir pour jouir
plus long-temps de sa présence, et la crainte de
laisser trop long-temps sur pied des populations entières qui attendaient son arrivée avec impatience.
Sa Majesté desirant arriver avant la nuit à Pontoise, lieu de sa dernière station, est partie d'Amiens
à 6 heures et demie du matin. Dès 5 heures, la
garde nationale et la troupe de ligne formaient la

haie depuis l'hôtel de la préfecture jusqu'au-delà de la porte de sortie. Un grand concours de monde remplissait les rues que le Roi a traversées à cheval. Sa Majesté n'a repris sa voiture qu'à l'extrémité du faubourg.

A peu de distance de Flers, à la limite du département de l'Oise, M. le préfet est venu recevoir Sa Majesté.

Le Roi a traversé de pied la ville de Breteuil, et s'y est arrêté quelques instans pour recevoir les diverses autorités. Les rues par où Sa Majesté devait passer étaient jonchées de verdure et bordées de branches d'arbres. La garde nationale était, là comme ailleurs, belle et nombreuse.

Le Roi est parti à neuf heures pour Beauvais, où Sa Majesté est arrivée à onze heures. -

A un quart de lieue de la ville, Sa Majesté est montée à cheval, ainsi que les Princes et les personnes qui l'accompagnaient. Elle était escortée par la garde nationale à cheval et un détachement de chasseurs.

Le Roi a été reçu au premier arc de triomphe par M. le maire. Le cortége s'est avancé vers la ville, précédé par le corps municipal. L'artillerie de la garde nationale, en batterie près de l'arc de triomphe, a annoncé par plusieurs salves l'arrivée de Sa Majesté.

Le Roi a d'abord visité l'Hôtel-Dieu, et a parcouru ensuite les boulevards, où 15,000 hommes de garde

nationale et un régiment de chasseurs étaient en bataille.

Le zèle et l'empressement que la garde nationale
rurale a montrés, doivent être particulièrement remarqués. Une partie avait fait huit à dix lieues, pendant la nuit, pour se trouver sur le passage du Roi.
Aussi, à sa vue, ces gardes nationaux ont-ils fait
éclater le plus vif enthousiasme.

Sa Majesté a fait son entrée dans la ville par le
faubourg de Saint-Laurent, où un second arc de
triomphe avait été élevé par ses habitans. De jeunes
demoiselles attendaient Sa Majesté sous cet arc de
triomphe pour lui offrir une corbeille de fleurs. Elles
se sont jointes au cortége, en se plaçant en avant
du cheval du Roi, dont la marche s'est trouvée ra-
lentie, à la grande satisfaction des habitans de
Beauvais. Aucune ville, sur le passage du Roi, n'a
présenté une décoration plus riante ni un enthousiasme plus général.

Sa Majesté a traversé la grande place pour se rendre à la manufacture de tapis ; elle l'a visitée en détail, paraissant y prendre beaucoup d'intérêt.

Le Roi est venu ensuite se placer en face de
l'Hôtel-de-Ville, dont les balcons étaient garnis de
dames ; la garde nationale a defilé devant Sa Majesté. Pendant ce défilé, qui a duré plus d'une
heure, les acclamations se sont renouvelées avec une
grande vivacité.

Il était trois heures quand le Roi est arrivé à l'hôtel de la préfecture. Sa Majesté y a reçu immédiate-

ment les diverses autorités ; elle a admis à son déjeûner les principaux fonctionnaires et les chefs de la garde nationale.

Le Roi a quitté Beauvais à près de cinq heures, visitant sur son chemin la manufacture de draps de M. Maurice-Loignon, et un hospice.

Sa Majesté est arrivée à sept heures et demie à Beaumont. Les arcs de triomphe, les guirlandes, les fleurs et la population qui garnissait les hauteurs, donnaient à cette jolie ville l'aspect le plus animé. Le Roi l'a traversée à cheval au milieu des transports de ses habitans.

Il était nuit quand le Roi est arrivé à l'Ile-Adam ; mais son passage a été éclairé par une brillante illumination.

Un orage a éclaté au-dessus de l'Ile-Adam. La pluie tombait lorsque Sa Majesté a fait son entrée dans la ville de Pontoise ; elle n'a pas empêché la garde nationale de se trouver à son poste.

Toute la ville en mouvement, les maisons illuminées, des drapeaux à toutes les fenêtres, de la verdure dans toutes les rues, les cris de *vive le Roi ! vivent les Princes !* retentissant partout sur son passage ; la garde nationale défilant dans un ordre remarquable, et la population entière en habits de fête, voilà le spectacle que présentait la ville de Pontoise, continuant cette longue suite de fêtes, dont l'orage qui éclatait avec force changeait le caractère sans diminuer la vivacité.

Le Roi n'est arrivé à Saint-Cloud qu'à une heure

du matin, en parfaite santé, distrait de sa fatigue par son bonheur, et retrouvant d'autres émotions dans le sein d'une autre famille.

SUITE DES AUDIENCES.

Le Roi a répondu au corps académique d'Amiens dont le discours ne nous est pas parvenu :

« Je crois, Messieurs, comme vous, que le but de tout gouvernement, que l'objet de son institution doit être de maintenir à chacun le libre et entier exercice de ses droits. Mais je crois que chacun doit se renfermer dans ce que la loi autorise. Il ne faut pas lui donner des développemens que la théorie présente comme possibles, mais que depuis long-temps l'expérience doit avoir fait reconnaître comme impraticables. Aussi n'est-il que trop vrai que dans un temps déplorable, dont ma proscription ne m'a permis de voir qu'une partie, la France gémissait sous le joug le plus odieux, tandis que la tribune retentissait de théories de liberté, qui devaient, disait-on, assurer son bonheur, et que cependant on n'a pas même tenté d'exécuter. Ainsi que vous me l'avez dit, c'est à la pratique du gouvernement que doivent s'arrêter tous ceux qui sont chargés de présider aux destinées des nations. Je veux la liberté pratique fondée sur le règne des lois ; je veux que chacun puisse faire tout ce que les lois ne lui interdisent pas, et qu'il soit réprimé toutes les fois qu'il cherchera à les transgresser. Appelés à répandre l'enseignement parmi les hommes, vous avez mission pour leur inculquer les principes que vous venez de me déployer, et leur faire sentir que c'est là le moyen d'assurer leur bonheur individuel et celui de la France. »

Discours du clergé de Beauvais.

SIRE,

Le clergé de Beauvais, dont j'ai l'honneur d'être l'organe auprès de Votre Majesté, est heureux de s'associer à la joie générale qu'excite dans notre ville la présence de Votre Majesté.

Vos vertus privées, Sire, qui ont long-temps fait l'admiration de la France, et ont mérité à Votre Majesté de monter sur un Trône offert par la nation, sont un sûr garant de l'ordre, d'une liberté sage et d'une protection légale pour la religion; ce premier besoin de tous : nous savons que c'est aussi le premier desir le plus prononcé de Votre Majesté.

Sire, le clergé de ce diocèse doit à Votre Majesté des remerciemens tout particuliers de lui avoir donné pour premier pasteur un prêtre pieux et nourri de la doctrine des apôtres, une des lumières de l'Eglise gallicane, l'homme de la confiance de Votre Majesté et de son auguste Famille, dont elle a pu apprécier le mérite et les vertus. Nous hâtons de tous nos vœux le moment de son arrivée parmi nous.

Réponse du Roi.

« Je serai enchanté de l'accélérer. Je suis bien aise que le choix que j'ai fait ait obtenu l'assentiment du clergé de ce diocèse. C'est toujours une grande satisfaction pour moi. Vous pouvez compter sur mon zèle et mon empressement à soutenir le respect qui est dû à la religion. Je compte de même sur votre zèle et votre empressement à maintenir la concorde parmi les hommes, à faire que la religion ne paraisse jamais un instrument politique ; qu'elle soit ce qu'elle doit être, la source de la morale et de la charité, et qu'elle répande partout ses consolations. »

Discours du corps municipal de Beauvais.

SIRE,

Le corps municipal, organe de la population entière de cette ville, est heureux d'être le premier interprète de ses concitoyens pour offrir à Votre Majesté l'hommage de son respect, de son amour et de son dévouement.

A peine entré dans l'enceinte de cette antique cité, le Roi entendra l'expression libre et spontanée d'une population innombrable accourue sur son passage.

Ce libre élan de tous les cœurs vers le Père de la patrie, est le garant de la confiance qu'il inspire et des espérances qu'il fait naître.

Votre vue, Sire, va ranimer l'espoir de la classe

indigente et laborieuse et celui du commerce, auquel une paix honorable doit ouvrir les sources de la prospérité.

Avec la paix, les arts et les sciences brilleront d'un nouvel éclat; et du règne de Votre Majesté datera l'ère du bonheur des Français.

Réponse du Roi.

« C'est avec une satisfaction particulière que j'entre dans la ville de Beauvais. L'accueil qui m'y est fait me pénètre de sentimens que j'aime à vous exprimer. J'ai toujours desiré tout ce qui pouvait contribuer au bonheur de la France. Rien ne peut y contribuer plus efficacement que le maintien de la paix extérieure, qui a été l'objet de tous mes efforts, bien entendu sans faire aucun sacrifice qui ne soit compatible avec notre honneur, avec l'indépendance et la gloire de la France, qui m'ont toujours été chers; pour lesquels j'ai combattu dans ma jeunesse, et pour lesquels je serais encore prêt à verser mon sang, si les besoins de la patrie l'exigeaient. »

Discours du commandant de la garde nationale de Beauvais.

SIRE,

Je suis heureux d'être pour la seconde fois auprès de Votre Majesté, depuis notre grande et glorieuse révolution, l'interprète des sentimens de la garde nationale de Beauvais. Elle était affamée de voir un

Roi, car seul il mérite ce nom celui qui n'accepte le pouvoir que dans l'intérêt des libertés publiques. La garde nationale se rendra toujours digne de sa mission. La devise que vous lui avez donnée est dans son cœur comme sur son drapeau. Ainsi que ses frères d'armes de Paris, elle saurait la faire respecter, certaine que son dévouement à cette noble devise est la preuve complète de son dévouement pour vous et pour la France. »

Réponse du Roi.

« Je suis bien heureux de me trouver au milieu de la garde nationale de Beauvais. C'était un moment que j'attendais avec impatience. Je suis bien sensible à tout ce qu'elle m'a témoigné, tant par votre organe que par elle-même, quand je l'ai vue défiler devant moi. Je l'ai trouvée aussi belle que bonne. Je suis vivement touché des sentimens qu'elle m'a témoignés. Je desirais saisir cette occasion pour l'assurer des miens.

» J'ai toujours aimé mon pays. Tout ce que je veux, c'est qu'il jouisse de toutes les libertés, c'est qu'il soit à l'abri de toutes les secousses qui peuvent nuire à l'exploitation des propriétés, paralyser l'industrie et le commerce. J'espère qu'aujourd'hui, graces aux efforts du Gouvernement et aux miens, le commerce va reprendre sa vigueur, la confiance se raffermir ; elle se fonde sur l'ordre public à l'intérieur, qui est aussi la grande base de la liberté, et sur le maintien de la paix extérieure que la

France désire. J'espère donc qu'elle sera à la fois libre, heureuse et prospère. »

Discours du tribunal de première instance.

SIRE,

Le tribunal de première instance de Beauvais vient offrir à Votre Majesté l'hommage de son dévouement. Ce ne sont pas de flatteuses louanges que nous vous apportons, un Roi honnête homme n'en a pas besoin ; la bouche des magistrats ne devrait pas savoir les prononcer. Mais nous venons vous promettre, Sire, de consacrer tous nos efforts à administrer dignement la justice en votre nom. Votre Majesté a remis entre nos mains ce premier devoir des rois : gardiens des lois, nous croyons que la meilleure manière de vous prouver notre attachement est de redoubler de zèle pour rendre bonne justice à nos concitoyens, et pour concourir avec le Gouvernement de Votre Majesté au maintien des libertés publiques.

Réponse du Roi.

« C'est en effet ce que je vous aurais recommandé, si vous ne me l'aviez exprimé. Concourir au maintien des libertés publiques, en rendant bonne justice à tous les Français, est le devoir des magistrats. Dévoué de tous temps à mon pays, je l'ai servi de tout mon cœur, franchement et loyalement. J'espère qu'avec l'assistance de la nation je parviendrai à lui assurer l'ordre et la liberté et à accroître la prospérité publique. »

Discours du tribunal de commerce.

SIRE,

Le tribunal de commerce de Beauvais est heureux d'offrir à Votre Majesté l'hommage de son respect et de son amour, et de pouvoir exprimer les sentimens de reconnaissance dont il est animé envers le prince qui a voulu consacrer désormais tous les momens de sa vie au bonheur du pays.

Votre présence dans nos murs, Sire, au moment où la confiance publique se ranime, comble nos cœurs de joie et d'espérance...

Le commerce, source précieuse de la prospérité des Etats, ne vit que de sécurité; c'est là confiance qui rapproche les hommes, qui unit les intérêts...

Si quelques secousses inévitables ont paralysé momentanément les relations commerciales, la raison, le bon sens des masses, cette volonté librement exprimée par Votre Majesté, de ne *régner que par les lois et à l'ombre de nos institutions constitutionnelles*, sont pour nous le gage certain d'un heureux avenir.

Réponse du Roi.

« Mes vœux ont toujours été de voir la France jouir de la liberté et de tout le bonheur qu'elle est susceptible d'acquérir. Il n'y a de liberté, comme vous l'avez justement remarqué, que là où règne la loi. C'est l'espoir de préserver mon pays des maux de l'anarchie, et en même temps de garantir nos institutions des attaques violentes dont elles avaient été l'objet, qui m'a déterminé à accepter le Trône. J'espère qu'avec le concours de mes compatriotes, avec l'appui de la nation, nous parviendrons à mener à bien cette grande entreprise. »

Discours de M. le maire de la ville de Beaumont-sur-Oise.

SIRE,

Plus de complimens obligés, plus d'adulations, plus de flatteries ; vérité, franchise et sincérité, telles sont les vertus qui vous distinguent, telles sont celles qui animent nos cœurs.

Appelé à l'administration de cette ville depuis les immortelles journées de juillet, pour la seconde fois, Sire, je me vois admis à l'honneur de déposer aux pieds de Votre Majesté l'hommage des sentimens respectueux des habitans d'une ville que vous voulez bien honorer de votre auguste présence.

Votre Majesté, qui vient de parcourir une partie de ses provinces, n'a rencontré partout que des visages couverts d'allégresse et d'espérance ; ici, même tableau, nos compagnards ont quitté les plaines qu'ils fécondent pour venir, par leur présence, vous offrir des vœux et un encens justement mérité.

Oui, Sire, nos cœurs qui n'ont cessé de vous entourer depuis votre avénement au Trône, viennent aujourd'hui vous offrir le juste tribut de leur reconnaissance ; ils se rappelleront toujours qu'il y a bientôt dix mois, votre présence nous sauva de l'anarchie, et que vous eûtes à cette époque le dévouement de Curtius et la sagesse de Solon.

Notre garde civique, qui n'attend plus que le moment d'être admise à l'honneur de passer à votre revue, est fière d'une faveur aussi grande. Vous allez, Sire, accompagné des princes vos fils, parcourir vos phalanges citoyennes ; vous lirez sur leurs figures le dévouement qu'ils ont pour votre auguste personne ; vous y lirez aussi combien vous pouvez compter sur elles, si un aveugle ennemi osait par sa présence souiller le sol de notre belle patrie.

Organe de ces généreux citoyens, je dépose à vos pieds leurs sentimens de gratitude et de reconnaissance pour le drapeau que vous avez bien voulu leur donner. Ils défendront, envers et contre tous, ces couleurs nationales que nous n'abandonnerons jamais, et qui partout sauront faire respecter le Trône de Philippe, notre bien-aimé Souverain.

Réponse du Roi.

« Avec une nation comme la nôtre tout doit être sincère. Je ne pourrais vouloir qu'il en fût autrement; cela n'est ni dans mon cœur ni dans mon caractère. Aussi, c'est avec sincérité que je vous témoigne combien j'éprouve de satisfaction à me trouver au milieu de vous, à entendre l'expression de vos sentimens, qui s'accordent en tous points avec les miens. Ce que je desire, ce que je veux, c'est de préserver mon pays de l'anarchie, c'est de consolider les institutions qui nous régissent, c'est d'assurer à chacun le plein exercice de ses droits, c'est qu'il n'y ait rien de supérieur à la loi. Quant à l'extérieur, ce que je desire, c'est le maintien de la paix, sans déroger en rien à notre honneur, à notre indépendance. Mais si jamais elle était attaquée, ce serait avec une entière confiance que je m'adresserais à la nation, sûr qu'elle nous donnerait aujourd'hui la même assistance qu'en 1792. »

On entend de toutes parts : *Oui, oui, Sire, comptez sur nous!* et des cris de *vive le Roi!* vivement répétés.

Amiens, le 27 mai.

Depuis la formation des camps qui avaient été établis, après la rupture du traité d'Amiens, sur les côtes de la Manche, nos contrées n'avaient pas vu une aussi belle réunion de troupes, une cérémonie aussi imposante que celle dont nous venons d'être les témoins. Les 11e et 19e régimens d'infanterie légère, les 22e, 25e, 38e, 39e, 61e, 65e régimens de ligne; le 5e régiment de hussards, le 4e de chasseurs, le 2ᵉ de lanciers, le 5ᵉ de dragons, enfin le 1ᵉʳ régiment d'artillerie, qui formaient les garnisons des places voisines, étaient venus cantonner dans les villages autour d'Amiens. Ils composaient un corps de 24 bataillons, 24 escadrons et 15 batteries, présentant une force d'environ 25 mille hommes organisés en brigades et en divisions.

Le 25, au matin, ces troupes furent formées sur deux lignes, le long de nos boulevards, la cavalerie rangée sur la promenade de la Hautoye. Notre garde nationale, dont l'aspect militaire peut rivaliser avec les plus belles troupes du monde, s'était placée à la droite de la ligne. Au centre de la promenade, sur le bastion de Longueville, s'élevait un pavillon tricolore, orné des drapeaux et des étendards que le Roi devait distribuer. Les talus avaient été taillés en gradins ; d'innombrables spectateurs les couvraient. Tout le département de la Somme, comblé de joie par l'annonce de l'arrivée du Roi, était accouru pour jouir de ce magnifique spectacle, qui a laissé dans nos cœurs d'ineffaçables souvenirs. On ne se lassait pas d'admirer la beauté de ces troupes si nouvellement créées, de cette cavalerie encore jeune et qui paraît déjà si instruite. Tous ces régimens semblaient composés de vieux soldats. Parmi les corps dont l'organisation a pu être suivie avec plus de soin dans les forteresses du Nord, on remarquait un régiment, le 65ᵉ, improvisé, il y a quelques mois, à Paris. Le 1ᵉʳ régiment d'artillerie se faisait également distinguer par sa tenue autant que par l'espèce d'hommes qui le composent. La population entière luttait d'enthousiasme avec l'armée. L'une et l'autre semblaient chercher à se devancer dans leurs acclamations. Tous les regards étaient fixés sur le Roi-citoyen, qui se montrait heureux d'être le père d'un tel peuple, et sur l'auguste Famille qui assure à la nation française les plus justes espérances d'une longue prospérité.

Paris, le 28 mai.

SUITE DES AUDIENCES DU ROI.

Discours du conseil-général de la Seine-Inférieure.

SIRE,

Au milieu des élans de la joie publique, lorsqu'un peuple fier, mais juste, se presse vers Votre Majesté, le conseil général, plein des mêmes sentimens, vient vous en offrir la respectueuse expression.

Réuni des divers points de ce grand département, il est bien heureux de pouvoir dire à Votre Majesté qu'elle va partout trouver les mêmes cœurs. De partout, en effet, les Français vous virent dans leurs rangs, aux premiers jours de la renaissance de leur gloire.

Ils se souviennent qu'en exil vos vœux étaient

pour la France ; que vous sûtes alors apprendre et oublier à propos.

Ils vous ont vu naguère, aux glorieux jours d'é-preuve, vous sacrifier pour la patrie ; ils savent que désormais vous consoliderez la liberté par l'ordre, et leur prospérité par la paix.

Tous ces titres, Sire, qui furent les vôtres au pacte solennel entre la nation et son prince, sont aussi pour Votre Majesté le gage inaliénable et sacré de l'amour et de la fidélité des Français.

Réponse du Roi.

« Vous avez parfaitement exprimé ce que je sens. Tous mes efforts tendent à procurer à la France la jouissance de la liberté, qui ne peut exister sans le bon ordre, le règne des lois et le maintien des insti-tutions. La tranquillité intérieure une fois rétablie, et la paix extérieure assurée, on verra renaître en-tièrement la confiance, le commerce reprendre toute son activité et la prospérité publique s'accroî-tre. C'est l'espoir d'atteindre ce but qui m'a animé. L'accueil que je reçois à Rouen me fait voir combien mes sentimens et mes efforts ont été appréciés. J'en suis vivement touché. »

Discours du conseil-général de la Somme.

SIRE,

Ce n'est point pour recueillir de vains hommages que le Roi des Français parcourt nos départemens :

l'histoire a déjà dit la valeur qu'il déploya à Jemmapes, sa constance dans l'adversité, ses vertus privées : c'est une tendre sollicitude qui le conduit au
milieu des peuples dont la destinée lui est confiée ;
il veut connaître leurs besoins et leurs vœux.

Organe d'un peuple franc, le conseil-général du
département de la Somme vous dira donc, Sire : les
libertés publiques étaient fondées, la paix extérieure
paraissait assurée, et cependant des troubles sans
motifs agitaient encore quelques cités ; ils inquié-
taient les esprits timides ; ils suspendaient les spéculations du commerce, et l'industrie inactive invo-
quait la fermeté qui devait les faire cesser.

Votre Gouvernement l'a entendue, Sire, et bientôt la France libre, tranquille, prospère, répétera
d'une voix unanime : *vive Louis-Philippe !*

Réponse du Roi.

« Dès les premiers momens où j'ai été appelé au
Trône, j'ai senti qu'il importait d'inculquer à tous
ce grand principe politique, qu'il n'y a de liberté
que là où l'ordre public est assuré. C'est ce qui m'a
porté à faire inscrire cette devise sur les drapeaux de
la garde nationale. Nous avons eu sans doute des
agitations, mais le bon esprit de la garde nationale,
soutenu par la fermeté de mon Gouvernement, a
comprimé ces dispositions fâcheuses d'un bien petit
nombre d'individus. J'espère qu'elles ne se remontre-
ront plus ; mais si elles se manifestaient, soyez sûrs
qu'elles seraient encore impuissantes. L'autorité

saura faire exécuter la loi d'une manière ferme et impartiale. Quant au commerce, nul ne sent plus que moi combien il est désirable qu'il reprenne son activité. Déjà la confiance renaît. C'est sur elle que repose le commerce. Le maintien de l'ordre public, la consolidation de la paix à l'extérieur, achèveront de le développer et de ramener la prospérité en France. J'espère, avec l'assistance de la nation, que j'arriverai à ce but, qui est celui que je me suis toujours proposé. »

Discours du conseil d'arrondissement de Louviers.

SIRE,

Le conseil d'arrondissement de Louviers se trouve doublement heureux :

De la présence de Votre Majesté,

Et de la circonstance de sa réunion ;

Circonstance qui lui permet d'être auprès de vous, Sire, l'interprète d'une population nombreuse, empressée d'offrir à son excellent ROI ses hommages, ses vœux et son amour.

Cet amour, Sire, est pur ;

Il est exempt de toute arrière-pensée ;

Il est unanime, il sera durable, car il est le résultat d'un bonheur profondément senti, dont nous sommes tous redevables au dévouement de Votre Majesté, à qui rien n'a coûté pour réaliser nos libertés nationales et toutes les promesses de la Charte de 1830.

Puisse, Sire, notre belle France régénérée, dire
dans mille ans comme aujourd'hui, c'est à sa précieuse dynastie que nous devons notre gloire et notre
félicité.

Réponse du Roi.

« Je suis bien touché de tous les sentimens que
vous me témoignez. Si je les mérite, c'est par mon
dévouement constant à mon pays. Dans la bonne
comme dans la mauvaise fortune, je lui ai toujours
été fidèle. Aujourd'hui, je jouis de pouvoir le servir.
Si je parviens à le rendre heureux, ce sera ma plus
douce récompense. »

Paris, le 29 mai.

Le Roi et la Famille royale ont honoré de leur
présence la fête de Versailles, que le voyage de Sa
Majesté a fait retarder jusqu'à ce jour.

Paris, le 30 mai.

Hier le Roi, accompagné de sa Famille, de M. le
président du conseil, ministre de l'intérieur, de
M. le maréchal Gérard, et de ses aides-de-camp,
est arrivé à Versailles à midi, escorté par des détachemens de garde nationale à cheval et de carabiniers.

Une salve de vingt et un coups de canon a annoncé
l'arrivée de S. M.

Le Roi est monté à cheval à l'entrée de la Place-
d'Armes, au milieu d'un concours immense d'habitans de Versailles et des communes environnantes,
et des Parisiens accourus pour assister à la fête. Des
acclamations réitérées se sont fait entendre, et ont
été répétées sur toutes les lignes des troupes qui
étaient en bataille sur la place.

Le Roi a passé en revue la garde nationale de
Versailles, le 12e régiment d'infanterie, le 1er régiment de carabiniers, et le 11e d'artillerie. Ces troupes ont ensuite défilé dans le plus bel ordre devant
S. M., aux cris de *vive le Roi! vive la Reine! vive
la Famille royale !*

Après la revue, le Roi et sa Famille sont montés
dans les appartemens, et ont paru aux croisées du
grand balcon, où ils ont répondu aux acclamations
de la foule répandue sur la terrasse et autour des
bassins. Un concert a été exécuté sous le balcon.

La Famille royale est ensuite descendue dans les
jardins, et s'est rendue au canal, où elle est montée
sur un yacht avec MM. les ministres, MM. les maréchaux et officiers-généraux de l'escorte du Roi.
Une joute a été exécutée.

Le dîner a eu lieu au Grand-Trianon. Le public a
été admis à circuler autour de la table du Roi, qui
était de 80 couverts.

A sept heures trois quarts la Famille royale est
repartie pour Saint-Cloud.

Les petites eaux ont joué depuis midi, et les grandes eaux depuis trois heures jusqu'à six.

A neuf heures un feu d'artifice a été tiré dans la cour du château. Des danses publiques ont été formées sur l'esplanade, en face de l'Hôtel-de-Ville.

Ce n'est que vers six heures qu'un orage est venu contrarier cette fête ; mais bientôt le temps est redevenu serein, et pendant le reste de la soirée tous les divertissemens ont été fort animés.

Adresse au Roi.

SIRE,

Le conseil-général de l'Isle-Bourbon, organe fidèle des sentimens de tous les habitans de cette colonie, vient vous offrir ses félicitations sur votre glorieux avénement au Trône des Français.

Attachée à la mère-patrie par les liens les plus chers et les plus forts, la colonie de Bourbon l'a vue avec orgueil opposer une noble résistance à la violation de ses droits, et sortir victorieuse d'une lutte dont la conservation et la restauration de ses libertés devaient être le prix.

Ce précieux dépôt vous a été confié, Sire, et les destinées de cette belle France sont désormais remises entre les mains d'un Roi qui, en acceptant ce glorieux mandat, s'est lié par les sermens les plus solennels à la défense de ces droits, et s'est engagé à travailler constamment au maintien de la liberté, du bonheur et de la gloire de la patrie.

Avec la même confiance et le même empressement, les colons de Bourbon viennent se placer sous vos bannières ; séparés de la métropole par des mers immenses , ils sont Français aussi ; et, autant par leurs sentimens que par leur position , ils sont certains d'exciter votre intérêt et d'obtenir votre puissante protection.

La colonie, dotée de sages institutions, franchement suivies depuis quatre ans, marchait rapidement vers une grande prospérité ; le cours en a été considérablement altéré par les ouragans répétés dont nous avons été frappés. Toutefois, des jours plus sereins et des garanties positives de sécurité pour l'avenir peuvent redonner à cette prospérité tout le développement dont elle est susceptible. Par ces institutions, les colons ne sont plus restés étrangers à l'administration de leur pays ; ils se sont vus appelés à la discussion des lois qui devaient les régir. Le gouvernement de Votre Majesté ne saurait qu'étendre et consolider des concessions aussi importantes.

Animés d'un esprit qui s'est toujours fait remarquer, et qui n'a pas dû échapper aux conseils de Votre Majesté, les colons de Bourbon continueront à marcher vers les améliorations que l'expérience leur suggérera ; ils attendent de votre haute sagesse qu'ils obtiendront un concours, non - seulement facultatif, mais légal et assuré, dans la confection des lois qui leur seront appliquées, et dont la Charte consacre la spécialité.

Environnés alors de toutes les garanties de stabilité et de prospérité, les habitans des colonies, et
ceux de Bourbon en particulier, uniront leurs vœux
à ceux que tous les Français ne cessent de former
pour votre gloire ; et, groupés autour de votre Trône,
ils vous rendront en bénédictions et en amour ce
que vous leur aurez procuré de sécurité et de
bonheur. *Vive le Roi!*

Paris, le 1ᵉʳ avril.

Le Roi, en quittant Versailles, le 29 mai, a
fait remettre à M. le préfet une somme de deux
mille francs, pour être distribuée aux pauvres de
cette ville.

SECOND VOYAGE DU ROI.

Paris, le 8 juin.

Le Roi est parti de Saint-Cloud à dix heures un
quart.

Sa Majesté avait dans sa voiture S. A. R. M. le
duc d'Orléans, M. le maréchal Soult, ministre de
la guerre, M. le comte d'Argout, ministre du commerce et des travaux publics, et M. le maréchal
Gérard.

S. A. R. M. le duc de Nemours était dans une calèche découverte.

Le Roi a traversé le bois de Boulogne et suivi les boulevards extérieurs.

La garde nationale de cette partie de la banlieue formait la haie sur les boulevards, où un grand concours de monde s'était porté, malgré la pluie qui tombait assez fort.

M. le maire de la Villette, accompagné de ses adjoints et de la garde nationale, rangée près du bassin de l'Ourcq, a reçu Sa Majesté à son passage.

Le Roi est descendu de voiture à Livry, et y a passé en revue la garde nationale.

Sa Majesté est arrivée à deux heures à Meaux.

Elle a fait son entrée à cheval, escortée par la garde nationale à cheval et un détachement du régiment de cuirassiers en garnison dans cette ville.

M. le maire de Meaux, à la tête du corps municipal, a reçu Sa Majesté à l'arc de triomphe élevé à l'entrée de la ville. Les hauteurs étaient couvertes d'une foule innombrable, qui faisait retentir l'air des cris de *vive le Roi !* Cette entrée a été favorisée par un beau temps.

Sa Majesté a passé immédiatement en revue 6,000 hommes de garde nationale, qui étaient rangés sur quatre lignes le long des promenades de la ville ; elle a voulu passer devant le front de chaque ligne.

Le Roi est descendu chez M. le président du tribunal de commerce, où Sa Majesté a reçu les diverses autorités ; elle est remontée à cheval et a parcouru la ville, dont les maisons étaient pavoisées de drapeaux tricolores, et les rues traversées de guirlandes de chêne et de fleurs.

MM. les préfets de Seine-et-Marne et de l'Aisne se sont trouvés aux limites respectives de leur département pour y recevoir Sa Majesté.

Parti à quatre heures de Meaux, le Roi est arrivé à cinq heures un quart à la Ferté-sous-Jouarre, où Sa Majesté n'a pas été reçue avec moins d'enthousiasme qu'à Meaux; elle y a passé en revue 3,000 hommes de garde nationale, qui est remarquable par sa belle tenue.

Il était sept heures et demie quand le Roi est arrivé à l'arc de triomphe de Château-Thierry. Sa Majesté était descendue de voiture pour monter à cheval.

Les cris de *vive le Roi! vive Louis-Philippe!* se sont prolongés avec tant de vivacité au moment où M. le maire a harangué le Roi, que S. M. a eu beaucoup de peine à obtenir un peu de silence pour répondre.

La garde nationale de Château-Thierry et des communes de l'arrondissement, au nombre de 7,000 hommes, et celle de Soissons, qui avait bivouaqué, occupaient la grande avenue le long de la Marne, dans toute sa longueur, jusqu'au pont auprès duquel est placée la statue de Lafontaine.

Pendant ce trajet, qui offrait le plus beau coup-d'œil, les acclamations n'ont pas cessé de se faire entendre.

L'enthousiasme des gardes nationaux s'est manifesté par un empressement bien remarquable, qui
rappelle un des souvenirs de 1790. Huit jours avant
l'arrivée du Roi, il n'existait à Château-Thierry aucune place où Sa Majesté pût passer la revue. Aujourd'hui, grace au zèle des habitans de toutes les
classes, qui ont tous mis la main à l'œuvre, il en
existe une superbe sur l'emplacement d'un ancien
marais, qui, dans un si court espace de temps, a
été comblé par plus de 6,000 tombereaux de terre.
C'était un spectacle admirable que de voir chaque
habitant travailler à l'achèvement de cette place, à
laquelle on a donné le nom de Champ-de-Mars, et
qui se trouve sur les bords de la Marne, auprès
d'une promenade charmante.

La garde nationale a ensuite défilé devant Sa Majesté dans un ordre très-remarquable.

Le Roi est descendu à l'établissement du collége,
où il a reçu immédiatement les autorités de la ville
et une députation d'Epernay, et admis à sa table les
principales autorités.

Après le dîner, Sa Majesté a reçu les dames, et
s'est rendue ensuite au bal à l'hôtel de la sous-préfecture.

AUDIENCE DU ROI.

Discours de M. le maire de Meaux.

SIRE,

Je viens offrir à Votre Majesté l'hommage des
vœux et du respect des habitans de la ville de Meaux.

La vérité vous est due, Sire, et vous la desirez. Au milieu des vifs et sincères témoignages d'amour et de dévouement que Votre Majesté va recevoir dans nos murs, se cachera l'expression du malaise qu'on éprouve. Le malaise existe cependant ; mais le développement progressif et mesuré de nos libres institutions, une paix solide et honorable, la seule que nous souhaitons, la seule aussi que vous voulez, une action ferme et sage de la part de votre gouvernement, la répression énergique des agitateurs et des artisans de troubles, ranimeront bientôt la sécurité dans les esprits, la vie dans le commerce et les affaires, le bien-être dans tout le corps social. Pour obtenir ces heureux résultats, mes concitoyens, Sire, se reposent avec la foi la plus entière sur les hautes lumières de Votre Majesté, sur son noble cœur, sur son attachement inviolable à la gloire et à la prospérité de notre belle et chère patrie.

Sire, ces sentimens vous ont été exprimés dans les lieux que déjà vous avez parcourus ; ils le seront dans ceux que vous parcourrez encore ; c'est que, partout en France, les bons citoyens, véritables amis de leur pays et du Trône populaire de Votre Majesté, sont en immense majorité.

Réponse du Roi.

« Je regrette que la prospérité de la ville de Meaux, en particulier, et celle de notre belle patrie, ne soient pas arrivées à ce haut degré qui est l'objet de tous mes vœux comme celui de tous mes

efforts. Le moyen que vous m'indiquez pour y parvenir est tout-à-fait dans mon cœur et dans mon
esprit. C'est en maintenant la paix au-dedans et au-
dehors que nous pourrons rendre au commerce son
activité, au Gouvernement sa force, aux lois leur
empire, et donner à nos institutions tout le développement dont elles sont susceptibles ; et que j'ai
toujours desiré leur voir prendre. La liberté, l'indépendance nationale et la prospérité publique ne
peuvent s'élever que sur cette base solide. Si nul
plus que moi ne desire la paix extérieure et n'en
sent tous les avantages, nul aussi n'est moins dis-,
posé que moi à sacrifier l'honneur de la patrie, notre
indépendance, nos droits, nos intérêts politiques,
à aucune considération étrangère. Néanmoins, je
dois vous dire que toutes les assurances réitérées
que je reçois me donnent la confiance que le maintien de la paix sera assuré, et que nous pourrons,
en toute sécurité, nous livrer à la culture des arts,
au développement de nos manufactures et de notre
commerce. »

Discours de M. l'évêque de Meaux.

SIRE,

Votre Majesté connaît depuis long-temps mon
respect, mon dévouement et tous mes sentimens
particuliers pour sa personne et pour son auguste
Famille. Ces sentimens sont partagés par le chapitre
et par le clergé de Meaux, qui s'estiment heureux,
ainsi que moi, de pouvoir en ce moment en déposer

à vos pieds le sincère hommage. Nous avons lieu d'espérer, Sire, que vous daignerez l'accueillir avec bonté ; car j'ose dire à Votre Majesté que le clergé de ce diocèse mérite sa bienveillance particulière par tous les vœux qu'il forme pour la prospérité de son règne, et par l'esprit de piété, de modération et de sagesse dont il est généralement animé.

Réponse du Roi.

« Je reçois avec grand plaisir cette assurance que vous me donnez ; elle m'est doublement précieuse venant de vous, dont le caractère est depuis long-temps apprécié dans ma famille. Dites au clergé de votre diocèse combien je desire que la religion reçoive toute la protection qu'elle a le droit d'attendre des lois, et qu'il est dans mon intention comme dans mon devoir de lui assurer. »

Discours du tribunal civil de Meaux.

Sire,

Interprète des sentimens du tribunal civil de Meaux, je viens offrir à Votre Majesté l'hommage de son profond respect et de son dévouement.

Votre intention, Sire, en parcourant votre royaume, est de connaître les besoins de chaque localité.

Loin que la vérité puisse lui déplaire, un bon Roi la recherche toujours, car la vérité est la compagne de la justice, et l'une et l'autre font la force des rois et le bonheur des peuples.

L'arrondissement de Meaux, un des plus populeux de la France, est un de ceux où se commet
le moins de crimes. Cet heureux état de choses est
dû non pas tant à la fertilité et à la richesse du sol
qu'à l'active intelligence des cultivateurs.

Mais, Sire, une ignorance profonde règne encore dans nos campagnes ; le peuple ne connaît ni
ses droits ni ses devoirs. Nous espérons, Sire, que
cet amour pour le bien public dont vous avez déjà
donné tant de preuves, et le zèle éclairé du Gouvernement de Votre Majesté, repandront dans toutes
les classes les bienfaits de l'enseignement.

Car, dans une monarchie constitutionnelle où
beaucoup sont appelés à exercer les droits de cité,
le peuple doit être instruit, et l'instruction, qui est
la meilleure garantie de la probité, diminuera promptement le nombre des procès criminels.

Quant à nous, Sire, nous continuerons de rendre
à tous une exacte et impartiale justice ; et en remplissant ainsi le mandat que nous avons reçu de
vous, nous croirons bien mériter du Roi et du pays.

Réponse du Roi.

« J'ai toujours souhaité que l'éducation publique
reçût tout le développement dont elle est susceptible, et que je crois desirable pour assurer le bonheur de la nation et sa tranquillité. J'ai toujours cru
que, loin de nuire à la stabilité du Gouvernement,
le progrès des lumières dans toutes les classes de la
société était le véritable moyen de l'assurer sur une

base à la fois solide et avantageuse pour tous. Quand les hommes sont éclairés, ils peuvent plus tôt rechercher ce qui doit contribuer à les rendre heureux et à élever la prospérité publique. Un des objets de mon voyage est d'examiner l'état de l'enseignement. Je ne m'attendais pas que le tribunal civil fût entré dans ces détails ; mais, de quelque source qu'ils me viennent, je les reçois toujours avec plaisir. Vous êtes d'ailleurs à portée de voir que là où il y a plus d'instruction, il s'y commet moins de crimes, parce que l'éducation donne à l'homme plus d'horreur pour le vice. Je conçois que, dans la classe ouvrière, qui est très-nombreuse, la stagnation momentanée du travail leur fasse éprouver des privations qui m'affligent ; mais j'espère que bientôt nous verrons la prospérité publique reprendre son essor. J'ai entendu avec plaisir ce que vous m'avez dit sur l'administration de la justice dans le ressort de ce tribunal ; je voudrais qu'on pût de même partout me donner l'assurance que le nombre des crimes à poursuivre diminue considérablement. »

Discours du tribunal de commerce de Meaux.

SIRE,

Au milieu de l'agitation des empires, c'est un enseignement sublime aux nations que le spectacle de la France régénérée dans la liberté, confiant ses destinées au courage, au patriotisme et aux vertus d'un homme de bien.

Vous les réaliserez, Sire, ces destinées, car vous avez juré de maintenir pur et intact le triomphe populaire des principes qui, dans trois jours, ont placé la France au premier rang des nations.

Vous les réaliserez, prospères et glorieuses, car vous avez compris surtout que le commerce et l'industrie sont la source inépuisable du bonheur et de la force des peuples ; que leur ame c'est la liberté ; que la condition de leurs développemens et de leur active fécondité, c'est la constante protection de l'État et des lois, l'énergie et la loyauté d'une politique courageuse.

Tous ces principes sacrés sont l'ancre du salut de la patrie et du commerce languissant et appauvri ; ils sont gravés dans votre cœur, Sire, comme dans le souvenir du peuple ; vous les ferez respecter, et bientôt l'univers proclamera la France heureuse.

Vive le Roi!

Réponse du Roi.

« Ma vie entière a été consacrée à la défense des principes sur lesquels repose aujourd'hui notre Gouvernement. Je désire que la nation jouisse de tous ses droits, que chacun connaisse tous ses devoirs; car le moyen d'assurer ses droits est de se conformer à ses devoirs. Je vous remercie de l'assurance que vous me donnez de la confiance que j'inspire à la France ; c'est ce que j'aime à entendre, car c'est le vœu de mon cœur. »

Discours du collége de Meaux.

S I R E,

Le collége de Meaux, dont je suis ici l'interprète, vient supplier Votre Majesté d'agréer l'expression vive et sincère de son profond respect et de son entier dévouement.

Sire, avant que la couronne ceignît votre tête, maîtres et élèves n'entendaient prononcer votre nom qu'avec émotion et reconnaissance ; les uns se rappelaient l'honneur insigne que vous aviez fait à la robe du professeur, sur la terre d'exil ; les autres exaltaient les heureuses et patriotiques inspirations du prince vraiment citoyen qui leur donnait pour émules les héritiers futurs du premier sceptre de l'univers ; c'était dans toutes nos écoles un concert de bénédictions et de louanges. Mais depuis votre avénement au Trône, combien la grandeur de vos sacrifices et la sagesse de vos actes ont encore accru notre admiration et notre amour ! Sire, juste et reconnaissante, la postérité dira tout ce qu'en des temps difficiles vous avez su faire pour le repos, le bonheur et la gloire de la France : l'anarchie vaincue, la paix maintenue au-dehors, rétablie au-dedans, la liberté fondée sur l'ordre, l'agriculture et les arts encouragés, le commerce renaissant ; enfin, sur terre et sur mer, nos armes puissantes et redoutées, comme aux plus beaux jours de nos triomphes ! Pour nous, hommes obscurs, mais dévoués, mais utiles, qui, chargés d'instruire et de diriger la jeunesse , tenons, pour ainsi dire, en nos mains l'avenir et les destinées de la patrie , nous serons les gardiens vigilans et incorruptibles d'un si précieux dépôt ; nous parlerons sans cesse à nos élèves le langage qui nous plaît, celui de l'honneur et de la vérité ; nous plierons au joug salutaire de la religion et de la morale ces ames ardentes , il est vrai, mais généreuses et passionnées pour le bien ; nous leur ferons aimer la science , trésor et charme de la vie ; et, l'histoire en main, opppsant la sagesse et les bienfaits de votre règne aux folies et aux crimes des règnes précédens , nous les forcerons de reconnaître avec un illustre général, et de proclamer avec nous qu'une royauté aussi franche, aussi libérale, aussi populaire que la vôtre, est assurément la meilleure des républiques.

Réponse du Roi.

« Je m'honorerai toujours d'avoir trouvé dans un collége, non-seulement un asile, mais encore un moyen d'échapper à la persécution de ceux qui voulaient me ranger sous la bannière des ennemis de la France en ne me laissant trouver d'asile nulle part. Telle était la fatalité des temps et l'amertume de ma position que, proscrit dans mon pays, je l'étais encore à l'étranger : mais j'éprouve une douce satisfaction à me rappeler que c'est en me livrant momentanément à l'éducation de la jeunesse, que j'ai traversé cette tempête, et que j'ai pu attendre des temps plus calmes sans manquer à mes devoirs envers ma patrie. Mes principes, mes opinions ont toujours été les mêmes ; j'ai toujours souhaité que mon pays jouisse de la liberté et qu'il fût préservé des grandes secousses qui m'en avaient écarté.

» J'ai entendu avec plaisir les éloges que vous avez donnés à mon Gouvernement ; les mériter de la France sera toujours l'objet de mes vœux, les obtenir sera ma récompense ! »

Discours de M. le préfet de l'Aisne.

SIRE,

Votre Majesté appréciera les sentimens de joie et de satisfaction qu'inspire aux habitans de l'Aisne la présence d'un monarque dont la franchise et la loyauté sont en harmonie avec le caractère qui les distingue si éminemment. Les acclamations que vous entendrez seront spontanées ; l'autorité ici n'exerce de l'influence qu'autant qu'elle se soit conformée aux lois et qu'elle ne veut rien qui ne soit juste et honorable. Lorsqu'il a fallu défendre l'indépendance nationale, elle a trouvé toute la population pleine d'ardeur et de dévouement, disposée à faire tous les sacrifices ; elle les fit, et ses villes pillées, ses campagnes dévastées, aux temps de nos dernières victoires, ne firent qu'enflammer son amour pour la patrie. Quand un gouvernement fallacieux a tenté de ravir nos libertés, les électeurs de l'Aisne, pénétrés de leurs devoirs, envoyèrent à la Chambre ses estimables députés, à la tête desquels se trouva

un orateur puissant, un général habile, qui formè-
rent le noyau de cette petite minorité, qui, luttant
avec courage et persévérance, conserva dans tous les
cœurs généreux le feu sacré, et prépara ces immortelles journées qui donnèrent à la France un Roi
dont elle se glorifie et une nouvelle Charte, qui,
avec les institutions qui en dérivent, assureront à
jamais son bonheur. Vous trouverez, Sire, dans
tous les temps, les habitans de l'Aisne préparés à
maintenir l'un et l'autre.

Réponse du Roi.

« Le département de l'Aisne a depuis long-temps
des droits particuliers auprès de moi; j'y possédais
de grandes propriétés; je les ai habitées dans ma
jeunesse, j'en ai toujours aimé les habitans, et j'ai
apprécié leur patriotisme, leur bon esprit, leur dévouement à la France et leur attachement à nos institutions. Ce département, comme vous l'avez remarqué, a produit de grands hommes. Celui dont
vous avez parlé est pour moi l'objet de regrets constans. J'aurais bien voulu le voir aujourd'hui défendre
à la tribune et nos libertés et la force du Gouvernement, montrer à la nation la sage alliance du droit
et de la liberté, et le maintien de l'ordre public, qui
en est la base et la garantie.

» Vous avez de grandes fabriques dans votre département; je sais qu'elles souffrent de la stagnation
momentanée du commerce; mais j'espère que mes
efforts pour assurer la paix extérieure seront aussi

heureux que ceux que je fais pour maintenir la paix
intérieure ; et j'aurai alors la satisfaction de voir renaître votre prospérité. »

Discours du maire de Château-Thierry.

SIRE,

Franchise et loyauté, telles sont les vertus qui
vous distinguent éminemment ; et le seul langage
qui vous plaise est celui de la vérité.

Telle aussi sera le nôtre.

C'est pour la seconde fois, Sire, que j'ai l'inappréciable bonheur de déposer aux pieds de Votre
Majesté l'hommage respectueux des habitans de cette
ville, que vous daignez honorer aujourd'hui de votre
présence.

Voici la vive et sincère expression de nos sentimens.

Nous conservons un précieux souvenir de tout
ce que vous avez fait par dévouement pour la
patrie.

Jamais nous n'oublierons que vous fûtes, il y a
dix mois, notre ancre de salut, et que vous seul,
au moment du péril, nous sauvâtes du naufrage ;
aussi nos cœurs, pleins de reconnaissance, s'ou-
vrent-ils à l'espoir d'un heureux avenir.

Sire, ce doux espoir, ces sentimens de reconnaissance, sont partagés unanimement par les populations des départemens que vous allez visiter. Partout vous remarquerez même dévouement à la patrie,

même amour de l'ordre et même sympathie pour votre auguste personne. Oui, Sire, nos cœurs suivront partout vos pas dans la noble carrière que vous parcourez pour le bonheur de cette belle France, et si le secours de nos bras devenait nécessaire pour comprimer ceux qui tenteraient d'en altérer le repos, vous pouvez compter sur le dévouement de cette brave garde nationale qui va jouir de l'insigne faveur d'être passée en revue par Votre Majesté.

L'amour et la confiance des peuples sont les vrais trésors des bons rois : jouissez-en, Sire, et que ce juste hommage vous soit le garant des bénédictions que la postérité réserve à votre mémoire.

Vive Louis-Philippe! Vive son auguste Famille!

Réponse du Roi.

« Il y a long-temps que je desirais visiter votre ville. Je me souviens avec plaisir de l'adresse que vous m'avez apportée à Paris. Je vous ai témoigné, à cette époque, combien j'appréciais le patriotisme que les habitans de Château-Thierry avaient manifesté dans tous les temps pour la défense de la patrie, combien j'étais heureux de m'unir à l'excellent esprit qui les anime pour la défense de nos libertés et pour celle de nos institutions. Le maintien de l'ordre légal est le gage de l'ordre intérieur, sans lequel notre commerce ne saurait prospérer. Je suis bien aise de vous exprimer avec quel plaisir j'entre dans cette partie de la France où j'ai eu jadis le bonheur de combattre pour la défense de notre liberté et l'indépendance de la patrie. »

(Les cris de *vive le Roi!* qui d'abord avaient empêché Sa Majesté de répondre, se sont renouvelés avec une grande vivacité.)

Discours du clergé de Château-Thierry.

SIRE,

Je viens déposer aux pieds de Votre Majesté l'hommage du respectueux dévouement du clergé de Château-Thierry.

Il est facile, Sire, le dévouement, quand il a pour principe la conscience, pour motif les vertus de celui qui en est l'objet, et pour fin l'avenir d'un grand peuple.

Vivez, Sire, vivez long-temps pour la prospérité, le bonheur et la gloire de notre chère patrie !

Réponse du Roi.

« Je reçois avec beaucoup de plaisir l'expression des vœux du clergé de Château-Thierry. C'est en professant de tels sentimens que le clergé facilitera au Gouvernement les moyens de lui accorder l'appui auquel il a droit, et qu'il est dans mes sentimens et dans mon devoir de lui accorder. Je vous remercie de ceux que vous me témoignez personnellement. »

Paris, le 9 juin.

Le Roi est parti de Château-Thierry à dix heures et demie. Les autorités de la ville et la garde nationale se sont trouvés à la porte de sortie, et ont salué Sa Majesté de leurs acclamations.

M. de Jessaint, préfet de la Marne, accompagné de M. le sous-préfet d'Epernay, est venu recevoir le Roi à la limite du département, près de Sauvigny.

Dans toutes les communes que Sa Majesté a traversées sur sa route, elle a trouvé la garde nationale, ayant à sa tête le maire et le corps municipal. Partout des arcs de triomphe en feuillages avaient été élevés.

Le Roi a traversé Dormans à cheval. Sa Majesté est arrivée à deux heures et demie à Epernay. La décoration de cette ville était très-remarquable; les rues formaient comme une voûte de verdure, entrelacée d'écharpes trocolores. Deux beaux arcs de triomphe avaient été élevés l'un à l'entrée, l'autre à l'extrémité de la ville; à côté de ce dernier, on voyait un pavillon orné de festons tricolores, disposé pour la réception des autorités.

Le Roi, après avoir traversé la ville au milieu des acclamations de la population, est descendu de cheval devant ce pavillon, et y a reçu les autorités.

Sa Majesté est remontée ensuite à cheval pour aller passer en revue 3,000 hommes de garde nationale. Elle a accepté le déjeûner qui lui était offert par la ville, et avant son départ a visité les superbes celliers de M. Moëte. Il était cinq heures un quart quand elle s'est éloignée d'Epernay.

Le Roi est arrivé à sept heures et demie à Châlons.

M. le maire, à la tête du corps municipal, a reçu Sa Majesté à l'arc de triomphe, et lui a présenté les clefs de la ville.

Avant de se rendre à la préfecture, où Sa Majesté devait descendre, le Roi a voulu visiter l'Ecole royale d'arts et métiers.

Les élèves formaient un carré dans la cour principale; ils ont défilé devant le Roi, et ont ensuite rompu les rangs pour se rendre dans leurs ateliers. Sa Majesté, accompagnée du commandant de l'Ecole, les a visités immédiatement. En un instant, les élèves avaient repris leurs travaux.

Le Roi a d'abord été conduit à la fonderie, où Sa Majesté a vu couler devant elle un buste en fonte à son effigie; elle a exprimé aux élèves combien elle était sensible à cette attention.

Le Roi a parcouru ensuite les ateliers de forges qui étaient déjà en pleine activité, et les autres ateliers; Sa Majesté a examiné avec attention une machine fabriquée dans l'Ecole et propre à fendre les roues.

Un jeune élève a chanté des couplets de sa composition. Sa Majesté a paru prendre un vif intérêt à cette Ecole; elle a dit qu'elle se réjouissait d'être arrivée à temps pour la sauver de la destruction dont elle était menacée, qu'elle avait gémi avec le bon Larochefoucauld-Liancourt, des persécutions qu'elle avait à essuyer.

Le Roi a quitté l'École laissant les élèves pénétrés de reconnaissance pour les marques d'intérêt qu'il leur a données, et s'est rendu à la préfecture, en traversant la ville, au milieu des vifs témoignages d'allégresse de ses habitans.

Sa Majesté a reçu immédiatement les autorités, et ne s'est mise à table qu'à dix heures.

Après le dîner, le Roi est allé avec les Princes au bal donné dans les salles de l'Hôtel-de-Ville. Sa Majesté n'est rentrée qu'à minuit.

AUDIENCE DU ROI.

Discours du préfet du département de la Marne.

SIRE,

Je viens, au nom des habitans du département, offrir à Votre Majesté l'hommage de leur amour et de leur dévouement. Heureux d'avoir été des premiers à se rallier autour de ce Trône tutélaire, qui seul peut nous garantir la stabilité de nos institutions, la paix intérieure et tous les bienfaits de la civilisation, ils reçoivent en ce moment la plus douce récompense à laquelle ils puissent aspirer.

Le Roi des Français est au milieu d'eux.

Que pourrais-je ajouter à ces unanimes et touchantes acclamations qui signalent l'arrivée d'un père au sein de sa famille?

Chacun bénit le jour où il lui est donné d'environner de ses vœux le prince magnanime qui, par un dévouement héroïque, a raffermi les fondemens de l'ordre social, et dont les vertus et la haute sagesse promettent à la France une ère de gloire et de prospérité.

À ces émotions de la joie et de la reconnaissance, se joignent toutes les espérances de l'avenir et la perspective des brillantes destinées de la patrie, sous le sceptre d'un Roi auquel il était réservé de cimenter l'alliance du pouvoir et de la liberté.

Réponse du Roi.

« J'entre dans votre département avec un grand plaisir ; il y a long-temps que je desirais le visiter. J'espère que les souffrances de la classe ouvrière ne sont que momentanées, que le rétablissement de la paix intérieure, accompagné de la consolidation de la paix extérieure, rendra à nos manufactures leur activité, au commerce son essor, et que les ouvriers pourront se procurer avec le travail les moyens de subvenir à leurs besoins. Je suis très-sensible à l'accueil qui m'est fait sur toute ma route, et je suis bien aise de vous témoigner combien j'apprécie les vœux et l'affection de mes compatriotes. »

Discours de M. le maire de la ville d'Epernay.

SIRE,

Interprète des sentimens des habitans de cette ville, je viens déposer à vos pieds l'hommage de leur amour et de leur fidélité respectueuse.

Toute liberté possible sans licence, économie compatible avec une bonne administration, modération alliée avec la dignité nationale, tels sont leurs vœux, bien persuadés qu'ils sont conformes à ceux de Votre Majesté. Ils ont salué des plus vives acclamations votre avénement au Trône, qui a été pour notre belle France une nouvelle aurore de bonheur, et fait le sujet de ses plus belles espérances.

Vive le Roi des Français, qui, par son dévouement à notre patrie, s'est acquis des droits éternels à notre reconnaissance.

Réponse du Roi.

« Mon désir a toujours été de voir la France jouir en paix du fruit de ses institutions et de toute la liberté qui puisse être accordée aux hommes. Cette liberté, comme vous venez de le dire, ne peut exister que par le respect des lois, que par la force du Gouvernement pour les maintenir, et par la confiance de la nation qui sait apprécier ces avantages. Tous mes efforts tendent à les lui procurer. J'ai été toute ma vie dévoué à mon pays; je n'ai pas d'autre ambition que celle d'assurer sa prospérité. Je sais que la classe ouvrière souffre. Je gémis de ce que la confiance ne soit pas encore assez rétablie pour que le commerce ait repris toute son activité. Mais j'espère que bientôt vos cités reprendront leur travail et la France toute sa prospérité. »

Discours du tribunal de première instance d'Epernay.

SIRE,

Les membres du tribunal de première instance de l'arrondissement d'Epernay, sont heureux de pouvoir, en ce moment, présenter leurs hommages à Votre Majesté et lui offrir l'expression sincère de leur amour et de leur respectueux dévouement. Un principe de l'essence de la monarchie est écrit dans notre pacte social : *Toute justice émane du Roi.* Mais, sans cesse occupé des grands intérêts de l'Etat, le monarque ne peut lui-même répandre les bienfaits de la justice. Des magistrats de son choix sont institués pour la rendre en son nom, et leur indépendance garantit leur intégrité. Chargés de cette honorable mission, c'est pour nous un devoir sacré d'y employer tous nos instans. Maintenir l'ordre public, faire respecter les lois et, par leur juste application, assurer à chacun la jouissance de ses droits, de sa liberté, de ses propriétés : telle est, Sire, la tâche qui nous est imposée, tel est le but de de nos travaux et de nos efforts. En accomplissant ces devoirs, nous avons toujours présent le serment que nous avons prêté loyalement, celui de fidélité au Roi des Français, d'obéissance à la Charte nouvelle et aux lois. Ce serment inviolable demeure gravé dans nos cœurs; il ne s'en effacera jamais. Unis de sentimens avec nos concitoyens, nous formons des vœux pour la longue durée et la prospérité du règne de Votre Majesté. C'est aussi le desir de toute la nation dont vous faites le bonheur. *Vive le Roi!*

Réponse du Roi.

« L'indépendance des magistrats est la garantie de la liberté ; car là où il n'y a point d'indépendance pour eux, il ne peut y avoir de justice pour les peuples. Les droits des peuples sont placés sous la garde du dépôt des lois et sur leur impartiale exécution. Le meilleur moyen de consolider les gouvernemens est d'assurer la liberté individuelle et la liberté politique, sans lesquelles il n'y a pas plus de sûreté pour les gouvernemens que pour les individus. Pour que les droits des gouvernemens soient respectés, il faut qu'ils respectent ceux des peuples ; il faut que la justice soit administrée d'une manière intègre et indépendante, et que la loi soit égale pour tous. Tels ont toujours été mes principes. Je suis heureux aujourd'hui de pouvoir faire jouir la nation de ces grands avantages, et je ne cesserai de faire tous mes efforts pour la rendre heureuse et grande. »

Discours du tribunal de commerce d'Epernay.

SIRE,

Le tribunal de commerce d'Epernay partage l'allégresse publique ; il unit ses accens à ceux d'une population tout entière qui se presse pour contempler les traits de son Roi, et lui offrir le tribut de son amour.

13

Sire, sous le règne de Votre Majesté, la France jouira d'institutions libérales ; le commerce, ce lien des nations, qui vit d'ordre, de paix et de liberté, réparera ses pertes, et prendra un nouvel essor ; de nouveaux débouchés s'ouvriront aux produits de notre sol et de notre industrie ; elle vous devra ces bienfaits, qui vous donneront de nouveaux droits à notre amour et à notre reconnaissance.

Réponse du Roi.

« J'espère que la confiance, en se rétablissant, rendra bientôt au commerce toute son activité ; que la paix extérieure lui assurera les débouchés qui peuvent faciliter l'écoulement des produits de nos manufactures, et qu'ainsi les ouvriers étant employés cesseront d'être exposés aux privations dont je regrette beaucoup qu'ils aient eu tant à souffrir dans ces derniers temps. »

Discours du maire de Châlons.

SIRE,

La présence de Votre Majesté dans cette ville voisine des lieux où, pour la première fois, elle a défendu notre indépendance, reporte nos souvenirs à cette époque glorieuse où elle acquérait des droits au titre de *Roi* des *Français*, droits qui devaient être reconnus dans un nouvel élan populaire.

Nos murs étaient alors menacés par cette coalition imprudente des rois de l'Europe, qui a fait chan-

celer tous leurs trônes, et dont ils devront l'affermissement à la profonde sagesse de Votre
Majesté.

Sire, depuis votre avénement au Trône, un grand
et noble sentiment a paru dominer tous les actes de
votre Gouvernement, celui du besoin de la paix
qu'il appartient à la France seule de conserver à
l'Europe ; de la paix qui donne au commerce la
vie et le mouvement ; à l'industrie, son activité
créatrice ; aux arts, le pouvoir d'enfanter des mer-
veilles ; de la paix qui fera entrer plus avant dans les
mœurs des nations les libertés de la monarchie représentative, œuvre admirable de la civilisation des
temps modernes.

Nulle part Votre Majesté n'a été mieux comprise
que dans ce pays, où l'ardeur du patriotisme s'augmente de ce que le calme et la réflexion peuvent
y ajouter, et qui se révèle aujourd'hui par ces acclamations et par ces témoignages de reconnaissance
qui partent du cœur de chacun des habitans de cette
ville dont j'ai l'honneur de lui offrir les clefs. *Vive
le Roi!*

Réponse du Roi.

« Je vous remercie de me rappeler que, dans ma
jeunesse, j'ai eu le bonheur de combattre pour mon
pays dans les plaines qui avoisinent votre ville. Je
me souviens, en effet, de tous les soins, de toutes
les inquiétudes que nous avions alors pour la défense
de cette position importante. C'est pour moi une

grande satisfaction de revoir des lieux où j'ai éprouvé de si vives sensations, et où j'ai pu réussir dans le poste qui m'était confié pour la défense de mon pays et la gloire de ma nation. Aujourd'hui je les visite avec un sentiment qu'il m'est difficile de rendre, et que vos cœurs comprennent puisqu'ils l'expriment si bien. La confiance de la nation, l'affection qu'elle me témoigne, pénètrent mon cœur de reconnaissance. Nous arrivons, je l'espère, au terme de nos souffrances ; la stagnation du commerce va finir ; le rétablissement de l'ordre à l'intérieur, le maintien de la paix au-dehors, nous préserveront désormais de toutes les secousses qui ont ébranlé à la fois et notre commerce et notre prospérité. »

Discours du tribunal de Châlons.

SIRE,

Votre élévation au Trône a été pour les membres du tribunal civil de Châlons le présage du triomphe durable des idées libérales auxquelles ils ont été constamment attachés.

Leurs espérances n'ont pas été vaines.

Fidèle aux principes de toute sa vie, qui lui rendent si facile l'accomplissement de tous ses engagemens, Votre Majesté a mis son bonheur dans celui de la nation qui lui a confié ses destinées : les Français apprécient vos efforts, Sire ; ils en recueillent déjà les fruits, et leur reconnaissance en est le prix.

En tête des moyens d'assurer la prospérité publique, Votre Majesté place l'obéissance aux lois ; nous sommes heureux de pouvoir lui donner l'assurance qu'elles s'exécutent sans peine dans cet arrondissement, dont les habitans ne sont pas moins amis de l'ordre que de la liberté ; et sont unanimes dans les sentimens d'amour et de respect qu'ils ont voués à leur Roi et à sa Famille.

Nous leur donnerons toujours l'exemple de ces sentimens, dont nous prions Votre Majesté d'agréer l'hommage sincère.

Réponse du Roi.

« Je suis toujours heureux d'entendre dire que l'obéissance aux lois n'éprouve aucune difficulté : c'est là un grand symptôme de la sagesse de la nation, aussi bien que de la consolidation de ses libertés et de ses institutions. L'infraction aux lois amène des secousses qui ébranlent tout l'ordre social. C'est dans la tranquillité, dans le calme, dans la sécurité avec laquelle chacun peut librement exercer tous ses droits, exploiter ses propriétés et développer son industrie, que se trouve le germe de la prospérité et du bonheur d'une nation. »

Discours du tribunal de commerce de Châlons.

Sire,

Le tribunal de commerce de l'arrondissement de Châlons, dont j'ai le bonheur d'être l'organe, s'empresse d'offrir à Votre Majesté l'hommage de son dévouement et de son profond respect.

Les orages politiques ont froissé sensiblement le commerce et l'industrie ; ils en ont compromis l'heureux essor.

Mais, Sire, le calme renaît ; la confiance se ranime, et bientôt nous verrons briller de nouveaux jours prospères.

Les populations reconnaissantes accueilleront ce bienfait avec d'autant plus d'amour, qu'elles le devront à votre sollicitude paternelle, à la sagesse comme à la franchise du gouvernement de Votre Majesté.

Réponse du Roi.

« Le rétablissement de la confiance, et par suite le développement du commerce, est en effet l'objet de toute ma sollicitude. J'espère que le maintien de la paix au-dehors, l'assiette que prend partout le Gouvernement, facilitera le développement de nos moyens industriels, et soulagera la classe ouvrière. Je suis bien aise d'apprendre de vous que déjà le commerce reprend dans vos contrées ; je ferai tous mes efforts pour vous seconder. »

Discours du comice agricole du département de la Marne.

SIRE,

L'agriculture est la première richesse de notre belle France, et le département de la Marne l'ac-

croît chaque annéé par un large tribut de céréales,
et surtout de vins précieux, que le commerce ex-
porte dans les diverses parties du monde.

L'agriculture et le commerce ont besoin d'ordre.
et de liberté.

L'ordre est l'exécution des lois : la liberté, c'est la
vie du peuple, car sans liberté point d'ordre.

Aussi, votre élection toute populaire, Sire, a-t-
elle été saluée de tous les vœux de ce département,
qui a vu s'asseoir enfin sur le Trône, avec le Roi des
Français, cette liberté fille de la révolution ; cette
sage liberté que votre jeunesse défendait à son aurore, et que vous venez d'affermir à toujours, en
vous plaçant à la tête du mouvement que le siècle
imprime aux esprits, et en le dirigeant d'une main
habile et puissante vers des institutions libérales et
vers la paix publique.

C'est à tous ces titres, Sire, que le comité agricole vient apporter à Votre Majesté l'hommage de
ses respects et l'assurance de son entier dévouement
à la Charte nationale et au Roi-citoyen qui l'a jurée. »

Réponse du Roi.

« La liberté consiste, selon moi, dans le libre exercice de tous les droits auxquels l'homme est appelé, et
le Gouvernement doit lui en assurer l'exercice. Je ne
puis séparer, dans mon esprit, l'idée de la liberté de
celle de l'ordre public. Non-seulement c'est ainsi que
j'entends la liberté, mais c'est ainsi même qu'on l'a
entendue au commencement de la révolution de 89,

et si depuis on l'a faussée, c'est qu'on l'a cherchée là où elle n'était pas ; c'est qu'on a cherché à l'atteindre par des routes qui nous ont conduits à des résultats contraires à ceux qu'on recherchait. J'absous pourtant les hommes qui se sont trompés ainsi, parce que j'ai la conviction que la plupart d'entre eux n'ont erré que par défaut d'expérience et de pratique, et c'est ainsi qu'ils sont arrivés à des résultats dont ils ont eux-mêmes été les premières victimes et dont tous mes efforts tendent aujourd'hui à préserver mon pays. Je desire une liberté forte, raisonnable, basée sur l'ordre public et le règne des lois. »

Discours du maire de la ville de Sézanne.

SIRE,

Organes des habitans de Sézanne, nous accourons offrir à Votre Majesté le tribut sincère de leurs respectueux hommages et de leur inviolable dévouement. Sire, de toutes les villes de France, Sézanne, l'une des premières, a salué le Lieutenant-Général du royaume ; l'une des premières encore cette ville s'est inclinée devant le Roi des Français ; toujours animée du même esprit, nous nous trouvons heureux de pouvoir aujourd'hui renouveler l'expression franche de nos sentimens au Roi élu par la nation, au Roi qui n'a pas hésité à sacrifier son repos et le bonheur de sa vie privée, au salut et au bonheur de la France.

Sire, au premier bruit de votre arrivée, et sans

consulter l'éloignement de 10 lieues qui la sépare
de ce chef-lieu d'arrondissement, notre garde nationale, entraînée par le plus vif enthousiasme, a
quitté ses foyers, avide de jouir de l'honneur qui
lui est aujourd'hui réservé. Puissent l'empressement
et la tenue de ces soldats-citoyens être pour Votre
Majesté de sûrs garans de leur ardent patriotisme,
de leur amour pour la liberté et l'ordre public,
et de leur attachement sans bornes à votre auguste
personne!

Vive le Roi! vive la Famille royale!

Réponse du Roi.

« Tout bon Français se doit à son pays. Comme
je n'ai jamais cessé de l'être, mon pays m'a toujours
trouvé toutes les fois qu'il a eu besoin de moi. Je
me suis aujourd'hui dévoué tout entier au maintien
de ses libertés et de ses institutions, que je saurais
défendre contre les ennemis du dedans et contre
ceux du dehors. Vous m'avez salué un des premiers;
je me souviens avec plaisir d'avoir reçu votre députation à Paris; j'aime à vous répéter que jusqu'à mon
dernier soupir je serai dévoué au maintien de nos
institutions et de nos libertés.»

Discours du maire de la ville de Reims.

SIRE,

A la première nouvelle du passage de Votre Majesté dans le département, les habitans de la ville

de Reims ont desiré lui offrir les hommages de leurs respects et de leur dévouement.

Heureux et fiers de la noble mission qui nous est confiée, nous venons les présenter à Votre Majesté.

Le voyage qu'elle entreprend est une nouvelle preuve de sa sollicitude pour les Français ; elle sait combien son auguste présence rendra heureuses les contrées qu'elle va parcourir. La ville de Reims aussi aspire à l'honneur de posséder son Roi, elle éprouve le besoin de lui exprimer sa reconnaissance : si aujourd'hui tous nos concitoyens ne peuvent jouir de ce bonheur, ils conservent l'espoir que lors d'un prochain voyage, Votre Majesté daignera honorer de sa présence cette cité industrieuse qui, l'une des premières, a repris les couleurs nationales, et accueilli par des transports unanimes l'heureux avénement de son Roi-citoyen.

Quelle satisfaction pour elle de lui présenter dans son grand complet cette garde nationale organisée comme par enchantement, et aussi jalouse de saluer Votre Majesté de ses acclamations qu'elle l'a été et qu'elle le sera toujours de maintenir la liberté et l'ordre public !

Le séjour du Père des Français dans nos murs serait pour nous une douce consolation des malheurs qu'a éprouvés notre commerce : tous nos concitoyens, dans l'effusion de leurs cœurs, pourraient lui dire que l'avenir est pour eux plein d'espérance, qu'ils voient avec orgueil que, sous le règne de Votre Majesté, nous marchons dans la carrière de cette sage liberté que nous assurent les lois de notre pays, et que nous garantissent les inviolables promesses du Roi. *Vive le Roi!*

Discours du colonel de légion de Reims.

SIRE,

Votre Majesté voit dans les départemens de l'ancienne Champagne ce qu'elle a vu dans ceux de la Normandie, l'amour pour votre personne auguste et pour votre dynastie. Les témoignages que vous en recueillez sur votre route sont un gage de ceux que bientôt, par la voix de ses députés, vous offrira la France entière.

C'est du 29 juillet, c'est de votre avénement, Sire, que datent ses espérances, et c'est la conformité des lois avec l'esprit de cette glorieuse époque qui assurera son bonheur.

Sire, la population active et nombreuse de la ville de Reims serait mécontente de son interprète, si je ne lui rapportais pas l'espérance que Votre Majesté voudra bien quelque jour se montrer dans nos murs.

Réponse du Roi.

« J'aurais été charmé d'aller à Reims si j'avais pu le faire sans prolonger mon voyage au-delà des limites que je pouvais y mettre. Mais, dans une des premières tournées que je ferai, je comprendrai bien certainement la ville de Reims. Je désire pouvoir bientôt lui témoigner tout l'intérêt que je lui porte. »

Le Roi a ajouté, en répondant au commandant de la garde nationale de Reims :

« J'y retournerai avec d'autant plus de plaisir que je lui porte un intérêt particulier, que je connais son industrie et les bonnes dispositions de ses habitans. »

RAPPORT AU ROI.

Valmy, le 8 juin.

SIRE,

Parmi les nombreuses pétitions qui ont été présentées à Votre Majesté, pendant qu'elle parcourait le mémorable champ de bataille de Valmy, il en est deux que j'ai plus particulièrement remarquées :

L'une du sieur Jametz (François-Isidore), ex-canonnier au 3e régiment d'artillerie, ainsi conçue :

« SIRE,

» A l'âge de 17 ans, j'assistai à la glorieuse bataille de Valmy ; canonnier au 3e régiment d'artillerie, je servais une des deux pièces qui furent placées au moulin à vent, d'après les ordres donnés par vous.

» J'eus un bras emporté par un obus, et je m'écriai : Il m'en reste encore un pour le service de ma patrie !

» Aussi, quoique mutilé, je reparus bientôt sous les drapeaux ; je ne les quittai définitivement qu'après avoir été atteint de nouvelles blessures.

» Un décret du 10 septembre 1793 proclama mes services ; ils furent récompensés par la Convention nationale : un décret du 21 floréal an II m'accorda une pension annuelle et viagère de 800 fr.

» J'en jouis pendant quelques années ; mais depuis je me vis réduit à une retraite de 177 fr., ressource bien faible et pour mon âge qui s'accroît et pour la famille dont je suis chargé.

» Je viens vous supplier, Sire, de m'accorder le rétablissement intégral de la récompense qui me fut décernée au nom de la nation.

» Ce n'est pas votre justice, votre humanité seules que j'invoque ; ce sont ces souvenirs encore vivans, c'est ce champ de bataille dont l'aspect fait battre nos cœurs. Soldat mutilé des plaines de Valmy, j'implore, sur leur sol même, mon ancien chef, devenu notre Roi, pour le salut et le bonheur de tous les Français. »

Cette pétition est signée *Jametz* (François-Isidore), ex-artilleur au 3e régiment, domicilié à Clermont (Meuse).

En invoquant Votre Majesté, ce brave et digne militaire s'est adressé à son ancien général pour en obtenir que la pension qui lui avait été accordée par décret du 10 septembre 1793 lui soit rendue ; je mettrai de l'empressement à faire examiner les droits du pétitionnaire, et j'en rendrai compte ultérieurement à Votre Majesté. Mais en attendant, j'ai l'honneur de lui proposer de décerner au sieur Jametz la récompense des braves, en lui donnant la décoration de la Légion-d'Honneur. Ce sera aussi un hommage rendu au guerrier célèbre qui, en 1792, sauva la patrie de la conquête étrangère en défendant alors les défilés de l'Argonne comme les Thermopyles de la France.

L'autre pétition est du sieur Tailleur (Jean-Jacques), ex-brigadier au 4e régiment d'artillerie à cheval, lequel justifie par titres ministériels, qu'à la bataille de Waterloo, le 18 juin 1815, il mérita, par sa valeur très-distinguée, la décoration de la Légion-d'Honneur, et qu'elle lui fut promise.

Ce rapprochement de deux braves, qui tous deux ont concouru à la défense de la patrie, et à assurer son indépendance, me porte à proposer à Votre Majesté de daigner aussi accorder au sieur Tailleur la même récompense, en le nommant chevalier de la Légion-d'Honneur. Ce sera pour l'armée un nouveau sujet d'émulation et de dévouement.

J'ai, en conséquence, l'honneur de proposer à Votre Majesté de signer le projet d'ordonnance ci-joint.

Le ministre secrétaire-d'état de la guerre,

Maréchal duc de DALMATIE.

ORDONNANCE DU ROI.

LOUIS-PHILIPPE, Roi des Français,
A tous présens et à venir, salut.

Sur le rapport de notre ministre secrétaire-d'état
au département de la guerre,

Nous avons ordonné et ordonnons ce qui suit :

Art. 1er. Le sieur Jametz (François-Isidore), ancien artilleur au 3e régiment, blessé et amputé lors
de la bataille de Valmy, le 20 septembre 1792 ; et
le sieur Tailleur (Jean-Jacques), ex-brigadier au
4e régiment d'artillerie, qui se distingua à la bataille
de Waterloo, le 18 juin 1815, sont nommés cheva-
liers de l'Ordre royal de la Légion-d'Honneur.

2. Notre ministre secrétaire-d'état au département
de la guerre est chargé de l'exécution de la présente
ordonnance.

Fait à Sainte-Ménéhould, le 8 juin 1831.

LOUIS-PHILIPPE.

Par le Roi :

Le ministre secrétaire-d'état de la guerre,
Maréchal duc DE DALMATIE.

———————

Paris, le 10 juin.

Châlons, le 8 au soir.

A dix heures du matin, le Roi est monté à cheval
pour passer en revue la garde nationale de Châlons,
des communes environnantes et de celle de Reims.

Ces gardes nationales formaient environ huit mille hommes d'une magnifique tenue. Elles étaient rangées en bataille dans l'avenue de Soret.

Elles ont défilé dans le meilleur ordre en présence d'une foule innombrable, et au milieu des plus vives acclamations. Les élèves de l'École des arts et métiers se sont fait remarquer par la précision de leurs manœuvres.

- Sa Majesté a quitté Châlons à midi. Elle s'est arrêtée d'abord à Notre-Dame-de-l'Épine, dont elle a visité l'église, monument gothique le plus remarquable du pays.

Le Roi est ensuite descendu de voiture à la cense de la Lune, pour visiter le champ de bataille de Valmy.

Personne n'ignore les faits principaux qui ont amené cette bataille, dont le résultat a sauvé la France.

En septembre 1792, le duc de Brunswick étant entré en France avec une armée de cent mille hommes, nous n'étions défendus que par trois corps principaux, dont l'un était commandé par le général Dumouriez, l'autre par le général Kellermann ; le troisième se trouvait à Châlons, sous les ordres du maréchal Luckner. C'était une armée de réserve mal armée, mal organisée, et encore plus mal disciplinée. Le conseil exécutif voulait que ces trois armées se réunissent derrière la Marne pour en faire leur ligne de défense. Dumouriez seul conçut et

exécuta le plan hardi de défendre les défilés de l'Argonne, couvrant ainsi toute la Champagne, et donnant le temps à de nouvelles forces d'arriver pour défendre la patrie. Mais le défilé de la Croix-aux-Bois
ayant été forcé par le général Clairfayt, Dumouriez,
persistant néanmoins dans son plan, continua à refuser de se retirer derrière la Marne, et faisant faire
à son armée un quart de conversion en arrière, et
pivotant sur sa droite, il la concentra en avant de
Sainte-Ménéhould. En même temps il appela à lui
l'armée de Kellermann, qui venait de Lorraine, et
qui se trouvait au sud de cette position entre Bar-
le-Duc, Saint-Dizier et Vitry-le-Français. C'est
ainsi qu'en réunissant ses forces sur la grande route
de Verdun à Châlons, d'une part, il empêchait l'armée ennemie d'occuper la portion de la Champagne
qui aurait pu lui offrir des ressources, et de l'autre,
il la forçait à rester dans une partie de cette province, où la stérilité du sol, la difficulté des communications, la pénurie des vivres, le manque d'eau,
et l'éloignement des places qu'elle avait enlevées, devaient bientôt la mettre dans la position la plus cri-
tique, et ne lui laisser d'autre alternative que celle
de se porter sur Châlons, en laissant derrière elle
l'armée sous les ordres de Dumouriez et de Kellermann, dont les forces réunies s'élevaient à plus de
soixante mille hommes, ou celle de se replier sur
la Meuse et d'évacuer la France, ainsi qu'elle l'a fait.

Le 19 septembre, l'armée de Kellermann ayant
pris la gauche de celle de Dumouriez, se trouva en-

gagée le 20 au matin avec toute l'armée prussiénne sur les hauteurs de Valmy.

L'armée de Kellermann fut divisée en trois corps, commandés par le général Després de Crassiers, le général Valence et le Roi, alors duc de Chartres.

Le corps commandé par le duc de Chartres occupait les hauteurs de Valmy, et était chargé de la défense du moulin, but principal des efforts des Prussiens, et point de mire d'une formidable artillerie. La gauche, sous les ordres du général Valence, s'étendait des hauteurs de Valmy à la grande route de Châlons à Sainte-Ménéhould.

Ce sont ces positions qui rappellent de si glorieux souvenirs, que le Roi est venu visiter après trente-neuf années. Parmi ceux qui l'accompagnaient, se trouvaient le maréchal Gérard et le lieutenant-général Tirlet, qui tous deux avaient fait leurs premières armes à Valmy comme simples volontaires. Par une singularité remarquable, c'est au maréchal Gérard, en faction aux avant-postes le lendemain de la bataille, que s'adressa le parlementaire Prussien qui venait demander un armistice.

Le Roi, après avoir visité la position du camp de la Lune, s'est rendu à Dampierre-sur-Auve, quartier-général de Kellermann après la bataille; il est entré dans la petite maison où il avait logé avec ce général, et dont la distribution intérieure était restée parfaitement présente à sa mémoire. Le propriétaire de cette maison qui, en 1792, n'avait que quatorze ans, s'est pareillement souvenu d'avoir vu le Roi à cette époque, et sa conversation avec le Roi a présenté des détails pleins d'intérêt.

De Dampierre-sur-Auve le Roi s'est rendu au village de Valmy, où une population nombreuse s'était portée de tous les environs. Les maisons étaient tapissées de verdure, les rues jonchées de fleurs, et plusieurs arcs de triomphe avaient été élevés par le zèle des habitans. Le Roi, après avoir traversé le village, est monté sur la crête de la colline de Valmy; il est entré dans la chétive maisonnette, dépendance du moulin qui fut abattu pendant la bataille. L'unique pièce dont cette maison se compose porte encore les traces des boulets et des obus qui la traversèrent; là fut tenu le conseil de guerre à la cessation du feu. Dumouriez en y entrant trouva l'unique chaise qui en formait l'ameublement occupée par un grenadier qui paraissait dormir; Dumouriez, en lui frappant sur l'épaule, lui dit : Allons, camarade, il faut nous céder la place. Le grenadier tomba, il était mort.

Le Roi a examiné long-temps l'emplacement des batteries qu'il commandait en avant et à l'ouest du moulin, point où le feu fut le plus vif et l'attaque la plus opiniâtre. Puis il se rendit à la pyramide élevée à la mémoire du maréchal Kellermann, duc de Valmy, et qui a été construite à quatre ou cinq cents pas à l'est de cette position. Son cœur y a été déposé selon ses volontés. Au pied de ce monument se trouvait un vétéran qui, s'approchant du Roi, lui dit : « Sire, mon général, j'ai eu le bras emporté à Valmy,

» en servant les batteries que vous commandiez. La
» Convention m'a accordé une pension de 800 fr. ;
» elle a été réduite à 177 fr. ; j'en demande le réta-
» blissement. » Le Roi détachant le ruban qu'il
portait à sa boutonnière, en décora lui-même le soldat. « Je vous donne de grand cœur cette décora-
» tion, lui dit le Roi; je suis heureux de récompen-
» ser, après trente-neuf ans, et sur le lieu même
» où il a défendu sa patrie, un brave mutilé en com-
» battant pour elle. Je m'occuperai de l'affaire de
» votre pension. » Cette scène inattendue et touchante a rempli l'ame des spectateurs d'une vive
émotion, et les cris de *vive le Roi!* partis de toutes
parts, se sont faits entendre pendant long-temps.
Le Roi, sur la proposition du maréchal, duc de
Dalmatie, a signé le soir même l'ordonnance de no-
mination.

Pendant cette station à Valmy, une batterie de la
garde nationale de Châlons et de Reims a salué de
plusieurs salves la présence du Roi. Elle semblait
chercher à reproduire un simulacre de la canonnade
de Valmy sur le lieu même où le Roi avait commandé. Sa Majesté a paru très-sensible à cette attention des artilleurs de Châlons et de Reims, qui
avaient fait dix lieues en poste pour se porter sur ce
point.

De Valmy, Sa Majesté s'est rendue à Dammartin-
la-Planchette, petit village de quelques maisons où
elle avait couché la veille de la bataille. Le maire de
cette commune était le même que celui qui était en

fonction en 1792. Le Roi a visité la petite maison où il avait logé, et la chambre où il avait couché avec son frère, le duc de Montpensier, alors son aide-de-camp. Le maître et la maîtresse de cette maison sont encore vivans. Ils ont parfaitement reconnu le Roi, et ont témoigné une vive sensibilité en le voyant. Le vieux propriétaire était revêtu d'un habit qu'il avait prêté, il y a trente-neuf ans, à son hôte, trempé de pluie, et n'ayant pas de quoi changer. Cet habit, soigneusement renfermé depuis cette époque, n'avait revu le jour que pour cette occasion solennelle.

Le Roi est remonté en voiture et s'est rendu à Sainte-Ménéhould. Il a été reçu sous un arc de triomphe, par le maire et le corps municipal. Toute la ville était pavoisée et dans l'allégresse. Le Roi a passé la garde nationale en revue sur la place d'Aus-terlitz. Dominé par l'émotion que lui causaient tant de souvenirs, il a adressé à la garde nationale des paroles où son ame se peignait tout entière. Elles ont excité un enthousiasme universel.

Le Roi est logé dans la maison où le général Du-mouriez avait établi son quartier-général. Il y a reçu les autorités. La soirée s'est terminée par un bal où le Roi a bien voulu se rendre. Il y a reconnu plu-sieurs personnes qu'il avait vues en 1792, et il a adressé à toutes des paroles bienveillantes.

Cette excursion dans les plaines de Valmy laissera des souvenirs ineffaçables dans le cœur des habitans de ces contrées. En voyant le Roi parcourir ce champ de bataille, la foule, empressée du suivre ses pas, répétait à chaque instant : « Celui-là s'est battu pour nous. »

SUITE DES AUDIENCES DU ROI.

Discours du maire de Valmy.

SIRE,

Permettez à un maire de village de présenter à Votre Majesté les respectueux hommages de la population de sa commune. Notre amour et notre reconnaissance pour vous sont aussi vifs que sincères.

Nous n'avons pas oublié, Sire, avec quel dévouement vous vous êtes exposé au jour du danger pour sauver nos libertés, qui sont maintenant impérissables.

Sire, nous faisons des vœux pour la conservation de vos précieux jours et ceux de votre aimable famille, laquelle fait notre espoir et celui de nos enfans.

Puisse la Providence seconder les efforts que fait Votre Majesté pour la gloire et la prospérité de la France.

Vive le Roi!

Réponse du Roi.

« C'est avec une grande émotion que je me retrouve à Valmy, et que je me rappelle avec orgueil que j'ai contribué à sa célébrité, par la part que j'ai eu le bonheur de prendre au combat glorieux auquel votre village a donné son nom. Mais que d'événe-

mens se sont passés depuis lors, et combien la défense de cette colline a influé sur le sort de la France !
Que de guerriers, qui alors étaient dans nos rangs,
le fusil sur l'épaule, et qui depuis se sont élevés aux
plus hautes dignités par leur valeur et par les victoires éclatantes qui ont illustré nos armes ! J'en ai
deux avec moi en ce moment, le maréchal Gérard et
le lieutenant-général Tirlet, qui l'un et l'autre se
trouvaient ici comme simples volontaires, le 20 septembre 1792. Quoique bien jeune alors, j'avais déjà
le bonheur d'y être comme général : c'est ce qui m'a
donné l'avantage de servir utilement mon pays, et
c'est un des souvenirs les plus chers à mon cœur. »

Discours de M. le maire de Sainte-Ménéhould.

Sire,

Au milieu des acclamations que fait retentir par
toute la France la présence de Votre Majesté, vou-
drez-vous bien accueillir les vœux et les hommages
des habitans de cette ville ? c'est dans nos campagnes
que Votre Majesté fit ses premières armes en combattant pour la cause de la liberté. Les plaines de
Valmy attesteront à jamais son courage, et les journées de juillet son dévouement à la patrie. Protecteur de nos institutions, Votre Majesté, en arra-
chant la France aux horreurs de l'anarchie, a encore
une fois bien mérité de la patrie. Daignez agréer,
Sire, l'hommage de notre dévouement et de notre
amour.

Vive le Roi ! vive Louis-Philippe !

Réponse du Roi.

« Je reviens au milieu de vous avec des sentimens..... (De vives acclamations interrompent Sa
Majesté, qui était fort émue.) Il m'est difficile de
vous exprimer tous les sentimens que me cause cet
accueil si touchant pour moi, que je reçois de toute
cette population. Je songe au bonheur que j'eus de
la défendre, de la préserver des maux de l'invasion
étrangère en 1792, car alors les ennemis ne péné-
trèrent pas dans votre ville, et tandis que nous les
combattions à Valmy, nos braves compagnons d'armes les arrêtaient aux Islettes et à la Chalade, et faisaient de cette grande forêt d'Argonne, que je revois
avec tant de plaisir, *les Thermopyles de la France!*
Je m'enorgueillis d'avoir eu quelque part à cette
glorieuse résistance, et d'avoir concouru à sauver
mon pays, à maintenir son honneur, son indépendance, et l'intégrité de son territoire. Ce souvenir
m'est trop cher pour que la vue de ces lieux ne me
cause pas la plus vive émotion ! »

Discours du juge de paix de Sainte-Ménéhould.

SIRE,

Au milieu de la joie publique et de l'enthousiasme
qui vous entourent, permettez que les juges de paix
de l'arrondissement de Sainte-Ménéhould viennent
offrir à Votre Majesté l'assurance de leur dévouement et de leur inviolable fidélité.

Organes de leurs concitoyens, comment vous exprimer tout le bonheur qu'ils ressentent, de posséder parmi eux le père de la patrie; tous voudraient lui témoigner leur amour, tous sont avides de voir le sauveur de la France. Après avoir contribué dans votre jeunesse à délivrer la patrie de ses ennemis extérieurs, dans les lieux que vous venez de visiter encore, vous l'avez sauvée des ennemis de l'intérieur. Régénérateur de notre belle France, Roi-citoyen, sous vos auspices sacrés, ces mots *Liberté*, *Ordre public*, sont devenus notre devise; et la France, orgueilleuse de son Roi, fière de son choix, a repris son rang parmi les nations.

Réponse du Roi.

« Je serai trop heureux de répondre à l'attente de ma nation; c'est son appui qui m'a soutenu et qui me donne la force d'achever la grande entreprise que j'ai commencée. Je serai assez récompensé si je vois la France aussi libre, aussi grande, aussi heureuse que mon cœur desire qu'elle soit. »

Discours du clergé de Sainte-Ménéhould.

SIRE,

Le clergé de Sainte Ménéhould, admis à l'honneur de paraître en présence de Votre Majesté, vient aussi déposer à vos pieds l'hommage de son respect, de sa soumission, de sa reconnaissance.

Votre royale parole, Sire, a rassuré nos cœurs

pour un moment troublés. Vous avez solennellement promis la liberté civile et religieuse ; vous avez annoncé à tous la sécurité, la paix, la douce paix, objet de tous nos vœux.

Sire, cette auguste promesse a déjà obtenu son effet dans notre modeste cité. Sous la sage administration de nos dignes magistrats, et avec le concours généreux de notre milice citoyenne, nous avons pleinement joui de tous ces avantages.

Daignez, Sire, en agréer nos humbles actions de graces ; daignez nous permettre encore d'en tirer le favorable augure de l'avenir heureux que vous nous préparez.

Pleins de cette espérance, nous nous livrons à la joie qu'inspire à des enfans la vue d'un tendre père. Oui, Sire, vos sujets de Sainte-Ménéhould conserveront long-temps le souvenir de ce jour à jamais mémorable pour eux. Puisse Votre Majesté se souvenir aussi quelquefois de Sainte-Ménéhould et de ses bons et loyaux habitans. »

Réponse du Roi.

« Je m'en souviendrai bien certainement ; je n'oublierai pas non plus le discours que vous m'avez adressé et que j'ai entendu avec grand plaisir. Je suis bien aise que la garde nationale et les autorités vous aient entourés de la protection qui vous est due, et que le clergé recevra toujours de mon Gouvernement. »

Discours du maire de Dammartin-la-Planchette.

SIRE,

Le maire de la commune de Dammartin-la-Planchette, au nom de tous ses habitans, est heureux de
s'associer à la joie générale qu'excite dans notre
village la présence de Votre Majesté. Vos vertus
privées, Sire, qui ont long-temps fait l'admiration
de la France, et ont mérité à Votre Majesté de monter sur un Trône offert par la nation, présentent aujourd'hui, à notre population dévouée, l'occasion de
s'acquitter, par mon faible organe, du juste tribut
de notre hommage et de la profonde vénération dont
nos cœurs sont pénétrés.

En nous rappelant, Sire, votre heureux séjour
dans cette commune, lorsque Votre Majesté com-
battait pour la liberté dans les plaines de Valmy, il
ne nous reste, Sire, qu'à renouveler nos vœux pour
la conservation des jours de Votre Majesté, si précieux à notre pays et pour la France. *Vive le Roi
des Français! vive la Reine, vive la Famille royale!*

Réponse du Roi.

« Je suis bien aise de retrouver à la tête de la
commune de Dammartin-la-Planchette le même
maire que j'y ai vu le 19 septembre 1792, lorsque
j'ai couché dans cette maison, la veille de la bataille
de Valmy. C'est un souvenir qui m'est bien cher,
puisqu'il me rappelle le bonheur que j'ai eu de servir
mon pays, et de combattre pour la défense de notre

indépendance nationale. J'éprouve une grande satisfaction à vous revoir, et à me retrouver au milieu de
vous. »

Discours du principal du collége d'Epernay.

SIRE,

Au milieu de l'allégresse publique, la jeunesse de
nos écoles a quitté les bancs, et, sous notre conduite, elle s'est élancée à la rencontre de Votre
Majesté. Fière de retrouver à vos côtés les compagnons de son âge et de ses études, elle confond,
dans ses acclamations, et le père de la patrie et les
jeunes princes, sa plus douce espérance.

Et nous, Sire, à qui est imposée l'honorable
tâche de former cette portion si précieuse de la société, nous nous faisons un devoir de lui inspirer,
avec l'amour de son Roi, l'attachement à nos institutions. Hommes de l'éducation, notre profession
n'est pas seulement l'art de façonner l'élève à la
science et à la vertu; mais encore celui de l'assou-
plir aux principes du Gouvernement sous lequel il
doit vivre.

Etrangers aux débats qui balancent le destin du
Monde, les jeunes Français que nous dirigeons s'iso-
lent pour ainsi dire du présent, afin d'élaborer en
silence les germes de la *prospérité* future du pays;
un jour il seront appelés à concourir à sa *gloire;*
c'est vers ce double but que tendent uniquement et
les veilles de votre royale sollicitude, et les fatigues
multipliées de deux voyages aussi rapprochés.

Maîtres et disciples, tous en cette circonstance solennelle font éclater les accens de la joie la plus pure.

Heureux, Sire, d'être l'organe du profond respect, de la reconnaissance, du dévouement et de la fidélité des uns et des autres.

Réponse du Roi.

« J'ai toujours reconnu que pour améliorer l'espèce humaine il faut l'instruire ; l'éducation rend les hommes meilleurs. Loin de moi la pensée qu'il faut que les hommes soient ignorans pour que les gouvernemens soient solidement établis ! Ce système est un reste de barbarie qui doit être effacé de nos annales. Au contraire, pour que les hommes soient soumis au gouvernement qui les régit, pour qu'ils puissent en apprécier les avantages, pour qu'ils restent fidèles à leurs sermens, il faut les instruire, il faut les préserver des fausses routes, des fausses directions qu'ils ne sont que trop disposés à prendre. Je desire donc vivement que l'instruction se répande jusque dans les classes les plus pauvres de la société. C'est par ce moyen que la nation pourra réunir la masse de lumières qui lui est nécessaire pour arriver au grand développement de prospérité qu'elle est si digne d'acquérir, et pour être, comme mon cœur le souhaite, aussi heureuse et aussi grande qu'elle mérite de le devenir. »

Discours du maire de Vertus.

Sire,

Organe de la population de votre ville et canton de Vertus, je suis heureux d'être leur interprète pour offrir à Votre Majesté l'hommage de nos respects, de notre amour et de notre entier dévouement.

Cette tendre sollicitude qui vous conduit au milieu de nous, pour connaître nos besoins et nos vœux, va ranimer l'espoir de la classe laborieuse, que le défaut de récoltes, depuis plusieurs années, réduit dans l'indigence.

La garde nationale, jalouse de mériter la confiance dont vous l'honorez, a gravé dans son cœur la devise que vous lui avez donnée, et sera toujours disposée à remplir sa mission.

Les champs de Valmy ont dit dans notre département la valeur que vous avez déployée aux premiers jours de la naissance de notre gloire, et le nom de notre ville nous rappelle les qualités aimables de l'esprit et du cœur qui caractérisent votre auguste famille.

Sire, permettez que dans l'élan de la joie que votre présence nous inspire, et des espérances qu'elle fait naître, nous répétions en chœur avec tous nos concitoyens :

Vive Louis-Philippe! vive le Roi des Français!

Réponse du Roi.

« Les souvenirs de Valmy m'ont toujours été bien chers; il y a long-temps qu'ils ajoutent au desir que j'éprouvais de visiter vos contrées. Peu de temps après cette glorieuse époque, j'ai eu la douleur de ne pouvoir continuer à servir mon pays; mais sur la terre étrangère je lui suis toujours resté fidèle. Aujourd'hui, appelé au timon de l'État, je n'ai d'autre but que celui d'assurer le maintien de la liberté sur la base des lois et de nos institutions. »

Paris, le 22 mai.

Verdun, le 9 juin.

Le Roi est parti de Sainte-Ménéhould à midi. Les gardes nationales était rangées en haie : toutes les populations s'étaient réunies pour saluer son départ. Parvenu au défilé des Islettes, le Roi a mis pied à terre; il a examiné avec intérêt cette position militaire, défendue en 1792 contre les étrangers. En avant du village des Islettes, limite du département de la Meuse, Sa Majesté a été reçue par le préfet de ce département.

Le Roi a traversé, à pied, la ville de Clermont en Argonne, où il a passé en revue les gardes nationales des cantons de Clermont et de Varennes, réunies au nombre de trois à quatre mille hommes. Sa Majesté est arrivée à trois heures à l'arc de triomphe

élevé à trois cents pas de la porte de Verdun. Elle
y a été reçue par le corps municipal, qui lui a
présenté les clefs de la place. 13,000 hommes de
troupes de ligne étaient rangés en bataille à gauche
de la route, dans le Champ-de-Mars. Un pavillon y
avait été dressé pour le Roi. Sa Majesté s'est rendue
à ce pavillon, autour duquel se sont rangés en demi-
cercle, sous le commandement de leurs colonels,
des détachemens d'élite de chacun des régimens
sous les armes; un banc a été battu, et le Roi a
prononcé le discours suivant :

« Mes chers camarades,

» Elevé dans les rang de l'armée, habitué à
» vous regarder et à vous chérir comme des frères
» d'armes, dont ma mauvaise fortune m'a séparé
» pendant long-temps, mais dont mon cœur n'a ja-
» mais été aliéné, j'ai joui de toutes vos gloires,
» de celles auxquelles j'ai eu le bonheur de partici-
» per, comme de celles que vous avez obtenues
» depuis que j'ai été réduit à les contempler de loin,
» et dont mon cœur tout français n'a jamais cessé
» de s'enorgueillir : aussi j'éprouve une satisfaction
» bien vive à vous rendre, de ma main, ces couleurs
» sous lesquelles nous avons jadis combattu ensemble,
» et qui depuis vous ont tant de fois conduits à des
» victoires si glorieuses et si mémorables pour la
» nation à laquelle nous devons être fiers d'appar-
» tenir ! Je vous remets donc ces drapeaux avec
» d'autant plus de confiance que je vois par l'ardeur

» et les nobles sentimens qui vous animent, qu'ils
» sont placés dans des mains aussi dignes de les
» défendre et de combattre pour la patrie, que celles
» qui les portaient lorsque j'avais l'honneur de com-
» battre dans vos rangs. »

Le Roi a remis ensuite de sa main les drapeaux et
les étendards aux colonels de chaque régiment. Le
ministre de la guerre a fait prêter serment de fidélité
aux drapeaux. Cette cérémonie imposante et les nobles paroles du Roi ont électrisé l'armée. Les plus
vives acclamations se sont fait entendre. Une foule
innombrable couvrant les remparts contemplait avec
une vive satisfaction le beau spectacle qu'offrait cette
revue, favorisée par un beau soleil.

Le Roi, en passant devant le front de chaque
régiment, a distribué quelques croix d'honneur aux
plus anciens officiers, sous-officiers et soldats de
chaque corps. S. M. est ensuite venue se placer devant le pavillon. Les troupes ont défilé dans le meilleur ordre : la cavalerie deux fois ; la première au
trot, la seconde au galop.

La revue terminée, le Roi est entré à Verdun au
bruit d'une salve de 101 coups de canon. Il a visité
en détail la citadelle et les travaux qui s'y opèrent.
S. M. a témoigné sa satisfaction en reconnaissant que
cette citadelle se trouvait maintenant dans l'état de
défense le plus respectable, et munie de tous les
approvisionnemens nécessaires.

C'est dans l'un des bastions de la citadelle que le
Roi a annoncé au colonel Lapisse, directeur des for-

15

tifications, qu'il lui accordait le grade de maréchal-
de-camp ; juste récompense des utiles travaux de
cet ingénieur et de la belle conduite qu'il a tenue à
l'époque de la révolution de juillet.

Le Roi, pour se rendre de la citadelle à la sous-
préfecture, a traversé la ville à cheval, au milieu
d'un enthousiasme populaire très-prononcé. S. M. a
reçu les autorités, a dîné à neuf heures, puis elle a
paru au spectacle. La soirée s'est terminée par un
bal brillant que le Roi n'a quitté qu'à minuit. Demain 10 doit avoir lieu une revue de 15,000 gardes
nationaux.

AUDIENCE DU ROI.

Discours du préfet de la Meuse.

SIRE,

Le département que Votre Majesté daigne honorer
aujourd'hui de sa présence se distingue tout à la fois
par un ardent patriotisme et par un profond respect
pour l'ordre et les lois ; ses citoyens veulent une
sage liberté garantie par les institutions, et protégée
par un pouvoir ferme et tutélaire ; passionnés pour
la gloire de la France, ils sentent cependant vivement le besoin de la paix, sans laquelle leur industrie ne peut ni prospérer, ni se soutenir ; ces biens,
Sire, ils en jouissent, et c'est à vous qu'ils les doivent : aussi nulle part les bienfaits de votre règne
ne sont-ils plus vivement sentis, et dans aucune
des provinces que Votre Majesté va parcourir, les

acclamations que fera naître sa présence et celle de ses augustes fils ne seront-elles plus unanimes et plus sincères.

Lorsqu'au mois de juillet dernier, Sire, j'ai pris part aux actes de cette chambre qui vous a supplié d'accepter la couronne, mes concitoyens ont jugé que j'avais fidèlement rempli le mandat qu'ils m'avaient donné; aujourd'hui encore, je suis sûr d'être l'interprète sincère de leurs sentimens et de leurs vœux en offrant à Votre Majesté l'hommage de leur amour, de leur respect et d'un dévouement sans bornes.

Réponse du Roi.

« Je me suis toujours efforcé de reconnaître les besoins et les vœux de la nation, afin de n'omettre aucun effort pour satisfaire aux uns et me conformer aux autres. Telle a été, toute ma vie, la règle de ma conduite. Aujourd'hui j'ai l'espoir que la paix intérieure affermie, et la paix extérieure consolidée, comme je l'espère, rendront à notre commerce l'activité dont il a besoin, et donneront au Gouvernement la force qui lui est nécessaire pour assurer l'obéissance aux lois et faire respecter les droits de tous. L'objet de tous mes vœux est de procurer ce grand avantage à la nation. Je suis heureux d'entendre que déjà les efforts que je fais pour y parvenir sont appréciés par elle. L'accueil que je reçois partout me confirme dans cette opinion. J'espère que je vais trouver sur cette route le même esprit;

le même amour des lois et de nos institutions. A ce spectacle si doux pour mon cœur se rattachent des souvenirs bien chers, comme M. le préfet vient de me le rappeler, à cette vue de la côte de Bienne, que nos ennemis n'ont jamais pu franchir, et que la valeur de nos braves compatriotes a défendue contre tant d'attaques. Je me réjouis d'avoir participé à cette glorieuse défense, et de me retrouver au milieu de cette population qui y a si puissamment coopéré. »

Discours de M. l'évêque de Verdun.

SIRE,

Elles retentissent encore dans nos cœurs, ces paroles que Votre Majesté a adressées à des ecclésiastiques qui avaient, comme nous, le bonheur de vous approcher : *la religion est la source des mœurs et de la charité.* Oui, Sire, sans la religion point de mœurs, puisqu'elle en est le motif le plus déterminant; et le livre de l'Évangile n'est-il pas le code de cette charité universelle qu'un Dieu sauveur est venu répandre sur la terre, et qui a étonné même ces philosophes qui avaient rêvé toute leur vie le bonheur du genre humain?

Nous connaissons l'obligation que nous avons à remplir : celle de réunir nos efforts pour rapprocher les cœurs, travailler au repos et à l'union des citoyens, et concourir à la tranquillité publique; *c'est notre devoir,* avez-vous dit, Sire, *et notre intérêt.*

Oui, c'est notre intérêt, puisque dans la paix de tous nous trouverons aussi la nôtre.

Tels sont les sentimens du clergé que j'ai l'honneur de présenter à Votre Majesté. Je m'efforce d'inspirer ces sentimens à tous ceux que la Providence a confiés à mes soins, et nous ne cesserons les uns et les autres d'adresser des prières au Ciel pour la conservation de Votre Majesté et le succès de toutes vos démarches et de vos projets pour le bonheur de la France.

Réponse du Roi.

« Je les reçois avec beaucoup de plaisir. Je compte sur les sentimens que vous m'exprimez. Depuis long-temps je connaissais ceux dont vous étiez animé ainsi que le clergé de votre diocèse. Il nous reste à désirer qu'ils trouvent beaucoup d'imitateurs dans le clergé. Je crois, comme je l'ai dit, que c'est votre intérêt; et je crois aussi que c'est notre avantage à tous, parce que c'est le moyen d'être utile à la religion. Je serai heureux d'assurer au clergé la protection qui lui est due, et qu'il a le droit d'attendre de mon Gouvernement, surtout lorsqu'il la mérite plus encore par d'aussi bons exemples. »

Discours du conseil de préfecture de la Meuse, M. Gillon, président.

Sire,

Parce que la justice est le premier besoin des peuples, elle est aussi le premier devoir des rois.

Quelle vérité plus puissante pour éclairer nos esprits
et diriger nos consciences dans la haute mission que
Votre Majesté nous confie de juger les différends
inévitables entre l'Administration et les citoyens!
Il n'est point de plus noble ministère que de rendre,
en votre nom, la justice en ce pays où éclosent
toutes les pensées généreuses, où le dévouement
à la patrie n'a jamais connu de sacrifice impossible ;
il n'est point d'avertissement plus efficace de nous
défendre de toutes inspirations qui ne découleraient
pas des vérités de la loi, que le souvenir que notre
magistrature nous est départie par un prince qui,
élevé au Trône par la loi, sait qu'il n'y a de gloire
à régner qu'avec elle. Dans sa constante sollicitude,
Votre Majesté veut interroger les organes de l'opinion publique, étudier les besoins divers qui pressent la nation régénérée, afin de compléter les institutions promises par la Charte et de rouvrir à nos
industries nationales leurs sources vivifiantes : graces
vous en soient rendues! Mais permettez-nous de
solliciter un souvenir pour l'amélioration des règles
trop peu sûres qui gouvernent la *justice administrative;* que votre sagesse la fortifie bientôt par
les garanties de publicité et d'indépendance qui sont
les premières sécurités du simple citoyen plaidant
contre ses administrateurs. Ce vœu, Sire, nous est
inspiré par le vif sentiment de nos devoirs, par notre
zèle pour le développement des institutions utiles et
libérales qui doivent assurer la solide gloire de votre
règne ; car la gloire des rois est dans le bonheur des

peuples, dans cet ordre inaltérable qui unit et dirige
toute une grande nation comme une seule famille.
Élu de la France, déjà elle paie vos premiers bienfaits de sa reconnaissance et de son amour.

Réponse du Roi.

« Depuis long-temps la réforme de la jurisprudence
administrative m'a frappé, comme un des premiers
besoins de la nation. Depuis mon avénement au
Trône, j'ai été constamment occupé du soin de
faire préparer une loi sur le conseil-d'état, qui
prévienne tout arbitraire dans l'application des
lois. Ce travail est assez avancé pour espérer qu'il
sera présenté aux Chambres à la session prochaine.
Il ne dépendra pas de moi qu'il ne soit tel que
la nation a droit de l'attendre, et j'espère que les
citoyens, comme le Gouvernement, y trouveront
la garantie de leurs droits respectifs. »

Discours de M. le maire de Verdun.

SIRE,

Momentanément à la tête du corps municipal,
c'est pour nous la récompense la plus grande que
d'être appelé à l'honneur insigne de recevoir Votre
Majesté, et de lui offrir, avec les clefs de la ville,
l'hommage de l'amour, du respect, de la fidélité et
du dévoûment des Verdunois, qui s'enorgueillissent
de pouvoir être comptés au nombre des défenseurs
de la révolution, à laquelle ils prirent une part

active, en arrêtant, par leur énergique conduite et par leur réunion aux troupes alors en garnison à Verdun, le passage de Français égarés.

Venez donc, Sire, en père vénéré et chéri ; et vous, jeunes Princes, l'espoir de nos fils, venez en frères bien aimés, venez, au milieu de ces bons et braves citoyens, amis aussi sincères du Roi constitutionnel qu'ennemis constans du despotisme et de l'arbitraire, et dont le vœu le plus ardent, depuis l'avénement de votre auguste Famille, est de vous posséder. *Vive le Roi!*

Réponse du Roi.

« Je suis très-touché de tous les sentimens que vous me témoignez et de l'accueil que vous me faites. J'ose dire que j'y ai quelque droit par l'affection que je vous porte, et que je porte à toute ma nation. L'amour de mon pays a été le mobile de ma conduite pendant toute ma vie. C'est l'espoir de lui être utile, de le préserver de grands maux, qui m'a fait dévouer à la grande tâche que j'ai entreprise. Jeune, j'ai combattu pour notre indépendance ; je suis venu dans vos murs peu de temps avant le moment où votre ville fut abandonnée à l'ennemi. J'avais été envoyé pour me jeter dans la place ; je n'ai pas pu passer Mars-la-Tour. J'ose me flatter que si nous y étions entrés, elle eût été autrement défendue qu'elle ne l'a été, et que nous n'eussions pas eu à regretter la mort du brave Beaurepaire. En entrant dans vos murs, je suis bien aise de vous témoigner combien je partage le patriotisme qui vous anime, et tous les sentimens que vous venez de m'exprimer. »

On écrit de la Ferté-sous-Jouarre :

Le Roi, à son passage, est allé visiter la manufacture des cardes à la mécanique appartenant à MM. Délice-Gueuvin, R. Lolot et W. Whitaker. Après avoir écouté avec attention les explications qui lui étaient données, Sa Majesté a démontré elle-même avec la plus grande clarté à MM. les ducs d'Orléans et de Nemours, l'ingénieux mécanisme de ces machines extraordinaires, qu'elle a dit être, avec raison, un véritable chef-d'œuvre de l'art. Sa Majesté a appris avec un bien grand intérêt que cet établissement était le premier de ce genre qui avait été créé en France, et les réductions importantes qu'il avait apportées dans le prix des productions de cette branche d'industrie.

Elle a quitté cette fabrique remarquable en donnant à plusieurs reprises à M. Délice-Gueuvin des témoignages de sa vive satisfaction, et aux ouvriers des marques de sa munificence.

On écrit de Verdun, 9 juin :

La ville offre aujourd'hui l'aspect le plus animé. C'est un véritable camp de plaisance où viennent se ranger à l'envi, pour saluer le Roi-citoyen, toutes les cohortes civiques de la Meuse, toutes les députations de nos villes et des campagnes.

Les habitans de Verdun répondent avec empressement aux besoins du moment. Tous les appartemens particuliers sont mis à la disposition des étrangers qui ne pourraient se loger dans les hôtels publics. L'hôtel des Trois-Maures est en totalité retenu pour 40 personnes.

Paris, le 12 juin.

Nous n'apprenons que ce soir l'arrivée de Sa Majesté à Metz, où elle a été accueillie avec le même enthousiasme qui a éclaté sur toute sa route. Une revue imposante avait été préparée. Nous publierons demain le récit détaillé, qui ne nous parviendra sans doute que fort avant dans la nuit.

SUITE DE L'AUDIENCE DU ROI A VERDUN.

Discours du corps municipal de Bar-le-Duc au Roi.

SIRE,

Nos concitoyens de la ville de Bar-le-Duc éprouvaient un ardent désir de vous posséder dans leurs murs, afin de pouvoir vous offrir leurs hommages, et vous exprimer par leurs acclamations unanimes leur dévouement sincère et leur attachement respectueux ; privés de ce précieux avantage, ils nous ont confié l'honorable mission d'être près de Votre Majesté les interprètes de leurs sentimens et de leurs vœux.

Nous vous dirons, Sire, avec quelle joie ils ont appris que cette liberté et ce glorieux drapeau reconquis sur les barricades avaient été remis en dépôt entre vos mains, pour les consolider et les défendre ; dans ce département, qui renferme les défilés de l'Argonne, nul parmi nous n'ignorait que vous aviez combattu sous ces couleurs nationales, quittées avec tant de douleur, reprises avec tant d'enthousiasme ; nous savions tous aussi que votre cœur avait toujours battu pour la France, et que, durant les quinze années du régime déchu, votre loyauté s'était prononcée contre le système de déception et d'arbitraire dont nous étions victimes.

Fondateur d'une dynastie nouvelle, appelé à la couronne au plus noble titre, le libre choix du peuple, vous allez, Sire, faire asseoir sur le Trône cette liberté si long-temps exilée des palais des rois ; vous allez compléter les institutions qui font sa force et donner des garanties sans lesquelles rien n'est stable.

Cette stabilité, Sire, elle est à tous notre premier besoin ; des incertitudes trop long-temps prolongées, des impôts encore trop onéreux sur nos produits agricoles et des entraves à leur exportation ; aggra-

vent les embarras de notre industrieuse cité, et
paralyseraient entièrement son commerce, dont le
développement et la prospérité sont si nécessaires à
l'existence d'une nombreuse population.

Sire, la révolution de juillet, qui fait la gloire
de notre époque, renferme, pour l'avenir, tous
les germes de la félicité publique; sous le Gouvernement de Votre Majesté, ces germes ne resteront pas stériles, la liberté intérieure sera affermie, l'indépendance et la dignité nationales as-
surées.

Pour atteindre ce double but, le peuple se confie
aux vertus de son Roi, le Roi peut compter sur
le courage, le dévouement et la reconnaissance du
peuple.

Réponse du Roi.

« C'est aussi l'objet de tous mes vœux. Quant aux
garanties que vous réclamez, je crois qu'elles existent dans nos lois, dans ces institutions qu'on a
voulu violer et que la nation a défendues avec tant
de sagesse et de courage; je ne suis venu que pour
en assurer le maintien. Je ne connais pas d'autres
garanties pour la liberté que ces institutions; les
moyens qui tendent à la pousser à l'excès ne sont
propres qu'à la détruire. C'est en respectant les
droits de tous, en maintenant l'ordre de choses actuellement établi, que nous pouvons donner à la
France la vraie liberté, celle qui veut que personne
ne puisse troubler son voisin dans le libre exercice

de ses droits. Voilà comment je l'entends, et comme
je la désire pour le bonheur des mes concitoyens.
Quant à l'honneur national, à la gloire de la France,
ils sont en bonnes mains dans les miennes, et jamais
je ne souffrirai qu'il y soit porté la moindre atteinte.
Jeune ou vieux, je serai toujours prêt à combattre
pour l'honneur et la défense de la patrie ; mais je
ne me laisserai entraîner à la guerre par aucune
passion ni par aucun intérêt particulier. »

*Discours du président du tribunal civil de Saint-
Mihiel.*

SIRE,

Le tribunal, chef-lieu judiciaire du département
de la Meuse, vient déposer aux pieds de Votre
Majesté l'hommage de son respectueux dévouement.

Nous avons, Sire, partagé l'allégresse générale
à l'avénement au Trône du citoyen le plus vertueux, du Roi le plus philanthrope, de l'ami du
peuple.

Esclaves des lois, étrangers à la politique, par-
tisans de la liberté sans licence, du mouvement
progressif sans insurrection, sans le secours des
masses, ennemis du parjure et de la déception,
peut-être, Sire, eussions-nous préféré, dans l'intérêt même de la magistrature, tenir de Votre Majesté cette investiture qui a été l'objet de tant de
réclamations diverses, et dont notre inamovibilité
consacrée nous dispensait.

Mais, Sire, pénétrés de nos devoirs, magistrats

indépendans, notre sollicitude ne tend qu'à rendre ,
selon le vœu de Votre Majesté, prompte et impartiale justice, et nous serons toujours, Sire, fidèles
et dévoués à Votre Majesté.

Réponse du Roi.

« L'indépendance de la magistrature est la seule
garantie que la nation puisse avoir de l'impartialité
avec laquelle elle rend la justice. J'ai toujours pensé
que la moindre atteinte portée à ce principe offrait
des dangers que ne sauraient compenser les avantages qui pourraient résulter de l'éloignement de
quelques juges. La liberté ne peut exister que lorsque
la magistrature est indépendante et à l'abri des coups
du pouvoir. J'ai entendu avec beaucoup de plaisir
votre opinion sur la manière d'administrer la justice;
c'est aussi ce que je desire et ce que je n'ai cessé de
manifester. »

Discours de M. le maire de Varennes.

SIRE,

Pour la deuxième fois je dois à mes fonctions de
maire de la ville de Varennes, l'honneur d'apporter
aux pieds de Votre Majesté l'hommage toujours empressé de la respectueuse reconnaissance, de l'a-
mour, du dévouement et de la fidélité, dont nous
sommes profondément pénétrés, mes concitoyens
et moi, pour votre personne auguste.

Daignez, Sire, agréer avec bonté ces sentimens :

ils sont partagés par tous mes collègues du canton ici présens, et par tous leurs administrés. Un monarque vulgaire n'aurait pu les inspirer.

Ils sont dus au prince-général qui, bien jeune encore, se couvrit de gloire en combattant victorieusement pour la liberté contre les armées du despotisme, dans la plaine à jamais célèbre que vous venez de revoir, sans doute avec satisfaction.

Ils sont dus au héros du patriotisme, sous toutes les phases de notre régénération politique depuis 1789.

Ils sont dus au citoyen vertueux, au père de famille économe, dépositaire bienveillant des libertés publiques si chères aux Français.

Ils sont dus enfin au Roi constitutionnel et à la dynastie populaire, comme lui, l'un et l'autre issus du principe vivifiant de l'élection.

Sire, la garde nationale de Varennes et tous les Varennois, accourus pour saluer de leurs vives acclamations le Roi de leurs cœurs, heureux de voir Votre Majesté, seraient fiers de lui devoir la restitution de deux petites pièces d'artillerie, que leur ville possédait autrefois, et qui, pour les soustraire en 1792 aux recherches de l'ennemi, furent confiées au général Galbaud, commandant alors une division de l'armée nationale en Argonne.

Déjà la réclamation en a été régulièrement faite et renouvelée à M. le ministre de la guerre.

Réponse du Roi.

« Je ferai très-volontiers droit à cette réclamation. Je ne pourrai remettre dans de meilleures mains les deux pièces de canon que la ville de Varennes a confiées au général Galbaud, pour la défense de la patrie ; il les employa glorieusement à la défense de la côte de Bienne, que je viens de revoir, et où je me rappelle qu'il fut relevé par le général Arthur Dillon. Tous ces souvenirs du temps où j'ai combattu pour mon pays me sont chers et sont restés gravés dans ma mémoire. Je me souviens d'avoir logé dans votre ville en 1792, lorsque je passai avec la division du général d'Harville, dont ma brigade faisait partie. »

Discours du maire de Clermont-en-Argonne.

Sire,

Les bons et fidèles habitans de cette commune, comme tous ceux de la ville d'Argonne, dont je suis l'interprète, sont heureux de partager aussi la joie générale et l'enthousiasme qu'excite partout votre auguste présence.

Sire, vos vertus privées, qui long-temps ont fait l'admiration des Français, et qui vous ont mérité le Trône qu'ils viennent de vous offrir, nous sont un sûr garant de l'ordre, du bonheur, d'une puissante protection pour la religion, le premier besoin de tous, car c'est le désir bien prononcé de votre royal cœur.

Vous n'attendez pas, Sire, que nos malheureuses
contrées, que cette commune surtout, si intéressante, mais si malheureuse par la crise commerciale, portent leur misère et ses pressans besoins au
pied de votre Trône ; vous accourez pour les découvrir vous-même, et ce ne sera pas en vain, car
votre royal cœur ne peut sentir le malheur sans le
soulager.

Réponse du Roi.

« Je vois l'émotion que vous éprouvez ; j'en
éprouve moi-même une bien vive en me trouvant
à chaque pas au milieu de ces populations qui me
témoignent tant d'affection et me montrent tant de
confiance. Elles savent que je suis tout dévoué à
ma nation ; je lui ai été fidèle toute ma vie ; je n'ai
d'autre but, d'autre desir que son bonheur, sa grandeur et sa prospérité. C'est pour y parvenir que je
desire que les lois aient la force nécessaire pour
que tout soit protégé, pour que chacun exerce ses
droits librement sans aucun obstacle ; car c'est là,
selon moi, la vraie liberté, la liberté qui ne consiste
pas à briser des vitres, à interrompre le travail des
manufactures et à troubler la paix publique. »

Discours de la députation de la ville de Montmédy.

Sire ;

Organe des sentimens de nos concitoyens, nous
venons offrir à Votre Majesté l'hommage du respect

16

et de l'inviolable dévouement de la ville de Mont-médy.

Sire, c'est avec un enthousiasme sincère que nous nous sommes associés à la révolution de juillet; c'est avec le même sentiment que nous avons salué l'avénement de Votre Majesté au Trône des Français.

Heureuses, Sire, les nations gouvernées par les dynasties qu'elles se sont elles-mêmes choisies : fier de son origine, le Prince élevé sur le pavois par la souveraineté nationale demeure fidèle au peuple de qui émane sa puissance : s'il entoure son Trône de force et d'éclat, le Roi-citoyen donne au peuple toute la somme de liberté compatible avec le maintien de l'ordre public.

Telles sont, Sire, les intentions du cœur de Votre Majesté : nous en avons pour gage cet élan patriotique qui, dans d'autres temps, vous fit voler à la défense de notre indépendance, d'abord dans ces plaines que Votre Majesté vient de revoir, et deux mois plus tard aux champs illustrés de Jemmapes. Sur votre front brillaient alors, comme en ce jour fortuné, ces glorieuses couleurs, symbole de la liberté du monde. Oui, Sire, nous vous devrons le développement des libertés publiques dont le germe fécond est déposé dans la Charte de 1830 : vous combattrez à notre tête, si quelque coalition impie, renouvelée de celle de Pilnitz, menaçait nos frontières. Enfin, vous mettrez votre bonheur à assurer la prospérité du peuple français.

Réponse du Roi.

« Vous pouvez y compter ; sans doute , si quelque coalition ou quelque attaque étrangère menaçait
notre indépendance et notre honneur national , je
serais le premier à crier *aux armes !* Mais à présent,
je suis le premier à dire à la nation que nous avons
lieu de compter sur la conservation de cette paix ,
qui seule peut féconder notre commerce et assurer
le maintien de nos institutions. Personne n'est plus
que moi ami de la liberté. Je ne conçois pas de trône,
de gouvernement sans les libertés publiques, de libertés publiques sans le règne des lois. Telle est ma
manière d'entendre les droits de la nation et l'exercice de ses libertés. C'est vers ce but que mon Gouvernement sera toujours conduit. »

Paris, le 13 *juin.*

Metz , le 11 juin.

À midi, le Roi est monté à cheval ; il était accompagné de M. le duc d'Orléans , de M. le duc de
Nemours, du maréchal ministre de la guerre, de
M. le comte d'Argout, ministre du commerce ;
de M. le maréchal Gérard , de M. le lieutenant-
général Delort, commandant la 3e division militaire, et d'un nombreux état-major. Il a traversé
la ville et s'est rendu à l'arsenal. Le directeur de
cet établissement , réuni aux officiers d'artillerie
qui y sont attachés, a été présenté à Sa Majesté

par M. l'inspecteur-général d'artillerie. Tous les ateliers étaient en pleine activité ; à l'entrée du bâtiment de l'Horloge, la pièce en bronze d'Ehrenbreidenstein, du calibre de 141, du poids de 25 mille livres, a attiré l'attention du Roi, qui a fait plusieurs questions sur ce monument de nos conquêtes de 1792.

Sa Majesté a visité l'atelier des ouvriers en fer, et a examiné avec le plus grand intérêt la machine à cylindre pour tourner les cercles ; elle en a vu tourner plusieurs et placer un sur la roue. Parvenue dans l'atelier de précision, elle a fait plusieurs questions relatives à la confection de la fusée de guerre, de 3 pouces et demi, dont elle avait un cartouche sous les yeux. De là, passant rapidement par les ateliers des ouvriers en bois, les magasins aux fers, elle s'est dirigée vers la salle d'armes. En montant la rampe qui y conduit, les 800 voitures d'artillerie de campagne parquées dans la cour ont frappé ses regards. Ce nombreux matériel, dû à l'activité du directeur d'artillerie, lui a valu des témoignages de satisfaction de la part du Roi. Dans la salle d'armes, Sa Majesté a admiré le bon ordre qui y règne ; elle a visité avec soin les ateliers de réparation d'armes, et s'en est fait mettre plusieurs sous les yeux.

Après avoir parcouru différens ateliers, le magasin à poudre, qui contient un immense approvisionnement de munitions, le Roi a terminé sa visite en renouvelant les témoignages de sa satisfaction à

M. le directeur, et en laissant aux ouvriers des marques de sa munificence.

Sa Majesté, remontée à cheval, est sortie par la porte Sainte-Barbe pour se rendre sur le bord u bras droit de la Moselle, au-dessous du confluent de la Seille, où une compagnie de pontonniers devait jeter un pont. Avant cette opération, un passage de rivière de vive force devait être simulé.

Dès que Sa Majesté a eu dépassé les ouvrages, une fusillade de tirailleurs s'est engagée des deux rives; le Roi a paru sur un tertre de la rive droite au-dessous de l'action : aussitôt une compagnie de grenadiers, embarquée dans huit bateaux, a quitté la rive gauche pour opérer le passage ; elle était soutenue par une compagnie de voltigeurs qui a fait un feu de deux rangs très-nourri. Mais une compagnie de voltigeurs paraissant sur la rive droite s'est réunie à celle des tirailleurs ralliés, et a forcé les bateaux à la retraite. Ils ont viré de bord : bientôt une compagnie de grenadiers, placée en réserve, est venue appuyer celle déjà en bataille sur la plage, et a fait plusieurs feux de peloton; les troupes de la rive droite se sont retirées, le passage s'est effectué. A peine les bateaux touchaient-ils le bord, que les grenadiers se sont élancés, et ont poursuivi, avant d'être formés, les troupes qui fuyaient devant eux. Les pontonniers ont commencé le pont; la manœuvre s'est exécutée par bateau successif; elle était à peine terminée que déjà les deux compagnies qui avaient soutenu le passage se sont élancées sur le pont, l'ont traversé au pas de course et aux cris de *vive le Roi!*

Sa Majesté a voulu passer et repasser le pont; elle a desiré le voir replier : cette opération s'est faite sous ses yeux par un quart de conversion.

Les deux rives étaient couvertes d'une nombreuse population, qui, placée en amphithéâtre, et mêlée avec les groupes d'arbres, formait un coup-d'œil ravissant. Sa Majesté a desiré en avoir un croquis que M. le général Athalin a exécuté sur-le-champ.

Le Roi a paru très-satisfait; il a daigné le témoigner au capitaine Hoffet, commandant la compagnie de pontonniers; il a eu la bienveillance de lui dire, ayant sa montre sous les yeux : « M. le capitaine, pas plus de 22 minutes. »

Le pont était composé de neuf bateaux.

Après la manœuvre du pont de bateaux, le Roi s'est rendu au fort Belle-Croix, et a remarqué l'heureuse position et les propriétés défensives de ce grand ouvrage de Cormontaigne; en arrière du fort, il a reconnu la vieille enceinte sur laquelle Charles-Quint a dirigé ses premières attaques dans le siége de Metz en 1552.

Le Roi est ensuite allé au fort Gisors ou Lunette de la Cheneau; il a visité les batteries casematées, les galeries de mine et la belle communication construite cette année au milieu de l'inondation. Les nouveaux moyens de défense, appliqués par les ingénieurs français à ce bel ouvrage, ont fixé l'attention de Sa Majesté, qui en a temoigné sa satisfaction au directeur des fortifications et au chef du génie.

La lunette de la Cheneau et la communication qui se lie à la place sont des ouvrages qui font le plus grand honneur aux officiers du génie, surtout à M. le colonel Prost, qui en a eu la direction.

Rentré en ville, le Roi s'est rendu à l'arsenal du génie ; il en a visité avec attention les nombreux ateliers, où des couchettes en fer pour le couchage des troupes lui ont été présentées. Sa Majesté s'est fait rendre compte du moindre détail, et a fait des observations utiles aux officiers.

Ensuite le Roi est allé à l'École d'application du génie et de l'artillerie. M. le maréchal-de-camp Lepelletier, qui la commande, avec tous les professeurs près de lui, a reçu Sa Majesté à la porte, et lui a adressé le discours ci-après, *page 287.*

Sa Majesté, après avoir répondu, a passé devant les élèves, et est entrée dans les salles d'étude, où elle est restée long-temps, portant une attention particulière aux importans travaux des élèves, et faisant des questions sur leurs branches diverses.

De l'École d'application, le Roi a de nouveau traversé la ville, accueilli partout d'immenses acclamations de la population qui se pressait sur son passage, et des troupes qui partout l'accueillaient avec enthousiasme. Sa Majesté a été à la citadelle et s'est rendue à l'ouvrage à cornes, où un simulacre de siége avait été préparé par les soins du colonel du génie commandant le 2ᵉ régiment, et où tout était disposé pour commencer les opérations à l'arrivée du Roi. A cet effet, tout le 2ᵉ régiment du génie, des détachemens des 2ᵉ et 9ᵉ régimens d'artillerie, des bataillons des 13ᵉ, 26ᵉ, 46ᵉ et 53ᵉ régimens d'infanterie, et du 4ᵉ régiment de dragons, avaient été disposés sur les travaux et les points d'attaque.

Voici le détail de ce qui a été fait depuis le 2 juin, à la réception des ordres du ministre de la guerre :

Les travaux du siége commencèrent le 2 juin. On établit sur le 2ᵉ parallèle deux batteries à ricochet contre les faces de la demi-lune, et deux batteries de plein fouet couronnant la gorge de la lunette contre les défenses du corps de la place.

On déboucha de la 2ᵉ parallèle par trois cheminemens ; on fit la 3ᵉ parallèle, les demi-places d'armes en avant les cavaliers de tranchées contre les chemins couverts de la demi-lune, le couronnement de ce chemin couvert, quatre batteries de brèche et contre-batteries, enfin la descente du fossé ; l'artillerie a armé toutes les batteries.

Une batterie de mines de projection, composées de cinq fourneaux propres à lancer des bombes de 600, des tonneaux de poudre de 100 kil., des chapelets de neuf bombes, fut établie contre la place.

Enfin, une manutention composée de quatre fours de campagne, dont un en terre pour 200 rations, un en briques pour 280 rations, un en bois pour 240 rations, et un en clayonnage et torchis pour 150 rations, fut établie pour l'usage du siége.

L'assiégé cheminant souterrainement établit six fourneaux, savoir : quatre sous les deux cavaliers de tranchées, et deux pour détruire les batteries de brèche et renverser les pièces dans le fossé. Il prépara aussi six fougasses pierriers propres à lancer chacun cinq mètres cubes de pierres sur les tranchées.

Tous ces travaux furent terminés le 10 juin.

Le 11, à 4 heures un quart de l'après-midi, le Roi, annoncé par une salve générale des batteries de la place, à laquelle ont répondu toutes les batteries de l'assiégeant, a été reçu à l'entrée de la tranchée par le colonel du génie entouré de son état-major; arrivé sur l'emplacement du simulacre de siége, il a parcouru toutes les tranchées garnies de leurs défenseurs, et a vu travailler les sapeurs, la cuirasse et le pot en tête, aux cheminemens des sapes doubles et à la descente de fossé.

Le Roi s'est rendu ensuite à la batterie des mines de projection, et enfin à la manutention, où des pains et des gâteaux faits et cuits par les sapeurs dans les différens fours, ont été présentés au Roi, qui a ordonné qu'ils fussent portés à sa table.

De la manutention le Roi est venu sur la plate-forme du réduit circulaire de la lunette d'arçon, où une tente élégante lui avait été préparée.

Le colonel a mis sous les yeux de Sa Majesté les
dessins des sous-officiers et simples sapeurs du régiment ; elle a daigné en témoigner sa satisfaction
au colonel, et a désigné plusieurs de ces dessins
pour lui être adressés.

Les opérations du siége étaient censées partir de
la troisième parallèle.

Le siége a commencé par le tir des mines de projection, lançant des barils de poudre sur la place.
Toutes les batteries ont tiré pour détruire les défenses de l'assiégé, les cheminemens en avant de la
troisième parallèle ont marché soutenus par le feu
de cette troisième parallèle.

L'ennemi a fait de fausses sorties avec le 13e
d'infanterie sur les flancs des attaques par la porte
Saint-Thiébault et celle de la citadelle ; ces sorties
ont été vigoureusement repoussées par le 53e d'infanterie, la cavalerie et l'artillerie volante formant
les réserves de l'assiégeant placées dans la deuxième
parallèle et les tranchées en arrière.

Pendant cette sortie les cheminemens en avant
de cette troisième parallèle se sont avancés ; l'assiégeant a formé sa demi-parallèle, ses cavaliers de
tranchée, et les a garnis de fusiliers qui ont chassé
l'ennemi de ses chemins couverts, ce qui a permis
d'en former le couronnement.

L'assiégeant a fait alors jouer ses fougasses-pier-
riers qui ont vomi sur les tranchées des torrens de
pierres. Il a fait sortir les cavaliers de tranchée, détruit les batteries, dont il a précipité les pierres dans

le fossé, et dont il s'est emparé. Enfin il a jeté partout le désordre, et en a profité pour faire une sortie de ses chemins couverts sur les têtes de sapes qu'il a détruites.

L'assiégeant a franchi au pas de charge la troisième parallèle et les demi-places d'armes, a repoussé rapidement la sortie à la baïonnette; s'est emparé des chemins couverts, dont il a fait le couronnement de vive force; et a balayé par son feu tout ce qui se trouvait dans les fossés de la place.

Pendant cette vive opération les gymnasiarques, s'élançant à la suite des colonnes, ont attaché leurs crochets au sommet de l'escarpe de la demi-lune, s'en sont emparés et en ont chassé les défenseurs. Des échelles ont été dressées, des sapeurs y sont montés chargés de leurs gabions et de leurs outils, et ont fait au saillant un nid-de-pie.

D'autres gymnasiarques attachant leurs crochets au sommet de l'escarpe des demi-bastions de l'ouvrage à cornes, l'ont escaladé, et ont arboré le drapeau tricolore au sommet du parapet.

L'assiégé a battu la chamade; le canon a tiré de toutes les batteries, et de toutes parts s'est fait entendre le cri de *vive le Roi!*

Le Roi et le ministre de la guerre ont daigné témoigner au colonel leur satisfaction de cette belle scène militaire, dont tous les détails ont été exécutés avec un ordre et une précision admirables.

Le Roi, quittant sa tente, est allé visiter l'effet des

explosions des mines et fougasses de l'assiégé. Il a quitté le champ des attaques suivi d'une foule immense, qui se pressait sur ses pas en criant : *vive le Roi!*

A la suite de cette fête militaire, le Roi a de nouveau traversé la ville pour se rendre à l'hôpital militaire. En passant devant le 47ᵉ régiment, il a parcouru ses rangs, et a été accueilli avec transport par tous les militaires de ce beau régiment. Arrivé à l'hôpital militaire, il en a parcouru toutes les salles, s'est informé de l'état des malades, s'est assuré que tous les soins possibles leur étaient prodigués, que les alimens étaient très-bons, et que la tenue ne laissait rien à desirer. Sa Majesté a surtout distingué un militaire amputé par suite d'une blessure grave qu'il a reçue à une jambe, en voulant séparer deux individus qui troublaient l'ordre public. Ce brave homme, que les meilleurs témoignages recommandaient, ne pouvait manquer d'attirer les regards de Sa Majesté; aussi, a-t-elle donné ordre au ministre de la guerre de s'occuper de lui, et de le proposer pour les Invalides aussitôt qu'il serait possible.

En rentrant à son palais, et traversant de nouveau la ville, le Roi a été partout accueilli par d'unanimes acclamations.

Après son dîner, Sa Majesté s'est rendue à un bal magnifique qui lui a été offert par la ville; elle n'est rentrée en son palais qu'à minuit.

Cette journée a constamment offert le spectacle de l'union des citoyens et des troupes dans un même enthousiasme pour le Roi, dont la présence seule a réveillé au sein d'une généreuse population les sentimens les plus vifs. Deux à trois mille habitans des provinces rhénanes étaient venus assister à cette fête, qui laissera de longs souvenirs dans le cœur de tous ceux qui en ont été les témoins.

AUDIENCE DU ROI.

Discours de M. le Préfet

SIRE,

Lorsqu'il y a quarante ans le peuple français se leva, vous combattiez à la tête de ces immortelles phalanges, dont chaque pas, depuis trois jours, vous a rappelé les exploits : les soldats de la Moselle étaient alors nombreux à vos côtés.

La population de ce département s'est réveillée aux jours de juillet aussi belliqueuse que le furent ses pères, fière d'avoir un Roi de son choix, prête à défendre contre toute espèce d'agression le Trône constitutionnel et les libertés dont il est l'appui.

Nous sommes heureux, Sire, de vous voir au sein de la paix vous enquérir de nos besoins; examiner quelles ressources l'État pourrait appliquer à faire prospérer davantage notre agriculture et notre industrie; hâter les progrès de la civilisation, qui désormais n'est plus en péril.

Nos laboureurs, que vous voyez avec tant de plaisir sous l'habit de garde nationale, ne vous ont pas préparé d'autre fête que celle de leur présence. Ils savent qu'au Roi des Français nul apprêt ne saurait plaire autant que l'expression naïve de la joie qu'ils éprouvent à le voir, et avec lui ses nobles fils, véritable espoir de la patrie. *Vive le Roi* !

Réponse du Roi.

« Chaque pas que je fais dans ces départemens me rappelle les temps dont vous m'avez parlé. Ce sont des souvenirs qui se renouvellent sans cesse pour moi. Ainsi, à Mars-la-Tour, où nous allons passer, j'ai campé en 1792. J'étais envoyé avec une brigade d'infanterie et de dragons pour renforcer la garnison de Verdun ; mais je n'ai pu passer, parce que l'armée ennemie occupait le village de Manheulle. Je suis revenu camper à Gravelotte. Ces souvenirs me sont d'autant plus chers qu'ils me rappellent le temps où j'ai combattu pour la patrie. Aujourd'hui j'ai d'autres devoirs à remplir envers elle ; j'y apporterai le même zèle, la même persévérance, le même desir de voir la France libre, heureuse, prospère, de cette prospérité qui s'accroît en s'appuyant sur le règne des lois et sur l'ordre public, sans lequel il ne saurait y avoir ni liberté, ni commerce, ni sûreté pour personne. Il faut que chacun puisse exercer librement ses droits, qu'il n'y ait aucune force, aucun pouvoir dans l'État, soit royal, soit administratif, soit populaire, qui soit supérieur à la loi, et qui puisse troubler la tranquillité publique et la paix de son voisin. »

Discours de M. le maire de Metz.

S I R E ;

Autrefois, et selon un antique usage, ces clefs, présentées par la servilité, étaient le signe doré de l'esclavage.

Vous avez paru, Sire, vous avez accepté la Couronne populaire, vous avez reconnu nos droits, tout est changé! et cet emblême que nous venons vous offrir n'est plus pour nous, Sire, que la garantie de notre amour et de notre confiance.

Entrez, Sire, avec l'abandon du cœur, dans ce boulevard de la France, où l'étranger ne pénétra jamais; toutes nos familles vous y attendent avec joie : venez y recevoir nos acclamations et nos vœux, et que ce beau jour soit pour notre ville et pour nous, pour vos enfans et pour les nôtres, le présage d'un heureux avenir. *Vive Louis-Philippe!*

Réponse du Roi.

« J'entends avec plaisir l'expression des sentimens que vous venez de me manifester. Être fidèle à mon pays a toujours été ma devise. Recevoir son suffrage et l'expression de son affection, est mon bonheur. Je me souviens avec transport que dans ma jeunesse j'ai été employé à la défense de votre glorieuse ville, de cette ville qui, comme vous le dites, n'a jamais ouvert ses portes à l'étranger. Je me souviens d'avoir campé tout autour de vos murs, d'avoir parcouru

vos campagnes. Je les revois avec un charme inex‑
primable; elles me rappellent des souvenirs aussi
doux pour mon cœur que glorieux pour la nation
qui a combattu avec tant de valeur à cette époque
pour la défense de la patrie et son indépendance. »

*Discours de M. le premier président de la cour
royale.*

Sire,

La cour royale de Metz est heureuse d'offrir à
Votre Majesté l'hommage de son profond respect et
l'assurance de son entier dévouement au Trône
élevé par la glorieuse révolution de juillet.

Instituée pour rendre la justice au nom de Votre
Majesté, la magistrature, Sire, ne doit voir dans les
citoyens que des Français régis par des lois égales
pour tous, et dans l'élu de la nation qu'un Roi‑
citoyen dont la volonté auguste est aussi soumise à
leur empire.

Pleins de confiance dans vos institutions, qui
nous sont garanties par votre vie tout entière; assurés
que nous sommes que les vues de Votre Majesté ten‑
dent à consolider et à développer successivement les
heureux résultats des trois mémorables journées;
convaincus enfin qu'une monarchie constitutionnelle
est la seule forme de gouvernement qui puisse con‑
venir à la France, nous concourrons de tous nos
efforts à l'accomplissement des projets que vous mé‑
ditez pour le bonheur de tous.

L'autorité que la loi nous confie nous l'emploie-
rons à assurer une exacte distribution de la justice,
et à faire respecter les lois, premier gage de bonheur
pour toute nation civilisée.

Mais le besoin d'améliorations et de réformes
dans plusieurs branches de la législation se fait plus
que jamais sentir : des lois encore en vigueur ne sont
plus en harmonie avec l'état de nos mœurs ; quelques autres ne se concilient pas avec les dispositions
de la Charte. C'est une tâche difficile sans doute d'a-
border des matières de cette importance, et de coor-
donner l'ensemble de notre législation avec les principes constitutionnels qui doivent lui servir de base.
Il vous était réservé, Sire, de faire jouir la France
de ce nouveau bienfait, non moins grand que celui
de l'unité des Codes.

Tels sont, Sire, nos sentimens et nos vœux ; telle
est la meilleure preuve que nous puissions vous offrir
de notre dévouement : puisse-t-elle être aussi la plus
agréable à Votre Majesté !

Réponse du Roi.

« J'ai cru, toute ma vie, que la France ne pouvait être régie que par un gouvernement franchement constitutionnel ; je l'ai souhaité avant qu'il fût
établi. Lorsqu'il fut tenté pour la première fois en
1789, j'ai craint qu'il ne durât pas, parce qu'il n'était
pas soutenu avec cette sincérité qui peut seule donner de la force au Gouvernement, et asseoir le bonheur et la liberté de la nation sur le règne des lois,

17

car il n'y a de lois respectées que celles qui sont franchement exécutées. Tel a été aussi l'objet de tous
mes efforts. La révolution de juillet a été faite parce
que les lois ont été violées. Nous avons vu se renouveler ces infractions qui ont appelé la justice, ou
plutôt la réaction nationale. La nation a repris tous
ses droits ; elle m'a confié le poste que j'occupe et
que je ne veux occuper que dans l'intérêt de sa liberté, et de sa liberté bien entendue, de cette liberté
qui ne moleste personne, et qui assure à tous le libre
exercice de leurs droits. C'est dans ce sens que j'entends et que je desire que toute la législation soit mise
en harmonie avec la Charte. Ce travail n'est pas
l'ouvrage d'un jour. Sans doute il peut il y avoir des
modifications, des réformes à opérer. Nul n'est plus
disposé que moi à accueillir tous les projets d'amélioration ; mais aussi nul n'est plus éloigné de risquer
des expériences en matière de gouvernement. J'en ai
trop vu le danger dans ma jeunesse, et c'est pour
cela que j'y résisterai, non-seulement dans l'intérêt
du Trône et de la nation, mais encore dans celui de
la liberté. »

Discours de M. le procureur-général.

SIRE,

Les membres du parquet de la cour royale de
Metz sont fiers de vous offrir le libre hommage de
leur respectueux dévouement.

Ce dévouement, Sire, est inspiré par votre auguste personne ; mais il repose aussi sur la conviction profonde que votre élévation au Trône est le gage assuré du bonheur de la France.

Ce bonheur, nous le savons, est l'objet de votre sollicitude. Déjà d'importantes améliorations ont été apportées à nos lois politiques ; d'autres encore nous sont promises et nous seront accordées.

Il ne nous appartient pas de toucher à de si hautes questions ; mais il doit être permis aux membres du parquet de se réjouir, dans l'intérêt général, du changement opéré dans leur situation depuis le jour heureux qui vous fit Roi.

L'ancienne dynastie avait conçu le funeste projet de vicier, par la fraude, toutes nos institutions ; et, pour y parvenir, elle exerçait un tyrannique empire sur le ministère public ; elle lui commandait de concourir en dehors de ses attributions légales à d'humiliantes missions ; et ainsi, en avilissant le magistrat, elle jetait sur les actes de la justice elle-même une défaveur fatale.

L'élu du peuple avait d'autres doctrines ! Vous avez proclamé, Sire, que la Charte serait une vérité ; vous avez affranchi le ministère public d'un honteux servage, vous l'avez rendu à sa noble destination ; et, en lui laissant son indépendance, vous lui permettez d'acquérir l'estime publique, qui seule peut donner à ses paroles et à ses actions cette puissance morale si nécessaire aujourd'hui à la force elle-même.

Nos devoirs sont difficiles encore, mais ne sont

plus au-dessus de nos forces ; nous les consacrons ces forces tout entières pour nous rendre dignes de l'insigne honneur d'agir et de parler au nom de Votre Majesté.

Réponse du Roi.

« Je n'ai jamais desiré que l'on parlât autrement en mon nom que dans le sens que vous venez d'indiquer. J'ai toujours reconnu la nécessité de ne donner aux magistrats d'autre guide que leur conscience, de leur laisser entendre et appliquer les lois avec sincérité, franchise et loyauté. Les principes que je viens d'énoncer sont applicables au ministère public comme à la cour royale. »

Discours de M. le président du tribunal de première instance de Metz, auquel s'étaient réunis les tribunaux de Thionville et de Briey.

Sire,

Au milieu des témoignages de respect et de dévouement que Votre Majesté reçoit de toutes parts, le tribunal de première instance de Metz se trouve heureux de vous exprimer à son tour le sentiment personnel qui l'anime.

Des événemens glorieux ont changé la face de la France ; une royauté nouvelle, née des vœux et des besoins du peuple, préside désormais à ses destinées. La nation, libre enfin, l'a saluée avec orgueil. Elle a entouré de son amour et de sa confiance

un sceptre populaire, placé dans des mains généreuses et protégé par les couleurs de Jemmapes et
de Fleurus.

Les nobles espérances qu'elle avait conçues n'ont
point été trompées. La France, respectée au-dehors, calme et forte au-dedans, prendra dans la société européenne la place qui lui appartient. Une
Charte de bonne foi a fixé les bases de nos institutions améliorées, et cette Charte porte déjà ses
fruits.

La magistrature française, Sire, n'est point restée
étrangère aux grands événemens qui s'accomplis-
saient en sa présence : elle a compris que sa mission
s'était élevée; elle s'est honorée de rendre la justice
au nom d'un prince qui ne la blessa jamais, et, à
côté de ses devoirs de magistrat, chacun de nous a
inscrit cette devise qui brille sur les drapeaux de la
milice citoyenne : *Liberté, ordre public.*

Nous saurons satisfaire, Sire, aux devoirs que
cette devise sacrée nous impose. Magistrats et citoyens, Votre Majesté nous trouvera toujours au
poste de l'honneur et du dévouement.

Réponse du Roi.

« J'ai professé toute ma vie cette opinion que nul
ne doit être supérieur à la loi, que les trônes ne
peuvent se consolider qu'en se soumettant franchement à l'empire des lois. Aussi, j'ai concouru de
tous mes moyens, de tout mon cœur, aux améliorations par lesquelles on a effacé de la Charte tout

ce qui pouvait prêter à l'arbitraire et à des interprétations insidieuses ; car c'est à ces interprétations qu'on a dû les violations qui ont amené la révolution de juillet. J'ai voulu préserver la nation de
ce danger.

« J'ai entendu votre discours avec grand plaisir.
Vous me paraissez pénétrés de l'esprit qui peut assurer le bonheur de la nation. Quant à ce que vous
me dites des souvenirs de Jemmapes et de Valmy,
des temps où j'ai combattu pour la liberté sous ces
couleurs que j'ai reprises avec tant de plaisir, rien
ne peut m'être plus agréable ; ce sont les souvenirs
les plus chers de ma vie. Je me suis trouvé à cette
époque dans la ville de Metz, j'ai concouru à sa
défense, j'ai campé dans les campagnes qui l'envi-
ronnent. Je revois ces lieux avec le plus grand plaisir, et je suis bien aise de vous le témoigner. »

*Discours prononcé au nom du tribunal de
commerce.*

SIRE,

Votre présence dans nos murs est un jour de fête
pour tous, et le tribunal de commerce, qui partage
vivement l'allégresse publique, vient offrir à Votre
Majesté l'hommage de ses sentimens d'amour, de
respect et de fidélité.

Élus par nos pairs pour être les arbitres de leurs
intérêts, nos pouvoirs émanent de Votre Majesté ;
et c'est en nous appliquant à rendre bonne et prompte

justice, que nous espérons de nous montrer dignes
du précieux dépôt qui nous est confié.

Sire, le commerce a éprouvé de grandes pertes,
et il sera long-temps encore à les réparer ; mais il espère, parce qu'il connaît tout l'intérêt que Votre
Majesté porte à sa prospérité.

La plus solide gloire est fondée sur la justice et la
probité : vous en jouissez déjà, Sire, car il n'est qu'une
voix pour apprécier vos intentions. On vous aime,
on se fie à votre parole ; l'attente de cette France si
généreuse, qui d'elle-même s'est replacée au premier rang des nations civilisées, ne sera point trompée. Ses nouvelles institutions recevront leur développement en tout ce qui pourra contribuer à son
bonheur sans compromettre sa tranquillité.

Telle est la pensée, tels sont les vœux et l'espoir
du tribunal dont j'ai l'honneur d'être l'organe.

Réponse du Roi.

« J'ai toujours été dévoué à mon pays, toujours
occupé de le servir, soit en le défendant, dans ma
jeunesse, lorsque j'entrais dans la carrière des armes,
soit en m'efforçant aujourd'hui de rétablir la confiance, de faire cesser la stagnation du commerce,
de lui rendre son activité, et d'assurer la prospérité publique. J'espère que notre honneur national
ne sera jamais compromis ; mais s'il l'était, si des circonstances que je suis loin de prévoir et que je crois
éloignées de nous, exigeaient un appel aux armes,
on me verrait, comme autrefois, devant vos rem-

parts, combattre avec la même ardeur, avec le même amour de la patrie, pour le maintien de son indépendance. »

Discours de M. l'évêque de Metz.

Sire,

J'ai l'honneur de présenter à Votre Majesté mon humble hommage, celui du chapitre de la cathédrale, des curés de la ville de Metz et du clergé du diocèse.

La présence de Votre Majesté dans un département distingué dans tous les temps par le calme et l'amour de l'ordre qui caractérisent ses habitans, vient ranimer les espérances.

La paix et l'union, la confiance dans l'appui des lois, une plus forte garantie de tous les droits, le respect pour ce qui est sacré, accompagnent les pas du prince.

Les catholiques attendent cet heureux résultat. Ils le sollicitent par tout ce que les vœux qu'ils ne cessent d'adresser au ciel ont de plus ardent.

Pour nous, Sire, pénétrés des devoirs que la morale chrétienne impose envers les gouvernemens, nous savons aussi que c'est à nous à en avertir les peuples, à en donner l'exemple. Nous les avons remplis, ces devoirs; heureux si on eût toujours rendu justice à nos sentimens, si on n'en eût jamais soupçonné la droiture. Oui, Sire, nous les avons remplis avec sincérité, car c'est à Dieu que

nous en sommes comptables. Nous les remplirons
avec persévérance, ne perdant jamais de vue que
c'est une dette que réclame de nous l'ordre public;
certains aussi que l'ordre public ne cesse de réclamer pour nous la liberté garantie par la Charte, la
liberté des études, sans lesquelles la religion n'aurait plus de ministres, la liberté de nos saintes doctrines, qui sont, quoi qu'on en dise, la base des
sociétés humaines.

Daignez agréer, Sire, avec ce tribut de notre soumission, les vœux que nous faisons chaque jour pour
la France, pour Votre Majesté, pour son auguste
Famille.

Réponse du Roi.

« Je vous remercie infiniment des sentimens que
me témoignez. Je suis bien aise d'en entendre l'expression. C'est en les professant que vous acquerrez de nouveaux titres à la protection que vous doit
le Gouvernement et que je m'efforcerai de vous
procurer par tous les moyens en mon pouvoir. Je
sens vivement combien il importe que vos fonctions
de ministres du culte puissent s'exercer librement,
que vous jouissiez de tous les avantages que la loi vous
accorde et qu'il est dans l'intérêt de l'Etat de vous
assurer. »

Discours prononcé au nom du conseil municipal
de la ville de Metz.

SIRE,

Monumens impérissables de la volonté nationale
et de votre dévouement au salut de la patrie, les
événemens de juillet ont consacré les droits du
premier Roi-citoyen à l'amour et à la fidélité des
Français.

Voilà ce qu'ont proclamé tous les conseils municipaux de France.

Tels sont aussi les sentimens que le conseil municipal de la ville de Metz vient, par l'organe du
maire, exprimer à Votre Majesté.

Après ce devoir de notre affection rempli, permettez-nous, Sire, de profiter du bonheur que nous
avons de vous voir au milieu de nous, pour vous
adresser nos vœux et vous parler de nos besoins.

La liberté politique appelle la liberté du commerce;
le commerce ne prospère que là où il y a communication libre entre tous les peuples. Votre Majesté a
déjà reconnu ce principe; pour l'appliquer d'une manière complète la ville de Metz, qui depuis long-
temps sollicite un entrepôt dans ses murs, vient renouveler sa demande avec confiance.

D'autres pensées d'un ordre plus général préoccupent les esprits dans notre cité. La Charte a laissé
dans notre gouvernement intérieur un point important à régler, celui de l'hérédité de la pairie; espé-

rons qu'à la prochaine session, le pouvoir législatif fera disparaître de nos lois un privilége désormais incompatible avec nos mœurs nationales.

Notre sympathie est acquise aux Polonais, dont l'héroïque courage lutte pour la liberté. Puisse l'influence de Votre Majesté assurer à cette généreuse nation un sort digne de la belle cause qu'elle défend!

En accueillant ces vœux, vous nous donnerez, Sire, un témoignage durable de votre bienveillance, et nos descendans, héritiers de notre amour, jouissant de vos bienfaits, rediront chaque jour : Nous devons notre bonheur au passage de Louis-Philippe!

Réponse du Roi.

« Je suis très-sensible aux sentimens que vous m'exprimez personnellement. Fier de la confiance de la nation, je me suis toujours enorgueilli de lui devoir le Trône. Ce n'est que l'espoir de pouvoir répondre à son attente et de donner force à la volonté nationale, qui m'a déterminé à l'accepter.

» Je m'occuperai bien certainement de la demande que vous me faites, d'un entrepôt pour la ville de Metz. Cette demande est nouvelle pour moi; mais elle sera examinée avec toute l'attention qu'elle mérite et avec la meilleure disposition de faire ce que vous desirez.

» Vous me parlez de ce que tous les conseils municipaux de France ont proclamé; ils n'ont rien proclamé ; il n'est pas dans leurs attributions de le faire, ni de prendre des délibérations sur des sujets de haute politique. Ce droit est réservé aux Chambres. Ainsi, je n'ai pas à répondre à cette partie de votre discours. Ceci s'applique également à ce que vous me dites des relations diplomatiques de la France avec les puissances étrangères, sur lesquelles les conseils municipaux n'ont pas davantage le droit de délibérer.

» Au surplus, je suis toujours bien aise de voir témoigner combien j'éprouve de plaisir à me retrouver dans votre cité et à revoir mes concitoyens. »

Discours prononcé par M. le maire, en présentant les officiers de la garde nationale de Metz.

SIRE,

J'ai l'honneur de présenter à Votre Majesté MM. les officiers de la garde nationale.

Enfans de la vieille Austrasie, leurs cœurs, comme ceux de leurs aïeux, battent d'honneur à la devise sacrée : *Liberté, ordre public.*

Vous trouveriez en eux, Sire, de dignes et braves soutiens, si jamais l'étranger osait tenter d'attaquer notre territoire. Que de vieux guerriers, dans ces légions citoyennes, tressaillent encore aux souvenirs de nos immortelles victoires !

Comptez, Sire, sur la garde nationale de Metz : seule, en 1815, elle garantit nos remparts ; elle n'oubliera jamais qu'elle tient un dépôt sacré des lois que

vous lui avez confié, sans lesquelles tout serait inquiétude, méfiance et désordre.

Réponse du Roi.

« L'admirable institution de la garde nationale
fait à la fois l'honneur de la France et la confiance
de la nation. Nulle invasion n'est possible quand la
France est couverte de cette nombreuse milice citoyenne, qui, agissant de concert avec notre brave
armée, anéantirait toutes celles qui oseraient violer
notre territoire ou porter atteinte à notre indépendance nationale. C'est une imposante masse de forces qui fait respecter la France au-dehors, et qui
assure dans l'intérieur la répression de tous ceux
qui voudraient troubler l'ordre public et renverser
nos libertés, en méconnaissant le règne des lois. Je
suis bien aise de vous témoigner avec quel plaisir
j'ai vu la garde nationale de Metz. »

Après cette réponse du Roi, un capitaine de la
garde nationale s'est avancé, tenant à la main un
discours écrit qu'il se préparait à adresser au Roi.
Le Roi lui a dit : « Etes-vous le commandant de la
» garde nationale ? » Non, Sire, mais je suis dé-
légué par le commandant. Alors le Roi le laissa
parler, et il commença le discours suivant :

SIRE,

Déjà plus d'une fois depuis la révolution de juillet, la garde nationale de Metz a adressé à Votre
Majesté l'expression de son dévouement au Trône

du Roi-citoyen, et ses vœux pour les institutions qui doivent le soutenir.

Bientôt vous allez recueillir dans nos rangs une manifestation nouvelle de notre affection.

Oui, nous portons sur notre drapeau la devise : *Liberté, ordre public.* A nos yeux, ces deux idées sont inséparables. Si l'ordre est une condition indispensable de la liberté, l'expérience n'a-t-elle pas prouvé que le plus sûr moyen d'assurer l'ordre est de satisfaire aux besoins progressifs de la civilisation, par des lois libérales et populaires ?

Parmi ces lois, la plus décisive pour l'avenir de la France est celle qui doit organiser la seconde branche du pouvoir législatif....

A ces mot, le Roi l'interrompit, en lui disant : « La force armée ne délibère pas : vous n'êtes plus » l'organe de la garde nationale ; ainsi, je ne dois » pas en entendre davantage. »

Discours prononcé au nom du conseil académique.

Sire,

Les fonctionnaires de l'Académie et du collége royal offrent à Votre Majesté leurs respectueux hommages. Pleins de vénération, d'amour pour le Roi à qui cette belle France a confié ses destinées, ils sont heureux d'être admis en sa présence.

Les sentimens qui les animent, ils les transmettent à cette vive, à cette ardente jeunesse dont le cœur bat pour toutes les affections généreuses.

Ils lui disent que la couronne qui ceint l'auguste front du monarque en a reçu un éclat tout nouveau.

Que la patrie, naguère gémissante, éplorée, a relevé sa noble tête, et jouit enfin de l'alliance si desirée du prince et de la liberté.

Ils lui disent que, sous ce brillant appareil de la grandeur, à côté des splendeurs du Trône, s'est rallié le modeste cortége des vertus domestiques, et ils lui retracent des souvenirs que ne répudie point votre ame toute royale, et dans lesquels ils placent leur orgueil.

Réponse du Roi.

« Je vois avec plaisir les soins que vous donnez à l'éducation de la jeunesse. Rien n'est plus important que de préparer leurs jeunes cœurs aux diverses carrières qui s'ouvrent devant eux. J'ai voulu que mes enfans participassent à l'éducation publique, afin qu'ils pussent connaître leurs semblables. Je ferai tous mes efforts pour que l'instruction publique reçoive tout le développement dont elle est susceptible, toute la protection dont elle a besoin, et surtout toute la liberté qui est nécessaire à son développement. »

Discours prononcé au nom du Consistoire protestant.

SIRE,

L'Église réformée de Metz a accueilli avec enthousiasme une révolution qui promettait à la France et au monde une liberté progressive, des institutions protectrices de tous les droits, et qui plaçait sur le Trône un homme universellement estimé pour ses sentimens patriotiques et ses vertus privées.

En acceptant le pouvoir, Sire, vous vous êtes imposé une tâche difficile, mais sainte. Vous la remplirez, nous l'espérons, non-seulement parce que vous avez le sentiment de vos devoirs et que vous voulez les bien remplir, mais aussi parce que vous comprenez que votre gloire et votre bonheur sont désormais inséparables de la gloire et du bonheur du peuple qui a mis en vous sa confiance.

De nombreux obstacles s'opposent encore à la réalisation de nos vœux et des vôtres. Vous les surmonterez, Sire : la coopération active de tous les citoyens éclairés est acquise au Roi, qui a réellement pour but le bien public, et sait écarter du pouvoir les hommes incapables d'en faire un bon usage.

Oui, Sire, marchez plein de confiance à la tête de la grande nation ; précédez-la dans cette carrière de régénération politique, de gloire et de bonheur que lui assigna la Providence, et les temps présens, aussi bien que les races futures, béniront votre règne et proclameront avec respect le nom du Roi-citoyen.

Réponse du Roi.

« Ma vie entière est le gage de mon amour pour la liberté ; elle a été consacrée à ma patrie. Rien n'a pu éteindre dans mon cœur ces sentimens que je lui

portais lorsque la mauvaise fortune m'a frappé, ni
me faire sortir de la ligne de mes devoirs lorsque je
suis revenu dans mes foyers, après une aussi longue
absence. Tous mes efforts ont tendu à défendre les
libertés de mon pays ; mon unique but est de les affermir, et d'assurer le bonheur et la prospérité de la
France. »

Discours prononcé au nom du consistoire israélite.

SIRE,

Le consistoire israélite, organe fidèle de ses co-
religionnaires, vient offrir à Votre Majesté l'hommage de leur dévouement, de leur fidélité, et nous
osons ajouter d'une respectueuse reconnaissance.

L'ère de juillet a commencé pour les Israélites en
1792 ; mais sous votre règne, Sire, le principe fondamental de la liberté des cultes a reçu une franche
application ; plusieurs de nos co-religionnaires sont
appelés par Votre Majesté à des fonctions honorables,
et pour la première fois les ministres de l'antique
religion de Moïse sont dotés par l'État.

La grande nation et son Roi étaient seuls dignes
de donner une si belle leçon de tolérance ; les amis
de l'humanité y applaudissent, et les Israélites la
comprennent : ils savent que l'égalité des droits prescrit égalité des devoirs ; ils les ont toujours remplis
avec zèle, et de plus en plus ils sont jaloux de s'en
acquitter avec honneur.

Animés du même esprit que tous les bons Fran-

18

çais, nos vœux les plus ardens sont pour la prospérité de notre généreuse patrie, pour la félicité de
Votre Majesté et de son auguste Famille.

Tels sont, Sire, les sentimens que nous nous es-
timons heureux d'exprimer à Votre Majesté; nous
espérons qu'elle daignera les agréer.

Réponse du Roi.

« La liberté des cultes est un droit. J'ai été heureux d'être appelé à en faire l'application. J'ai éprouvé
une vive satisfaction à pouvoir vous assimiler à tous les
autres cultes, à vous placer dans la situation où vous
puissiez jouir de tous les droits des citoyens, et où
vous puissiez, comme les autres Français, être appelés à occuper les emplois publics. Je suis bien aise
d'entendre de votre bouche que cet acte de mon Gouvernement a été apprécié par vos co-religionnaires.»

Discours prononcé au nom de l'Académie royale.

Sire,

L'Académie royale de Metz est franchement dévouée au Trône qu'a fondé l'immortelle victoire de
juillet.

Les lumières, la philanthropie, le patriotisme
qu'elle voit briller dans Votre Majesté et dans des
princes élevés en citoyens, sont à ses yeux, comme
à ceux de la France, des gages certains d'un heureux avenir.

Sous la protection d'un Roi juste appréciateur

des besoins du pays, l'Académie espère remplir, mieux qu'il ne lui a été permis de le faire jusqu'à présent, les nombreux devoirs qui lui sont imposés par une courte devise : *L'utile.*

Cependant, Sire, depuis douze ans qu'elle existe, notre Société n'a cessé de travailler au progrès de tous les genres d'industrie, et principalement à ceux de l'agriculture, mère de toute richesse.

Les expositions publiques sont au nombre de ses moyens d'action ; mais, à son grand regret, le temps lui a manqué pour faire voir au Roi que les habitans de la Moselle ne sont pas moins habiles producteurs que braves guerriers.

L'instruction populaire, source inépuisable de progrès, que Votre Majesté a promis de rendre digne de la grande nation, l'instruction populaire tient aussi un rang élevé, le premier peut-être, parmi les travaux de l'Académie.

Déjà six années se sont accomplies depuis qu'elle a institué des cours de sciences industrielles, pour contribuer encore davantage à la prospérité de la France, améliorer la vie physique et morale de la classe pauvre, et préparer une jeunesse laborieuse au règne prochain de la liberté, qu'il était dès-lors facile de prédire.

Ce beau règne est désormais assuré par celui du prince libéral que le peuple français a proclamé avec enthousiasme, sentant qu'il ne pouvait confier à des mains plus dignes l'honneur et la gloire du drapeau national.

Toutefois, l'Académie va continuer, plus soigneusement encore, s'il est possible, d'instruire les quinze cents auditeurs qui se pressent chaque année à ses quatorze cours gratuits, parce qu'elle sait que la vraie liberté repose autant sur la sagesse des citoyens que sur les sermens et les vertus du Monarque.

Elle s'efforcera d'apprendre à l'intéressante population des ateliers, non pas à vous aimer, Sire, vos actes généreux le feront mieux que nous, mais à connaître, à comprendre les vrais intérêts de l'ouvrier, qui se confondront toujours avec ceux de la patrie et du Roi des Français.

Sire,

L'Académie prie Votre Majesté d'agréer l'hommage de la collection de ses Mémoires et de celle des cours industriels.

Sans doute le Roi, dont tous les instans sont consacrés au bonheur de la France, n'aura pas le loisir de parcourir ces ouvrages ; mais peut-être daignera-t-il un jour s'en faire rendre compte sommairement par le professeur du collége de Reichenau.

L'Académie serait fière d'obtenir le suffrage du modeste savant qui, dans l'exil, montra tant de grandeur.

Réponse du Roi.

« Si le professeur de Reichenau avait encore quelque temps à me donner, il serait enchanté de pouvoir soumettre au Roi le résultat de vos travaux.

Dans la situation où la confiance de la nation m'a placé, j'éprouve la privation de ne pouvoir plus me livrer à ces études qui faisaient le charme et la douceur de ma vie. Plus l'instruction se répand dans une nation, plus les connaissances humaines s'étendent; plus elle devient sage, libre et heureuse. C'est une absurde doctrine que celle de croire qu'il faut que les hommes soient ignorans pour être soumis à l'autorité des lois, et de vouloir fonder la solidité des trônes sur l'ignorance des peuples et l'esclavage du genre humain. Je professe une doctrine diamétralement opposée. Quand les hommes sont éclairés sur l'étendue de leurs droits, sur leurs véritables intérêts, ils sont plus disposés à remplir leurs devoirs de citoyens et à se soumettre au joug salutaire des lois. Il faut que les intérêts des nations et ceux des gouvernemens soient identiques pour que la machine puisse subsister. Telle a été la doctrine de toute ma vie. Je suis bien aise d'avoir eu occasion de vous la développer, et de vous dire combien je suis satisfait de vos travaux. Quatorze cours! cela me paraît superbe; je vous en remercie. »

Discours prononcé au nom de la chambre de commerce.

SIRE,

La chambre de commerce, dont j'ai l'honneur d'être l'organe, vient vous offrir le sincère hommage de son affection et de sa fidélité.

Votre avénement au Trône constitutionnel a rempli de joie et d'espérance tous les cœurs vraiment français. Sous le règne d'un Roi populaire, nous n'aurons plus à redouter d'audacieux coups-d'état, ni de ces fatales ordonnances attentatoires à nos droits et à nos libertés. Nous obtiendrons au contraire, successivement et sans secousse, l'amélioration ou le complément des institutions qui doivent être la conséquence de la Charte constitutionnelle des Français.

Dans votre sollicitude paternelle, Sire, vous cherchérez à connaître et à favoriser tout ce qui pourra contribuer à la gloire comme à la prospérité de notre chère patrie.

Le commerce mérite spécialement de fixer les regards de Votre Majesté; il éprouve encore les funestes effets d'une crise extraordinaire et trop prolongée, qui a porté la perturbation dans toutes les relations commerciales; mais nous aimons à croire qu'un tel état de choses ne tardera point à changer : déjà la confiance commence à renaître et le crédit à se rétablir; l'industrie reprendra sans doute bientôt un nouvel essor, qui rendra (nous l'espérons du moins) de l'activité aux affaires trop long-temps paralysées; toutefois, le commerce ayant essentiellement besoin de sécurité, nous ne nous dissimulons pas que l'on ne peut arriver à ces heureux résultats qu'à l'aide de l'union, du calme et de la soumission aux lois.

Gouvernés par un prince de notre choix, et dont toutes les pensées sont généreuses, nous devons attendre avec une respectueuse confiance l'effet de ses profondes méditations pour ce qui intéresse toutes les parties de la France.

Cependant, Sire, permettez-nous de vous exprimer nos vœux, et de supplier Votre Majesté de prendre en prompte considération la demande, déjà plusieurs fois renouvelée, d'accorder un entrepôt à la ville de Metz. Tout milite en faveur de cet établissement, qui serait non-seulement un bienfait pour le département de la Moselle, mais en outre d'un avantage immense pour les contrées qui l'avoisinent, et notamment pour les ports de France.

Nous confierons aussi à la sollicitude de Votre Majesté un second objet non moins important pour ce département, dont les produits agricoles se trouvent privés des voies d'écoulement qu'ils avaient précédemment. Usant de représailles, des tarifs étrangers frappent de droits exorbitans les vins qui s'expédiaient en grande quantité dans les pays limitrophes de la France ; ces droits équivalent à une véritable prohibition, et entraînent la ruine des nombreux propriétaires de vignes.

Il serait vivement à desirer que le Gouvernement français s'entendît avec les gouvernemens des autres États, pour modifier les tarifs des droits de douanes, en se faisant réciproquement des concessions propres à rétablir des moyens d'échange si précieux pour le commerce.

Daignez, Sire, accueillir avec bonté les réclamations que nous avons l'honneur de vous soumettre, et dont le succès raviverait prochainement l'indus-

trie dans un département digne de toute la protection de Votre Majesté.

Réponse du Roi.

« J'ai dit tout à l'heure au conseil municipal qui
m'a parlé de la demande d'un entrepôt pour la ville
de Metz, que cette demande était nouvelle pour
moi, mais que bien certainement mon Gouvernement s'en occuperait avec tout le soin possible,
avec l'envie de procurer à cette ville importante et
à ce département si précieux pour la France tous
les avantages qu'il est susceptible d'obtenir. Vous
ne devez pas douter de l'intérêt que je lui porte.

» J'ai toujours été, comme vous le dites, ami de
la liberté. Je sais que le commerce ne peut prospérer
que par la liberté, et en même temps que la liberté
ne peut exister que par l'ordre public et le règne des
lois. J'espère que la confiance sera bientôt tout-à-fait
rétablie par le maintien de l'ordre à l'intérieur et la
consolidation de la paix à l'extérieur, et que le commerce ne tardera pas à se relever de cette stagnation
qui n'est que momentanée, et dont j'ai gémi plus
que personne. »

Discours prononcé au nom des juges de paix.

SIRE,

Les juges de paix de la ville de Metz s'estiment
heureux de pouvoir offrir à Votre Majesté l'hommage
de leur respect et de leur fidélité.

Ils ne croient pouvoir mieux prouver cette fidélité et répondre à la confiance d'un Roi-citoyen, qu'en remplissant scrupuleusement les devoirs de leur institution.

En effet, c'est du maintien de la paix et de l'union dans les familles et parmi les citoyens que dépend celui de l'ordre public, garantie la plus sûre de cette liberté qui est le vœu de Votre Majesté et de la nation.

(La réponse du Roi n'a pu être recueillie.)

Discours prononcé au nom du conseil des prud'hommes.

SIRE,

L'arrivée de Votre Majesté dans nos murs a rempli d'espérance la classe ouvrière de cette cité. Le peuple, dans sa détresse, n'en est plus réduit à dire : Si le Roi le savait ! La barrière qui empêchait la vérité de parvenir jusqu'au pied du Trône est à jamais détruite.

Le conseil des prud'hommes, organe naturel de la classe industrielle, ne doit pas vous laisser ignorer qu'une des principales causes de la misère qui afflige nos ouvriers, provient du système de centralisation dans les fournitures des troupes, ce qui enlève à de nombreux pères de famille un travail nécessaire à leur existence.

Nos fonctions, toutes de conciliation, nous mettent constamment en rapport avec cette même classe ;

nous pouvons vous assurer, Sire, que la misère n'a point altéré dans leur cœur le dévouement à la patrie et au Roi-citoyen ; elle est dans les rangs de la garde nationale, elle est amie de l'ordre et de l'instruction ; son courage à supporter l'adversité trouvera, nous l'espérons, dans un avenir peu éloigné ; la récompense due à sa résignation ; et dans l'élan de sa reconnaissance elle pourra dire : Le Roi a su, le Roi nous a sauvés.

Réponse du Roi.

« Si en apprenant quelles sont les misères du peuple il dépendait de moi de pouvoir les alléger, soyez certains qu'elles ne dureraient pas. Malheureusement cela présente bien des difficultés. Je fais des efforts constans pour que la stagnation du commerce ne soit que momentanée. J'espère qu'il reprendra bientôt son essor. Vous pouvez être sûrs que je n'omettrai rien pour y contribuer, soit en maintenant la paix intérieure, soit en consolidant la paix extérieure ; car ce sont là les meilleurs moyens de faire renaître la confiance, de favoriser la circulation des capitaux, et par conséquent de donner du travail à la classe ouvrière. »

Discours de la Société de prévoyance.

SIRE,

La Société de prévoyance et de secours mutuels des amis de l'industrie prie Votre Majesté d'agréer l'hommage de son profond respect, et de compter sur le dévouement de citoyens associés pour se soulager dans les divers accidens de la vie.

Établir une alliance généreuse et fraternelle entre les différentes classes de la société, modifier l'inégalité des conditions, perfectionner l'éducation des ouvriers, et les engager à chercher le bonheur et une honorable indépendance dans l'amour du travail, la prévoyance, l'instruction et les bonnes mœurs, tels sont les travaux que nous embrassons, tel sera le but de nos constans efforts.

Le vif intérêt que Votre Majesté accorde aux institutions qui tendent à hâter les progrès de la civilisation, nous permet d'espérer, Sire, que vous étendrez votre paternelle sollicitude sur une association qui doit contribuer puissamment à améliorer l'existence du peuple.

Réponse du Roi.

« Rien ne me paraît plus utile que le but que vous vous proposez; je ferai tout ce qui dépendra de moi pour en faciliter le succès, et pour l'amener à un heureux résultat. Chercher à procurer du travail aux ouvriers, pourvoir à leurs premiers besoins et à leur subsistance, en attendant qu'ils puissent s'en procurer eux-mêmes, c'est un grand bienfait que j'apprécie comme il mérite de l'être. »

Discours prononcé par la Société d'encouragement
des arts et métiers parmi les Israëlites.

SIRE,

La Société pour l'encouragement des arts et métiers parmi les Israëlites est heureuse et fière de
pouvoir présenter à Votre Majesté l'expression de ses
vœux et de ses hommages.

Cette Société, qui a pour but de propager les arts
industriels parmi la classe indigente des Israëlites,
et d'en améliorer ainsi les mœurs et les habitudes,
compte à peine huit années d'existence, et les succès
toujours croissans qui couronnent ses efforts lui donnent la certitude bien précieuse de former des citoyens
utiles et dévoués à leur patrie et à leur ROI.

Vous portez, Sire, la même affection à tous les
Français; tout ce qui intéresse leur bien-être excite
également la sollicitude de Votre Majesté; nous
osons donc espérer votre appui qui n'a jamais été re-
fusé à aucune institution bienfaisante.

L'ère nouvelle de gloire, de liberté, de bonheur,
ouverte par cette semaine mémorable que les nations
ont saluée du nom de grande, et dans laquelle aussi
le sang israëlite a coulé, donnant un nouvel essor à
toutes les idées nobles et généreuses, nous permettra, Sire, d'étendre nos travaux et d'enraciner encore
plus profondément dans l'ame de nos jeunes élèves
l'amour de la patrie et du ROI, qui désormais, dans
tous les cœurs français, seront des sentimens inséparables.

Réponse du Roi.

« Je ferai tout ce qu'il me sera possible de faire pour seconder vos vues, qui me paraissent excellentes. Je desire surtout que vous puissiez les propager parmi vos co-religionnaires. Je suis heureux de penser qu'un des premiers actes de mon Gouvernement a été d'assurer l'exercice de leurs droits. »

Discours prononcé au nom de la Société de médecine.

SIRE,

La Société de médecine de Metz a l'honneur d'offrir à Votre Majesté l'hommage de son profond respect.

Dans ces murs que vous honorez de votre présence, deux médecins justement célèbres, Foës et Paré, rendirent d'importans services, l'un à la science, l'autre aux braves qui, en 1552, défendirent la cité. En prenant ces grands hommes pour modèles, les membres de la Société de médecine auront toujours présent à l'esprit l'exemple de leur Roi, qui, dans des temps malheureux, voulut prodiguer ses soins aux malades, comme aujourd'hui il veut consacrer ses pensées à la liberté et au bonheur du peuple.

(La réponse du Roi n'a pu être recueillie.)

Discours prononcé par le sous-préfet de Briey, au nom de la garde nationale.

SIRE,

La garde nationale de Briey serait heureuse que vous voulussiez faire vous-même la remise du drapeau que vous avez envoyé ; elle bénirait le retard qui lui vaut cette faveur, et votre don augmenterait encore de prix si elle le recevait de vos royales mains. Les habitans de mon arrondissement méritent tout de vous : nulle part, peut-être, votre avénement au Trône de France, dont vous avez fait un trône populaire, n'a été salué avec plus d'enthousiasme ; nulle part la liberté n'a été mieux comprise, inséparable de l'ordre, sans lequel elle ne serait plus liberté, mais le plus insupportable des despotismes à des hommes de cœur et d'intelligence : l'anarchie.

Sans desirer la guerre, nous étions heureux de penser que notre position territoriale nous épargnerait de faire un long chemin si les ennemis de la France et de votre personne osaient attaquer notre indépendance nationale.

Sans redouter la guerre, nous nous félicitons maintenant que votre sagesse et celle de vos conseils nous aient assuré la paix honorable dont nous jouissons, et qui seule pouvait cicatriser des plaies qui ne datent pas de votre règne.

(La réponse du Roi n'a pu être recueillie.)

Discours prononcé par M. le commandant de
l'Ecole d'application de l'artillerie et du génie.

SIRE,

Tous, nous ressentons vivement le bonheur de
voir Votre Majesté dans cet établissement confié à
nos soins. Ajouter de plus en plus à l'instruction des
élèves, leur inspirer de l'attachement pour nos institutions, du respect pour la discipline militaire, de
l'affection pour votre auguste Famille, du dévouement pour le père de la patrie ; en un mot, entretenir et développer dans le cœur de ces jeunes officiers tous les sentimens élevés et généreux ; tel est,
Sire, le but constant de tous nos efforts, et c'est
ainsi que nous espérons justifier la confiance qui nous
est accordée.

Réponse du Roi.

« Et moi, général, j'ai un grand plaisir à venir visiter ce bel établissement, où se forme la jeunesse.
J'étais jeune quand je suis venu dans ces lieux,
j'aime à y voir cette jeunesse française ; elle a sous
les yeux de grands exemples, à l'aspect de ces remparts, où chaque bastion, chaque fort, révèle les
actes de la valeur française depuis tant de siècles ;
où chaque pas que je fais me rappelle à moi-même
les souvenirs glorieux de 1792. Je me dis que si
l'époque actuelle reproduisait un nouveau Charles-
Quint, la France ne manquerait pas de nouveaux

ducs de Guise, et ce serait parmi ces jeunes militaires qu'il faudrait les chercher.

» Qu'ils apprennent donc à se rendre dignes de la
noble carrière ouverte devant eux, en observant
exactement la discipline militaire, en se montrant
toujours les amis des lois, aussi bien que de la liberté, qui ne peut exister que sous le règne des lois.
Ils seront l'ame de la patrie, les défenseurs de la
France, et ils auront mon cœur avec eux, comme je
veux croire que le leur est avec moi. »

Paris, le 15 juin.

Metz, le 12 juin.

Le Roi a reçu dans la matinée les députations des
villes et des gardes nationales de Thionville, Long-
wy, Sarreguemines, Villers-la-Montagne, etc., etc.
Sa Majesté a répondu aux discours qui lui ont été
adressés par les maires de ces villes. Les réponses du
Roi ont paru faire une vive impression sur toutes ces
députations réunies dans le salon de la préfecture;
elles ont été accueillies avec enthousiasme par les
cris de *vive le Roi!*

Après les réceptions, vers une heure, le Roi est
monté à cheval pour aller passer la revue de la garde
nationale et des troupes de ligne, à l'Isle-Chambière,
sur le vaste emplacement du polygone; savoir : l'infanterie développée sur quatre lignes, dont deux de
garde nationale; l'artillerie sur deux lignes; la cavalerie sur une ligne.

Au centre, un pavillon militaire avait été élevé pour la distribution des drapeaux : ces deux amphithéâtres placés sur les deux côtés étaient occupés par les notabilités de la ville ; une immense population entourait le Champ-de-Mars. Sa Majesté a été accueillie à son arrivée par des transports d'enthousiasme très-prononcés et répétés à plusieurs reprises dans le cours de la revue, de la part de la garde nationale, des troupes et des citoyens. Près de 3,000 habitans des provinces rhénanes assistaient à ce spectacle. Plusieurs officiers prussiens et autrichiens, venus à Metz, n'ont rien perdu des détails de cette belle réunion.

En remettant les drapeaux aux colonels des régimens, le Roi leur a adressé cette allocution :

« Mes chers camarades,

» C'est toujours pour moi un nouveau moment
» de bonheur que celui où je puis remettre à cha-
» cun des corps qui composent notre brave armée,
» le drapeau portant ces couleurs glorieuses qui ont
» si souvent conduit nos armées à la victoire, et
» auxquelles se rattachent pour nous tant de souve-
» nirs de gloire et de liberté. Élevé dans vos rangs,
» vieux soldat comme vous, c'est pour moi une
» double satisfaction de vous voir réunis dans ces
» lieux, qui attestent les faits d'armes de la valeur
» française, depuis tant de siècles. Nulle ville n'en
» présente un souvenir plus frappant que cette
» grande place de guerre, que la patriotique ville

» de Metz, qui a tant de fois arrêté l'étranger devant
» ses portes, et défendu ses remparts contre toute
» attaque. Vous suivrez ces nobles traces, et c'est
» avec une pleine confiance que je vous remets ces
» drapeaux, gages de l'honneur et de l'indépendance
» de la patrie, quand ils sont déposés dans des
» mains comme les vôtres. »

Ces paroles, prononcées du haut de l'estrade, avec un accent qui allait à l'ame, ont électrisé tous les militaires qui ont pu les entendre, et qui y ont répondu avec transport par les cris de *vive le Roi!*

Après la distribution des drapeaux, Sa Majesté a passé en revue la garde nationale, qui s'étendait sur deux lignes, au nombre de 6,000 hommes. Le défilé a eu lieu immédiatement, afin que les gardes nationaux qui étaient venus de quinze à vingt lieues, pussent retourner plus tôt. On voyait bien, à leur air martial, à leur bonne tenue, à la précision de leurs manœuvres, qu'ils habitent des places frontières où les exercices militaires sont plus familiers. On remarquait plusieurs compagnies avec le sac sur le dos. La garde nationale rurale ne se montrait pas moins exercée que celle des villes. Les acclamations n'ont pas discontinué durant tout ce défilé.

Le Roi a passé ensuite en revue la troupe de ligne. Sa Majesté a distribué de sa main des décorations de la Légion-d'Honneur aux militaires les plus anciens de service dont les droits étaient depuis long-temps suspendus. Les régimens ont défilé devant le Roi. À la tête d'une belle infanterie, le 2e régiment de sa-

peurs du génie se faisait remarquer. Les 13e d'infanterie légère, 26e, 47e et 53e de ligne le suivaient
immédiatement. C'était à qui se ferait le plus remarquer par sa belle tenue. Après eux, se sont présentés les 2e et 9e régimens d'artillerie, conduisant 108
pièces de canon, attelées chacune de 6 chevaux, et
ayant leurs caissons. Un équipage de pont prêt à
être lancé, le même qui la veille avait été jeté en
présence du Roi sur la Moselle, terminait cet impo-
sant déploiement de forces. Cette artillerie est au-
dessus de tout éloge. Le 4e régiment de dragons et
le 7e de chasseurs, tous deux très-beaux et en parfait état, ayant à leur tête LL. AA. les ducs d'Orléans et de Nemours, ont terminé la revue, en défilant au galop devant Sa Majesté.

En rentrant en ville le Roi est allé visiter la
bibliothèque, où se trouvaient réunis l'Académie
royale de Metz, les professeurs des cours de l'industrie, qui se font gratuitement pour les ouvriers, et
un grand nombre de leurs élèves. Sa Majesté a été
accueillie par de vives acclamations; elle a examiné
avec intérêt une exposition des dessins et des modèles de machines exécutés par les ouvriers qui sui-
vent ces cours.

Le Roi est rentré à près de 7 heures à la préfecture. Sa Majesté a admis à dîner avec elle,
comme les jours précédens, une partie des autorités
de la ville.

A 9 heures, le Roi est allé à la salle de spectacle. Sa Majesté s'est retirée à 10 heures et demie;

elle a été saluée à son son entrée et à sa sortie par des acclamations réitérées.

Les deux princes sont montés à cheval à sept heures du matin, et se sont rendus au polygone de Metz.

Après quelques manœuvres de cavalerie exécutées sous le commandement de M. le duc d'Orléans, la batterie des fusées à la congrève a commencé le feu ; elle a tiré avec une grande justesse : les fusées qui rasent la terre, lancées contre des charges de cavalerie, ont paru d'un grand effet.

Les princes sont rentrés à neuf heures.

Le Roi est parti à midi de Metz pour Nancy. Le mauvais temps n'a pu empêcher Sa Majesté de monter à cheval.

La garde nationale et la troupe de ligne formaient la haie depuis la préfecture jusqu'au-delà de la porte de Thiébaut, sur une étendue d'une demi-lieue.

A peine le Roi était-il sorti de la préfecture qu'une très-forte averse est tombée ; le Roi n'en continua pas moins ce trajet à cheval, au milieu d'acclamations continuelles.

A la porte de sortie, M. le maire, à la tête du corps municipal, attendait le Roi, qui lui a exprimé combien il était satisfait de l'accueil qu'il avait reçu des habitans de Metz.

Le Roi a mis pied à terre au village de Montigny.

Le Roi est arrivé à trois heures à Pont-à-Mousson, escorté par la garde nationale à cheval ; qui était venu l'attendre avec le préfet de la Meurthe

et le général, à deux lieues de là, à la limite du
département.

A l'entrée de la ville s'élevait un bel arc de triomphe formé de mousse, sur lequel avaient été tra-
cées en fleurs ces diverses inscriptions :

« Au Roi-citoyen, protecteur de nos institutions
et de nos libertés. »

» Sous son sceptre paternel, la France verra renaître sa prospérité. »

» A la Reine, à son auguste Famille, aux princes
espoir de la patrie. »

Le Roi est entré à cheval dans Pont-à-Mousson.

La garde nationale formait la haie ; elle était en
grande partie armée de faux.

La ville était animée d'un vif enthousiasme. Le
Roi s'est rendu d'abord à l'Hôtel-de-Ville, où
Sa Majesté a reçu les autorités ; elle est remontée
ensuite à cheval, et a passé en revue sur la place
d'armes la garde nationale, au nombre de 2,000
hommes environ.

Le Roi est arrivé à six heures à une demi-lieue
de Nancy, où ses chevaux de selle l'attendaient.
Le temps continuait à être pluvieux.

Sa Majesté est descendue de voiture pour monter
à cheval.

Elle a été reçue à l'entrée de la ville par M. le
maire, qui lui a présenté les clefs.

Le Roi a fait son entrée au bruit des salves de
l'artillerie, escorté par la garde nationale à cheval
et par un détachement de chasseurs.

Partout, malgré le mauvais temps, une foule immense s'est pressée sur son passage et l'a accompagné de ses acclamations.

Le Roi est descendu à l'ancien palais des ducs de Lorraine, qui est actuellement la préfecture.

Sa Majesté y a reçu immédiatement les autorités de la ville et les diverses députations qui étaient réunies dans le grand salon.

Les réponses que le Roi adressait à chacune d'elles étaient entendues par toutes ; elles ont produit une vive sensation, et ont été suivies des cris prolongés de *vive le Roi!*

Le Roi a admis à sa table les principaux fonctionnaires.

Après le dîner, Sa Majesté s'est rendue au spectacle ; elle a été accueillie par de vives acclamations.

Le Roi est rentré à onze heures dans ses appartemens.

Paris, le 16 juin.

Nancy, le 11 juin, onze heures du soir.

Le Roi ne pouvant aller visiter le haras de Rosière, on a fait venir à Nancy des chevaux de course, de de cavalerie et de trait, élevés dans cet établissement. Sa Majesté en a admiré la beauté, et a exprimé à M. le général de Pange, propriétaire de ces chevaux, combien elle était satisfaite de voir que ces diverses espèces s'amélioraient dans cette partie de la France.

A une heure et demie, le Roi est sorti à cheval, accompagné des princes, des ministres de la guerre et du commerce, et du maréchal Gérard.

Sa Majesté s'est rendue d'abord au *Cours d'Orléans* pour y passer en revue la garde nationale et la troupe de ligne.

Deux drapeaux ont été remis par elle, l'un au 58e de ligne, l'autre au 20e léger.

M. le ministre de la guerre a fait ensuite prêter serment aux colonels, qui l'ont fait renouveler par leurs soldats, à la tête de chaque régiment.

Sa Majesté, en passant devant le front de ces régimens, a remis la décoration de la Légion-d'Honneur à plusieurs officiers, qui, par leurs années de services, ont mérité cette récompense.

La garde nationale de Nancy a défilé dans le plus bel ordre, au nombre de 3,000 hommes ; celle de Toul et des villes et des communes de l'arrondissement, au nombre de 6,000. La plupart des compagnies étaient commandées par d'anciens officiers décorés. On remarquait parmi eux le brave général Drouot, simple lieutenant de l'artillerie de la garde nationale de Nancy.

Cette revue a été favorisée par un beau temps ; l'enthousiasme de la garde nationale et de la troupe de ligne a été partagé par la nombreuse population qui entourait de toute part la vaste enceinte du Cours d'Orléans.

Le Roi s'est rendu, après la revue, à l'établissement des Sourds-Muets, situé à peu de distance de
la porte de Toul.

En rentrant dans la ville, le Roi est allé visiter le
collège royal. Les élèves étaient réunis dans la cour
principale, et formaient un carré entouré par un
grand nombre de leurs parens. Sa Majesté a agréé
avec beaucoup de bienveillance des vers qui ont été
récités par deux élèves.

Le Roi a visité successivement l'hôpital militaire,
l'hospice civil, la Maison de Secours et l'hospice des
Orphelins.

A l'hôpital militaire, Sa Majesté a goûté les alimens ; elle a trouvé le bouillon faible et le vin de
trop médiocre qualité. Les malades s'apercevront
bientôt à leurs alimens de l'effet que cette visite aura
produit.

La Maison de Secours, consacrée aux maladies les
plus graves, est parfaitement tenue par les Sœurs
de Saint-Charles. Ces bonnes Sœurs, connues par
leur dévouement à l'humanité souffrante, ont fait
éclater leur joie à la vue du Roi des Français, et
lui ont témoigné combien elles étaient pénétrées de
reconnaissance.

Le Roi s'est entretenu assez long-temps avec la
supérieure de l'hospice des Orphelins. Sa Majesté a
été frappée de l'accroissement du nombre des en-
fans-trouvés ; elle s'est informée des moyens de procurer du travail aux jeunes orphelins et orphelines
entretenus dans la maison.

On a remarqué, dans ces visites, la constante sollicitude du Roi pour tout ce qui peut contribuer à
améliorer la position des malades.

De l'hospice des Orphelins, le Roi est allé à l'Hôtel-de-Ville. Sa Majesté a vu avec beaucoup d'intérêt les salles du Musée, qui renferment un grand
nombre de tableaux des grands maîtres des diverses
écoles.

Sa Majesté a examiné du balcon de l'Hôtel-de-
Ville la belle ordonnance de la Place-Royale; elle a
été saluée par les acclamations d'une foule innombrable qui couvrait cette place.

Le Roi a visité en dernier lieu les casernes de l'infanterie.

Partout, sur son passage, se pressait un grand
concours de monde qui ne cessait de faire entendre
les cris de *vive le Roi! vive Louis-Philippe! vive
le duc d'Orléans! vive le duc de Nemours!*

Le Roi est rentré à 6 heures et demie à la préfecture.

Après le dîner, Sa Majesté est allée au bal, à la
salle de spectacle. Cette salle était ornée avec un goût
et une élégance remarquables. Les princes ont ouvert le bal.

Le Roi s'est retiré à 11 heures et demie, au milieu des plus vives acclamations.

Discours prononcé par M. le maire de Nancy
(à la Porte-Neuve.)

Sire,

J'ai l'honneur de présenter à Votre Majesté les clefs d'une ville qui depuis quarante ans n'a cessé de donner les exemples les plus multipliés d'un patrio tisme à toute épreuve, d'un constant amour de la liberté et d'un dévouement sans bornes à l'ordre public. Vous êtes, comme nous, resté fidèle, Sire, aux intérêts nationaux, et vous n'avez jamais combattu que dans les rangs patriotes. A ce double titre, Votre Majesté peut compter sur l'attachement sincère et le profond respect de tous les bons Français en général, et du corps municipal de la ville de Nancy en particulier.

Nous sommes heureux, Sire, de vous exprimer ces sentimens, et de posséder parmi nous le Roi citoyen qui ne veut régner que pour le bonheur de la patrie et dans l'intérêt des libertés publiques.

Réponse du Roi.

« Je veux vous témoigner, Monsieur le maire et Messieurs, combien je jouis des sentimens que vous venez de m'exprimer. Vous m'avez rendu justice; c'est là ce que je desire. Je n'ai d'autre ambition que de répondre à l'attente de ma nation, et sa confiance est la plus douce récompense de mes efforts. J'ai toujours été, comme vous le dites, dévoué franchement à la cause de la liberté, à tous les intérêts

nationaux et au maintien de nos institutions. Quand
elles ont été violées, j'ai cru que mon pays avait besoin de moi, et fidèle à sa voix, je suis accouru pour
l'empêcher de devenir la proie de l'anarchie. Je suis
bien aise de vous manifester ces sentimens en présence de la population qui nous entoure, et qui a
donné tant de fois des preuves éclatantes de son zèle
pour la défense de la patrie et pour celle des libertés
publiques. »

*Discours prononcé par M. le maire de Nancy à la
tête du conseil municipal (à la préfecture).*

Sire,

La ville de Nancy, voit avec allégresse entrer dans
ses murs le Prince que l'une des premières entre
toutes les cités du royaume, elle a spontanément appelé au Trône constitutionnel, surgi de la grande
révolution de juillet. A cette époque, à jamais mémorable, Sire, les Nancéiens se souvinrent des anciens services rendus à la patrie par le duc de Chartres, des sentimens civiques professés plus tard par
le duc d'Orléans, et soudain le vœu fut émis de
décernant la couronne au Lieutenant-Général du
royaume.

Votre Majesté, Sire, justifiera la noble et touchante confiance que la nation a mise dans son élu.
Eclairé par le passé, par la manifestation libre de l'o-
pinion, vous marcherez à la tête du généreux et irrésistible mouvement de la civilisation. Votre Ma-

jesté ne craindra pas, comme des princes aveuglés
par leurs inclinations, trompés par des courtisans
pervers, Votre Majesté ne craindra pas de s'appuyer
sur le peuple le plus loyal et le plus aimant. C'est
là, Sire, et c'est là seulement que se trouve la véritable force des Etats et des princes. C'est là que
sont vos amis sincères et vertueusement dévoués.
Plantez, Sire, avec confiance, l'arbre de la royauté
populaire au sein de la nation. Sur ce fécond terrain
nous le verrons bientôt fleurir, s'accroître et se perpétuer.

Ah! Sire, nos cœurs affectueux et loyaux attendent
sous votre règne toutes les améliorations que l'humanité réclame vainement depuis tant d'années. Convaincus que vous éprouvez comme nous le besoin de
voir enfin triompher les intérêts nationaux, nous ne
craindrons pas, Sire, de vous faire entendre les mots
si mal sonnans autrefois de liberté, d'économie, d'allégement dans les charges qui accablent les classes
laborieuses. Nécessités inévitables de ces temps
d'examen et de réformes, leur franche adoption peut
seule assurer notre repos, la stabilité et le perfectionnement moral.

Venez jouir parmi nous, Sire, des démonstrations
affectueuses qui se manifestent à l'aspect d'un Roi-
citoyen.

Ces témoignages auront sans doute un autre prix
aux yeux de Votre Majesté, que les fades et trom-
peuses adulations prodiguées naguère à une dynastie

à jamais repoussée du sein d'un peuple dont elle avait méconnu le caractère et les vrais sentimens.

Sire, la France n'a point d'arrière-pensée dans ses opinions en faveur de la monarchie constitutionnelle rendue à la pureté de ses principes ; et votre cœur est trop généreux, trop français pour accueillir des insinuations dont le déplorable résultat serait de séparer encore les intérêts du prince et ceux de la nation. Non, Sire, nous resterons étroitement unis ; et Louis-Philippe et le peuple français n'auront qu'un même besoin, qu'un même but : la liberté, le bonheur et l'indépendance de notre chère patrie.

Et vous, jeunes Princes qui, destinés à gouverner la France, avez eu le bonheur si rare chez les grands de passer votre bas âge et votre adolescence au milieu de vos concitoyens, vous ne perdrez jamais la mémoire de ces douces et premières affections qui doivent pour toujours vous attacher aux intérêts de l'humanité. Vous vous rendrez dignes de votre illustre père et de la nation qui l'a choisi pour son Roi. Vous chérirez la patrie, vous aimerez vos semblables, et vous concevrez que votre mission, pendant votre passage sur cette terre, est d'en faire l'ornement et la félicité.

Vive le Roi ! vive la France ! vive la liberté !!!

Réponse du Roi.

« Les insinuations que vous redoutez ne peuvent se faire auprès de moi. Je suis trop connu pour que personne, et surtout pour que ceux qui m'entourent osassent jamais tenter de me séparer de ma nation, de me persuader qu'il existe pour moi d'autres inté- rêts que ceux de son bonheur, de sa liberté et de sa grandeur. On sait que cette doctrine est contraire à celle que j'ai soutenue toute ma vie ; j'ai toujours pensé qu'il n'y a de gouvernemens solidement établis que ceux qui s'identifient avec les intérêts nationaux, avec la gloire et les libertés de la nation. Lorsqu'un gouvernement s'aperçoit qu'il ne peut plus agir con- formément à ces intérêts, il devrait abdiquer de lui- même. Voilà quels sont mes sentimens. Je suis bien convaincu que la monarchie constitutionnelle est le seul gouvernement qui puisse convenir à la France, pourvu qu'il soit franchement et loyalement exécuté, et que chercher à l'ébranler, c'est vouloir renverser les libertés publiques. Si j'avais pu faire entendre mes conseils au Gouvernement qui m'a précédé, il n'aurait pas été renversé sous la violation de la Charte. Il ne m'appartient pas de dire pourquoi je n'y ai pas réussi ; ce que je puis dire, c'est que j'ai toujours eu dans la tête et dans le cœur les sentimens que j'ai ma- nifestés. Vous pouvez compter sur ma loyauté, sur ma franchise et sur mon entier dévouement à la patrie. »

Discours prononcé au nom du conseil de préfecture.

SIRE,

Heureux d'être en ce jour l'interprète des senti- mens du conseil de préfecture pour la personne au- guste de Votre Majesté, que le Roi des Français daigne en accueillir avec bonté l'expression d'une bouche bien faible à la vérité, mais digne par sa franchise de parler à un Prince qui met sa gloire à commander un peuple libre, et dont tous les actes tendent au maintien et à l'affermissement des libertés nationales, compagnes inséparables de l'ordre et de la paix publique.

La France entière, Sire, est fière de son Roi-citoyen. Les populations de nos contrées ont, des premières, appelé Votre Majesté sur le Trône relevé par le vœu national : elles sont religieuses sans superstition, soumises et respectueuses envers l'autorité souveraine, et l'administration publique sans servilité et sans bassesse; elles ont juré fidélité au Roi des Français, obéissance à la constitution de 1830 et aux lois du royaume : elles seront fidèles à leur serment.

Ces populations, aussi, sont économes et laborieuses; elles attendent avec confiance, certaines d'obtenir du gouvernement constitutionnel de Votre Majesté, les améliorations promises ou devenues nécessaires dans les diverses branches de l'administration; elles sont tout à la fois amies de la paix, et prêtes à faire la guerre; elles savent que la prépondérance parmi les nations s'établit plus par la force réelle que par la générosité, et que si les puissances étrangères ont besoin de compter sur nos sentimens généreux et pacifiques, il est indispensable qu'elles croient à notre force. Elles y croiront en voyant l'accord qui règne entre la France et son Roi, accord qui se manifeste si visiblement dans tous les lieux que parcourt Votre Majesté.

Au reste, si les droits de la France pouvaient jamais être méconnus, vous verriez, Sire, ces mêmes populations accourir à votre voix, et le drapeau tricolore déployé, marcher avec enthousiasme contre nos ennemis communs, aux cris mille fois répétés et si chers aux Français, de *vive le Roi ! vive Louis-Philippe ! vive la liberté !*

Réponse du Roi.

« Notre force est trop grande, trop réelle pour que personne puisse en douter. Malheur à ceux qui tomberaient dans une erreur aussi funeste ! malheur à ceux qui auraient la présomption de croire qu'ils peuvent impunément toucher à notre honneur et attenter à notre indépendance ! C'est alors que je me souviendrais que j'ai eu le bonheur de combattre avec succès pour l'honneur et l'indépendance de mon pays. J'espère que les mêmes succès couronneraient nos armes, si les mêmes dangers menaçaient de nouveau la patrie. Mais j'ai la confiance que la paix extérieure ne sera point troublée ; car tout tend à la raffermir. Toutefois, si, contre mon attente, cette espérance ne se réalisait pas, je compterais entièrement sur la population patriotique de ces départemens qui, dans tous les siècles, ont fourni à la France tant de soldats et tant de héros. »

Discours de M. le procureur du Roi, portant la parole au nom du tribunal de première instance.

SIRE,

La nation française, instruite par l'expérience d'un demi-siècle, ressent plus que jamais le besoin de l'ordre et de la liberté ; l'un et l'autre lui avaient été garantis par une Charte solennellement jurée. Ce pacte fondamental a été violemment déchiré : la liberté était en péril, les lois, sur lesquelles elles reposent, allaient être détruites ; la nation se leva tout entière... Un instant l'anarchie fut à redouter ; mais le génie de la France veillait sur elle, il lui indiqua le Prince-citoyen qui, dès son enfance, s'était consacré à la liberté de son pays, qui avait combattu pour elle, et, toujours fidèle à son culte, éleva ses fils pour la patrie, et ne quitta son honorable retraite que pour venir se mettre à la tête de ses défenseurs.

Vous redevîntes, Sire, l'élu de la nation.

Sous vos auspices, notre pacte social a été régénéré : en proclamant que désormais la Charte serait une vérité, vous avez fait connaître à tous qu'elle serait aussi loyalement exécutée qu'elle était loyalement jurée.

Sire, les magistrats seconderont de tous leurs efforts la marche de votre Gouvernement, qui veut surtout l'ordre et la liberté ; ils connaissent l'étendue du serment qu'il vous ont prêté, ils le tiendront.

20

Rendre à chacun prompte et bonne justice, faire respecter et exécuter les lois, contribuer à répandre l'intelligence et l'amour de nos institutions, c'est pour nous, Sire, le plus sûr moyen de mériter la confiance de Votre Majesté, de faire aimer votre personne et de resserrer les liens qui unissent à jamais vos destinées à celles des Français.

Réponse du Roi.

« En effet, Messieurs, ma longue carrière ne m'a fourni que trop d'exemples des erreurs dans lesquelles tombent les gouvernemens, et des conséquences qu'elles peuvent avoir. J'étais sans moyens pour pouvoir y remédier. Citoyen zélé et toujours ami de mon pays, je gémissais sur les fautes que je voyais commettre, et je n'avais aucun moyen d'y porter remède. C'est lorsqu'elles sont arrivées à leur comble, par les déplorables mesures qui ont amené les événement de juillet, que j'ai déféré à la volonté nationale : la nation a cru que je pouvais lui être utile ; j'ai partagé cette confiance, et dès-lors je suis arrivé, dans le desir de pouvoir opérer tout le bien que j'avais regretté qu'on n'eût pas fait avant moi. Je ne négligerai aucun des moyens qui pourront nous conduire à ce but ; toutes les fois que je croirai voir la voie droite, aucun obstacle ne m'arrêtera, aucune considération ne m'empêchera d'y entrer. J'espère que la nation me récompensera de mes efforts en m'accordant une portion de l'affection que je lui conserverai jusqu'à mon dernier soupir. »

Ces paroles ont excité un vif mouvement d'enthousiasme. « Oui, oui, s'écriait-on, vous avez notre affection et notre confiance ! *Vive le Roi des Français !
vive Louis-Philippe !* » Sa Majesté a paru extrêmement touchée de ces acclamations.

Discours du commandant de la garde nationale de Nancy.

Sire,

« Fier , comme vétéran de l'ancienne armée, de
me trouver à la tête de la garde nationale de Nancy,
interprète fidèle des sentimens qui l'animent, je
viens offrir à Votre Majesté l'assurance de son affection respectueuse et de son dévouement patriotique.

Nos cœurs battent avec orgueil, Sire, sous l'uniforme que nous portons, à l'aspect de ses nobles
couleurs, symbole de l'ordre public et de la liberté,
comme de la victoire.

Enfans de cette belliqueuse Lorraine qui se glorifie à bon droit d'être l'un des premiers et des plus
fermes remparts de la France, liés par des souvenirs
partout vivans dans nos murs à ce peuple héroïque,
compagnon fidèle de nos triomphes et de nos revers,
nous assurerons, Sire, l'inviolabilité du sol sacré de
la patrie, et nous attendrons la guerre sans la désirer ni la craindre.

Nous resterons fidèles à la Charte jurée, au Roi
proclamé ; nous désavouons toute perturbation, de
quelques prétextes qu'elle cherche à s'envelopper.

Le Roi peut compter sur nous, comme nous comptons sur le Roi.

Vous exercerez, Sire, une immense et heureuse influence sur les destins de la patrie ; et si une nouvelle journée de Jemmapes se présentait, la même bannière nous préparerait les mêmes triomphes. Les gardes nationales seraient jalouses d'en partager avec l'armée les dangers et la gloire.

Nous avons reçu avec reconnaissance, Sire, le drapeau que vous avez confié à notre patriotisme ; nous renouvelons en vos mains le serment d'en faire respecter la devise et de combattre les insensés qui oseraient porter une main sacrilége sur nos libertés, et attenter au Trône constitutionnel sorti de la glorieuse révolution de juillet 1830. »

Réponse du Roi.

« J'entends avec grand plaisir l'expression des sentimens patriotiques que vous venez de m'adresser par l'organe d'un vieux vétéran, compagnon de ma jeunesse. — Vous étiez à Jemmapes ? — Oui, Sire. — C'est un motif de plus pour moi de vous entendre avec plaisir. J'ai pu à cette époque servir mon pays, combattre pour son indépendance et donner à ma patrie un gage certain que je serais toujours prêt à soutenir son honneur et sa dignité. Quand les circonstances m'ont éloigné de mon pays, j'ai gémi de cet éloignement, qui provenait du malheur des temps, de l'état de confusion et d'anarchie dans lequel la France était tombée, et dont tous mes ef-

forts tendent aujourd'hui à prévenir le retour. C'est
dans cet espoir que j'ai accepté le Trône ; et je m'y
suis déterminé parce que j'ai cru qu'en m'appuyant
sur la confiance que la nation m'accordait, je pourrais
y parvenir et empêcher tout ce qui pourrait s'opposer au développement de ses libertés et à la consolidation de nos institutions. J'ai tout lieu d'espérer
que la paix extérieure ne sera point troublée ; je
pense qu'en se consolidant, elle affirmera la paix intérieure, soutiendra le crédit public, appellera la
confiance, et contribuera tout à la fois à accroître le
développement de notre industrie et à augmenter la
richesse de la nation. Mais je serai toujours prêt à
soutenir l'honneur national, si jamais il était attaqué,
et j'ose croire que sa garde est en bonnes mains dans
les miennes. Je veillerai de même sur nos intérêts
nationaux, et soutenu par la valeur et le patriotisme
de la nation, j'aurais une pleine confiance dans les
chances de la guerre, si nous étions appelés à les
courir. Je le répète, j'espère que nous ne le serons
pas ; mais quoi qu'il arrive, croyez que je n'aurai jamais d'autre but que l'honneur, la gloire et la prospérité de la France. »

*Discours prononcé au nom du chapitre de la
cathédrale et du clergé de Nancy.*

SIRE,

Le chapitre de l'église cathédrale et le clergé de la
ville de Nancy viennent déposer aux pieds de Votre

Majesté l'hommage de leur profond respect et de leur obéissance.

C'est pour nous, Sire, un devoir indispensable d'adresser constamment au ciel des vœux et des prières pour implorer l'abondance de ses bénédictions sur votre auguste personne, sur votre royale Famille et sur toute la France.

Sire, nous sommes les ministres d'un Dieu de paix et de charité, d'un Dieu qui a dit : « Mon royaume n'est point de ce monde ; » étrangers à toutes les affaires politiques et au régime temporel du monde, notre unique occupation est de travailler au salut éternel des hommes, de les rappeler sans cesse à l'amour et au respect dont nous devons être tous pénétrés pour votre personne sacrée, et d'entretenir parmi eux l'union, le bon ordre et la soumission aux lois de la religion et de l'Etat.

Tels sont, Sire, les principes et les doctrines que nous professons et que nous ne cesserons de prêcher aux fidèles que la divine Providence a confiés à nos soins.

Pleins de confiance en la sagesse et la protection de Votre Majesté pour la liberté de la religion, nous espérons nous voir bientôt rendus les moyens de nous assurer des successeurs, qui continuent avec nous et après nous d'invoquer les bénédictions du Ciel sur notre patrie et sur le Roi chéri des Français.

Réponse du Roi.

« Vous devez compter sur mon empressement à
vous assurer tous les avantages que les lois vous accordent, et qu'il est autant dans mon desir que dans
l'intérêt de l'Etat que vous obteniez dans toute leur
plénitude. Les sentimens que vour venez de manifester sont un gage de plus des avantages qu'il y aurait, tant pour l'Etat que pour vous, à ce qu'ils fussent partagés par tous les ministres du culte. Que
tous, comme vous le dites, prêchent la soumission
aux lois, qu'ils cherchent à entretenir dans les familles des sentimens de paix et de concorde ; c'est
ainsi que vous ferez chérir la religion, que votre ministère sera honoré et respecté, et que vous nous faciliterez les moyens de lui accorder toute la protection que je desire qu'elle obtienne. »

Discours du recteur de l'Académie de Nancy.

SIRE,

Les fonctionnaires de l'Académie, de l'Ecole de
médecine et du Collége royal, viennent offrir à Votre
Majesté l'hommage de leur profond dévoûment.
Comme toute l'Université, ils ont salué le nouveau
règne, et ne pouvaient que joindre leurs vœux aux
acclamations qui élevèrent au Trône le prince le plus
digne, protecteur éclairé des sciences et des lettres,
et dépositaire fidèle des libertés publiques.

Outre ces puissans motifs d'intérêt général, le corps
enseignant, Sire, se sentait vivement entraîné vers

un prince qui l'honorait d'assez d'estime pour lui confier l'éducation de ses nobles fils, aujourd'hui l'orgueil et l'espoir de la patrie, et qui lui-même, dans un épisode touchant de sa vie, a trouvé un asile honorable dans nos modestes fonctions. Nos annales, Sire, consacrent ce souvenir pour montrer que le savoir peut encore ajouter à l'éclat de la couronne, et pour donner aux monarques le grand exemple d'un Roi aussi capable d'instruire les hommes que de les gouverner.

Après des années d'incertitudes si longues et si pénibles, l'instruction publique attend avec confiance une loi grande et généreuse, qui concilie les garanties desirables avec la liberté de l'enseignement. Nous devrons à Votre Majesté cette loi qui assurera l'avenir du corps enseignant, et l'Université reconnaissante travaillera plus fructueusement encore à seconder vos vues paternelles pour l'éducation de la jeunesse. Nous continuerons, Sire, avec un nouveau zèle, à améliorer les hautes études qui contribuent tant à la gloire des nations, et à répandre dans toutes les classes cette instruction industrielle et primaire, source féconde de bonheur individuel et de prospérités publiques. Sous votre règne, nous verrons s'agrandir la sphère des connaissances élevées, et bientôt aussi les habitans des campagnes, comme les autres Français, seront tous capables de lire leurs droits et leurs devoirs, et sauront tracer de leurs mains ce serment de fidélité qu'ils portent déjà profondément gravé dans leur cœur.

Réponse du Roi.

« On s'occupe de la rédaction de la loi sur l'enseignement. J'apporterai tous mes soins pour qu'elle soit digne de la nation, qu'elle facilite le développement des connaissances humaines, et leur donne le plus grand essor. Je ne crains ni ce développement ni cet essor; au contraire, le vœu de mon cœur a été de voir l'enseignement se répandre dans les campagnes, dans les classes les plus pauvres de la société. L'éducation empêche la misère de devenir coupable, et facilite l'exécution des lois; car la plupart des crimes sur lesquels la justice appesantit son bras sont commis par des malheureux sans éducation. Plus les hommes seront éclairés, plus la tâche des gouvernemens deviendra facile, plus les nations seront heureuses.

» Je vous remercie de ce que vous me dites pour mes enfans. J'aime à me rappeler que j'ai été professeur, et je me souviens que celui qui me procura cet avantage, me dit au moment où j'allais partir de chez lui, seul et à pied, le sac sur le dos : Prenez courage; eh! qui sait si quelque jour le modeste parti que vous prenez aujourd'hui ne deviendra pas pour vous un titre de gloire? »

Paris, le 17 juin.

Epinal, 15 juin

Le Roi est parti à midi de Nancy.

Sa Majesté a traversé à cheval toute la ville.

Le temps était superbe.

Toute la population paraissait animée d'un enthousiasme encore plus grand que le jour de l'entrée du Roi.

M. le maire, accompagné du corps municipal, attendait Sa Majesté à un quart de lieue de la ville, près de l'église de Notre-Dame-de-Bon-Secours, où il a eu l'honneur d'adresser ses félicitations au Roi.

Sa Majesté a visité cette belle église, où l'on remarque le tombeau du roi Stanislas et celui de Marie Leczinka, sa fille, dans lequel est déposé le cœur de cette reine de France.

Le Roi est monté en voiture et a pris la route d'Épinal.

Sa Majesté s'est arrêtée quelques instans à Roville, pour visiter la ferme-modèle de M. Dombasle.

Elle a remarqué trois jeunes Égyptiens qui s'instruisent là dans l'art de l'agriculture ; elle leur a parlé avec bienveillance, leur a dit qu'elle desirait qu'avec ces connaissances agricoles, ils reportassent dans leur pays de l'affection pour la France.

Le Roi est descendu à la mairie de la petite ville de Charmes, y a reçu les autorités, est monté à cheval pour passer en revue la garde nationale, composée environ de 5,000 hommes, et qui a montré un grand enthousiasme.

Le Roi a remarqué dans ses rangs un vieux soldat de Jemmapes, qui avait à côté de lui ses sept fils, tous grenadiers dans la même compagnie.

Sa Majesté est arrivée à sept heures et demie à un quart de lieue d'Épinal ; elle y a trouvé un régiment de dragons et la garde nationale à cheval.

Le Roi a fait son entrée à cheval dans la ville, au milieu de deux haies de garde nationale et des acclamations qui l'ont ascompagné jusqu'à la préfecture, où Sa Majesté est descendue.

Sa Majesté a reçu les autorités à la préfecture ; et, après son dîner, elle a honoré de sa présence le bal donné à la salle de spectacle.

Paris, *le 18 juin.*

Lunéville, le 17 juin.

Le Roi est sorti, à une heure, à cheval, de l'hôtel de la préfecture.

Sa Majesté s'est rendue d'abord à l'esplanade, où se trouvaient réunis 7 à 8,000 hommes de garde nationale et le 7e régiment de dragons en garnison à Épinal.

Le Roi a remis un étendard à ce régiment, et a distribué à quelques militaires plusieurs décorations de la Légion-d'Honneur.

Sa Majesté a passé en revue la garde nationale et le régiment de dragons, qui ont ensuite défilé devant elle dans le plus bel ordre, et en la saluant de leurs acclamations.

Après la revue, le Roi est allé, en traversant la ville, au Musée, que Sa Majesté a examiné en détail.

Un membre de la Société d'émulation a remis à Sa Majesté un projet d'amélioration de la jonction de la Moselle à la somme par un canal navigable près de Miremont. Le Roi a promis de se faire rendre compte du projet de ce canal, dont l'utilité lui a paru frappante. Sa Majesté a revu avec plaisir une lettre de sa main écrite en 1792 à M. Vosgien, député à l'Assemblée législative, que M. Vosgien, son frère, lui a présentée.

Le Roi a visité ensuite l'exposition des produits de l'industrie du département.

A trois heures, en sortant des salles de l'exposition de l'industrie, le Roi est monté en voiture, et a pris la route de Lunéville.

Sa Majesté s'est arrêtée à Lambertvillers; elle a reçu à la mairie les autorités de la ville et une députation de Saint-Dié. Le mauvais temps n'a pas permis de faire défiler la garde nationale de ces deux villes; elle était très-belle et très-nombreuse.

Le Roi est arrivé à neuf heures à Lunéville. Sa Majesté est montée à cheval pour faire son entrée dans la ville. Elle n'a pu voir qu'à la clarté des illuminations, les jolies décorations de ses rues. Les fa-

çades d'un grand nombre de maisons étaient couvertes d'emblêmes et de couronnes de chêne et de
fleurs tombant en festons. L'enthousiasme des habitans n'a pas été moins démonstratif.

Le Roi est descendu au palais des anciens ducs de
Lorraine.

A son arrivée, de jeunes demoiselles lui ont offert
une corbeille de fleurs.

Sa Majesté a reçu immédiatement les autorités,
qui étaient réunies dans le grand salon.

Après son dîner, le Roi s'est rendu dans la salle
du bal qui avait lieu au château ; il était très-brillant. Sa Majesté y est restée jusqu'à minuit et demi.

RAPPORT AU ROI.

Epinal, le 16 juin.

SIRE,

Au passage de Votre Majesté à Charmes (Vosges),
elle a remarqué, en tête de la garde nationale, la
famille du sieur Bournique (Philippe-Gaspard), composée du père et de sept enfans sous les armes,
formant entre eux une escouade de garde nationale,
tous de la plus belle tenue, et du dévouement le
plus prononcé. Le plus jeune de ses enfans, âgé de
18 ans, vient de s'enrôler volontairement dans le
1er régiment des lanciers ; les autres sont établis et
exercent diverses professions. M. le préfet du dé-

partement et les autorités locales rendent de la fa=
mille le plus honorable témoignage.

Le sieur Bournique père a d'anciens services militaires. Il était aux batailles de Valmy et de Jem=
mapes, où il fut blessé grièvement. A ce titre, et
aussi pour honorer ses vertus civiles, comme père
d'une nombreuse famille, qu'il a élevée avec soin,
et qui aujourd'hui est consacrée au service de l'Etat,
j'ai l'honneur de proposer à Votre Majesté de lui
donner, en récompense, la décoration de la Légion-
d'Honneur.

A cet effet, je lui présente un projet d'ordon=
nance.

Le ministre secrétaire-d'état de la guerre,

Maréchal duc de DALMATIE.

ORDONNANCE DU ROI.

LOUIS-PHILIPPE, ROI DES FRANÇAIS,

A tous présens et à venir, salut.

Sur le rapport de notre ministre secrétaire-d'état
au département de la guerre,

Nommons et avons nommé chevalier de la Légion-d'Honneur, le sieur Bournique, Philippe-Gas=
pard, sergent-major de la garde nationale de Charmes, département des Vosges, ancien volontaire de
ce département, blessé à Jemmapes.

Notre ministre secrétaire-d'état au département

de la guerre est chargé de l'exécution de la présente ordonnance.

Épinal, le 16 juin 1831.

LOUIS-PHILIPPE.

Par le Roi:

Le ministre secrétaire-d'état de la guerre,

M.ᵃˡ duc DE DALMATIE.

Paris, le 19 juin.

Strasbourg, le 19 juin.

Le 18, à onze heures, le Roi a passé en revue la garde nationale de Phalsbourg, et a délivré un drapeau à un régiment de hussards.

A midi, Sa Majesté est partie pour Strasbourg au milieu des plus vives acclamations.

Sur les limites du département du Bas-Rhin, le Roi a été harangué par le préfet.

La garde nationale à cheval, un concours immense de population, de cavaliers, de chariots remplis de monde, des cris de joie, des applaudissemens universels, voilà le spectacle qui s'est offert au Roi à son entrée dans ce département.

A trois heures, le Roi, arrivé à Saverne, y a passé en revue la garde nationale, a reçu les autorités, et a continué sa marche vers Strasbourg, accompagné d'une foule toujours croissante. De Saverne à Strasbourg, Sa Majesté a passé en revue deux autres corps de garde nationale. A l'approche de cette ville ; le Roi est monté à cheval, et a fait son entrée au milieu d'une double haie formée par la ligne et par la garde nationale.

Un arc de triomphe, des démonstrations de toute espèce, des adresses, des réponses qui ont excité une vive sympathie, une foule immense et des acclamations continuelles ; des réceptions nombreuses ; l'affluence de toutes les classes ; et le soir, après un très-beau concert exécuté par cinq cents musiciens, français et allemands, une illumination générale et spontanée, telle a été la journée du 18, sur laquelle nous reviendrons.

Le Roi a reçu les princes de Bade. Le Roi de Wurtemberg est annoncé.

Paris, le 20 juin.

Phalsbourg, le 19 juin.

La garde nationale de Lunéville et des communes environnantes, au nombre de 9,000 hommes, s'était d'abord portée au champ de manœuvres, où le Roi devait la passer en revue, mais la pluie l'obligea à se retirer sous les arbres de l'avenue du château. Sa Majesté est montée à cheval à une heure, et a parcouru toutes les lignes ; le défilé s'est fait en bon ordre dans la cour du château, aux cris mille fois répétés de *vive le Roi!*

Sa Majesté est partie immédiatement après la revue, traversant la ville à cheval et recueillant sur son passage les témoignages les plus vifs de l'affection d'une population empressée.

Le Roi a mis pied à terre à Blamont et à Sarrebourg, où se trouvait réunie une belle et nombreuse garde nationale que Sa Majesté a passée en revue; elle y a reçu les autorités.

Le Roi est arrivé à huit heures à Phalsbourg. Sa Majesté a fait, comme dans toutes les autres villes, son entrée à cheval; on avait beaucoup de peine à retenir la foule qui se pressait sur ses pas, en la saluant de ses acclamations.

La garde nationale et le 18e régiment de ligne étaient en bataille sur la place d'armes. Sa Majesté les a passés en revue et les a fait défiler vis-à-vis la maison qui avait été disposée pour la recevoir.

Le Roi a reçu aussitôt les autorités, les officiers de la garde nationale et de la troupe de ligne.

Sa Majesté s'est mise à table à neuf heures; elle y a admis les principaux fonctionnaires et les officiers supérieurs.

Après le dîner, elle a honoré de sa présence le bal donné par la ville.

(Ce bulletin rend compte de faits antérieurs à ceux que nous avons relatés hier; mais ceux-ci nous étaient parvenus par la voie du télégraphe. Nous reprenons le cours des publications par voie ordinaire.)

21

Discours de M. le maire de Nancy, hors la ville,
au moment où le Roi allait descendre de cheval
et monter en voiture.

SIRE,

Votre Majesté nous quitte, mais nous conserverons
long-temps le souvenir de la présence du Roi-citoyen
et des Princes ses fils. La franchise et la netteté de
vos paroles, Sire, l'effusion qui régnait dans tous vos
discours ont porté au plus haut degré la confiance des
habitans de cette province, et raffermi l'espoir d'un
bonheur prochain. Sire, vous nous laissez pleins de
regrets de l'éloignement si prompt de Votre Majesté
et des sentimens les plus affectueux pour vous, pour
ces jeunes princes, qui, comme leur père, aimeront
les Français, et, comme lui, seront payés du plus
tendre retour.

Vive le Roi! vive la liberté!

Réponse du Roi.

« Vive le Roi! vive la liberté! c'est pour moi sy-
nonyme, quand ces deux cris sont réunis; car, dans
mon cœur comme dans mon esprit, le Roi est inséparable de la cause de la liberté, et c'est cette union
qui fait leur force. Je saisis avec empressement cette
occasion de vous le témoigner. J'aime à vous témoigner aussi, et je voudrais que ma voix pût se faire entendre de toute cette population qui m'entoure,
combien je jouis de l'accueil qui m'a été fait dans la

ville de Nancy, et que j'en emporte un sentiment qui ne s'effacera jamais de mon cœur. J'éprouve la plus vive satisfaction en voyant la confiance que j'ai eu le bonheur d'inspirer à vos concitoyens, en voyant qu'ils ont pris foi dans mes paroles, et qu'ils croient à mon patriotisme et à la sincérité de l'affection que je porte à ma nation. Je me réjouis d'avoir fait ce voyage, puisque j'emporte avec moi cette douce pensée. Comptez donc à jamais sur moi, comme je compterai sur vous, si les dangers de la patrie me ramenaient dans ces contrées, et croyez bien que j'y reviendrais avec la même ardeur que celle qui m'animait dans ma jeunesse, lorsque j'ai eu le bonheur de combattre pour elle avec les braves bataillons de ces départemens. »

Des cris réitérés de *vive le Roi!* ont répondu à ces paroles, prononcées avec un accent qui a fait une vive impression.

M. le maire, qui paraissait très-ému, a demandé au Roi la permission de lui serrer la main, au nom de tous les habitans de Nancy. Sa Majesté, en lui donnant la main, a dit : « Très-volontiers, et je » voudrais de tout mon cœur la leur serrer de même » à tous. »

Discours du préfet des Vosges, à la limite du
département.

Sire,

Le département des Vosges ne présentera à Votre Majesté ni places de guerre ni cités opulentes; mais ce qu'il est fier de vous offrir, ce qui vaut mieux que des trésors et que des remparts, c'est la population libre, industrieuse et forte, amie de cette paix honorable que votre politique a su conserver, soumise aux lois, et fidèle au prince qui a fait asseoir avec lui la liberté sur le Trône. Sire, les habitans des Vosges, dont je suis l'heureux interprète, se pressent avec orgueil autour de Votre Majesté, autour de ces jeunes Princes que vous avez instruits de bonne heure à vivre en camarades avec les Français, auxquels ils doivent un jour commander.

Réponse du Roi.

« Et moi, j'entre avec grand plaisir dans le département des Vosges; je n'y suis jamais venu, mais j'ai servi jadis avec les bataillons des Vosges. Ce souvenir m'est cher; il m'attache encore plus à cette population dont j'ai été à portée d'apprécier la valeur dans les combats, et qui s'est toujours distinguée par son patriotisme et sa sagesse. Si de nouveaux dangers menaçaient la patrie, ce serait avec autant de confiance que de satisfaction que j'aurais recours aux Vosgiens; je serais sûr de les retrouver, comme ils me retrouveraient moi-même, ce que nous étions en 1792, quand nous combattions ensemble les ennemis de la patrie. »

*Discours prononcé au nom de la Société d'instruc-
tion primaire de Mirecourt.*

SIRE,

La Société établie à Mirecourt, sous les auspices
de Mᵍʳ le duc d'Orléans, pour la propagation de l'instruction primaire, est heureuse de présenter à Votre
Majesté et à votre auguste fils ses hommages et ses
vœux.

Sire, l'instruction publique réclame de nombreuses
et importantes améliorations; sous ce rapport encore,
il est pour Votre Majesté beaucoup de bien à faire et
de gloire à recueillir; la liberté sagement limitée de
l'enseignement; l'instruction primaire accessible à
tous, gratuite et obligatoire pour tous, sont au nombre des premiers besoins de la France et des bases
les plus solides de votre Trône national.

Il ne l'ignore point, Sire, le Roi-citoyen qui parmi
ses sujets compte peut-être des élèves, qui des dé-
grés du Trône envoya ses enfans puiser dans nos
colléges une éducation libérale, et dont le nom
brille depuis dix ans sur la liste des membres de la
Société d'instruction primaire de Paris, dont nous
sommes une modeste colonie. Notre confiance en
lui égale sa loyauté et son patriotisme :

Et vous, Monseigneur!

Vous dont la jeunesse est déjà si riche de bienfaits,
daignez agréer notre gratitude et notre dévouement.
En inscrivant son nom sur la liste de nos souscrip-

teurs, Votre Altesse Royale nous a imposé une tâche immense, et que nous ne répudierons point, celle de justifier par notre zèle une si haute faveur.

Réponse du Roi.

« Le développement de l'enseignement primaire et mutuel est la base de la félicité publique. Je ne saurais trop vous recommander cet objet, ainsi qu'à M. le préfet. Plus les hommes sont éclairés, plus ils sont sages et amis de l'ordre. C'est le meilleur moyen d'assurer la tranquillité du pays. Quand le Gouvernement est essentiellement national, il ne peut leur demander que ce qui est dans leur intérêt. Lorsqu'ils le comprennent bien, tout devient facile, car c'est alors que tout se réunit pour concourir à la prospérité générale. »

Discours du préfet des Vosges en présentant le conseil de préfecture et l'administration du département.

SIRE,

Je présente à Votre Majesté les membres de l'administration du département. Leurs efforts tendent à atteindre le but que le Roi s'est proposé pour toute la France : *fonder la liberté sur le respect des lois.* Ils espèrent, par leur loyauté, rendre à l'administration cette force morale qui lui est si nécessaire, et que des fraudes coupables lui avaient enlevée. Tels sont leurs devoirs, Sire ; et s'il ne faut pour les remplir qu'un zèle ardent et l'amour du bien public, ils ne resteront pas au-dessous d'eux.

Réponse du Roi.

« Rien n'est plus important que de s'abstenir totalement de ces fraudes par lesquelles on a détruit la confiance et détruit tant d'administrations. C'est ce même système qui a renversé le Gouvernement déchu. Il faut que l'administration montre partout de la loyauté et de la droiture, et surtout que, sous aucun prétexte, elle ne se mêle jamais de ce qui ne la regarde pas ; car elle doit toujours respecter l'indépendance individuelle de tous les Français. C'est sous ces conditions que je suis arrivé au Trône, et je les maintiendrai sincèrement et loyalement. Il faut que tous les citoyens puissent exercer librement leurs droits civils et politiques, qu'ils soient protégés dans leurs propriétés et dans leurs personnes ; mais il faut aussi que l'autorité ait la force nécessaire pour faire exécuter les lois et pour réprimer les agitateurs ; car ce n'est qu'en suivant cette marche que je pourrai moi-même être fidèle à mon serment, et que la nation pourra jouir de toute la liberté que j'ai tant à cœur de lui assurer. »

Discours du commandant de la garde nationale d'Épinal.

SIRE,

Interprète de la garde nationale des Vosges, nous venons protester en son nom d'un attachement in-

violable envers le Roi-citoyen, sa dynastie nationale, la liberté. Vous pouvez compter sur elle pour
la défense du Trône constitutionnel que vous a élevé
la volonté du peuple français, et auquel se rattache
l'indépendance de la patrie. *Liberté, ordre public*,
est la devise inscrite sur ses drapeaux ; elle y sera
fidèle. *Vive le Roi! vive la liberté!*

Réponse du Roi.

« Je vois avec plaisir l'esprit dont vous êtes animés.
C'est en maintenant l'ordre public qu'on assure la
liberté, car il ne peut y avoir de liberté que là où
chacun exerce librement ses droits, sans pouvoir
jamais gêner la liberté de son voisin. C'est avec une
grande satisfaction que je me trouve au milieu de la
garde nationale des Vosges. Je me rappelle tous les
gages que les Vosgiens ont donnés à la patrie, tous
les services qu'ils ont rendus à la France. J'ai combattu avec leurs bataillons ; je rencontre à chaque
pas dans ce département d'anciens camarades avec
lesquels j'ai servi, et que je suis heureux de revoir.
Si la patrie était de nouveau en danger, votre jeunesse marcherait sur leurs traces, et les Vosgiens de
1831 seraient encore les Vosgiens de 92 ! »

*Discours prononcé au nom du tribunal de première
instance d'Épinal.*

SIRE,

La présence de Votre Majesté dans cette ville,
accompagnée de vos augustes fils, comble de joie

ses habitans. Le tribunal d'Épinal partage leur allégresse. Les Vosgiens les plus éloignés de cette cité
accourent sur votre passage pour saluer, par leurs
acclamations, celui qui, dans une solennelle occasion, a proclamé *que la Charte serait désormais
une vérité.* Sire, les Français n'oublieront jamais
ces paroles, qui tiendront place dans l'histoire des
nations ; ils ne perdront pas de vue que vous avez,
par votre généreux dévouement, préservé notre
patrie de l'anarchie qui allait l'envelopper. Non con-
tent de ce bienfait, vous entrepreniez un long et
pénible voyage pour visiter les différentes contrées
du vaste royaume qui vous est confié, et en connaître
par vous-même les besoins. Ces soins paternels excitent la plus vive reconnaissance envers Votre
Majesté, et font connaître toute la bonté de votre
cœur. Puisse la Providence seconder pendant nombre
d'années cette bienveillante sollicitude ; ce sont les
vœux de tous bons Français, et particulièrement
ceux du tribunal d'Épinal.

Réponse du Roi.

« Je vous en remercie de tout mon cœur ; je le
leur souhaite de même. — Sire, c'est le doyen des
magistrats du royaume ; notre président a cinquante-
sept ans de service. — C'est très-honorable ; ma
carrière n'a pas été aussi longue, mais j'ai aussi servi
mon pays tant que je l'ai pu.

« Mon voyage me paraît toujours trop restreint ;
je voudrais pouvoir visiter toutes les parties de la

France; montrer partout combien j'aime ma nation, combien je jouis de l'affection et de la confiance qu'elle me témoigne, et combien j'ai à cœur de les conserver. »

Paris, le 21 juin.

Strasbourg, le 19 juin.

Avant de quitter Phalsbourg, le Roi a remis un drapeau au 18e régiment de ligne et a distribué plusieurs décorations de la Légion-d'Honneur.

Après la revue, le Roi a visité les fortifications de la ville, Sa Majesté est partie à onze heures et demie de Phalsbourg.

A une demi-lieue, à la limite du département du Bas-Rhin, le préfet, le général commandant le département et le sous-préfet de Saverne, sont venus recevoir le Roi.

En ce moment de nombreuses cavalcades de fermiers alsaciens ont entouré la voiture du Roi, et lui ont servi d'escorte : elles étaient composées de lanciers de la garde nationale à cheval, tous parfaitement équipés, et des cultivateurs du pays portant toujours le costume alsacien, le grand chapeau rabattu, le long habit noir et le gilet rouge. A la tête de chaque cavalcade marchait le maire de la commune avec l'écharpe tricolore.

Le maire de Saverne, accompagné du corps municipal, a reçu le Roi sur le sommet de la montagne.

Le Roi est monté à cheval pour descendre la montagne, dont la pente a été rendue douce par les sinuosités de la route. De distance en distance Sa Majesté a trouvé le long de cette route, si pittoresque, de longs chariots remplis de jeunes paysannes, toutes revêtues de leur joli costume alsacien. Ces chariots, attelés de quatre, de six chevaux, étaient ornés de guirlandes de fleurs et de chêne, et portaient en tête le nom de la commune et un drapeau tricolore.

Sa Majesté paraissait jouir avec bonheur de ce beau spectacle. Elle s'est même arrêtée vis-à-vis la fontaine pour examiner de ce point élevé le superbe bassin de l'Alsace, couronné par les monts de la forêt Noire.

Le Roi a traversé, au milieu d'acclamations continuelles, une partie de la ville de Saverne, dont les rues étaient plantées de jeunes sapins de la montagne; et s'est rendu en face de l'ancien château des évêques de Strasbourg, pour y passer en revue la garde nationale sur le bel emplacement qui servait autrefois de parc à ce vaste château.

La garde nationale de Saverne se distinguait par sa belle tenue militaire; elle formait, avec celle des communes voisines, 4,000 hommes environ, lanciers à cheval, qui ont défilé avec un ordre parfait.

Le Roi, après avoir reçu les autorités sous un

pavillon, est parti à deux heures et demie pour Strasbourg.

Sa Majesté s'est arrêtée aussi à Wasselonne pour
y passer en revue environ 3,000 hommes de garde
nationale, qui pour la bonne tenue ne le cédait en
rien à celle de Saverne.

A mesure que le Roi s'avançait vers Strasbourg,
son escorte s'augmentait des lanciers de la garde nationale, des cavaliers et des chariots alsaciens qui venaient se ranger à la suite les uns des autres.

Sa Majesté est arrivée vers six heures à une demi-
lieue de Strasbourg, où ses chevaux de selle l'attendaient. Sa Majesté est montée à cheval, ainsi
que les deux princes et les personnes qui l'accompagnaient.

A peu de distance de là, le maire de Strasbourg,
avec le corps municipal, ont reçu Sa Majesté, et lui
ont présenté les clefs de la ville.

L'entrée du Roi dans cette grande place de guerre
a été d'autant plus belle, qu'elle était favorisée par
un temps superbe.

La population qui se pressait dans les rues, celle
qui garnissait les fenêtres, le vif enthousiasme qu'elle
faisait éclater, la décoration des maisons, la longue
escorte qui accompagnait le Roi, tout concourait à
faire de cette entrée une des plus imposantes et des
plus animées de ce voyage.

Sa Majesté est descendue au château royal de
Strasbourg. Quelques instans après son arrivée, le
grand-duc de Bade, les margraves ses frères, et son

beau-frère, le prince de Furstenberg, sont venus faire une visite au Roi.

M. le baron d'Otterstett, ministre de l'empereur de Russie, et M. le comte de Buol, ministre de l'empereur d'Autriche à Carlsruhe, sont venus complimenter le Roi des Français, au nom de leurs souverains. M. de Hichauers, président de la régence de Spire, au nom du roi de Bavière, et le prince de Wittensten, au nom de Darmstadt, sont venus également complimenter Sa Majesté.

M. le baron de Schreckerstein a présenté au Roi une lettre de la grande-duchesse douairière de Bade.

Sa Majesté a reçu ensuite les autorités civiles et militaires, les officiers de la garde nationale et les officiers des régimens qui se trouvent à Strasbourg.

Après les réceptions, le Roi s'est placé au balcon du château, pour voir défiler les cavalcades et les chariots alsaciens qui l'avaient suivi.

Sa Majesté a paru charmée de revoir ces jolis chariots, et d'entendre les acclamations de ces jeunes paysannes mêlées à celles de la foule qui couvrait les bords de la rivière de l'Ill.

Le Roi est sorti à cheval pour aller rendre visite au grand-duc de Bade : le grand-duc, les margraves et les princes étrangers ont dîné avec Sa Majesté, ainsi que les officiers qui les accompagnaient.

Après le dîner, le Roi s'est rendu avec les princes de Bade à la salle de spectacle, où avait lieu un concert alsacien. Ce concert était composé de quatre cents cinquante exécutans, placés en amphithéâtre dans le fond de la scène.

Le Roi est rentré à minuit au palais.

Paris, le 23 juin.

Strasbourg, le 19 juin au soir.

Le Roi est arrivé le 21 à Colmar. La santé de Sa Majesté continue d'être parfaite. Les même sentimens, les mêmes acclamations ont éclaté sur son passage et à son arrivée. A demain les détails.

Le Roi est monté à cheval à midi et demi, pour aller passer une grande revue au Polygone.

Sa Majesté était accompagnée du grand-duc de Bade, des margraves, et du prince de Furstemberg.

Les troupes étaient rangées en bataille dans l'enceinte du Polygone, de la manière suivante :

La garde nationale, au nombre de 7 à 8,000 hommes, occupait la gauche du pavillon royal, disposé pour la distribution des drapeaux. La troupe de ligne, composée des 5e et 15e légers, et du 59e de ligne, était rangée en face. Derrière elle se déployaient les escadrons des 2e, 3e, 6e et 7e régimens de cuirassiers, puis le 10e dragons, le 10e chasseurs, et le 3e hussards. Perpendiculairement au front de bataille étaient placés le 6e et le 7e régimens d'artillerie, avec tout le matériel de 150 pièces de canon ; enfin le régiment de pontonniers, avec ses équipages de pont.

Le Roi a d'abord distribué des drapeaux et des étendards aux divers régimens. Sa Majesté, en les leur remettant, s'est exprimée ainsi :

« Mes chers camarades,

» En vous remettant ces drapeaux, auxquels se » rattachent tant de souvenirs de gloire et de » liberté, je n'ai pas besoin de vous dire avec quel » plaisir je vous rends ces glorieuses couleurs. Elles » me sont d'autant plus chères que c'est en les » portant que j'ai combattu jadis dans vos rangs » pour la défense de la patrie et de notre indépen- » dance nationale. Je jouis de vous les présenter » dans cette grande ville de guerre, l'un des bou- » levards de la France, en présence de cette géné- » reuse population dont la vaillance et le patrio- » tisme concourraient si efficacement à le défendre, » si jamais, ce que je suis loin de prévoir, nous y » étions forcés. Vous auriez alors à suivre les glo- » rieux exemples de ceux qui vous ont précédés » dans la carrière, et vous ajouteriez de nouveaux » faits d'armes à ceux qui ont illustré l'armée fran- » çaise dans tous les siècles. C'est donc avec une » pleine confiance que je vous remets ces drapeaux; » vous êtes pénétrés des devoirs qu'ils vous im- » posent, et de ce que la France attend de vous. » Vous y répondrez, et vous me trouverez toujours » prêt à partager vos travaux et vos dangers.

» Colonels, venez recevoir vos drapeaux.

» *Vive la France !* »

Les paroles de Sa Majesté ont été accueillies avec un vif enthousiasme; le serment s'est répété sur toutes les lignes aux cris de *vive le Roi!*.

L'un des colonels, s'avançant avec trop d'empressement, fit un faux pas sur les degrés de l'estrade. « Prenez ce drapeau, colonel, lui dit aussitôt le » Roi, et vous ne tomberez plus quand vous le por- » terez. »

Après cette solennité imposante, le Roi a passé la garde nationale en revue.

De là, Sa Majesté s'est portée devant le front de chaque régiment, et y a distribué des croix de la Légion-d'Honneur. Les troupes ont ensuite défilé devant le Roi, qui était venu se placer devant le pavillon. L'artillerie surtout s'est fait remarquer par la beauté de son matériel et de ses attelages. LL. AA. RR. les ducs d'Orléans et de Nemours ont défilé à la tête de la cavalerie légère. Pendant ce défilé, le Roi a été salué par de continuelles acclamations.

Le grand-duc de Bade et les margraves ont dîné avec Sa Majesté et l'ont accompagnée au bal préparé dans la salle du spectacle. Ce bal était fort brillant. Des cris réitérés de *vive le Roi! vive Louis-Philippe!* ont salué Sa Majesté à son entrée et à sa sortie. Sa Majesté est rentrée à onze heures et demie au château.

Strasbourg, le 20 au soir.

Le 20, le Roi est sorti à onze heures et demie. Sa Majesté a voulu monter à la tour de la cathédrale. Elle s'est arrêtée sur la plate-forme pour jouir de la vue magnifique qui se déploie dans un horizon immense. Le ciel permettait de voir assez distinctement, au-delà du Rhin, les monts brisés de la Forêt-Noire. Le Roi a paru frappé de la beauté de ce spectacle.

Sa Majesté est allée ensuite visiter la fonderie, où des canons ont été coulés en sa présence. Elle a témoigné sa satisfaction au directeur sur l'opération de la fonte, qui a parfaitement réussi.

De là, le Roi s'est rendu à l'Académie, où étaient exposés les produits de l'industrie du département, que S. M. a examinés avec une attention et un intérêt marqués. Elle a fait plusieurs acquisitions. Elle a visité ensuite l'arsenal, qui contient encore un matériel fort considérable, même après avoir fourni une si grande quantité d'armes à la garde nationale et à nos jeunes soldats.

Le Roi est rentré au château pour y recevoir Sa Majesté le roi de Wurtemberg, qui venait d'arriver à Strasbourg sous le nom de comte de Teck. M. le général Baudrand, aide-de-camp de S. A. R. M. le duc d'Orléans, était allé à Kehl, au-devant de Sa Majesté. Le Roi est monté dans une calèche découverte, ayant à sa droite Sa Majesté le roi de Wurtemberg, et s'est rendue à l'un des bras du Rhin, sur lequel plusieurs ponts devaient être jetés, avec tout l'appareil d'un simulacre de guerre. Six équipages de ponts avaient été réunis, et recouverts d'un plancher, sur lequel s'élevait un pavillon de chaque côté duquel étaient placées un grand nombre de

22

dames. Les deux rives du fleuve étaient couvertes d'une foule innombrable. Lorsque le Roi est arrivé, les acclamations de cette foule qui s'agitait sur tous les points, le bruit du canon et de la mousquetterie, les bateaux qui se pressaient pour former les ponts, tout concourait à animer la scène et à la rendre imposante. Les mouvemens de ponts et de troupes se sont faits avec une admirable précision.

Le Roi s'est dirigé ensuite vers un autre bras du Rhin, pour y voir jeter un pont à la Robersar. Ce pont, construit sur des pontons cylindriques, a été achevé en moins d'une demi-heure. Sa Majesté l'a traversé avec le roi de Wurtemberg et toute sa suite. Elle a été accueillie sur les deux rives par des acclamations réitérées.

En ce moment a éclaté un orage qui se formait depuis l'arrivée du Roi sur les bords du Rhin. Sa Majesté est remontée en voiture, les Princes sont restés à cheval. A peine LL. MM. étaient-elles rentrées au château que la foudre est tombée sur le télégraphe de la cathédrale. L'homme qui s'y trouvait en a été grièvement blessé.

Le roi de Wurtemberg a dîné avec Sa Majesté, et est parti ensuite pour retourner en Allemagne. Le Roi est allé au spectacle avec les deux princes. Le mauvais temps a empéché les exercices de nuit du Polygone d'avoir lieu.

Pendant le séjour de Sa Majesté à Strasbourg, la ville entière a été illuminée de la manière la plus brillante.

AUDIENCE DU ROI.

Discours de M. le préfet du Bas-Rhin.

SIRE,

Ces populations empressées à se porter au-devant d'un Roi à qui les suffrages de la nation ont décerné la couronne, ces acclamations qui demandent au Ciel de le conserver long-temps à la France, ces regards où se peignent la confiance et la joie, disent mieux que de faibles paroles combien la présence de Votre Majesté répand de bonheur au milieu de nous. Ce bonheur, Sire, vous le partagerez, nous en avons l'assurance. Entourée de bons Français qui confondent dans le même amour la liberté, pour laquelle, comme leur Roi, ils ont si vaillamment combattu, et le Trône constitutionnel, qui en est, à leurs yeux, la première garantie, Votre Majesté se sentira encore au sein de sa famille.

Ainsi que nos hommages, Sire, notre langage sera dicté par la vérité. Vous parcourez ces belles contrées pour connaître leurs besoins, pour entendre leurs vœux. L'agriculture et le commerce vous exposeront leurs vœux et leurs besoins. L'industrie, en mettant ses produits sous les yeux de Votre Majesté, lui demandera les moyens d'en multiplier l'échange. Tous les germes de prospérité que renferme une terre féconde doivent se développer sous vos pas.

Vous avez voulu, Sire, que cette milice citoyenne, sortie tout armée d'un sol belliqueux au premier réveil de notre indépendance, composât la seule pompe dont Votre Majesté ait permis qu'on l'entourât. La garde nationale y trouve une précieuse récompense, et de grands encouragemens à de nouveaux efforts. Elle vous offrira, Sire, ces bras dont les travaux enrichissent la France, et qui ne seraient pas moins prompts à la défendre, si la voix du père de la patrie leur en donnait le signal. *Vive le Roi!*

Réponse du Roi.

« J'ai la ferme confiance du succès qu'aurait un appel à la nation, à la garde nationale, à mes compatriotes, si de nouveaux dangers menaçaient la patrie. J'y répondrais avec le même zèle que j'y ai apporté lorsque, dans ma jeunesse, j'ai eu le bonheur de combattre pour elle.

» Je n'avais jamais visité l'Alsace. J'ai éprouvé une grande satisfaction à me trouver entouré de cette population aussi patriote qu'industrielle. Je l'ai vue avec le plus grand plaisir. Je voudrais pouvoir lui témoigner combien je suis touché de l'accueil qu'elle m'a fait sur la route, et de celui que j'ai reçu en entrant dans Strasbourg. »

Discours prononcé par M. le Maire de Strasbourg en recevant le Roi à l'entrée de la ville.

SIRE,

C'est avec bonheur, c'est avec un juste sentiment d'orgueil que les citoyens de Strasbourg vont au-devant du Roi des Français.

Ils sont heureux d'exprimer à l'élu de la nation leur vive et constante sympathie pour les libertés publiques, dont il est l'auguste sanction.

Ils sont fiers des souvenirs de liberté, de lumière et de bravoure qui distinguent et l'antique cité de Strasbourg, et le berceau de l'imprimerie, et la patrie de Kléber.

Vous trouverez, Sire, dans cette enceinte, que l'ennemi ne franchit jamais, des citoyens éclairés sur leurs droits et sur leurs devoirs, dévoués au Trône populaire de Louis-Philippe, et prêts à verser leur sang pour le défendre. *Vive le Roi!*

(La réponse du Roi n'a pu être recueillie.)

Discours de M. le maire de Strasbourg en présentant le conseil municipal.

Sire,

Le conseil municipal vous exprime par mon organe les sentimens de respect et d'amour qui animent tous les citoyens de Strasbourg pour le Roi des Français.

Nous voyons en vous, Sire, un père qui vient visiter sa famille, écouter ses vœux, s'enquérir de ses besoins, et lui assurer les améliorations progressives que comporte la situation générale de la France. Interrogez-nous, Sire, nous dirons la vérité; elle est dans nos mœurs, dans notre caractère, autant qu'elle est l'ame de notre Gouvernement.

Nous ne pourrons pas vous taire les souffrances du

pays, et notre devoir, sous ce rapport, est d'autant plus sacré, qu'il est des larmes qui se cachent aujourd'hui pour ne pas troubler la joie générale et si vraie que cause votre présence.

Mais si nous devons déclarer que notre prospérité commerciale est ébranlée jusque dans ses fondemens, que nous luttons depuis long-temps, que nos forces s'épuisent, et qu'il est temps que le Gouvernement vienne à notre secours, il nous est aussi permis de dire avec la même sincérité que votre Trône populaire est pour nous un gage d'espoir et de sécurité, et que nous allons à vous avec le même abandon, avec la même confiance qui vous conduit vers vos enfans de l'Alsace.

Que les Princes, vos fils, témoins des sacrifices que vous faites à la patrie, et de vos constans efforts pour assurer son repos et sa prospérité, soient aussi les témoins, Sire, de la reconnaissance et du dévouement d'une population belliqueuse qui compte sur son Roi comme il peut compter sur elle.

Réponse du Roi.

« Je regrette vivement d'apprendre que votre population ressente l'effet d'un malaise général. J'espère qu'il ne sera que momentané. Je ne cesse de faire des efforts pour parvenir à en tarir la source. C'est en remontant à la cause du mal qu'il est plus facile d'y porter remède. Or, cette cause provient de l'inquiétude, qu'il m'a été jusqu'à présent impossible de calmer entièrement. Le moyen le plus efficace pour y parvenir, est d'assurer l'ordre public à l'intérieur, de faire respecter les lois, d'empêcher que personne ne s'élève au-dessus d'elles. Il faut aussi que la paix extérieure se consolide tout-à-fait. Je ne cesse d'y travailler, et j'espère y parvenir. Mais avant tout, je dois assurer nos intérêts nationaux; les faire triompher est le but de ma politique, et je n'ai d'autre ambition que celle de rendre la France aussi tranquille, aussi heureuse et aussi grande qu'elle mérite de l'être.

» Je vois avec regret les souffrances de la classe ouvrière; mais elles cesseront quand toutes les inquiétudes de guerre auront entièrement disparu ; ce qui, j'espère, n'est pas éloigné. D'un autre côté, quand on verra que les agitations sont efficacement réprimées, et qu'il est aussi inutile que dangereux de chercher à troubler l'ordre public, j'espère que les agitateurs s'en dégoûteront, que la confiance renaîtra, et avec elle la prospérité du commerce. »

» Je suis extrêmement sensible à l'accueil que je reçois en Alsace. Je me rappelle les grands services que sa population a rendus à la France dans tous les temps. L'attachement qu'elle lui a constamment montré, prouve combien elle s'est identifiée avec la nation française. J'ai vu avec une grande satisfaction la manifestation de ses sentimens patriotiques, et mon cœur y répond vivement. »

*Discours prononcé au nom du tribunal civil de
première instance séant à Strasbourg.*

SIRE,

Les magistrats composant le tribunal civil de l'arrondissement de Strasbourg, dont j'ai l'honneur
d'être l'organe, sont heureux de s'associer à la joie
générale qu'excite dans notre ville la présence d'un
Roi que le libre choix de la nation a élevé sur le
Trône qui couronne si heureusement notre édifice
social.

Chargés de la mission honorable d'administrer la
justice dans une partie importante de la France, ils
sont pénétrés de cette vérité que leurs principaux
devoirs sont de maintenir l'ordre public et de protéger la sûreté des personnes et des propriétés, en
réprimant avec fermeté les écarts de ceux qui oseraient y porter atteinte, et en faisant exacte justice
à chacun, sans acception des personnes.

En un mot, c'est en assurant le règne des lois,
sans lequel il n'y a point de véritable liberté, que
ces mêmes magistrats se rendront dignes de la confiance de Votre Majesté, qui ne veut être elle-même
que la loi vivante et le protecteur de toutes les institutions libérales.

Ils sont bien persuadés qu'en faisant sincèrement
cette profession de foi, c'est l'hommage le plus pur
et le plus agréable qu'ils puissent adresser à Votre
Majesté.

Réponse du Roi.

« Je reçois cette assurance avec beaucoup de plaisir. J'aime à compter sur l'intégrité des magistrats, et à entendre d'eux qu'ils jugent avec une entière équité, sans acception de personnes, sans être arrêtés par aucune considération, ne voyant que la loi et l'appliquant toujours consciencieusement. Il faut que la loi ait la force nécessaire pour réprimer les écarts qui peuvent troubler la liberté ; car, là où l'on peut se permettre des écarts avec impunité, c'est une chimère de croire à la liberté. Il faut que chacun se renferme dans l'exercice de ses droits, et se persuade que ce n'est qu'en respectant ceux des autres qu'on parvient à faire respecter les siens. Ce sont là les avantages que je cherche à assurer à la France, en préservant la loi de toute violation. »

Discours prononcé au nom du tribunal de commerce de Strasbourg.

Sire,

Le tribunal de commerce dont je m'honore d'être l'organe, vient présenter à Votre Majesté l'hommage de son amour et de son inaltérable dévouement.

Votre présence dans nos murs fait naître l'allégresse dans tous les cœurs, et rend la confiance à tous les courages.

Le commerce de Strasbourg, si déchu depuis quinze ans de son ancienne splendeur, espère surtout en votre inépuisable sollicitude.

D'importantes améliorations ont déjà fait bénir votre règne ; le transit a été accordé, mais il est quelques articles encore frappés d'exclusion, pour lesquels nous osons réclamer une égale justice : cette mesure donnera un nouvel essor à une branche principale de notre commerce, sans porter préjudice à aucune industrie.

Sire, le projet d'un canal de jonction du Rhône au Rhin était une idée grande et pleine d'avenir, mais son exécution est bien lente au gré de nos vœux ; ce serait un beau titre de gloire pour le Gouvernement de Votre Majesté, s'il hâtait l'achèvement d'une route d'eau aussi importante pour l'Alsace.

Appelés à rendre la justice au nom de Votre Majesté, nous ne pouvons vous taire que le Code des lois qui régit le commerce renferme encore de nombreuses imperfections ; bien des soins, nous le savons, absorbent déjà les momens précieux de notre Roi-citoyen ; mais nous espérons que dans un avenir plus tranquille, il sera permis à votre conseil de soumettre aux chambres la révision de nos lois commerciales.

Sire, vous venez visiter notre belle province pour interroger nos besoins et écouter nos vœux ; nous avons donc pensé que la franchise était la seul encens digne de vous : nous vous aimons tous comme le meilleur des pères, et nous sommes sûrs que le moyen d'arriver à votre cœur est de vous dire la vérité.

Réponse du Roi.

« C'est ce que j'ai voulu dès les premiers jours de mon règne, et c'est ce que j'avais constamment souhaité qui fût, avant d'avoir été appelé à occuper le Trône. C'est pour cela que j'ai dit que désormais la Charte serait une vérité. Je veux que tout soit sincère, franc et loyal dans la marche du Gouvernement; que la nation voie enfin que tout système de déception est entièrement écarté, en telle sorte que les soupçons s'éteignent avec la cause qui n'avait que trop habitué à se défier de tout. Ce n'est que par cette marche qu'un Gouvernement peut obtenir et conserver la confiance publique, sans laquelle il est impossible qu'il réalise les espérances de la nation et qu'il réponde à son attente.

» Mon Gouvernement s'occupera bien certainement des différens objets dont vous venez de m'entretenir. J'ai l'espoir que bientôt la consolidation de la paix rétablira la confiance, et qu'avec la confiance le commerce reprendra son activité. C'est à quoi je travaille continuellement.

Discours prononcé au nom du conseil des prud'hommes.

Sire,

Trois jours ont suffi à la France pour reconquérir ses droits et ses libertés : dans ces trois journées à jamais mémorables, un trône vermoulu par la déception s'écroula sous le courage héroïque des

braves Parisiens; à sa place fut élevé un trône constitutionnel, et le vœu de la nation française appela
Votre Majesté à y monter.

Sire, vous avez répondu à cet appel, et la devise
Liberté, Ordre public fut le cri de ralliement de
tout bon Français. Cette devise est aussi la nôtre,
et c'est celle de tous nos concitoyens, malgré que
le commerce languit, malgré que l'industrie et les
arts sont en souffrance, et que le manque de travail
et la cherté des vivres ne permettent souvent qu'à
peine à l'ouvrier honnête et laborieux de pourvoir à
ses besoins et à ceux de sa famille ; toujours animé
de cet esprit d'ordre public qui caractérise l'Alsacien,
rien n'a pu ébranler sa constance à rester fidèle à
ses devoirs.

Sire, aujourd'hui votre présence au milieu de
nous ouvre nos cœurs à l'espérance d'un avenir plus
en harmonie avec nos besoins locaux. Oui, Sire,
nous en acceptons l'augure que, grace à votre sagesse et à votre sollicitude paternelle, la prospérité
de notre industrie et de notre commerce seront
désormais une vérité.

Réponse du Roi.

« Il ne tiendra pas à moi que cela ne soit ainsi.
Je ferai tous mes efforts pour que le commerce reprenne sa prospérité. Le meilleur moyen pour y
parvenir est celui que vous avez indiqué. La confiance dont il a besoin pour se développer ne peut
revenir, comme vous l'avez dit, que par le maintien

de l'ordre public, par le respect de toutes les propriétés, de tous les droits, par la répression de ceux
qui voudraient les troubler; il faut qu'on soit bien
convaincu que le Gouvernement est franc et loyal,
qu'il ne connaît d'autres intérêts que ceux de la nation, qu'il ne consulte jamais d'autres guides que le
bien public et l'amour de la patrie. Tels ont toujours été et tels seront toujours les mobiles de ma
conduite. »

Les officiers de la garde nationale de Strasbourg
ayant été présentés au Roi, Sa Majesté, s'avançant
au milieu d'eux, leur a parlé en ces termes :

« Je suis bien aise de saisir cette occasion de té-
» moigner à la garde nationale de Strasbourg com-
» bien j'éprouve de plaisir à la voir. La confiance
» qu'elle m'inspirait m'en avait donné le desir de-
» puis long-temps, et c'est avec bonheur que je me
» trouve au milieu d'elle. En voyant cette popula-
» tion aussi sage que courageuse, il est bien satis-
» faisant de penser que cette partie importante de
» notre frontière, que ce grand boulevard de la
» France, auraient de tels défenseurs si de nou-
» veaux dangers menaçaient la patrie, comme ceux
» auxquels elle fut exposée à l'époque où j'eus le
» bonheur de concourir à la défendre et à repousser
» l'invasion étrangère. Cette époque est déjà si
» éloignée, qu'il devrait rester peu de vétérans de
» ce temps-là. Cependant j'ai la satisfaction d'en

» rencontrer à chaque pas dans ces contrées toutes
» guerrières et patriotiques, qui ont fourni tant de
» braves à la cause de la gloire nationale et de l'in-
» dépendance de la France. Je ne doute pas que
» leurs successeurs ne suivissent leur traces, et que
» nous ne retrouvassions au besoin, en 1831, le
» généreux élan de 1792.

Ces paroles ont été accueillies par des cris de *vive
le Roi!* Un cri isolé de *vive la liberté!* s'étant fait
entendre, Sa Majesté s'est avancée aussitôt avec une
vive émotion, et s'est écriée, en mettant la main
sur son cœur : « Le Roi est inséparable de la liberté;
» vouloir les séparer serait l'acte d'un mauvais ci-
» toyen, et il n'y en a pas parmi vous. Je repous-
» serais de toute la chaleur de mon ame, une tenta-
» tive de ce genre! » — De nouveaux cris de *vive le
Roi!* se sont fait entendre alors avec force et unanimité, et l'officier qui avait donné lieu à cet inci-
dent s'est empressé de déclarer qu'il ne séparait pas
le cri de *vive le Roi!* de celui de *vive la liberté!*

Paris, le 24 juin.

Colmar, le 21 juin au soir.

Avant son départ de Strasbourg, dans la matinée
du 21, le Roi est sorti à cheval à midi et demi, pour
aller visiter l'hôpital militaire et la citadelle. Sa Majesté s'est ensuite rendue au pont de Kehl, en passant devant le monument élevé à la mémoire de De-

saix. Le Roi a traversé le pont, a mis le pied sur le territoire badois, et est venu reprendre sa voiture de voyage, qui l'attendait en dehors de la porte de Colmar.

Sa Majesté a trouvé sur son passage la garde nationale de Strasbourg, qui l'a saluée de ses acclamations; elle a exprimé à M. le maire et au corps municipal combien elle était touchée de l'accueil qu'elle avait reçu dans cette belle cité.

Le Roi s'est arrêté à Benfeld pour passer en revue 3,000 hommes de garde nationale.

Les desservans des communes environnantes s'étaient réunis à ce chef-lieu de canton, pour présenter leurs hommages au Roi. Sa Majesté, après avoir répondu en français au discours qui lui a été adressé, a ajouté en allemand : « Vous êtes Allemands de lan- » gage ; mais, comme moi, vous êtes tous Français » de cœur. » Ces paroles ont fait sur eux et sur la population qui les entourait une vive impression ; ils y ont répondu par des cris prolongés de *vive le Roi !*

Ce n'est pas la première fois que le Roi parle allemand en Alsace. Déjà Sa Majesté avait eu plus d'une occasion de s'entretenir dans cette langue avec les maires et les commandans de la garde nationale.

Le Roi est monté à cheval à une demi-lieue de Schelestat. La garde nationale, au nombre de 5,000 hommes, était rangée en bataille à droite de la route, sur un vaste emplacement qui avait pour couronnement les montagnes des Vosges ; après les avoir passées en revue, Sa Majesté est entrée dans la ville de Schelestat au bruit des canons de la place.

La garde nationale de Schelestat, remarquable par sa belle tenue, après avoir défilé devant le Roi, était venue au pas de course dans la ville pour former la haie.

L'enthousiasme que les habitans ont témoigné en voyant le Roi dans leurs murs était d'autant plus vif, qu'ils craignaient que l'heure avancée ne permît pas à Sa Majesté de s'y arrêter; elle est descendue à l'Hôtel-de-Ville pour y recevoir les autorités. M. le préfet du Haut-Rhin s'est trouvé, avec le commandant, à une lieue au-dessus de Schelestat, limite du département.

Le Roi est arrivé à huit heures et demie en avant de la porte de Colmar, où M. le maire et le corps municipal ont reçu Sa Majesté.

Avant d'entrer dans la ville, le Roi étant à cheval, a été conduit à une vaste plaine, où étaient réunis 8,000 hommes de garde nationale. Malgré l'heure avancée, S. M. les a passés en revue; leur enthousiasme a vivement touché le Roi.

La ville était brillante d'illuminations lorsque le Roi l'a traversée pour se rendre à la préfecture, où Sa Majesté est descendue. La foule empressée faisait entendre sur son passage de vives acclamations.

Il était neuf heures et demie quand le Roi est arrivé à la préfecture. Sa Majesté y a reçu immédiatement les envoyés de la Suisse, qui ont dîné avec le Roi, ainsi que les principaux fonctionnaires du département.

A minuit, Sa Majesté s'est rendue à cheval au bal de la ville. Ce bal était très-brillant. Le Roi n'est rentré qu'à une heure à la préfecture.

SUITE DES AUDIENCES DU ROI.

Discours prononcé par Mgr l'évêque de Strasbourg.

SIRE,

J'ai l'honneur de présenter à Votre Majesté l'élite de son clergé alsacien, qui, par ses discours et ses exemples, donne au peuple des deux départemens des leçons de fidélité aux lois, de soumission aux ordres de votre Gouvernement.

La religion, Sire, est le ferme appui des états, parce qu'elle est le grand principe de concorde entre les hommes. Partout où elle est suivie, règne la paix; où elle ne l'est pas, dominent les passions, source de tous les désordres. Elle fleurira, nous l'espérons, pour le bonheur de vos sujets et dans ce monde et dans l'autre ; elle fleurira sous le sceptre paternel de Louis-Philippe.

Daigne le Ciel lui accorder des jours longs et heureux, inspirer toujours son âme royale, et la seconder dans ses grands desseins pour la prospérité de la France.

23

Réponse du Roi.

« Je vous remercie de la confiance que vous mettez en moi ; j'ose dire qu'elle ne sera point trompée. Je ferai tout ce qui dépendra de moi pour que la religion soit respectée comme elle doit l'être, et pour que le clergé jouisse de la protection que la loi lui accorde. Je vous remercie des sentimens que vous m'avez exprimés. »

Discours prononcé au nom du consistoire de la confession d'Augsbourg.

Sire,

Le consistoire et le séminaire de la confession d'Augsbourg offrent à Votre Majesté l'hommage d'un profond respect.

L'enseignement d'une religion qui calme les mouvemens du cœur et sanctifie les rapports de l'homme avec la Divinité, ramène les affections des citoyens vers un monarque que la Providence a accordé aux vœux de la France.

Nos institutions religieuses, qui ont conservé depuis trois siècles, l'impulsion progressive donnée par nos aïeux, sont placées sous la protection royale, dont nous sollicitons l'heureuse influence, afin que des pasteurs pénétrés de leur vocation concourent avec efficacité à consolider le règne des bonnes mœurs, à faire chérir nos lois et à baser la prospérité sociale sur la vénération envers Dieu et l'amour du Roi.

Nous adressons, Sire, nos prières à l'Être suprême,
de verser d'abondantes bénédictions sur votre auguste
Famille.

Réponse du Roi.

« J'ai toujours desiré que tous les cultes reçussent
franchement la protection qui leur est accordée par
la loi. Toutes les religions établies en France, quelles
que soient les nuances qui les séparent, doivent être
également protégées. Je vous regarde tous comme
des frères, comme des chrétiens. Je suis heureux de
vous voir rendus à la plénitude des droits dont trop
long-temps vous avez été privés. Vous pouvez compter sur les efforts que je ferai pour que le libre
exercice n'en soit jamais troublé. Je vous remercie
des sentimens patriotiques que vous m'avez manifestés ; j'en ai entendu l'expression avec un grand
plaisir. »

Discours prononcé au nom du consistoire réformé de Strasbourg.

SIRE,

Le consistoire réformé de Strasbourg est heureux
de pouvoir exprimer à Votre Majesté son entier dévouement.

Jusqu'à votre avénement au Trône, les protestans
n'étaient que tolérés en France. Ils étaient même loin
de posséder de fait la liberté qui leur paraissait con-
cédée au principe.

Toutefois, comprenant notre mission, nous nous

sommes constamment appliqués à étendre les bienfaits du christianisme, à consoler, à instruire, à éclairer le peuple.

Aujourd'hui, Sire, nous savons que notre culte
jouira de toute l'indépendance que la Charte lui assure, et nous avons la confiance que, sous votre
règne, l'organisation de notre église deviendra complète, que nous obtiendrons désormais l'autorisation
nécessaire pour en faire constater les besoins.

Réponse du Roi.

« N'en doutez pas : la liberté des cultes n'est pas
à mes yeux une faveur, c'est un droit, et tous les
hommes ont celui de réclamer le libre exercice de
leur religion et de leur conscience. La loi le voulait
ainsi ; si cela n'avait pas lieu dans la pratique, c'est
que la loi n'était point observée. Ma volonté a toujours été, et mon serment, aussi bien que mon cœur,
me dictera toujours de veiller à ce que les lois soient
exécutées franchement, loyalement, dans toute leur
étendue, en sorte que depuis le Roi jusqu'au dernier citoyen tout s'incline devant elle. Vous pouvez
donc compter sur tout mon appui. »

Discours prononcé au nom du consistoire israélite
du Bas-Rhin.

SIRE,

Les membres du consistoire israélite du Bas-Rhin
s'estiment heureux de grossir les populations qui de

toutes parts viennent porter à Votre Majesté leurs respectueux hommages, et d'être près d'elle les interprètes des sentimens de dévouement et de fidélité de leurs co-religionnaires de ce département.

Avant votre règne, Sire, les lumières du siècle avaient déjà introduit dans nos lois le principe de la liberté des cultes, et l'égalité des devoirs et des droits de ceux qui les professent; mais il appartenait à notre glorieuse révolution et au plus éclairé des princes, de donner à ce principe une exécution plus complète. Depuis long-temps les Israélites, par leur amour de la patrie et leur respect pour les lois, s'étaient rendus dignes de ce bienfait; ils en apprécient toute l'importance, et le cœur plein d'une vive reconnaissance envers la nation française et le Roi-citoyen qu'elle a été heureuse d'élire, ils la prouveront sans bornes à votre auguste Famille et à nos libertés, désormais inséparables.

Réponse du Roi.

» Je me réjouis d'avoir pu rendre à vos co-religionnaires l'exercice des droits qui leur appartenaient. J'entends avec plaisir l'expression de vos sentimens à cet égard. Vous pouvez compter sur mon appui pour assurer le libre exercice de votre culte, et pour empêcher qu'il ne soit troublé en aucune manière. »

Discours prononcé au nom de la chambre de commerce.

SIRE,

Le bien de l'État, votre unique but, vous fait visiter les provinces du royaume, pour en étudier les besoins et aviser aux moyens d'accroître leur bien-être. Organes du commerce de ce département, qu'il nous soit permis d'exprimer à Votre Majesté ses vœux et ses espérances.

Les progrès de la raison ont affranchi l'industrie, et nos lois la protégent et l'encouragent. Mais l'industrie ne fructifie que par la confiance, et la confiance ne peut se raffermir au milieu des dissensions politiques qui nous agitent. Notre premier besoin est la concorde ; qu'elle devienne le sentiment universel, et aussitôt nous verrons la sécurité renaître et nos prospérités reprendre leurs cours.

Sire, votre haute sagesse nous rassure sur notre avenir ; elle saura consolider, au-dedans, l'accord de la liberté et de l'ordre ; au-dehors, la paix et la puissance de la France.

D'autres intérêts d'un ordre spécial préoccupent le commerce du Bas-Rhin. La législation des douanes lui paraît trop restrictive pour nos contrées surtout, auxquelles elle interdit l'importation directe des denrées coloniales. Nous sommes persuadés que le transit peut être étendu à toutes les marchandises sans danger ni dommages pour le revenu public. Nous nous affligeons des retards qu'éprouve l'achèvement du canal du Rhône au Rhin, au préjudice du trésor et de la prospérité de notre province. Nous pensons aussi que les chambres de commerce répondraient mieux au but de leur institutions si elles étaient renouvelées par des élections directes.

Sire, après avoir écouté nos vœux, daignez accueillir, avec la même bonté, l'hommage de nos sentimens. Chaque jour resserre davantage l'union intime de la nation avec le Prince qui a sauvé la patrie des calamités de l'anarchie. Ce noble dévouement rallie tous les cœurs à la royauté nationale ; elle se perpétuera, Sire, par le bonheur public et la reconnaissance de la France.

Réponse du Roi.

« Je serais heureux que cette prédiction s'accomplit ; elle est l'objet de tous mes vœux : elle sera la récompense des efforts que je fais pour accroître le bien-être de la nation et pour assurer le maintien de sa liberté. Cette liberté, comme vous l'avez dit justement, ne peut exister que là où le Gouvernement a la force de faire respecter les lois, et où les lois peuvent protéger tous les citoyens. La concorde est sans doute un grand moyen d'y parvenir, et je fais tous mes efforts pour atteindre un but aussi desirable ; car, plus les hommes seront unis entre eux, plus ils pourront travailler efficacement à faire le bien général du pays. Je regrette comme vous que la confiance ne soit pas encore entièrement rétablie ; je ne cesse de m'occuper des moyens de la faire renaître ,

parce que c'est elle qui rendra au commerce son activité et à la France toute la prospérité dont je desire
si ardemment de la voir jouir. »

*Discours prononcé au nom de l'Académie de
Strasbourg.*

SIRE,

L'Académie de Strasbourg, qui déjà doit à l'importance de son haut enseignement l'honneur d'être,
après Paris, la première académie du royaume, les
a toutes devancées encore dans la propagation de
l'instruction primaire. Incessamment ce bienfait aura
pénétré jusque dans le moindre hameau de l'Alsace.
Veuillez, Sire, en recevoir ici l'assurance positive.
Voilà, selon votre cœur et le nôtre, le plus digne
compliment dont nous puissions saluer la venue de
Votre Majesté parmi nous.

Sire, les membres de l'Université qui vous présentent aujourd'hui leurs respectueux hommages,
n'ont point oublié que c'est dans leur profession que
Louis-Philippe chercha un abri contre les mauvais
jours. C'est notre Jemmapes, à nous, pacifiques
soldats de la science ; comme aussi la jeunesse de nos
écoles aura le sien dans le long souvenir de vos nobles
fils, modestement assis à côté d'elle sur les bancs du
collège. Qui pourrait donc jamais rompre entre nos
famille et la vôtre une union commencée par les pères
sous la tente de la liberté, et continuée par les enfans dans le commun sanctuaire des arts, pour la
gloire et le bonheur de la patrie.

Réponse du Roi.

« Dans le malheur, j'ai été fidèle à mon pays. J'ai mieux aimé chercher, dans l'enseignement, des moyens honorables de subvenir à mes besoins, que de porter les armes contre ma patrie, que de rien faire qui fût une déviation de ce que mon cœur me dictait pour mon pays et de ce que je croyais mon devoir envers la France. Lorsque j'y suis revenu, j'y suis rentré avec la satisfaction de penser que mes malheurs n'avaient jamais terni mon patriotisme, et que mon pays accordait son suffrage à ma conduite. Le souvenir du temps où j'étais professeur m'est donc bien doux, et je vous en remercie de me l'avoir rappelé. C'est un lien de plus qui m'attache à votre corps. Je desire vivement que l'enseignement primaire, et surtout l'enseignement mutuel, se propage par toute la France, comme dans votre population industrielle et éclairée, qui est plus à portée d'en apprécier tous les avantages. Je m'applaudis d'avoir voulu que mes enfans fussent élevés sur les bancs de l'instruction publique; je crois que cet exemple n'a pas été sans quelque résultat pour l'instruction publique elle-même, et j'ose me flatter que personne ne doute plus des avantages qu'ils en ont recueillis. »

Discours prononcé au nom du tribunal de première instance de Saverne.

SIRE,

Au milieu de l'enthousiasme général qu'excite dans l'Alsace la visite inespérée de notre Monarque chéri, les magistrats qui composent le tribunal de l'arrondissement de Saverne sont heureux de pouvoir les premiers, dans cette province, offrir à Votre Majesté l'hommage de leur respect, de leur amour, et de leur fidélité.

Sous un Roi-citoyen, qui n'a accepté la couronne qui lui a été offerte par le vœu national que dans la seule vue de l'intérêt, de la prospérité, du bonheur et de la gloire du peuple français, et qui ne veut régner que par les lois et selon la Charte, notre tâche de rendre la justice est devenue plus facile.

En parcourant la France, votre intention, Sire, est d'apprendre à connaître par vous-même les vœux et les besoins de chaque localité.

L'arrondissement de Saverne, un des plus populeux du royaume, est néanmoins du nombre de ceux où il se commet le moins de crimes ; mais les délits forestiers augmentent dans une proportion effrayante : environ huit mille procès-verbaux dans l'année sont soumis à notre jugement ; cet accroissement progressif remonte à la promulgation du Code forestier.

L'expérience nous a démontré que les mesures

restrictives qu'il renferme en quelques points ; l'é-
normité des amendes et des frais d'exécution, sont
contraires à l'intérêt du pays, à la conservation des
forêts, et ont opéré la ruine d'un grand nombre de
familles.

Les émigrations pour les Etats-Unis d'Amérique,
si nombreuses dans notre département pendant ces
dernières années, et causées en grandes partie par
quelques dispositions trop sévères du Code forestier,
ont sensiblement diminué depuis la glorieuse révolution de juillet.

Les paroles toutes royales, que la Charte sera
désormais une vérité, et que vous n'acceptez le
Trône que pour la gloire et le bonheur de la nation, ont réveillé l'amour de la patrie dans le cœur
de nos concitoyens assez malheureux pour se croire
obligés, dans l'intérêt de leurs familles, d'abandonner leur pays natal.

En émettant le vœu que la législation sur les
délits forestiers soit modifiée, nous exprimons un
besoin généralement senti ; il sera accueilli favora-
blement par un Roi dont les efforts tendent à affermir et à assurer la vraie liberté, le maintien de
l'ordre public, l'indépendance et la prospérité de la
France.

Réponse du Roi.

« En effet, je n'ai accepté le Trône que dans l'intérêt de la nation. Je n'ai pas d'autre but que de favoriser le développement des intérêts nationaux, que

de faire jouir la France de tous les avantages que lui
assurent sa position, la fertilité de son sol, l'immen-
sité de sa population et tous les moyens de prospérité qu'elle possède. L'administration de la justice
est un des points les plus essentiels. Je me réjouis
d'entendre que vous croyez que la marche que j'ai
adoptée et le langage que j'ai tenu en ont facilité
l'exécution. J'ai toujours pensé que nul dans l'État
ne devait être supérieur à la loi, et qu'il était nécessaire au bien-être du pays qu'elle ait assez de force
pour réprimer ceux qui méconnaîtraient son autorité.

» Il est bien nécessaire que l'on s'occupe de la
protection des forêts et de la révision des dispositions du Code forestier qui seraient susceptibles d'a-
mélioration. Vos réclamations à cet égard seront
prises en considération, et je ferai examiner particulièrement celles que vous m'avez remises relativement à l'arrondissement de Saverne. »

Discours de M. le maire de Haguenau.

SIRE,

Au mois de septembre dernier, vous fîtes entendre à la députation de Haguenau, venue à Paris pour
vous offrir au nom de ses habitans l'hommage de
leur respect et de leur fidélité, ces paroles que nous
n'avons pas oubliées : *Je serai charmé de visiter
l'Alsace.* Depuis cette époque, nous nourrissions
l'espoir de vous posséder. Notre espoir s'est réalisé,
et toute la population alsacienne ressent la plus vive

joie. Déjà Votre Majesté a pu se convaincre de l'élan
patriotique qui la transporte vers ce prince généreux
qui a sacrifié son repos au bonheur de la nation, et
qui lui assure à jamais une sage et véritable liberté.

Les habitans de Haguenau, dont je suis l'organe, s'as-
socient avec empressement à l'allégresse universelle.

Permettez, Sire, que je vous renouvelle en ce beau
jour l'expression sincère de leurs dévouement et fidélité inviolables.

Notre garde nationale, accourue pour se mettre en
ligne avec ses frères d'armes, attend avec impatience
l'honneur de saluer le Roi-citoyen.

Réponse du Roi.

« Je serai charmé de voir demain votre garde nationale. J'aurais bien desiré visiter la ville de Haguenau ; mais les limites de mon voyage me privent de
cette satisfaction. Je me souviens de vous avoir vu à
Paris, de vous avoir témoigné combien les sentimens
patriotiques de l'Alsace m'étaient connus. Vous pouvez juger de ce que j'éprouve aujourd'hui en me
voyant entouré de sa population. Je suis transporté
des témoignages d'affection que j'ai reçus de toutes
manières sur ma route. »

Discours prononcé au nom de la députation de Wissembourg.

SIRE,

Interprètes des habitans de Wissembourg, nous
venons offrir à Votre Majesté l'hommage de leur dé-

vouement, l'expression de leurs regrets de ne pouvoir tous se presser autour de l'élu de la nation.

Enfans derniers venus de la France, les Alsaciens sont les fils aînés en liberté; nos pères, toujours libres et toujours égaux en droits, nous ont appris à chérir et à comprendre ce premier besoin de la civilisation.

Aussi, nulle part l'heureuse révolution de juillet n'a-t-elle excité un plus vif enthousiasme, nulle part n'a-t-elle éveillé de plus légitimes espérances!

Placés à la frontière du royaume, nous formons l'avant-garde du peuple français; Sire, au jour du danger, nous ne serions pas indignes de ce poste d'honneur: nos bras appartiennent à la France, comme nos cœurs au Roi constitutionnel.

Réponse du Roi.

« Le mien est toujours à mon pays. La garde de nos frontières est en bonnes mains dans les vôtres. La population de Wissembourg est connue par son patriotisme; elle a toujours contribué par son courage à la défense de nos frontières; elle peut encore, par sa position, rendre de grands services à la France, qui place une entière confiance dans votre patriotisme. »

Discours prononcé au nom du tribunal civil de Wissembourg.

SIRE,

Les membres du tribunal civil de l'arrondissement de Wissembourg partagent vivement l'allégresse que fait naître la présence de Votre Majesté; ils vous supplient d'agréer avec bonté l'hommage de leur amour et de leur fidélité.

Les acclamations des peuples sont la récompenses des bons rois : celles dont les loyaux Alsaciens viennent de saluer votre arrivée dans leur patriotique province, auront sans doute touché le cœur de Votre Majesté; car, exemptes de flatterie, elles témoignent de la reconnaissance que leur inspire votre constante sollicitude pour l'affermissement et le développement de nos institutions.

Confiée à la foi de Votre Majesté et aux sermens des Français, la Charte nouvelle, dépositaire féconde de nos franchises, garantit à la nation une liberté sage et amie de l'ordre, mais généreuse et progressive comme les lumières et la civilisation.

Les empires ne fleurissent qu'autant que la sainte autorité des lois est respectée de tous et en tous lieux. Organes à la fois et esclaves de ces lois, et convaincus qu'une justice impartiale est le premier besoin du peuple, le bouclier de ses droits et de ses intérêts légitimes, nous consacrerons, Sire, tous nos efforts à accomplir avec zèle et indépendance la noble mission que nous tenons de Votre Majesté, et nous n'oublierons jamais que nos sermens nous imposent le devoir sacré d'embrasser dans une même sollicitude les prérogatives constitutionnelles de votre couronne et les libertés publiques.

Réponse du Roi.

« La sincérité, la loyauté du Gouvernement est
ce qui inspire la confiance de la nation. C'est par
elle que le commerce reprendra son développement,
que les sources de l'industrie seront fécondées, et
que les maux que nous souffrons après une si grande
commotion, pourront être réparés. Vous pouvez
compter sur ma sincérité, sur ma ferme volonté
de maintenir nos libertés, de consolider nos institutions, et de garantir à tous les citoyens le libre
exercice de leurs droits. »

Paris, le 24 juin.

Colmar, le 22 juin au soir.

Le Roi est monté à cheval à deux heures et demie, immédiatement après son déjeûner, pour aller
visiter la fabrique de M. Hausmann, située à une
demi-lieue de Colmar.

Sa Majesté a parcouru tous les ateliers. Elle en a
admiré la belle disposition ; elle a examiné avec un
vif intérêt les perfectionnemens introduits, tant pour
la filature de coton, que pour le tissage des toiles et
leur impression. Cette belle fabrique emploie dix-
huit cents ouvriers ; elle n'a pas cessé d'être en activité, avantage qu'elle doit aux débouchés qu'elle
s'est ménagés dès long-temps avec l'Amérique. En
parcourant les ateliers, Sa Majesté a rencontré un

vieux Hongrois qui l'a saluée du cri de *vivat Rex Philippus!* au milieu de ceux de *vive le Roi!* sortis des cœurs tout français de ses camarades.

Le Roi a passé ensuite en revue la garde nationale de Munster, qui était rangée en bataille devant cette fabrique. Sa Majesté est partie à quatre heures et demie pour Mulhausen, en prenant la route de Neufbrisac.

A Neufbrisac, le Roi a remis un drapeau et distribué quelques décorations au 17e léger, que Sa Majesté a passé en revue en même temps que la garde nationale, dont la tenue était fort remarquable. Les demoiselles de Neufbrisac, en offrant des fleurs au Roi, lui ont présenté une jeune orpheline dont le père, ancien militaire, ne pouvait obtenir de droit une pension de retraite parce qu'il ne comptait que vingt-neuf années de service. Sa Majesté a recommandé sa demande au ministre de la guerre.

Les villages sur la route de Mulhausen sont très-rapprochés ; partout la garde nationale et la population s'étaient portés sur le passage de Sa Majesté, et l'ont saluée des acclamations les plus vives.

Mulhausen, le 22 juin au soir.

Le Roi est arrivé à neuf heures à l'entrée de Mulhausen.

Sa Majesté était montée à cheval ; elle a été reçue par le maire, en face d'une superbe tente, formée d'étoffes aux trois couleurs, des fabriques du pays. Des deux côtés de la tente, on avait élevé des tri-

24

bunes drapées avec des étoffes tricolores : une foule immense remplissait les rues ; les acclamations étaient continuelles. Sa Majesté en paraissait vivement émue. La belle place du quartier neuf offrait un spectacle magnifique. Au milieu s'élevait une colonne transparente sur laquelle étaient figurés les traits principaux de la vie de Louis-Philippe. Les beaux édifices de cette place étaient éclatans d'illuminations. L'enthousiasme de la population, à l'arrivée du Roi, s'est manifesté avec une vivacité remarquable.

Sa Majesté est descendue au pavillon qui occupe le fond de la place. Elle s'est mise plusieurs fois au balcon pour y jouir de l'ensemble de ce beau spectacle, et chaque fois les mêmes acclamations se sont renouvelées.

Le Roi a reçu les diverses autorités de Mulhausen et une députation de la ville de Huningue. Sa Majesté ne s'est mise à table qu'à onze heures ; elle y a admis les principaux fonctionnaires.

Mouvemens des pontonniers devant Strasbourg, en présence de Sa Majesté, dans la journée du 20 juin.

Le spectacle vraiment remarquable dont le Roi des Français, le roi de Wurtemberg et toute la population des deux rives, ont joui le 20 de ce mois sur les bords du Rhin, a dû prouver que les fleuves

les plus rapides ont cessé d'être des obstacles à la
marche des armées.

A peine le Roi est-il arrivé sur les bords du Rhin,
que des troupes se sont élancées dans des bateaux
conduits par M. le capitaine Lambert ; elles ont traversé le fleuve en moins de quelques minutes, et
abordé en repoussant tout ce qui s'opposait au dé-
barquement. Dès qu'elles eurent touché terre, un
pont de bateaux se construisit sous les ordres de
M. le commandant Lanoue, et par les soins de MM. les
capitaines Lejeune et Ritter. Il fut achevé en vingt-
sept minutes ; et un pont de radeaux, construit par
MM. les capitaines Devillers et Pradelles, terminé
en trente-deux minutes. Un pont volant en aval,
une traille en amont, furent établis presqu'aussitôt
par M. le capitaine Poirier, sous les ordres de M. le
commandant Payan, qui déjà avait fait exécuter le
passage de vive force.

Le lieutenant-colonel Lechesne, commandant le
corps des pontonniers, dont on ne saurait assez louer
le zèle et l'activité, et auquel le Roi a témoigné à
diverses reprises tout son contentement, a dirigé et
ordonné toutes les manœuvres.

A peine les ponts furent-ils établis, que des *win-
delings*, nacelles à trois planches, se jouèrent sur le
fleuve et passèrent sous le pont.

Les troupes, pleines d'ardeur et de gaîté, passèrent les ponts en courant et abordèrent à la rive
droite.

Aussitôt après, la portière du pont de bateaux

s'ouvrit, des bateaux de grandes dimensions, naviguant sur le fleuve, passèrent le pont et abordèrent à la rive droite.

Des batteries d'artifice, placées en amont et en aval, appuyaient par un feu soutenu tous les mouvemens.

Les troupes, simulant une retraite, repassèrent sur les ponts; le pont de radeaux se replia; le pont de bateaux, de 120 mètres de longueur, se mouvant d'une seule pièce, interrompit instantanément la communication des deux rives, et vint aborder, sous les yeux du Roi, à la rive gauche du fleuve, à la satisfaction de Sa Majesté et aux applaudissemens réitérés des spectateurs.

Le Roi a exprimé, dans les termes les plus flatteurs, tout son contentement au lieutenant-colonel Lechesne; et le ministre de la guerre, que le passage de la Reuss a rendu juge si éclairé d'opérations de ce genre, a témoigné au colonel combien il lui savait gré d'avoir, en si peu de temps, fait donner une instruction aussi complète à plus de mille jeunes soldats.

Du Rhin, le Roi s'est rendu, avec sa majesté le roi de Wurtemberg, sur la rivière d'Ill, où la 12e compagnie de pontonniers, commandée par M. le capitaine Debacq, a construit un pont avec des pontons cylindriques que le Roi desirait voir. Ce pont a été établi en 15 minutes, et la compagnie a défilé sur deux, trois et quatre rangs. Sa Majesté, accompagnée du roi de Wurtemberg, voulut le passer, à la suite de la compagnie, pour juger elle-même de la stabilité de ce pont. Sa Majesté, en remontant en voiture, a renouvelé au lieutenant-colonel toute sa satisfaction, et a laissé aux pontonniers des marques de sa munificence.

Paris, le 27 juin.

Mulhausen, le 23 juin.

S. A. R. le duc d'Orléans, accompagné de M. le maréchal Soult, est parti ce matin de Mulhausen pour Huningue, où il a passé quelques heures. La veille, en répondant à la députation de cette ville, le Roi avait exprimé ses regrets de ne pouvoir s'y rendre lui-même, et avait annoncé que son fils le remplacerait dans cette visite. On dit que les ruines des remparts de Huningue, qui rappellent des souvenirs si tristes et si glorieux, ont vivement ému le jeune prince et les vieux guerriers.

A deux heures, le Roi a parcouru les salles de l'exposition des produits de l'industrie. Nous rendons, à part, un compte détaillé de cette exposition, que Sa Majesté a examinée avec beaucoup d'intérêt. (*Voyez* plus bas le récit de la visite du Roi.)

Un orage mêlé de grêle, qui a éclaté avec beaucoup de violence vers trois heures, a empêché le Roi de se rendre au champ de manœuvres hors de la ville, pour y passer en revue les gardes nationales des environs de Mulhausen. C'est dans la ville même, et sur la place du Quartier-Neuf, que cette revue a eu lieu. Malgré la pluie, le Roi est monté à cheval avec les Princes et a vu défiler devant lui environ 10,000 hommes de gardes nationales, dont l'équipement et l'instruction ne laissaient que peu de chose à desirer. Les bataillons de Mulhausen, de Thann, de Saint-Amarin et de Cernay se sont fait remarquer surtout par leur bonne tenue et leur discipline. Il est superflu d'ajouter que les plus vives acclamations ont constamment salué Sa Majesté pendant toute la durée de cette revue.

Après le défilé, le Roi a traversé la ville à cheval, pour aller visiter la belle usine de M. André Koechlin, qui réunit à la fois une fonderie, des ateliers de constructions et une filature de coton.

Plusieurs pièces de moulage ont été fondues devant le Roi. Sa Majesté a visité en détail les différentes parties de ce vaste établissement. Une machine à broder au plumetis et au passé a particulièrement fixé son attention. Cette machine, de l'invention de M. Josué Heilmann (gendre de M. Koechlin, ancien député), a été construite dans les ateliers de M. André de Koechlin. Elle brode ordinairement avec cent quatre-vingts aiguilles en même temps. Devant Sa Majesté, elle a brodé, au moyen de vingt-quatre aiguilles, vingt-quatre coqs en soie nuancée. Le Roi et les Princes ont accepté plusieurs échantillons curieux des produits de cette ingénieuse machine.

Sa Majesté a visité ensuite la filature de coton de

M. Naegly. Elle n'est rentrée qu'à six heures et demie, après avoir parcouru la ville, accueillie partout sur son passage par les cris de *vive le Roi!* Un bal a été offert au Roi par la ville, dans la maison de M. Dollfus Mieg. Plus de 2,000 personnes assistaient à cette brillante réunion. Aux contredanses et aux walses a succédé une danse nationale très-animée et très-originale, à laquelle le duc d'Orléans a pris part, et que Sa Majesté a paru voir avec beaucoup de plasir.

Le Roi s'est retiré à onze heures et demie.

Ce matin, à huit heures et demie, Mgr le duc d'Orléans est parti de Mulhausen, accompagné de M. le maréchal duc de Dalmatie, ministre de la guerre, pour aller visiter la ville d'Huningue. Le Prince n'a pu voir, sans un vif sentiment de douleur, un tas de ruines aux lieux où s'élevaient, il y a seulement quelques années, ces ouvrages formidables construits par Vauban pour être l'un des boulevards de notre indépendance. Quel cœur français ne serait ému à l'aspect de ces champs abreuvés du sang des héros qui combattirent si vaillamment pour la patrie? C'est par là que se retira l'une des colonnes de l'armée du Rhin lors de la retraite au travers les montagnes Noires; c'est là que combattit l'illustre DESAIX; c'est là que mourut glorieusement ABATUCCI. Le Prince a salué le modeste monument et le coin de terre où reposent les cendres de ce brave, mort pour ce qu'il y a de plus sacré parmi les hommes, la défense du pays.

La population d'Huningue, réduite au tiers de ce qu'elle était avant la démolition de ses murailles, n'a, malgré ses malheurs, rien perdu de son patriotisme. Le Prince a passé en revue une garde nationale zélée, instruite, dont presque tous les officiers sont des vétérans des armées de 1792 à 1814, et ont obtenu la décoration au champ de l'honneur. S. A. R. a témoigné au commandant de cette garde civique combien il était touché du noble désintéressement dont ce commandant a fait preuve en habillant de ses propres deniers une grande partie des gardes nationaux, et en fondant une école d'enseignement mutuel où cent enfans sont instruits, également aux frais de cet excellent citoyen.

Le Prince royal et le ministre de la guerre, accompagnés du maire d'Huningue, ont visité avec soin ce qui reste encore debout du vaste couronnement qui existait avant 1815, mais dont la plus grande partie a été détruite en même temps que les fortifications. Après quoi le Prince est parti d'Huningue pour rejoindre le Roi à Mulhausen.

Visite du Roi à l'exposition des produits de l'industrie du Haut-Rhin.

A une heure et demie, Sa Majesté s'est rendue au local de la Société industrielle qui avait organisé dans ses salles une exposition des produits manufacturiers du Haut-Rhin. Sa Majesté a examiné avec détail cette riche et brillante collection, et s'est informée avec intérêt de l'état des diverses branches d'industrie dont les produits étaient sous ses yeux; elle a permis que les exposans fussent présentés, et s'est adressée à chacun d'eux avec la plus cordiale bienveillance.

Parmi les objets qui ont paru plus particulièrement fixer l'attention de Sa Majesté, nous citerons les filés de coton de MM. Nic. Schlumberger et Cᵉ, et J. Herzvy, qui rivalisent par leur finesse avec ce que l'Angleterre produit de plus parfait en ce genre ; la nombreuse collection de tissus de coton blanc, genre de fabrication dans lequel l'Alsace s'est acquis une juste réputation. Sa Majesté remarquait surtout les tissus damassés de MM. Gros, Davilier, Ronenn et Cᵉ., et de M. A. Frank, et les tissus unis et croisés de MM. Isaac Koechlin, D. Baungartner et Cᵉ. , et Schlumberger Steiner et Cᵉ. Un nouveau tissu peluche de soie et coton, pour la fabrication duquel une maison de Creveld, en Prusse, vient de former un établissement dans le Haut-Rhin, a éveillé l'intérêt de Sa Majesté, parce que c'est une conquête que vient de faire la France sur l'étranger. Sa Majesté s'est arrêtée un instant devant une presse lithographique de M. Engelman, et a paru suivre avec plaisir le tirage de quelques épreuves représentant son entrée à Mulhouse. Cet artiste distingué, dont les belles production étaient connues depuis long-temps par le Roi, a eu l'honneur de lui offrir les épreuves qui venaient d'être tirées devant lui.

Dans l'exposition des draps de laine, Sa Majesté remarquait la belle qualité des produits de la manufacture de MM. Martin Thÿs et Ce. , et les tapis imprimés de M. Math. Mieg fils; elle a ensuite examiné avec intérêt les panneaux de papiers de tenture exposés par MM. J. Zuber et compagnie, parmi lesquels se distinguait, par la suavité de l'exécution, un paysage du Brésil. Elle a paru admirer surtout une tenture à tulle exécutée par des procédés nouveaux, qui rendent l'imitation parfaite. La même maison avait aussi exposé des rouleaux de papier sans fin fabriqués par un nouveau système mécanique, des couleurs et produits chimiques. L'examen des articles exposés par MM. Jappey frères a long-temps occupé Sa Majesté. Ce vaste établissement, unique en son genre, augmente d'année en année son immense assortiment. Des mouvemens de montre et d'horloge; des vis à bois, des serrures, des vases en fer étamé, du boulon pour les arsenaux, et une infinité de produits de ce genre, y sont fabriqués par des moyens mécaniques, qui réunissent toujours la perfection au bon marché.

MM. Witz Sheffan, Oswald frères et Compagnie, avaient exposé un brillant assortiment de fils d'or, d'argent et de cuivre. Sa Majesté a surtout remarqué une composition jaune imitant le fil d'or si parfaitement, qu'il était presqu'impossible de l'en distinguer.

M. Migeon, ancien député, avait soumis à Sa
Majesté un assortiment de toutes les vis nécessaires
à la monture d'un fusil, et dont il a entrepris la fabrication par des moyens mécaniques. Sa Majesté a
paru très-satisfaite de leur parfaite exécution. Elle a
aussi examiné avec intérêt les machines et pièces
détachées sorties des ateliers de MM. A. Koechlin et
Compagnie. On y remarquait un double métier à tis-
ses mécanique, un banc à broches pour la filature
du coton, un appareil pour chauffer l'air des appartemens, une cuisine économique. Un tour à graver
les rouleaux pour l'impression des toiles, que son
constructeur, M. Huguenin, a fait fonctionner devant Sa Majesté, et la parfaite exécution des gar-
vures de M. Koechlin-Ziegler, avait fixé son attention.

Parmi les productions agricoles qui figuraient à
l'exposition, la fécule de M. Gros, les amidons de
MM. Laederich frères, et le sucre de betterave de
l'établissement dont M. Nicolas Koechlin a doté
le Haut-Rhin, ont surtout été remarqués par Sa
Majesté.

Le Roi, en entrant dans la salle du premier étage,
a admiré un magnifique bouquet de plantes exoti-
ques dont MM. Beaumann frères avaient orné la
salle d'entrée : la réunion de tant de plantes rares
pouvait seule donner une juste idée de l'étendue de
l'établissement de ces Messieurs.

Une salle d'exposition avait été exclusivement réservée pour les tissus de coton teints et imprimés,

ce genre de fabrication formant la principale branche d'industrie du Haut-Rhin : l'ensemble de la décoration de cette salle a paru frapper Sa Majesté par la variété et la richesse : en parcourant ce riche bazar, elle a admiré tantôt la beauté des dessins, tantôt la vivacité des couleurs, tantôt la finesse des tissus ; et en citant parmi les noms honorables qui ont reçu les complimens de Sa Majesté MM. Gros Davillier, Ronenn et Cᵉ, N. Koechlin et fils, Haitman et fils, Schlumburg Koechlin et Cᵉ, Haitmann-Liebach et Cᵉ, Schmidt et Salzmann, Grosjean Koechlin, Blech frères, nous craignons d'en avoir oublié qui ont participé à la même distinction.

La dernière salle que parcourut le Roi était destinée à l'exposition des productions de nos artistes, parmi lesquels nous sommes fiers de pouvoir citer deux noms qui se sont déjà acquis de la réputation. L'un, M. Wachmuth, qui avait été adjoint par le Gouvernement à l'expédition d'Afrique, a exposé, entre autres, une étude des environs d'Alger, devant laquelle Sa Majesté s'est arrêtée avec plaisir ; elle en a fait compliment à l'auteur, comme aussi de la conception et de l'heureuse exécution de la colonne en transparent placée au centre de la place du nouveau quartier, et qui avait produit un effet si magique lors de l'entrée du Roi. Le second artiste, M. Tournier, qui déjà avait obtenu la médaille d'or, et dont un tableau figure au Luxembourg, a également eu l'honneur d'être présenté au Roi, qui lui a dit les choses les plus flatteuses sur un tableau à fruits qu'il avait exposé. Enfin, une vue du château de Reichnau, peint à l'aquarelle par M. Frey, a rappelé à Sa Majesté des souvenirs qui sont gravés dans tous les cœurs français.

Avant de quitter l'exposition, Sa Majesté a daigné agréer l'hommage des Mémoires et de la Statistique que publie la Société industrielle, et exprimer à son président tout l'intérêt qu'elle prend à cette institution, et tout le plaisir que lui a procuré l'inspection de tant de productions intéressantes.

SUITE DES AUDIENCES DU ROI.

Colmar, le 21 juin.

A la limite du département du Haut-Rhin, M. le préfet a adressé au Roi un discours dont on n'a pu recueillir la copie. Voici la réponse de Sa Majesté :

« Vous avez bien raison de dire que je suis à vous ; j'y suis du fond de mon cœur. Je jouis de tous les sentimens qui me sont témoignés en Alsace, par toutes les populations qui m'entourent. Je ne puis vous dire à quel point j'en suis touché. »

Discours de M. le maire de Colmar.

SIRE,

Organes des habitans de cette ville, le maire, les adjoints et le conseil municipal viennent offrir à Votre Majesté l'hommage de leur respect et de leur dévouement.

Sire, cette population qui se presse sur vos pas, ces cris d'allégresse qui retentissent de toutes parts, sont l'expression franche et naïve du bonheur que nous éprouvons de posséder parmi nous le Prince que la nation a élevé sur le pavois, et que nous aimons à saluer du nom de Père de la patrie.

Réponse du Roi.

« Je suis bien touché des sentimens que vous m'exprimez, et de ceux qui me sont témoignés par la population de ces départemens. Aussi me serait-il difficile de rendre ceux que j'éprouve moi-même en les parcourant, en voyant vos concitoyens, mes chers compatriotes. Dévoué dans tous les temps à mon pays, le suffrage de mes concitoyens a été l'objet de tous mes vœux. Je suis trop heureux de penser que ma conduite m'a mérité leur confiance, que c'est à mon patriotisme bien connu, à mon amour de la liberté, de la véritable liberté, que j'ai dû l'honorable appel de la nation; j'y ai répondu par le dévouement le plus complet : l'ambition a toujours été loin de mon cœur ; je n'ai vu que la patrie, je n'ai été animé que du desir de la servir, de maintenir partout le règne des lois, d'empêcher qu'aucune force ne s'élève au-dessus d'elles. Si de nouveaux dangers menaçaient la patrie, ce serait avec autant de confiance que d'ardeur que je viendrais me mettre à la tête de vos phalanges citoyennes, sûr de trouver dans vos rangs, comme autrefois, de vaillans défenseurs de la France. »

Discours pronoucé par M. le président de la cour royale de Colmar.

SIRE,

La cour royale vient offrir à Votre Majesté l'hommage de sa fidélité et de son profond respect. Elle dépose avec confiance, dans le sein de l'élu de la patrie, ses vœux pour la prospérité publique et la gloire de son règne.

Le temps, Sire, ne peut que fortifier les droits de Votre Majesté à l'amour des Français. Votre apparition au milieu des dangers du pays a été une protestation contre l'anarchie. Cette protestation a été comprise de la France entière.

Que chaque citoyen fasse dans la sphère de son activité, et suivant l'étendue de ses moyens, les mêmes sacrifices à la chose publique que Votre Majesté. Que chacun donne l'exemple du même dévouement à la France et à ses institutions, et la patrie sera à jamais grande et prospère.

Sire, la liberté s'étend et fleurit sous l'égide tutélaire de la royauté constitutionnelle, qui, mieux que toute autre forme de gouvernement, fixera au milieu de nous la véritable liberté, la liberté de tous, si différente de celle des partis, qui n'est autre que le despotisme de l'oppression.

Etudier et voir de près les besoins des peuples, tel est le grand but du voyage de Votre Majesté. Ces besoins sont malheureusement trop réels; les

charges publiques qui restent impérieuses, et des circonstances souvent plus fortes que les hommes,
peuvent mettre quelque temps encore obstacle au
soulagement des besoins matériels des populations,
trop souvent perdus de vue. La législation peut davantage sur leurs besoins moraux; parmi lesquels
celui d'une représentation départementale assez forte
pour garantir efficacement les intérêts locaux, se fait
le plus vivement sentir.

Vos magistrats, Sire, de tout temps dévoués aux
libertés publiques, comme ils le sont à votre pouvoir constitutionnel, se montreront toujours jaloux
de remplir vos intentions pour la bonne et prompte
administration de la justice, qui est aussi un besoin
des peuples cher au cœur de Votre Majesté.

Vive la France! vive le Roi! vivent les Princes ses
enfans, douce espérance de la patrie!

Réponse du Roi.

« J'espère qu'ils justifieront ce que la patrie a
droit d'attendre d'eux; j'en ai la douce confiance.
C'est le sentiment de mon devoir envers ma patrie,
c'est l'espoir de lui être utile qui m'a déterminé à accepter le Trône. D'un côté, j'ai cru que je pouvais
la préserver de grands maux; de l'autre, que je pouvais concourir à lui faire quelque bien, et alors aucun sacrifice ne m'a coûté. Je desire, en effet, dans
mon voyage, entendre les vœux, connaître les besoins, et rechercher tout ce qui peut contribuer à
accroître la prospérité publique. J'ai la satisfaction

de voir que mes efforts sont appréciés. Je jouis vivement de l'accueil que je reçois partout, et particulièrement dans ces départemens, que je n'avais jamais visités, et où je trouve une population aussi généreuse que patriote, aussi dévouée à la liberté qu'à l'ordre et au règne des lois. Je sens toute l'importance de la loi sur l'organisation départementale dont vous parlez. C'est une des lois que la résolution de la Chambre des députés a consacrées, et qui n'a pu être présentée à la session dernière; elle le sera certainement dans la session qui va s'ouvrir. Je ne puis assez vous répéter que tous mes efforts tendront toujours à assurer le bonheur, la liberté et l'indépendance du pays par la monarchie constitutionnelle, en exécutant franchement la Charte, sans arrière-pensée, et faisant jouir les Français de tous les droits qu'elle consacre et de tous les avantages qu'ils peuvent en attendre. »

Discours prononcé par M. le procureur-général au nom de tout le parquet.

SIRE,

Je viens offrir à Votre Majesté les respectueux hommages des membres du parquet de la cour royale.

Les mémorables journées de juillet ont appris à l'Europe étonnée quelle est la puissance d'un peuple qui veut reconquérir sa liberté et ses droits. Après avoir triomphé, les Français, par l'organe de leurs

25

députés, vous ont appelé au Trône. Vous y êtes monté, Sire, après avoir juré de ne régner que par les lois et suivant les lois.

Cet engagement, dont votre patriotisme et votre loyauté garantissent la franche exécution, a été accepté avec joie par la nation. Elle reçut ainsi le gage d'un avenir prospère et glorieux auquel ses destinées l'appelaient depuis si long-temps en vain.

Cet engagement prescrit aussi aux délégués de votre autorité, la règle qu'ils doivent suivre invariablement dans l'exercice de leurs fonctions : c'est désormais par là loi et selon la loi qu'ils auront à se déterminer. *Affranchi du honteux servage qui le souilla si long-temps,* le ministère public, rendu à son indépendance, saura, n'en doutez pas, Sire, s'élever à la hauteur de la mission importante qui lui est confiée, et *sans craindre de se faire imposer des obligations en conflit avec son noble caractère,* il pourra, sans abjurer aucune des affections du citoyen, servir avec plus d'autorité la cause des libertés publiques. Il trouverait au besoin l'expression la plus vraie de ses devoirs et de ses droits, dans cette belle devise écrite sur les drapeaux de notre glorieuse révolution : *Ordre et Liberté.*

En effet, s'il oubliait l'ordre, il n'atteindrait pas le but qu'il doit se proposer : il n'y parviendrait pas non plus s'il manquait à la liberté, ou si la liberté lui manquait... L'institution applaudit ainsi à l'ère qui vient de s'ouvrir, et les hommes de l'institution vous entourent, Sire, de leurs vœux et de leur amour.

Les mots d'ordre et de liberté retentissent haut dans ce pays : ces deux idées y sont naturalisées depuis long-temps. Dans ce pays de patriotisme et de franchise, rien de mauvais ne put jamais jeter de profondes racines ; elle a été courte l'existence de ces châteaux élevée dans le moyen-âge, et dont vous avez vu les vastes et antiques débris. L'Europe entière gémissait encore sous le joug, que leurs ruines rappelaient de loin, que la tyrannie avait trouvé un tombeau là où elle croyait avoir édifié pour toujours. D'un autre côté, des communes populeuses et sagement régies offraient déjà alors l'image de l'ordre dans toute sa beauté... La belle alliance de ces deux idées n'était plus un problème à résoudre.

Si l'une ou l'autre de ces garanties de notre existence politique qui se servent mutuellement de sauvegarde était attaquée, l'Alsace qui, dans des temps plus difficile a su les conquérir, saura les défendre. Elle confond dans une même affection les saintes lois de la patrie, sa gloire, son indépendance et le Roi-citoyen.

Notre tâche à nous dans cette province, heureuse de vous recevoir, Sire, sera facile à remplir, nous n'en doutons pas ; mais quelles que soient les circonstances, nous serons toujours des hommes de l'ordre et de la liberté. Nous en déposons de nouveau la promesse entre les mains de Votre Majesté, comme le plus bel hommage que nous puissions lui offrir.

Réponse du Roi.

« Je le reçois en effet avec beaucoup de plaisir. La liberté, comme vous l'avez dit, et comme je l'ai répété tant de fois, ne peut exister que là où l'ordre public est maintenu. C'est cette réunion de l'ordre public et de la liberté qui les fortifie réciproquement, qui constitue le règne des lois, qui assure à chacun le libre exercice de ses droits et la pleine jouissance de ses propriétés. Vos importantes fonctions consistent à faire exécuter les lois, à veiller à ce que les coupables reçoivent le châtiment des crimes ou des délits qu'ils ont commis, à ce que dans les procès entre simples particuliers, la justice soit rendue avec impartialité; enfin à empêcher que la loi soit méconnue, comme nous n'en avons eu que trop d'exemples. Dans l'exercice de ses importantes fonctions, le ministère public doit s'élever constamment au-dessus de toutes les passions et se placer à la hauteur qui lui convient, car c'est là ce qui caractérise son indépendance : c'est ce que le Gouvernement doit lui assurer, et nul n'est plus décidé que moi à ne jamais souffrir qu'il y soit porté la moindre atteinte. »

Discours prononcé au nom du tribunal de première instance.

Sire,

Le tribunal de première instance de Colmar est heureux de vous présenter l'hommage de son profond respect.

Il sait l'importance que Votre Majesté attache à
l'administration de la justice. Il est pénétré de ses
devoirs et s'efforce de les remplir.

L'arrondissement de Colmar est un de ceux dans
lesquels une justice prompte est nécessaire à cause
de l'extrême division des propriétés ; qui exige de
fréquentes fixations de droits : mais si cette division
rend le besoin de la justice plus impérieux, elle rend
aussi sa nombreuse population plus laborieuse, elle
la rattache tout entière aux vrais intérêts de la patrie ; étrangère aux agitations, cultivant un sol fer-
tile, elle prospère sous la protection des lois ; elle ne
demande que leur maintien et porte un dévouement
sincère au chef de l'État qui lui procure le bienfait de
la paix. Elle réclame une amélioration dans la législation sur les formalités à suivre dans les ventes forcées :
il serait utile de mettre en rapport les frais prépara-
toires avec le peu de valeur des propriétés qui sont
habituellement soumises aux aliénations, et dont la
majeure partie est absorbée par ces frais.

Cette population sait qu'aux jours du danger vous
avez été appelé pour reconstituer l'État. Votre attachement à l'honneur national, aux institutions nouvelles, aux libertés publiques, ont déterminé ce
choix ; vous avez entendu les vœux de la France,
vous vous êtes arraché à la vie privée dans laquelle
votre principale occupation consistait à former de
grands citoyens dignes de vous et de la patrie.

Sire, vous avez agrandi votre Famille ; on ne peut
payer ce bienfait que par la reconnaissance : le

tribunal vous prie d'agréer son tribut d'admiration.

Réponse du Roi.

« Tout ce que j'entends, tout ce que je desire,
c'est de remplir la tâche que je me suis imposée,
c'est d'assurer le bonheur, la liberté et la prospérité
de mon pays. Aucun danger ne m'en aurait détourné,
aucun sacrifice ne m'aurait coûté pour atteindre ce
but. Aujourd'hui, la tâche est bien plus simple. C'est
surtout en maintenant l'ordre public et la paix extérieure que nous pourrons parvenir à rétablir la confiance, à faire fleurir le commerce, et à rendre à la
classe ouvrière le travail dont elle a besoin pour subsister. »

Discours prononcé par le président du tribunal de commerce.

Sire,

Je me trouve heureux d'être l'organe du tribunal
de commerce de l'arrondissement de Colmar, et de
porter aux pieds de Votre Majesté l'hommage de
notre respectueux dévouement.

Vous connaissez, Sire, l'embarras qui afflige le
commerce et l'industrie; votre sollicitude y portera
remède, car vous protégez l'ordre et nos libertés.

Comptez qu'en votre nom nous chercherons à
rendre bonne et loyale justice; comptez sur nos bras,
sur nos fortunes pour la défense de la patrie et de
votre noble dynastie.

Réponse du Roi.

« Je ferai tous mes efforts pour que ma dynastie se montre digne de mon pays. J'en ai déjà la confiance. Mes enfans ont partagé les avantages de l'éducation publique. Je ne doute pas qu'ils ne soient animés du même patriotisme que celui qui distingue la génération au milieu de laquelle ils ont été élevés. Pour moi, qui n'ai d'autre ambition que celle de voir mon pays libre, heureux et grand, je travaille continuellement à assurer à chacun le libre exercice de ses droits et de ses facultés. J'espère que, par la consolidation de la paix extérieure, ainsi que par l'affermissement de l'ordre public à l'intérieur, nous verrons la confiance se rétablir entièrement, les capitaux remis en circulation, les manufactures reprendre leur activivité et les ouvriers retrouver le travail qui assure leurs moyens d'existence, et qui peut leur procurer cette aisance dont je regrette tant qu'ils soient privés momentanément. »

Discours prononcé au nom du clergé de Colmar.

SIRE,

Le clergé de la ville de Colmar a l'honneur de vous offrir l'hommage de son profond respect.

Je suis heureux d'oser parler à Votre Majesté du bon esprit de ma paroisse ; la soumission aux lois est notre devise, nous la puisons dans l'Évangile que nous préchons à nos ouailles.

Les lois qui règlent et garantissent nos libertés civiles et religieuses, sont les liens les plus propres à
l'union des Français, sous le sceptre de l'auguste
Prince qui vient de monter sur le Trône pour en concilier les droits avec les franchises de la nation.

Colmar, qui a le bonheur de posséder Votre Majesté, jouit d'une paix qui ne laisse rien à desirer; la
diversité des cultes et le mémorable événement du
mois de juillet n'ont pu troubler l'esprit de charité
qui règne dans notre cité.

Au moment même que l'orage grondait, la Providence est venue à notre secours : elle protége visiblement la France; elle aime trop sa fille aînée pour
la délaisser; à l'approche du danger elle lui tend sa
main bienfaisante, elle lui jette une ancre de salut
pour la soustraire au naufrage.

Permettez, Sire, que j'abrége; je suis trop ému
pour continuer : un curé de province n'est pas assez
éloquent pour porter la parole dans une occasion
si solennelle; vos heures sont précieuses, tous vos
momens sont comptés, 32 millions de Français les
réclament.

Agréez, Sire, les vœux que nous ne cesserons de
faire pour Votre Majesté, pour votre auguste Famille, et daignez nous honorer de vos bontés, que
nous tâcherons de mériter.

Réponse du Roi.

» Je reçois l'expression de vos vœux avec beaucoup de satisfaction. J'apprécie également tous les

sentimens que vous m'avez manifestés; je tâcherai
toujours de répondre à l'attente de la nation. J'ap-
prends avec plaisir que dans ces contrées l'exercice
du culte n'a été troublé en aucune manière. Je
voudrais qu'il en eût été partout de même. Il ne
tient pas à moi que ce qui a été fait ailleurs ne soit
réparé, et je souhaite vivement que ces désordres
ne se renouvellent pas. Vous ne devez pas douter
de mon désir de faire respecter la religion. »

*Discours prononcé au nom du consistoire de
l'église évangélique de la confession d'Augsbourg.*

SIRE,

Le membre du directoire du consistoire général,
les inspecteurs et les présidens de consistoires de
la confession d'Augsbourg, offrent à Votre Majesté
l'hommage de leur respect, de leur fidélité, de leur
entière soumission.

La patrie réclamait un chef.

Vous avez accepté, Sire, la couronne nationale,
et pris le beau titre de Roi-citoyen.

La France a tressailli de bonheur, et un enthousiasme général a proclamé sa joie.

Cette joie se perpétue dans le cœur de tous les
fonctionnaires de notre culte. Ils sont heureux de
reconnaître en vous, Sire, le chef de notre organisation religieuse.

Nous concourrons avec zèle au maintien de l'ordre, qui n'a pas été interrompu.

Instruire, éclairer la jeunesse, pour fortifier davantage en elle le sentiment de ses devoirs envers Dieu, le Roi et les autorités constituées, telle a toujours été la mission de nos pasteurs ; elle sera sous votre règne, Sire, remplie avec plus de succès encore.

Il est si facile de gagner les cœurs pour un Roi si dévoué à la patrie! puisse nos concours, puissent surtout nos prières, faire promptement régner la concorde entre tous les Français!

La Providence accueillera nos supplications, et nous ne cesserons d'implorer le Tout-Puissant pour la prospérité de la France, celle de notre Roi et de son auguste Famille.

Réponse du Roi.

« Vous me rendez justice en comptant sur mon impartialité et mon empressement à assurer le libre et plein exercice de votre culte. C'est un droit inhérent à la nature humaine que d'adorer le Créateur comme on l'entend, et de professer librement la religion qu'on croit sincèrement la meilleure. Nul n'est plus disposé que moi à reconnaître ce principe, et à le faire respecter par tous ceux qui chercheraient à y porter atteinte. J'ai regretté qu'il n'ait pas été toujours suivi avec plus de franchise ; je me souviens, quoique je fusse bien jeune alors, de la joie que j'ai éprouvée lors du premier édit en faveur des protes-

tans, en 1788. Ce n'était pourtant qu'une demi-jus-
tice. Mais n'importe, c'était l'aurore de la liberté des
cultes, et je me réjouis que cette liberté soit enfin
entièrement consacrée. Je suis bien sensible à tout
ce que les pasteurs de votre religion m'ont témoigné. Je desire de tout mon cœur répondre à cet accueil que je reçois partout. Je ne puis mieux faire
que de travailler franchement au bonheur de mes
concitoyens , en écartant toutes les illusions qui
pourraient nous lancer dans de fausses routes, et en
imprimant à la marche du Gouvernement une direction réellement conforme au vœu national, qui per-
mette à chacun d'exercer librement ses droits civils
et politiques et de jouir de tous les avantages attachés au maintien de l'ordre et de la paix. C'est le
moyen de rétablir le commerce et de rendre particulièrement à l'industrie, si remarquable de ce département, toute l'activité dont elle est susceptible. »

Discours prononcé par le principal du collége de
Colmar.

Sire,

Les fonctionnaires du collége de cette ville sont
heureux de pouvoir offrir à Votre Majesté leurs respectueux hommages et l'assurance du plus sincère
dévouement.

Combien de fois, Sire, Votre Majesté n'a-t-elle
pas témoigné qu'elle attache la plus haute importance à l'instruction, comme à l'une des bases de la
prospérité publique , et annoncé que son Gouverne-

ment s'occupera d'améliorer l'enseignement dans ses divers degrés ?

« La France a recueilli cette promesse, et tous les départemens rivalisent de zèle pour seconder d'aussi généreuses intentions.

« De notre côté, Sire, nous continuerons de remplir consciencieusement notre mandat ; nous travaillerons à former nos élèves à l'obéissance au Roi par l'obéissance aux réglemens ; nous leur apprendrons à réunir dans leur amour un Roi-citoyen, fier d'être l'élu de la nation française, et de jeunes Princes qui, élevés comme eux sur les bancs de l'école, sont aujourd'hui la plus chère espérance de la patrie.

Réponse du Roi.

« Je vous en remercie beaucoup. Vous définissez bien les devoirs que vous avez à remplir. De mon côté, je ferai tout ce qui est en mon pouvoir, pour donner à l'enseignement tout le développement qu'il est si désirable qu'il prenne. Je sens ce qui lui a manqué jusqu'a présent. Cependant, je n'ai point hésité à placer mes fils sur les bancs de l'instruction publique, quoique je n'ignorasse pas que l'instruction publique n'était pas alors dirigée comme j'aurais cru qu'elle devait l'être, et j'ai persisté à leur en assurer les avantages, malgré les obstacles que j'ai rencontrés ; j'ai pensé en outre que c'était toujours un bon exemple à donner. Aujourd'hui, j'ai des devoirs plus étendus à remplir. Je ferai tous mes

efforts pour que la loi sur l'instruction publique réponde à l'attente de la nation, et pour qu'elle assure
à l'éducation nationale les avantages qui lui ont manqué jusqu'à présent, et que je suis bien impatient de
lui assurer. »

Le Roi en recevant MM. les officiers de la garde
nationale leur a adressé les paroles suivantes :

« J'ai bien regretté d'arriver si tard à Colmar,
» d'avoir été retenu à Strasbourg par des circons-
» tances qu'il n'a pas dépendu de moi d'accélérer,
» en sorte que je n'ai pas eu la satisfaction de voir
» votre garde nationale, comme je l'aurais desiré, au
» grand jour, dans tout son éclat. Néanmoins, je
» l'ai vue, je l'ai entendue, j'ai joui de l'accueil
» qu'elle m'a fait et de celui que j'ai reçu de toute
» la population alsacienne. J'ai besoin de saisir toutes
» les occasions pour exprimer les sentimens que j'é-
» prouve, pour vous dire avec quelle confiance je
» vois la garde de cet importante frontière, de ce
» grand boulevard de la France, remise en de telles
» mains, et de vous répéter que ce serait avec au-
» tant de zèle que d'ardeur que je me mettrais à
» votre tête, si de nouveaux dangers menaçaient la
» patrie. J'espère que cela n'arrivera pas, j'ai tout
» lieu de le croire; mais si l'honneur national, si
» notre indépendance l'exigeait, vous me reverriez
» de nouveau dans vos rangs pour les défendre, et
» je suis sûr de retrouver, dans cette population pa-
» triote et belliqueuse, le même élan dont je l'ai vue

» animée et qui a conduit tant de fois nos drapeaux
» à la victoire. »

Dès le matin, le Roi ayant entendu les cris de la
population qui demandait à le voir, a paru sur le
balcon de la préfecture, vêtu seulement d'une redin-
gotte, et lui a adressé en allemand les paroles suivantes dont nous donnons la traduction :

« Mes chers amis,
» Le Roi que vous appelez était encore au lit
» lorsque vos acclamations l'ont réveillé ; il s'est levé
» immédiatement pour vous remercier encore une
» fois.
» Mon cœur est plein du bon accueil par lequel
» vous avez salué mon arrivée dans la ville de
» Colmar. »

Plus tard, des bataillons de garde nationale ayant
défilé devant la préfecture, au milieu d'une foule
immense qui demandait encore à voir le Roi, Sa Majesté a paru une seconde fois sur leur balcon et leur a
dit de nouveau en allemand ce que nous traduisons
encore :

« Mes chers amis,
» Me voici encore une fois pour vous remercier
» de nouveau. J'ai entendu vos acclamations, j'ai
» entendu le bruit du tambour, et je m'empresse
» d'accourir pour vous voir tous et assister à cette
» revue. Je regrette de ne pouvoir mieux m'expri-
» mer en allemand, mais croyez bien que mon cœur
« ressent vivement les émotions que vous excitez

» en moi, et que si la langue me manque, au moins
» mon cœur ne manquera jamais, ni à vous, ni à
» notre chère patrie. »

Paris, le 16 juin.

Belfort, le 24 juin au soir.

Deux arcs de triomphe étaient construits à l'entrée
de Belfort. Toutes les populations voisines étaient
accourues dans cette ville. Chaque maison, ou pour
parler plus exactement, chaque croisée, était ornée
d'un drapeau tricolore.

A six heures et demie, Sa Majesté est arrivée à
l'arc de triomphe le plus éloigné du centre de la ville,
et y a été reçue par le corps municipal.

Avant d'entrer à l'hôtel de la mairie, préparé pour
le recevoir, le Roi a passé la revue d'environ 5,000
hommes de garde nationale et de troupes de ligne.
Sa Majesté a ensuite visité les forts, et n'est rentrée
à la mairie qu'à neuf heures et demie.

Le Roi a reçu en rentrant les autorités. Les principaux fonctionnaires ont eu l'honneur de dîner avec
Sa Majesté.

A dix heures et demie un feu d'artifice, auquel
Sa Majesté a mis le feu, a été tiré en face de la mairie. Le Roi s'est ensuite rendu au bal, où il est resté
jusqu'à onze heures et demie. Sa Majesté a été sa-

luée à Belfort par les mêmes acclamations qui l'ont accompagnée dans tout son voyage.

AUDIENCE DU ROI.

Discours de M. le maire de Mulhausen à l'entrée dans la ville.

Sire,

Partout Votre Majesté est accueillie par des manifestations de bonheur et de gratitude. Si les habitans de l'Alsace et de Mulhausen en particulier ne sont pas démonstratifs, ils sentent d'autant plus vivement. Leurs cœurs sont pleins et débordent de sentimens d'amour pour notre Roi, qui, par une noble abnégation de lui-même, a si miraculeusement sauvé notre belle patrie de l'anarchie et de la guerre civile.

Mulhausen, ville manufacturière, a beaucoup souffert; mais notre cité sait que les transactions commerciales ne se font qu'à l'ombre de la confiance et de l'ordre que Votre Majesté travaille à consolider et à rétablir dans tout le royaume.

Nous ne regrettons pas les pertes éprouvées par notre industrie, puisqu'elles étaient indispensables pour obtenir à la tête de notre patrie le meilleur des citoyens.

Réponse du Roi.

« Je suis plus touché que je ne puis l'exprimer de l'accueil que je reçois en cette ville, et de celui que j'ai reçu dans toute l'Alsace. Ce qui me charme, ce qui me transporte, c'est de voir que l'esprit dont ces populations sont animées, est à la fois patriotique, français et sagement libéral. Il est bien honorable pour vous de conserver ces sentimens dans toute leur pureté, au milieu des souffrances que la stagnation du commerce vous fait éprouver. Je sens vivement combien elles sont pénibles pour la ville de Mulhausen; j'en suis d'autant plus affecté que vos concitoyens les supportent avec tant de courage, et que sans la grande secousse que nous venons d'éprouver, aucune agitation ne s'est manifestée parmi eux, et qu'ils se sont toujours conduits en amis de l'ordre et de la vraie liberté. Ce sont les mêmes sentimens qui m'ont dicté d'accepter le Trône, pour préserver la France des maux de l'anarchie, et je suis bien récompensé de cet acte de dévouement par l'affection qu'elle me témoigne en retour. J'espère qu'avec cet appui nous mènerons le vaisseau de l'État à bon port. Lorsqu'une fois l'ordre public sera mis à l'abri de toute atteinte, lorsque la paix extérieure sera affermie de manière à faire cesser les inquiétudes, la confiance renaîtra, les travaux recommenceront, et votre ville retrouvera dans l'activité de son commerce le terme de ses souffances et le retour de cette prospérité que je m'efforcerai de développer par tous les moyens en mon pouvoir. »

26

*Discours de M. le maire de Mulhausen à la tête du
conseil municipal.*

SIRE,

Sur aucun point de la France les effets de la révolution de juillet n'ont été salués par des acclamations
plus unanimes que dans notre ville. Depuis quinze
années, Mulhausen a donné trop de gages à l'ordre
actuel des choses pour que Votre Majesté doute des
sentimens que le conseil municipal lui exprime.

Plusieurs fois notre population a craint de voir
éclater les sombres nuages qui menaçaient notre
belle patrie, et toujours notre Roi a su les dissiper
par ce sublime dévouement qui l'a porté à accepter
la couronne, et à refouler dans son lit le torrent des-
tructeur qui ne nous annonçait que des principes
subversifs de l'ordre et de toute liberté.

Votre Majesté veut améliorer nos lois sur l'instruction, œuvre philanthropique dans laquelle nous
voyons, Sire, la source de tout bonheur pour le
genre humain ; car sans le développement moral et
intellectuel des masses, les libertés ne sont qu'une
vaine théorie, et tout leur système ressemble à un
édifice sans fondement.

Réponse du Roi.

« J'ai la ferme confiance que tous les nuages dont
nous sommes encore entourés, seront bientôt aussi
heureusement dissipés que l'ont été ceux dont vous
venez de me parler ; car c'est mon union complète

avec la nation, c'est la confiance qu'elle m'accorde
en retour, malgré les trop nombreux efforts qu'on
renouvelle sans cesse pour l'ébranler, qui m'a donné
la force et les moyens de préserver mon pays des
orages politiques dont il était menacé. J'ose dire que
cette confiance de la nation est fondée sur la certitude
que jamais je ne me prêterai à aucune transaction
qui pût être préjudiciable aux intérêts de la France,
à sa liberté et à l'honneur national. Nul ne peut plus
douter aujourd'hui que je ne sois tout dévoué à mon
pays, que je n'ai d'autre ambition que celle de son
bien-être, de sa grandeur et de sa prospérité ; ainsi
nous marcherons ensemble d'un pas ferme vers le
but, et nous déconcerterons facilement les vaines
tentatives de ceux qui voudraient nous empêcher de
l'atteindre. La France est assez forte pour se faire
respecter au-dehors ; le Gouvernement est aussi assez
fort pour maintenir l'ordre dans l'intérieur, et pour
réprimer ceux qui se flatteraient encore de le troubler, et quand la prospérité d'un pays est établie sur
des bases aussi solides, elle ne peut manquer de
prendre un grand développement.

» Je m'occuperai de ce que vous me dites sur l'instruction primaire. Je pensais que dans ces contrées
elle était portée à un haut degré de perfection. Je
ferai tout ce qui dépendra de moi pour concourir
avec vous à la propager. »

Discours prononcé au nom du tribunal de commerce de Mulhausen.

S I R E ,

Les membres du tribunal de commerce de Mul-hausen s'empressent de déposer aux pieds de Votre Majesté l'hommage de leur respect et de leur dévouement.

Votre Majesté a fait à la France un sacrifice immense. Elle s'est oubliée elle-même pour consommer ce grand acte de patriotisme, qui a préservé notre belle patrie des maux qui la menaçaient.

Écartant de vaines théories, Votre Majesté cherche à consolider les institutions que nous avons obtenues et à leur donner les développemens dont elles sont susceptibles; mais ceux-ci ne peuvent s'opérer qu'à l'aide d'une situation d'ordre et de tranquillité intérieure, soutenue par le maintien de la paix au-dehors.

Les intentions bien prononcées de Votre Majesté tendent à nous conserver tous ces bienfaits, et se rencontrent ainsi avec les vœux de tous les véritables amis de leur pays.

Elles trouvent surtout un assentiment presque universel parmi les habitans d'une ville qui, comme la nôtre, n'existe que par son commerce et le produit de son industrie, et qui a besoin de ressaisir sa prospérité momentanément arrêtée par la force des circonstances.

Cette prospérité ne renaîtra que sous l'égide tuté-

laire du système actuel du Gouvernement de Votre
Majesté ; système que nous appuyons de toute la
puissance de nos affections, et sur la conservation
duquel nous ne craindrons aucun sacrifice, quelle
qu'en puisse être l'étendue.

Votre Majesté voudra avoir foi dans nos assurances.
Elles prennent racine dans notre plus profonde conviction, et ce sont des Alsaciens qui les lui expriment
avec cette sincérité, cette bonne foi, qui forment l'a-
panage de l'heureuse terre sur laquelle ils sont nés, et
dont les enfans rivaliseront constamment en amour
et en fidélité pour Votre Majesté et son auguste
dynastie.

Réponse du Roi.

« Je voudrais être capable de répondre à votre
discours comme je le sens ; mais les expressions me
manquent pour vous manifester tout ce qu'il me fait
éprouver. Vous avez été l'écho de tous mes sentimens. Je veux, pour la France, ce que je vois que
vous voulez aussi ; je veux la liberté réelle, non pas
la liberté de déception, non pas cette liberté pré-
tendue sous laquelle nous avons vu suspendre toutes
les lois, toutes les garanties, et organiser le gouvernement révolutionnaire, ce despotisme le plus dur
et le plus humiliant qui ait jamais pesé sur aucun
pays : despotisme dont je puis parler, puisque j'en
ai été le témoin et la victime. Et ne croyez pas
que ce soient mes malheurs personnels qui aient aigri
en moi ces douloureux souvenirs ; je ne conserve

d'autre souvenir que celui des maux qu'il a fait souffrir à la France. Je n'ai accepté le Trône que pour
la préserver du retour de ces maux, résultat de toutes
les illusions ; et, il faut le dire, de toutes les déceptions qui ont été pratiquées par tant de gouvernemens successifs, soit populaires, soit autres, lorsqu'ils renversaient les libertés publiques dans le vain
espoir de perpétuer ou de consolider leur existence.
Quant à moi, je ne connais qu'un moyen de consolider un gouvernement, c'est qu'il respecte les libertés
publiques , qu'il travaille sans cesse à les protéger et
à les maintenir ; qu'il soit franc , droit et loyal;
qu'il soit juste envers tous, et qu'en un mot, il soit
toujours guidé par le sentiment que cette belle expression allemande (*anfrichtigkeit* [1]) définit si
bien. »

(Toutes les personnes qui étaient présentes à la
réception , frappées de la justesse de cette expression , l'ont répétée avec vivacité , en l'accompagnant
des cris de *vive le Roi!*)

« Tels sont les sentimens qui m'ont toujours animé ; je suis bien aise d'avoir pu vous les exprimer
dans votre langue , non-seulement pour faire voir
que je ne l'ai point oubliée, mais encore pour vous
montrer que je connais et que j'apprécie l'esprit qui
distingue les bons Alsaciens. Je sais qu'il est trop

---

[1] Ce mot ne peut guère être traduit que par la réunion de
trois autres : *sincérité, droiture, loyauté.*

sensé, trop solide pour se laisser égarer par de vaines
déclamations, ainsi que quelques têtes légères, qui se
croient en droit d'être souverains parce que nous
reconnaissons le principe de la souveraineté nationale, et qui ne craignent pas de compromettre l'a-
venir de notre belle patrie par la poursuite de leurs
illusions. Encore une fois, ce n'est que pour la préserver de ce malheur que je suis venu. Aucun sacrifice ne me coûte quand il s'agit du salut de mon
pays et de sa destinée tout entière. J'y consacrerai
tous mes instans jusqu'à mon dernier soupir ; et rien
n'est plus propre à m'encourager dans mes efforts que
les sentimens que vous m'avez exprimés.

Discours de M. le maire de Belfort.

SIRE,

Heureux de la présence de Votre Majesté, nous
venons lui offrir l'hommage de notre amour, de notre
fidélité et de notre dévouement.

Si le peuple français a salué d'unanimes acclamations votre avénement au Trône, c'est qu'en plaçant
la couronne sur votre tête, il a voulu, comme Votre
Majesté, que la Charte fût désormais une vérité.

Vos efforts, Sire, pour le maintien de l'ordre
public et de la paix, sont des bienfaits qui vous
assurent la reconnaissance de tous les Français. Mais
si l'étranger osait attenter à notre honneur et à notre
indépendance, placés sur la frontière, les premiers
nous volerions à sa défense.

Belfort n'a-pas perdu le souvenir du siége de
1814 : les sacrifices que, pendant cent treize jours,
ses habitans ont faits pour soutenir une garnison
dépourvue de toutes subsistances; ils sont prêts à
les renouveler encore pour le triomphe de la liberté
et le maintien du Trône élevé par la révolution de
juillet.

Ce siége toutefois a laissé des plaies profondes
que dix-sept années n'ont pas encore cicatrisées.
Des malheureux, dont les propriétés ont été dévastées ou incendiées pour la défense de la place,
attendent encore la juste indemnité qui leur est due.

Ce n'est pas offenser le cœur paternel de Votre
Majesté, que de lui dire nos souffrances et lui faire
connaître nos besoins.

La classe laborieuse et agricole appelle de tous
ses vœux une diminution sur les impôts.

Sire, nous savons bien que le seul obstacle à
l'allégement des charges publiques, est dans la gravité des circonstances; car, si Votre Majesté met
sa gloire à commander à une nation libre, le titre de
Père du peuple ne sera pas moins cher à son cœur.

Réponse du Roi.

« Sans doute, ce titre serait bien cher et bien
précieux pour mon cœur; le mériter sera toujours
l'objet de mes efforts. La ville de Belfort a acquis de
grands droits à la reconnaissance nationale, par la
courageuse résistance qu'elle a opposée en 1814.
J'ignorais qu'il restât des citoyens qui n'eussent pas

été indemnisés des pertes qu'ils ont subies. Votre réclamation sera examinée avec tout l'intérêt qu'elle mérite. J'ai vu avec une véritable satisfaction les beaux ouvrages dont cette place importante vient d'être entourée ; ils garantissent que sa résistance serait encore plus efficace, si elle était attaquée de nouveau. Je dois faire, comme vous avez raison de le dire, tous mes efforts pour maintenir la paix intérieure et la paix extérieure ; je ne veux assurer le maintien de l'une que par la liberté et l'ordre public qui en forment le complément, et le maintien de l'autre qu'en soutenant l'honneur de la France et en conservant intacts tous nos intérêts nationaux. Je ne consentirai jamais qu'il leur soit porté aucune atteinte ; mais j'ai lieu d'espérer que la paix sera maintenue au-dedans et au-dehors, et que nous pourrons jouir tranquillement et sans trouble des fruits de notre industrie, de notre agriculture et de tous les avantages qui peuvent concourir à augmenter la prospérité de la France. »

Discours du président du tribunal civil de Belfort.

SIRE,

Le tribunal civil de l'arrondissement à Belfort vient déposer aux pieds de Votre Majesté l'hommage de son profond respect.

Dans votre sollicitude pour la prospérité de la France, vous avez voulu, Sire, vous assurer par vous-même des vœux et des besoins du pays ; c'est à ce patriotique dessein que les provinces et l'Alsace aujourd'hui doivent le bonheur de jouir de l'auguste présence du Roi que la nation a appelé au Trône, qu'elle entoure de sa vénération et de son dévouement.

Sire, des lois sages, des institutions appropriées aux besoins du pays, telles sont sans doute les premières conditions de la prospérité sociale ; la France en possède déjà les élémens essentiels dans ses Codes et dans sa Charte, qui ne tardera pas à recevoir les développemens législatifs qu'elle comporte ; mais il faut que l'autorité des lois puisse prévaloir en toutes circonstances, et c'est aux magistrats qu'il appartient d'accomplir, avec une impartiale fermeté, la haute mission de faire, au nom de Votre Majesté, régner les lois et la justice.

Le tribunal de cet arrondissement s'efforce, dans le cercle de ses attributions, de ne jamais perdre de vue ces principes, qui lui semblent être à la fois la garantie de l'ordre public et la sauve-garde de nos libertés, si glorieusement reconquises, et dont le Trône constitutionnel de Votre Majesté est le plus puissant soutien.

Réponse du Roi.

Je desire vivement tout ce qui peut consolider l'ordre légal. Je veux que l'indépendance des magistrats soit assurée, qu'ils aient toute la force nécessaire pour faire exécuter les lois. Je n'attache pas moins de prix à ce que nos institutions soient consolidées ; mais je vous avoue que j'ai entendu avec étonnement que vous les qualifiez d'*élémens d'institutions.* Ce ne peut être qu'une inadvertance, et le reste de votre discours en est la preuve. Nos institutions sont tellement développées, elles sont établies sur des bases tellement solides, que ce qui reste à faire ne me paraît plus rien, en comparaison de ce qui a été fait. Ce sont ces institutions qui ont été glorieusement défendues en juillet ; ce sont ces institutions que la nation veut conserver telles qu'elles ont été consacrées par la Charte de 1830, que j'ai jurée ; et j'emploierai, pour assurer leur maintien, toute l'autorité dont la nation m'a investi. »

Discours du tribunal de commerce de Belfort.

SIRE,

Le tribunal de commerce s'estime heureux d'offrir à Votre Majesté l'hommage de son respectueux dévouement. Comment exprimer l'allégresse que la présence de Votre Majesté répand dans ces contrées ! Sire, nous n'oublierons jamais ce jour mémorable où le Roi-citoyen, celui qui n'a pas hésité de faire le sacrifice de ses affections les plus chères pour sauver la France de l'anarchie, a daigné nous visiter.

Sire, votre sollicitude paternelle s'étend sur tous nos besoins ; vous les faire connaître c'est entrer dans les vues de Votre Majesté. La stagnation du commerce, les souffrances de l'industrie, imposent de grandes privations à la classe ouvrière, Sire, nous serait-il permis de former un vœu! Une contribution indirecte, sur un objet de première nécessité, pèse plus particulièrement sur cette classe pauvre, laborieuse, et sur l'agriculture; la réduction de l'impôt sur le sel serait un grand bienfait et ferait bénir, par la population entière, le règne de Votre Majesté. Sire, nous soumettons avec confiance ce vœu aux méditations de Votre Majesté, persuadés que le père de la patrie daignera l'accueillir aussitôt que les circonstances le permettront.

Réponse du Roi.

« Vous pouvez compter qu'il sera examiné avec soin, et qu'on s'en occupera lors de la prochaine session des Chambres. Comme vous le dites, mon but, en visitant ces départemens, est de me mettre à portée d'entendre leurs réclamations et de juger par moi-même de leurs besoins et de leurs vœux. Tout mon desir est de pouvoir les satisfaire. Je suis doublement heureux de les visiter, et par ce résultat et par l'accueil que je reçois partout. C'est pour moi un besoin d'exprimer combien je suis sensible à ces témoignages continuels de confiance et d'affection. J'y réponds de tout mon cœur par un entier dévouement à mon pays. Le sentiment profond qu'il me font éprouver doit leur en être un nouveau gage. »

Paris, le 28 juin.

Belfort, 24 juin.

Le Roi a été conduit sur la terrasse de l'édifice dans lequel avait lieu l'exposition des produits de l'industrie de Mulhausen. Sa Majesté a pu voir de ce point élevé tout le développement de la ville et les nombreuses fabriques qui l'entourent.

Sa Majesté est descendue dans le jardin de la place du Quartier-Neuf, où était élevée la colonne qui retraçait les faits principaux de sa vie. M. Ferdinand Wachsmut, peintre de Mulhausen, qui a fait partie de l'expédition d'Alger, a eu l'honneur de présenter à Sa Majesté son dessein original, d'après lequel les bas-reliefs de la colonne ont été exécutés. On lisait sur les quatre faces du piédestal l'inscription suivante :

Soldat, il a combattu pour la France.
Proscrit, il a honoré le malheur.
Citoyen, il a protégé les arts.
Roi, il veille sur nos libertés.

Le Roi est monté ensuite à cheval et a traversé la ville, au milieu de nouveaux témoignages de l'affection d'une nombreuse population.

M. le maire, en faisant ses adieux à Sa Majesté, a dit :

« Quelques instans encore et nous vous aurons perdu ; nos regrets remplaceront la joie que le séjour de Votre Majesté avait fait éclater parmi nous ; mais ce qui nous restera, ce que l'absence ne nous fera jamais perdre, c'est le souvenir de vos bontés et de vos vertus.

» Sire, les sentimens que nous éprouvons ne sont pas ceux qu'inspire la majesté du Trône. Nous vous chérissons tous comme un bon père, comme un ami pour qui nous serions heureux de donner notre vie. Pardonnez, Sire, la franchise de nos paroles : les Alsaciens n'ont pas appris à cacher leur pensée.

Le Roi a répondu en allemand que de son côté il n'oublierait jamais une population si dévouée, qui se distingue éminemment par sa franchise et sa loyauté.

Le Roi est parti de Mulhausen à une heure et demie.

Sa Majesté s'est arrêtée à Altkirck, où elle a passé en revue 3,000 hommes de garde nationale. Elle a reçu à la sous-préfecture les autorités de la ville. Il y avait à l'entrée d'Altkirck un bel arc de triomphe en mousse, surmonté d'un trophée d'armes. De jeunes demoiselles ont offert des fleurs à Sa Majesté.

Le Roi est arrivé à sept heures aux approches de Belfort : Sa Majesté y a été reçue sous un arc de triomphe par M. le maire, à la tête du corps municipal.

Le Roi s'est rendu à cheval au champ de manœuvre, où 8,000 hommes de garde nationale étaient rangés en bataille; cette revue a été remarquable, tant par le nombre des gardes nationaux que par leur bonne tenue et l'ordre dans lequel ils ont défilé devant Sa Majesté.

Du champ de manœuvre, le Roi s'est dirigé sur le fort de l'Amiotte, et ensuite sur le fort de la Justice, élevé en avant de l'emplacement du camp retranché. Sa Majesté a visité les travaux qu'on y exécute. Elle a passé devant la lunette 18, dont on excave les fossés, et qui doit servir à la route royale de Paris à Bâle, route qui sera viable le 1er septembre prochain. De là, en suivant les glacis de la place, le Roi est entré en ville par la porte de France, où était élevé un bel arc de triomphe.

Le Roi a fait son entrée à neuf heures au bruit d'une salve d'artillerie et des acclamations de la population. La garde nationale formait la haie ; un bataillon du 17e léger était en bataille sur la place d'armes.

Sa Majesté est descendue à l'Hôtel-de-Ville.

Sa Majesté a reçu immédiatement les autorités.

Après son dîner, elle s'est rendue au bal. L'emplacement du manége avait été transformé en une salle de bal, ornée avec beaucoup de goût et d'élégance.

Discours prononcé au nom des juges de paix du canton de Mulhausen.

SIRE,

C'est avec la plus vive allégresse que le tribunal de paix du canton de Mulhausen a l'honneur de vous présenter l'hommage de son profond respect et de son sincère dévouement.

Nous contemplons avec fierté le Monarque-citoyen dont la sagesse et le patriotisme sont des gages certains de l'inviolabilité des lois et de la prospérité publique.

Sire, les émeutes de la capitale, ces désordres aussitôt réprimés, nés de la tourbe du peuple, fomentés par les malveillans du parti impuissant qui est déchu de ses espérances et de ses priviléges, n'ébranleront en rien la confiance et la fidélité de la brave population d'Alsace; elle a salué avec acclamation le Roi des Français: avide de liberté, mais loyale et paisible, elle sait que le maintien de nos institutions, la garantie de notre prospérité au-dedans et de notre considération au-dehors, reposent sur l'accomplissement de cette belle devise de la garde nationale : *Liberté, ordre public.*

Sire, en recevant la couronne, embellie de l'éclat des couleurs nationales, votre cœur paternel et éminemment français, avait la conviction intime que les rois et les peuples ont mutuellement des droits et des obligations à remplir ; votre règne a anéanti à jamais celui du bon plaisir : vos premières paroles ont annoncé que la Charte et l'exécution des lois seraient désormais une vérité ; par ces paroles sacrées vous avez rendu la dignité et l'indépendance de conscience indispensables au fonctionnaire chargé du noble mandat de dicter des arrêts au nom du souverain, et désormais justice sera rendue à qui elle appartient.

Réponse du Roi.

« Il n'y a pas de juge impartial là où il n'y a pas de liberté ; et il n'y a pas de liberté là où il n'y a pas assez de force pour protéger l'indépendance du magistrat et la liberté de la conscience. C'est ce que je n'ai cessé de répéter, c'est ce que je voulais faire entendre à ces malheureux qui, par les émeutes dont vous me parlez, renouvellent les causes d'inquiétude et de méfiance, et tarissent ainsi les sources de la prospérité publique. J'ai peine à comprendre les sentimens qui les égarent. Les déceptions qui les entraînent n'ont aucun succès dans nos villes commerçantes, parce que là on veut la réalité de la liberté, qu'on sait se contenter de ce que l'on a, et qu'on n'y est pas disposé à lâcher le certain pour courir après l'incertain. C'est là ce qui fait que votre population entend bien la liberté. Plût à Dieu qu'elle fût entendue de même par ces hommes qui ne savent ce qu'ils veulent, et qui font tant de mal à la France sans s'en apercevoir. Nous en viendrons à bout avec

27

l'appui et la confiance de la nation; car tant qu'elle ne soupçonnera pas la loyauté et la droiture de mon gouvernement, notre force sera assez puissante pour surmonter tous les obstacles et pour étouffer ces agitations. »

Discours prononcé au nom du clergé catholique de la ville et du canton.

SIRE,

Le clergé catholique de la ville et du canton de Mulhausen s'empresse d'offrir à Votre Majesté le tribut de son hommage; il salue de ses acclamations le Père de la patrie.

Sire, la population de l'Alsace, si dévouée à l'ordre de choses établi, est en même temps profondément religieuse. Ses pasteurs, identifiés avec le peuple, essentiellement soumis à la loi, s'occupent avec zèle de leurs devoirs spirituels; ils prodiguent les consolations, encouragent l'instruction, et font partout sentir leur activité bienfaisante. Vivant au milieu d'une ville protestante, je suis heureux d'annoncer à Votre Majesté qu'une concorde admirable, fondée sur une estime réciproque, a toujours présidé à nos relations sociales. Votre Majesté, en protégeant les droits respectifs de chaque culte, ne régnera plus que sur une seule famille, unie dans une même communauté de sentimens de gratitude et d'affection pour votre auguste Famille.

Le clergé catholique, qui prêche une religion sublime dans ses dogmes et sa morale, et à qui le

Monde doit le bienfait de la civilisation, en butte à
d'injustes soupçons sur la droiture de ses intentions,
saura mériter, par sa soumission aux lois et par son
attachement à nos institutions, la protection bien=
veillante de Votre Majesté; qu'elle daigne en ce jour
de bonheur agréer nos protestations de fidélité et
d'obéissance.

Réponse du Roi.

« Puisse l'exemple que vous donnez être suivi
par tout le clergé de France! C'est l'heureux résultat
de ce système de tolérance, de concorde et de sa=
gesse que je ne cesse de lui recommander. Comme
vous venez de le dire, il n'y a peut-être pas de partie
de la France où l'on soit plus religieux, où le clergé
ait été plus efficacement protégé dans le libre exercice de son culte et de son ministère, qu'il ne l'a été
en Alsace, et cependant il n'y a pas de partie de la
France où il y ait plus de protestans et où il existe
plus de différences de religion. Cela prouve le bon
esprit dont votre clergé est animé. J'en ressens une
grande satisfaction, et je vous remercie d'avoir présenté cet exemple qui me paraît plus puissant que
tout ce que je pourrais dire; je desire bien vivement
qu'il soit suivi partout. »

Discours prononcé au nom du consistoire évangélique réformé.

SIRE,

Lorsque la divine Providence, empruntant la voix
du peuple pour accomplir ses miséricordieux des-

seins, a mis en vos mains le sceptre des Français, nos cœurs, jusque là dans l'angoisse, ont tressailli de joie et d'espérance, et nous avons salué votre avénement au Trône national par des prières et des actions de graces libres et spontanées. Depuis ce moment si heureusement décisif pour les destinées du royaume, les lois remises en vigueur, l'ordre rétabli, de grands et généreux principes développés, l'esprit de faction maîtrisé, la paix extérieure maintenue, ont redoublé l'amour et le respect dont les vertus privées de votre auguste personne nous avaient déjà pénétrés. Voilà ce que nous sommes heureux de dire à Votre Majesté, et nos paroles sont des paroles de franchise et de vérité.

Nous n'implorons point, Sire, votre protection pour nos églises, parce que les droits de tous les citoyens, quel que soit leur culte, sont écrits dans votre cœur, comme dans les lois dont vous vous honorez d'être le premier sujet et le fidèle gardien. Mais puisque Votre Majesté aime la vérité, nous lui dirons que la loi du 18 germinal an X, qui nous régit, ne nous paraît plus dans son ensemble en harmonie avec nos besoins et nos institutions actuelles. Peut-être serait-il digne de votre royale sollicitude d'en provoquer la révision.

Vivez, Sire, pour le repos et la prospérité de la France! Que sous votre règne long et heureux, l'Évangile, source féconde et règle sainte de la vraie liberté, exerce de plus en plus sa divine influence sur notre belle patrie. Tels sont, Sire, les sentimens et les vœux des pasteurs et des anciens du consistoire réformé de Mulhausen.

Réponse du Roi.

« Nul n'est plus disposé que moi à proposer toutes les améliorations qu'on peut introduire dans les lois. Votre réclamation exige un examen approfondi, que je n'ai pas fait : mais vous pouvez compter qu'il sera fait avec tout le soin que mérite une matière aussi importante. Le principe de la liberté entière des cultes est fondé, comme je l'ai déjà dit, non pas sur une faveur, mais sur un droit que personne ne peut contester, et que tout gouvernement, qui entend ses intérêts aussi bien que ses devoirs, doit assurer à tous les citoyens. »

Discours prononcé au nom de la garde nationale.

Le commandant de la garde nationale de Mulhausen a exprimé en peu de mots au Roi les sentimens de dévouement, d'amour et de fidélité, dont cette garde nationale est animée ; il a ajouté qu'il ne faisait pas de discours pour épargner les momens du Roi.

Réponse du Roi.

« J'aurais entendu avec grand plaisir l'expression de vos sentimens ; mais déjà ils m'ont été témoignés d'une manière si touchante pour moi, que je ne puis résister au desir de vous exprimer combien j'y suis

sensible. Je vois que les maux que la suspension des
affaires a fait souffrir à votre ville ne refroidissent en
rien ni votre patriotisme, ni tous les sentimens qui
vous distinguent; je les apprécie vivement. J'ai vu
avec beaucoup de plaisir défiler ce soir votre garde
nationale; il est impossible de voir une milice qui
puisse inspirer plus de confiance à la France, si elle
était dans le cas de l'appeler à la défense de la patrie.
La population que je rencontre à chaque pas, en
parcourant l'Alsace, se fait remarquer par ses sentimens patriotiques et par son esprit militaire; elle
est à la fois généreuse et industrielle, et je vois avec
une vive satisfaction que la France peut compter sur
elle, dans la paix comme dans la guerre, soit pour
développer les sources de sa prospérité, soit pour
concourir à sa défense et à sa gloire.

Discours adressé au Roi par le président de la Société industrielle de Mulhausen.

SIRE,

C'est pour la Société industrielle un encouragement bien flatteur que d'être admise à l'honneur d'offrir à Votre Majesté l'expression de ses hommages.

Notre institution fournit le premier exemple d'une
association d'industriels presque tous concurrens
entre eux, qui n'ont pas craint cependant d'entrer
dans les voies larges et libérales auxquelles les sciences et les beaux-arts ont dû leur rapide développement. Sentant que l'industrie aussi est devenue une

science, nous avons voulu nous créer un point central pour travailler avec plus de succès à son perfectionnement, et nous nous trouvons ainsi, par un
enchaînement bien naturel, saisis de tout ce qui se
rapporte au bien-être de la classe ouvrière, à son
instruction intellectuelle et morale, et à la prospérité
du pays en général.

Et si nos travaux n'ont pas été sans succès; si le
département leur doit quelques institutions utiles,
quelques perfectionnemens dans les procédés industriels, une statistique complète et consciencieuse; si
les sciences même ont su tirer parti de nos publications technologiques; combien ne devons-nous pas
nous féliciter de notre institution dans le moment de
crise actuelle, où il faut pour ne point désespérer
savoir étudier les causes du mal avec cette largeur
et cette lucidité de vue qui ne peut résulter que du
contact et de l'épurement d'un grand nombre d'opinions diverses.

C'est la tâche que nous nous sommes imposée,
Sire, dans les circonstances difficiles dont le Haut-
Rhin souffre peut-être plus qu'aucune autre partie
de la France.

Jamais la position du département n'a été plus fâcheuse : la confiance a disparu, les transactions sont
nulles, nos ateliers déserts, nos malheureux ouvriers
sans pain.

Nous ne saurions, sans être injustes, attribuer cet
état pénible aux seuls événemens politiques; il prend
sa source dans des causes antérieures. Mais si nous

sentons que le remède le plus efficace doit se trouver dans nos propres efforts, il paraît cependant résulter de nos investigations, que ces efforts resteront stériles sans le puissant appui du Gouvernement. Nous demandons à Votre Majesté la permission de soumettre au ministère du commerce les résultats de l'enquête que nous avons entreprise à cet égard, et qui est près d'être terminée.

Mais que ce triste tableau, qu'un devoir rigoureux nous impose de dérouler à vos yeux, disparaisse devant la joie qui pénètre en ce jour tous les habitans du Haut-Rhin.

La Société industrielle, s'associant à cet élan, a pensé prévenir les vœux de Votre Majesté, en disposant dans son local une exposition des produits de nos manufactures, afin de fournir ainsi un aperçu général des élémens de production qu'elles possèdent. Votre Majesté daignera, nous l'espérons, honorer cette exposition de sa visite ; elle daignera parcourir aussi quelques-uns de nos ateliers, qui, ranimés un instant par son auguste présence, conserveront, nous en avons la confiance, ce souffle de vie qu'ils doivent à l'heureuse inspiration qui vous a amenée dans nos murs,

Réponse du Roi.

« Vous pouvez y compter : je visiterai votre exposition avec le plus grand plaisir ; je visiterai aussi tous les ateliers que le temps me permettra de voir. Je serai enchanté de vous montrer combien je désire

alléger les souffrances qu'éprouve votre industrie ;
nul plus que moi ne les déplore ; je ferai tous mes
efforts pour y porter remède ; mais il faut connaître
la source du mal, et votre Société, par son institution, ayant été à portée d'en sonder la profondeur,
doit avoir plus de moyens d'en indiquer le remède.
Mon ministre du commerce entendra avec beaucoup
d'intérêt tout ce que vous pourrez lui communiquer
à cet égard. Je ferai tout ce qui dépendra de moi
pour vous seconder. »

*Discours prononcé par la députation de la ville
d'Huningue.*

SIRE,

La ville d'Huningue nous a députés vers vous pour
être auprès de Votre Majesté les interprètes de ses
sentimens et de ses vœux. Nous venons déposer à
ses pieds les hommages de son respect, de son dévouement et de sa reconnaissance.

A peine la France régénérée et libre avait salué
d'un cri de joie et d'amour l'aurore de votre règne,
que Votre Majesté en a étendu les bienfaits sur notre
population en lui accordant une garnison qui, faible
encore, exerce déjà une heureuse influence sur le
sort des habitans.

Privés long-temps de toute ressource, après avoir
relevé et réparé avec peine leurs maisons dévastées
par le bombardement de deux siéges, ils supplient
Votre Majesté de vouloir bien ajouter à ses bienfaits
et à leur reconnaissance, en ordonnant que notre

ancien casernement, à peine ébauché, soit enfin
complété; le peu qui en a été fait étant à peine
suffisant pour loger la sixième partie de la garnison
que pouvaient contenir nos anciens établissemens
militaires.

Sire, nous attendons aussi de grands avantages des
communications intéressantes qui vont être établies
entre les deux rives du Rhin par la construction d'un
pont devant notre ville. Nous sommes impatiens de
voir commencer des travaux auxquels le commerce
prend un si grand intérêt, et dont l'achèvement honorera votre règne.

Le canal est achevé, mais nous regrettons encore
de ne pas y voir l'établissement d'un port, sans lequel un ouvrage qui serait déjà la source d'une
grande prospérité pour les particuliers et d'un grand
avantage pour le Trésor est paralysé et rendu
stérile.

C'est à votre sollicitude paternelle, c'est à votre
ame si active et si féconde en pensées généreuses
que nous nous permettons de recommander ces trois
objets de nos humbles représentations.

Sire, nous n'avons pas osé former le vœu de
vous posséder dans nos murs, leurs ruines offriraient
aux yeux de Votre Majesté un spectacle trop affli-
geant pour son ame paternelle. Mais nous espérons
que nos fidèles habitans d'Huningue seront toujours
présens dans votre pensée comme vous l'êtes dans
nos cœurs.

Nous ne quitterons pas votre auguste présence,

le Roi populaire, l'élu de la nation, le prince vraiment Français qu'elle a pris dans ses entrailles, sans lui exprimer notre amour, notre admiration, la confiance que nous mettons dans ses promesses, garanties par cette Famille glorieuse de jeunes Princes élevés dans vos sentimens, soutiens du Trône constitutionnel et gages pour la France du plus heureux avenir.

Réponse du Roi.

« J'aurais été charmé que les limites de mon voyage m'eussent permis de visiter la ville de Huningue. Si la vue de ses souffrances m'avait affligé, elle m'aurait rappelé son dévouement à la patrie, et la vaillance qu'elle a montrée dans tous les temps, en concourant à défendre ses remparts contre tant d'attaques. Aujourd'hui, comme vous le dites, nous devons espérer que ses souffrances s'adouciront. Ne pouvant aller dans votre ville, j'y enverrai mon fils demain matin. Ce sera un autre moi-même qui vous visitera, et le compte qu'il me rendra me mettra à portée d'apprécier votre situation. Vos réclamations seront soumises à mon Gouvernement. Vous ne devez pas douter du desir que j'ai d'y faire droit, et de prendre toutes les mesures propres à réparer ce que Huningue a souffert, en lui assurant tous les avantages qui pourraient lui être procurés.

Paris, le 29 juin.

Besançon, le 26 juin au matin.

Le Roi est parti le 25, à onze heures, de Belfort.

Sa Majesté a traversé la ville à cheval ;

Elle a trouvé sur son passage la garde nationale et une population empressée, comme la veille à son arrivée.

M. le préfets du Doubs et M. le général commandant la division se sont trouvés à la limite du département pour recevoir Sa Majesté.

Le Roi est arrivé à midi et demi aux portes de Montbéliard, où le maire, à la tête du corps municipal, est venu le complimenter. Avant d'entrer dans la ville, Sa Majesté a passé en revue 5,000 hommes de la garde nationale, rangés en bataille à gauche de la route.

La garde nationale de la Franche-comté ne se distingue pas moins de celle de l'Alsace par son zèle, sa bonne tenue et par son dévouement.

Sa Majesté ne s'est pas arrêtée dans la ville ; elle l'a traversée à cheval, au milieu d'une population qui faisait éclater à sa vue la vive expression de ses sentimens.

Le Roi a témoigné à M. le maire de Montbéliard le regret qu'il avait de ne pouvoir rester plus long-temps. Sa Majesté craignait d'arriver trop tard à Besançon. La route pratiquée le long de la rivière du

Doubs, entre des rochers d'un effet très-pittoresque, était montueuse et retardait sa marche.

Le Roi s'est arrêté aussi à Baume-les-Dames, jolie petite ville, où Sa Majesté a été reçue avec beaucoup d'enthousiasme. Le rocher qui semble en défendre l'entrée, était couvert de la population des campagnes.

Le Roi est parti de Baume-les-Dames, après avoir passé en revue 3,000 hommes de la garde nationale.

Sa Majesté est arrivée à huit heures et demie, à un quart de lieue de Besançon, où elle a été reçue sous un arc de triomphe, par le maire, qui lui a présenté les clefs de la ville.

L'escorte était très-nombreuse : elle se formait de la garde nationale à cheval et de plusieurs détachemens de cavalerie. Le Roi a fait son entrée au bruit du canon des forts qui entourent la place. Toute la ville était illuminée d'une manière brillante.

Nous voudrions pouvoir varier les formes du style pour rendre avec plus de mouvement l'effet que produit dans chaque ville la présence du Roi des Français. On sent que dans la relation d'un voyage de cette durée, il est impossible de rendre la vivacité des sentimens qui animent partout de nombreuses populations, de ranimer, comme leur enthousiasme qui est toujours nouveau, le récit qui devient monotone et froid en se reproduisant sous les mêmes couleurs.

Les habitans de Besançon ont fait éclater les plus

vifs sentimens ; de continuelles acclamations ont accompagné le Roi jusqu'à l'hôtel de la préfecture, où où S. M. est descendue.

La réception a été très-nombreuse.

Sa Majesté s'est mise à table à dix heures et demie.

Besançon, le 26 juin au soir.

Le Roi a reçu, à une heure, les députations des ville de Lons-le-Saulnier, de Dôle, de Poligny, de Salins et d'Arbois, qui ont été présentées à Sa Majesté par le préfet du Jura. Les maires de ces villes ont adressé au Roi des discours, dans lesquels étaient exposés les vœux et les besoins de leurs administrés. Sa Majesté y a répondu avec une bienveillante sollicitude ; ses paroles ont fait une vive impression sur les membres réunis de ces députations, qui les ont accueillies par les cris réitérés de *vive le Roi!*

Sa Majesté est sortie à cheval immédiatement après les réceptions ; elle a visité d'abord l'hospice civil et la fabrique de tapis de M. Vey ; elle s'est rendue ensuite à la citadelle.

Cette citadelle, ouvrage de Vauban, est bâtie sur un rocher inaccessible. De ce point, élevé de 500 pieds environ, on découvre toute la ville, comme un vaste panorama. Le Doubs, qui coule au pied du rocher, enveloppe le mont de Brégille de ses détours, en formant plusieurs îles. Le Roi s'est arrêté quelques instans pour contempler cette vue magnifique. Sa Majesté était accompagnée du commandant du génie, avec lequel il a examiné les points d'attaque et de défense.

En descendant de la citadelle, le Roi a trouvé sur son passage toute la population, qui s'était groupée sur les hauteurs, et qui l'a sans cesse salué de ses acclamations.

Sa Majesté s'est rendue, en traversant une partie de la ville, à la place de la caserne d'infanterie, où la garde nationale s'était réunie.

La revue devait avoir lieu sur l'emplacement du Polygone. Dès neuf heures du matin, toute la garde nationale, au nombre de 10,000 hommes, y attendait Sa Majesté. La pluie, qui ne cessait de tomber, ne l'empêchait pas de manifester son enthousiasme ; elle chantait gaîment *la Parisienne*, et faisait retentir l'air des cris de *vive le Roi!*

Sa Majesté craignant de laisser ainsi la garde nationale exposée au mauvais temps, avait desiré qu'elle rentrât en ville. C'est à regret que cette brave milice citoyenne a exécuté cet ordre. Le Roi apprenant ensuite cette circonstance, dit au commandant de l'artillerie : « Si j'avais pu connaître le desir de la » garde nationale, je me serais rendu avec empres- » sement au Polygone. »

La garde nationale était rangée sur huit lignes devant la caserne. A la vue du Roi, elle a fait éclater le plus vif enthousiasme. Sa Majesté a passé devant toutes les lignes, et s'est placée ensuite au centre pour voir le défilé. Il a commencé par l'artillerie, qui est

très-belle ; toute la garde nationale est aussi remarquable par sa bonne tenue.

Après la revue de la garde nationale, en attendant
que la troupe de ligne pût se former en bataille sur
le même emplacement, le Roi est allé visiter les travaux que le génie militaire exécute au bastion Saint-
Paul, et sur le canal qui se creuse dans la traversée
de Besançon, pour la jonction du Rhône au Rhin
par le Doubs.

Le mauvais temps continuait, la pluie tombait à
verse lorsque le Roi est revenu en face de la caserne,
où étaient réunis le 3e régiment d'artillerie, les 13e,
36e et 37e régimens de lignes et 50 pièces de canon attelées. Sa Majesté est restée à cheval; elle a remis des
drapeaux à ces régimens, a distribué des décorations
de la Légion-d'Honneur et les a passés en revue.
Chaque régiment, en défilant, a vivement manifesté
son dévouement. Le Roi est rentré à sept heures à la
préfecture.

Après son dîner, Sa Majesté s'est rendue au bal
qui avait lieu à la salle de spectacle. On entrait par le
fond du théâtre. L'aspect des loges disposées en
amphithéâtre, et toutes garnies de dames, offrait
le plus beau coup-d'œil. Sa Majesté a été saluée par
de vives acclamations; elle s'est retirée à onze heures
et demie.

Discours du préfet du Doubs à la limite du département.

SIRE,

Votre présence est un bonheur pour une population amie de l'ordre et des institutions qui vous ont placé à la tête d'un grand peuple. Organe fidèle des habitans du département du Doubs, je viens exprimer à Votre Majesté les sentimens d'amour et de dévouement qu'ils éprouvent, et que bientôt ils manifesteront eux-mêmes. Sous les monarques absolus, la population se rend sur leur passage pour obéir aux ordres de l'autorité; sous un roi l'élu de la nation, l'autorité ne donne point d'ordres; chacun est libre, et la liberté n'exprime que des sentimens vrais et profonds.

Ce bon pays a accueilli avec enthousiasme la révolution de juillet; il a béni l'avénement au Trône de Votre Majesté, parce qu'il savait que celui qui a fait ses premières armes sous la bannière nationale, et qui n'a jamais servi sous d'autres drapeaux, lui offrait toutes les garanties desirables pour la conservation des libertés publiques et les améliorations de l'état politique des citoyens.

Sire, le département du Doubs est pauvre; ses besoins excèdent ses ressources; mais il n'est point de sacrifices qu'il ne soit prêt à s'imposer pour le maintien dans toute leur pureté de l'indépendance

28

nationale et de l'honneur français.; il produit du fer et des soldats, et à la voix de la patrie, vous verriez cette population belliqueuse courir à sa défense.

Sire, en parcourant ainsi la France, vous écoutez les vœux des citoyens, vous consultez les besoins du pays, vous voyez enfin tout par vous-même. Cette vive sollicitude pour le bonheur de vos concitoyens, nous inspire à tous cet amour sincère que les peuples ne ressentent que pour les bons rois. C'est ainsi que l'histoire consacrera le nom de Louis-Philippe.

(La réponse du Roi n'a pas été recueillie.)

Discours adressé au Roi par M. le maire de Montbéliard.

SIRE,

Votre Majesté traverse une contrée qui seule est restée à la France de toutes les conquêtes de la révolution. Enfans adoptifs de cette noble France, nous rivaliserons toujours avec nos aînés de dévouement à la patrie et à l'auguste chef qui préside à ses destinées.

Interprète d'une population amie de l'ordre et d'une sage liberté, je suis heureux de vous offrir l'hommage de sa vénération. Ce pur hommage, Sire, est une vérité : il atteste notre vive sympathie pour le monarque qui ne respire que pour le bonheur des Français, et qui leur en a donné une preuve si éclatante en élevant dans l'amour de nos institutions des rejetons dignes de lui.

Nous ne pouvons, Sire, vous offrir en retour que des cœurs pour vous aimer et des braves pour vous défendre, si jamais un ennemi téméraire osait braver la puissance du peuble français et la modération de son Roi. Ce grand caractère, ces nobles vertus que le monde révère en Votre Majesté, assureront la paix de l'Europe sans qu'il en coûte à l'honneur et à la dignité de la France.

Régnez, Sire, pour affermir nos institutions et pour consolider le bonheur public : régnez pour féconder les germes de notre prospérité, pour ranimer les arts, l'industrie et le commerce troublés par des agitations passagères. Sous le sceptre paternel de Louis-Philippe, à la voix du souverain qui nous a sauvés du naufrage, la France régénérée se relèvera pleine de force et de vie pour reprendre sa marche ascendante et le cours de ses prospérités.

Réponse du Roi.

« Accomplir ce que vous venez d'exprimer est l'objet de tous mes vœux. Je n'en ai pas d'autres que de voir la France libre, grande et heureuse ; que de la voir dans cet état de tranquillité où rien ne trouble la liberté de tous les citoyens. Je désire qu'ils puissent exercer librement, non-seulement leurs droits civils et politiques, mais encore leurs facultés industrielles ; que le cours de la paix rende aux beaux-arts tout leur élan, et au commerce toute son activité. Je vois avec grand plaisir la ville de Montbéliard. Nous nous ne faisons pas de distinction entre les époques des diverses réunions à la France ; réunis anciennement ou nouvellement, nous sommes tous Français ; nous ne reconnaissons plus que la patrie commune. Je suis heureux de vous témoigner avec quel plaisir j'entre dans vos murs. Je vous remercie de ce que vous m'avez dit de mes fils. J'ai la pleine confiance qu'ils se montreront toujours dignes de l'affection des Français. »

*Discours prononcé par M. le maire de
Baume-les-Dames.*

SIRE,

Si nous avons le bonheur inespéré de vous voir, nous le devons à la révolution de juillet, époque mémorable où la nation française reprenant ses droits immolés au despotisme, écrivit ses libertés dans une Charte immortelle devenue le modèle du droit public de tous les peuples. Votre présence a jeté l'allégresse parmi nous ; vous voyez tous les cœurs voler sur votre passage. La vue du Roi-citoyen que nous avons conquis précipite sur vos pas une immense population, jalouse de vous posséder, parce qu'elle sait que le dépôt sacré de nos institutions, susceptibles d'heureux développemens, ne pouvait pas être mieux placé que dans vos mains.

Sire, l'éclat et la pompe des grandes cités ne signaleront pas votre entrée dans cette ville ; nos habitans qui vous aiment vous réservent leur courage et leur dévouement si la patrie menacée de la perte de son indépendance faisait appel à leur ardeur. Comme nous avons le sentiment de la justice de notre cause, nous saurons la faire triompher contre ses implacables ennemis qui s'alarment des progrès de la raison. Déterminés à tous les sacrifices pour le maintien de l'honneur national, c'est aller au-devant de vos desirs que de vous demander votre royal appui et votre constante sollicitude à tout ce qui intéresse la gloire et la dignité de la France.

Réponse du Roi.

« Défendre nos institutions a toujours été mon vœu. Aujourd'hui que j'ai juré fidélité à la Charte de 1830, c'est mon devoir ; elle sera exécutée franchement comme tout ce que je fais ; elle sera pour moi le guide de ma conduite, comme mon amour pour mon pays l'a toujours été dans tous les temps : je m'enorgueillis de l'avoir servi et de pouvoir me flatter que j'ai eu le bonheur de lui être utile. C'est avec grand plaisir que je me trouve au milieu de cette population franc-comtoise, que je lui exprime combien je suis sensible à l'affection qu'elle me témoigne. »

Discours de M. le maire de Besançon (à l'entrée de la ville).

Sire,

Au moment où Besançon va vous recevoir dans ses murs, le maire de cette ville vient vous assurer du dévouement de tous ses habitans, de l'enthousiasme

qu'ils éprouvent à posséder au milieu d'eux le chef
élu par la nation, le Prince qu'elle a choisi pour être
le lien entre le Trône et la liberté.

Afin d'obéir à vos desirs, nous vous montrerons
notre cité telle qu'elle est. Il n'y aura d'autres apprêts
pour honorer la présence de Votre Majesté, que ce
qui a pu être dicté par la reconnaissance et l'amour
des citoyens.

Nos populations, Sire, se sont, comme il y a quarante ans, promptement groupées autour du drapeau
tricolore. L'empressement de nos nombreuses gardes
nationales pour se rendre à la revue de leur Roi
constitutionnel, vous prouvera leur dévouement.
Elles sont prêtes à défendre la France et la liberté,
de même que le Trône constitutionnel où vous a
placé le vœu populaire.

Réponse du Roi.

« J'ai desiré que mon voyage ne fût qu'une occasion de joie, et nullement une source de dépenses.
Vous ne pouviez me faire un plus grand plaisir que
de me dire qu'il n'y a eu d'autres apprêts pour ma
réception dans votre ville que ceux qui proviennent
du mouvement spontané de vos cœurs. J'ai toujours
été dévoué à mon pays; je n'ai eu en vue que ce
qui peut contribuer au bonheur de tous les Français,
et au soulagement de ceux qui souffrent par la stagnation du commerce. J'aime à croire qu'elle ne
sera que momentanée, et vous pouvez compter que

mon gouvernement n'omettra aucun effort pour lui
rendre son activité.

Discours prononcé au nom de la cour royale.

S I R E ,

Nous venons offrir à Votre Majesté l'hommage de
notre profond respect, et lui exprimer notre vive
reconnaissance pour son dévouement à la cause de
la patrie. Ces sentimens qui animent tous ce qui vous
entoure, et qui sont dans le cœur de tous les Français, sont spécialement encore ceux des membres de
la cour royale de Besançon.

Un gouvernement éclairé, des lois sages, recevant
chaque jour les perfectionnemens que nécessitent les
progrès lents, mais sûrs, de l'expérience et de l'opinion publique, assure à la fois les droits des peuples
et la prospérité des empires.

Sire, après de longues agitations, nos libertés,
nos droits imprescriptibles, sont hors de toute atteinte : nous en avons pour garans la Charte, vos
royales promesses, et cette nombreuse famille formée par vos soins et par vos exemples à chérir la
patrie.

Sous le gouvernement de Votre Majesté, la France
libre et heureuse au-dedans, puissante et respectée
au-dehors, jouira parmi les nations de cette haute
influence que lui assurent la sagesse de ses institutions et le courage de ses citoyens.

Tant de prospérités, la France s'enorgueillira de

les devoir au Roi qu'elle a choisi. Et nous, Sire, nous ne resterons pas étrangers à de si justes sentimens. Par son application constante à rendre la justice, à réprimer promptement et avec fermeté tout ce qui tendrait à troubler la paix intérieure, la magistrature, se renfermant dans ses attributions légales, saura répondre à la confiance dont elle est investie, et remplira, dans l'ordre social, la haute mission qui lui est confiée ; heureuse si, pour prix de ses travaux, elle peut mériter le suffrage éclairé d'un Roi si digne de présider aux glorieuses destinées de la France !

Réponse du Roi.

« J'ai juré la Charte de 1830 ; je l'ai jurée, débarrassée de tout ce qui pouvait prêter à l'ambiguïté et à l'équivoque, et rédigée de manière à assurer la liberté et les droits du peuple français. Je serai fidèle à ce serment. J'ai toujours été ami de la liberté et des droits de mon pays. Jeune, je les ai défendus en combattant pour son indépendance ; vieux, je lui suis également dévoué, et je serais encore prêt à combattre pour elle ; mais, quoique prêt à le faire, je ne crois pas que nous soyons obligés de recourir aux armes pour soutenir l'honneur national et notre indépendance, et je crois au contraire que la puissance de la France est aujourd'hui assez bien sentie pour que nous puissions atteindre le même but en assurant à l'Europe et à nous-mêmes les avantages d'une paix générale, au sein de laquelle il nous sera facile de consolider nos institutions en fortifiant le règne des lois, et en conduisant ainsi notre belle patrie, par l'ordre légal, au degré de prospérité, de bonheur et de grandeur dont j'ai tant à cœur de la voir jouir. »

Discours prononcé au nom du tribunal de première instance et des juges de paix de Besançon.

SIRE,

Les membres du tribunal de Besançon et les juges de paix de cette ville viennent offrir à Votre Majesté l'hommage de leur respect.

S'il leur est permis d'y joindre l'expression d'un vœu, ils rappelleront celui que forme l'ordre judiciaire pour la révision de nos lois pénales, frappé surtout, comme il a dû l'être, des tristes effets de leur prodigalité dans la distribution des peines infamantes.

Quant à l'opportunité du temps à choisir pour ce grand ouvrage, il ne leur appartient point d'en juger: ils s'en abstiendront, Sire, par cela même; pleins de confiance, d'ailleurs, dans la haute sagesse de Votre Majesté, et certains qu'elle voudra, pour la France, tout ce qui sera bon et possible.

Réponse du Roi.

« Par sentiment comme par système, j'ai toujours desiré la révision des lois pénales. Cependant tout ce que je puis vous en dire à présent, c'est qu'on s'en

occupe, et que cet objet sera soumis à la délibération des Chambres aussitôt que le travail prépara-
toire sera terminé. Je regarderai comme un grand
honneur pour mon règne d'avoir purgé notre Code
de ce qui peut s'y trouver d'injuste et de barbare, et
d'y avoir ajouté ce qui peut y manquer pour assurer
la force de la justice. »

Aux juges de paix de Besançon.

« Je ne puis trop vous recommander d'épargner
» les procès et de les arranger à l'amiable autant
» que vous le pourrez. C'est là l'objet de l'institu-
» tion des juges de paix, et c'est le meilleur service
» que vous puissiez rendre à vos concitoyens. »

*Discours prononcé au nom du tribunal et de la
chambre de commerce de Besançon.*

Sire,

Le tribunal et la chambre de commerce réunis,
s'empressent de venir donner à Votre Majesté un
nouveau témoignage du profond et sincère attachement que les négocians de Besançon ont voué au
Roi des Français.

Depuis long-temps le commerce appelait de ses
vœux le moment où le pouvoir royal, si nécessaire
à l'ordre, cesserait d'être hostile aux idées de liberté progressive, d'améliorations politiques et industrielles, qui font la vie des modernes sociétés.

En vous, Sire, la France trouve aujourd'hui le

monarque libéral et éclairé qui ne craint plus, tout en maintenant l'ordre, de présider à ce grand mouvement dont la liberté fait la base, et qui doit assurer, pour de longues années, la prospérité morale et matérielle de notre belle patrie.

Pour atteindre ce but si desiré, la paix, nous aimons à le redire après Votre Majesté, est le moyen le plus efficace et le moins douteux. Aucune classe n'est plus intéressée à la voir fleurir que le commerce, qui se prépare à réparer, par de nouveaux et sérieux travaux, des sacrifices supportés avec une entière résignation.

Parmi les établissemens industriels du département, la manufacture d'horlogerie de Besançon occupe un des premiers rangs ; elle a beaucoup souffert depuis la crise qui pèse sur le commerce. Déjà votre Gouvernement a bien voulu, en distribuant des secours aux ouvriers nécessiteux, l'aider à passer ces momens difficiles ; nous nous plaisons à vous en rendre graces au nom de cette branche d'industrie, si digne de la sollicitude de Votre Majesté, et qui invoque encore vos bienfaits, pour ne pas succomber sous l'état de gêne où les événemens l'on jetée.

Que le Roi des Français daigne agréer l'hommage de notre dévouement et de notre fidélité !

Réponse du Roi.

« Je suis bien sensible à ce que vous m'exprimez. Je desire vivement voir cesser les souffrances de la classe ouvrière ; mais, pour cela, il faut que la paix soit maintenue. Soyez pourtant bien sûrs que ce ne sera jamais aux dépens de notre honneur, de la liberté et de l'indépendance nationale. La tranquillité étant rétablie à l'intérieur, et la paix extérieure consolidée, la confiance renaîtra, les capitaux reprendront leurs cours, et la classe ouvrière trouvera dans le travail ses moyens de subsistance. »

Discours prononcé au nom du clergé du diocèse de Besançon.

SIRE,

Le clergé de la ville et du diocèse de Besançon vient, par notre organe, offrir à Votre Majesté l'hommage du respect et de la soumission que la religion elle-même commande envers les dépositaires du pouvoir.

Étrangers à tous les intérêts purement humains, nous n'exprimerons, Sire, à Votre Majesté, qu'un seul désir, celui de remplir avec toute liberté un ministère qui n'est pas sans influence sur le bonheur des peuples. Inspirer à tous des pensées d'union et de paix, l'esprit de subordination, le respect pour les droits de chacun, c'est donner à l'ordre public les garanties les plus certaines.

Telle est notre mission, et nous serions plus que récompensés du zèle que nous mettons toujours à la remplir, si la pureté de nos principes et la droiture de nos institutions étaient plus universellement reconnues.

Sire, Votre Majesté trouvera toujours dans le
clergé de ce diocèse des prêtres soumis à toutes les
lois du pays, des Français sincèrement amis de leur
patrie, et ils se félicitent d'avoir été appelés à exprimer devant elle ces sentimens qui les animent, certains d'être entendus et compris par un Prince qui
porte à tous ses sujets une égale bienveillance.

Protégés par le Gouvernement de Votre Majesté
dans la jouissance des droits que nous assure la liberté religieuse, nous ne cesserons, Sire, de former
des vœux sincères pour la prospérité de votre règne,
pour la gloire de la France.

Réponse du Roi.

« Je suis persuadé de la sincérité de ces vœux;
mais vous concevez qu'il faut quelque chose de plus
que la soumission aux lois; il faut que l'on croie que
vous entretenez l'esprit d'obéissance et d'affection
pour le Gouvernement, qu'il est dans votre devoir
comme dans votre intérêt de recommander. D'ailleurs, vous devez être sûrs qu'en suivant cette ligne,
vous acquerrez de nouveaux droits à la protection
du Gouvernement; il y a plus, vous lui faciliterez
cette tâche qu'il desire remplir. Vous réclamez, pour
le libre exercice du culte, la protection des lois; nul
n'est plus disposé que moi à vous l'assurer et à vous
seconder pour atteindre le but que je viens d'indiquer. »

Ces paroles ont été vivement accueillies par des
cris de *vive le Roi!*

Discours prononcé au nom du consistoire de l'Eglise réformée.

SIRE,

Le consistoire de l'Église réformée de Besançon est heureux, dans ce beau jour, d'offrir à Votre Majesté le respectueux hommage de son profond dévouement. Comme tous nos co-religionnaires, comme tous les bons Français, nous avons salué le nouveau règne, règne pacifique, à l'ombre tutélaire duquel doivent de plus en plus fleurir les principes d'une sage liberté et d'une religion éclairée, garans assurés de l'ordre et de la félicité publique.

Les chrétiens protestans puisent à la divine source de l'Évangile la connaissance de leurs devoirs ; ils mettront leur honneur à les remplir sous le sceptre paternel de Votre Majesté, et ils recommandent à sa magnanime protection les intérêts d'un culte qui leur est cher.

Nos vœux, Sire, sont et seront toujours pour le Roi des Français, pour le bonheur de son auguste Famille, et pour celui de la patrie, qui lui a remis avec confiance le soin de ses grandes destinées.

Réponse du Roi.

« Je vous remercie pour les miens et pour moi de tous les vœux que vous m'exprimez ; je compte parfaitement sur leur sincérité. Votre culte est protégé par la loi. Nul n'est plus disposé que moi à soutenir cette partie de nos lois qui assure à tous la liberté de conscience et l'exercice de son culte. J'ai été un des premiers à m'en réjouir, lorsque ce principe a été proclamé, et je serais encore le premier à le défendre, s'il était possible qu'il fût attaqué. »

Discours de M. le maire de Besançon au nom du conseil municipal.

SIRE,

Le maire et le conseil municipal de la ville de Besançon, organes de leurs concitoyens, viennent renouveler à Votre Majesté l'expression des sentimens dont ils ont salué le monarque et le gouvernement nés de la révolution de juillet.

La liberté publique, appuyée sur l'ordre et l'économie, protégeant toutes les personnes, toutes les propriétés, toutes les industries, tel est le vœu formé depuis quarante ans par notre population.

Nous avons pensé que ce vœu était réalisé, lorsque la France, dégagée par le parjure, des sermens qui la liaient à la dynastie déchue, a choisi Votre Majesté pour lui confier le soin de ses destinées.

Le Prince qui servit long-temps son pays, et ne le combattit jamais, dut lui inspirer une confiance que nous avons partagée.

Il saura faire respecter l'indépendance nationale, et rendre à la patrie l'influence politique dont elle a été privée par des événemens à jamais déplorables.

Nous espérons que l'union du Trône et du pays sera indissoluble, parce que votre auguste Famille suivra l'exemple qu'elle reçoit de Votre Majesté; la fidélité à la foi jurée.

Cet espoir nous soutient et nous encourage, malgré les souffrances que nous éprouvons; elles accompagnent toujours une grande révolution : mais parmi nos concitoyens, amis de l'ordre et des lois, elles n'ont point troublé la paix publique. Elles se calmeront par la force que doit avoir un Gouvernement fondé par les intérêts nationaux, par la diminution des charges publiques, et par le complément des institutions que nous a promises la décoration donnée à la suite de la Charte de 1830.

Réponse du Roi.

« Le complément ne se fera pas long-temps attendre, et vous pouvez compter que ce qui reste à présenter aux Chambres pour satisfaire au vœu de cette déclaration, leur sera promptement soumis.

» Je vous remercie de me rappeler que j'ai combattu pour mon pays. Je lui suis toujours resté fidèle, dans la bonne comme dans la mauvaise fortune. Je défendrai, tant que j'existerai, la cause de la liberté. J'espère que j'aurais la satisfaction de la voir se consolider de plus en plus, appuyée comme elle l'est sur les bases inébranlables du règne des lois et du maintien de l'ordre public. »

Discours prononcé au nom du conseil de préfecture.

SIRE,

Le conseil de préfecture dont je suis l'organe vient offrir à Votre Majesté l'hommage de son respect, de son amour et de son dévouement.

Appelé au Trône par la volonté nationale, le Roi des Français a voulu que la Charte fût enfin une vérité, et a promis toutes les garanties réclamées par la nation dont il est l'élu : fidèle à sa parole et dévoué au salut de sa patrie, il a fait tous ses efforts pour consolider les libertés publiques et compléter nos institutions.

Sire, une des plus grandes améliorations qui aient signalé le règne de Votre Majesté, est la publicité introduite dans la justice administrative. Ce bienfait, vivement senti par tous les citoyens, ne sera point stérile pour les magistrats d'un ordre inférieur; ils y reconnaîtront toute la sollicitude de Votre Majesté pour les droits et les intérêts de chacun.

Persuadés que l'ordre légal est inséparable de la vraie liberté, les conseillers de préfecture s'efforceront, par une religieuse observation des lois, d'imprimer à leurs décisions un caractère d'impartialité, et de justifier la confiance dont Votre Majesté a bien voulu les honorer.

Réponse du Roi.

« J'avais toujours desiré cette publicité. J'ai toujours cru que le meilleur moyen d'assurer la droiture des actions des hommes, était de les mettre au grand jour. Je demande la même chose pour moi. Il n'y a, j'ose le dire, aucune action de ma vie pour laquelle je la craigne, et que je ne croie, au contraire, pouvoir montrer avec confiance à mon pays et à ma nation. »

Discours du recteur de l'Académie de Besançon.

SIRE,

Un gouvernement qui tendait à devenir absolu sentait le besoin d'une obéissance aveugle, et s'efforçait de comprimer l'essor de l'intelligence humaine. Alors les lumières répandues étaient un obstacle, l'enseignement public était un danger.

Mais depuis l'heureuse révolution qui vous a élevé au Trône, l'Université se voit enfin en harmonie avec les principes de la politique intérieure et les vues libérales de Votre Majesté. C'est à la loi que les Français doivent désormais obéir, et la loi, c'est l'expression de l'intérêt général; ce sera l'expression de la raison publique, quand les peuples seront assez éclairés. Instruire les hommes, c'est donc faire entrer la loi dans leur conviction, c'est les préparer à l'obéissance, c'est fonder à la fois l'ordre et la liberté. Nous ferons tous nos efforts, Sire, pour accomplir cette haute mission, pour mettre l'enseignement au niveau de tous les besoins, et rendre la jeunesse française digne en tout point des heureuses destinées que notre révolution lui a faites.

Réponse du Roi.

« Je n'ai cessé de réprouver le systéme qui tend
à fonder la solidité des gouvernemens sur l'ignorance des nations : je ne connais rien de plus absurde. Je pense, comme vous, que plus les hommes
sont éclairés, plus ils sont susceptibles d'être civi-
lisés ; que plus il y a de civilisation, plus ils sentent
la nécessité de fonder la société sur le règne des
lois, et plus ils peuvent apprécier les avantages d'un
gouvernement qui les fait observer sans opprimer
personne. Car, lorsqu'il n'y a pas d'oppression d'aucune part, ni de celle du gouvernement, ni de celle
du peuple, l'ordre public est assuré, et chacun peut
exercer librement ses droits civils et politiques. C'est
là la véritable garantie des gouvernemens, et c'est
aussi celle de la liberté des nations. Toutes les fois
qu'on voudra la chercher ailleurs, on tombera dans
des erreurs qui amèneront nécessairement la chute
des gouvernemens, et substitueront, pour les nations, l'anarchie à l'ordre public, et l'oppression à la
liberté. Je vous remercie des efforts que vous faites
pour répandre de plus en plus les lumières. C'est en
les continuant que vous entrerez dans mes vues. Ce
que je desire surtout, c'est le développement de
l'enseignement mutuel, parce que c'est le moyen le
plus propre à instruire et à éclairer la classe indigente. Je ne saurais trop vous le recommander. »

Discours du proviseur du collége royal.

SIRE,

Permettez-moi de vous offrir l'hommage du dé-
vouemeut des fonctionnaires du collége royal. Tous
nous avons compris la noblesse et l'importance de la
mission dont nous sommes chargés.

Former des citoyens dignes de ce nom, des hommes
capables, par leur instruction et leur caractère, de
remplir dignement le poste que la patrie leur réserve, tel est le but vers lequel nous avons dirigé
tous nos efforts, et nous pouvons dire avec quelque
confiance que nous espérons pouvoir y parvenir.

Quel que soit l'avenir qu'une nouvelle loi prépare
à l'instruction publique, il doit nous être permis
d'affirmer qu'il sera difficile de trouver ailleurs que
dans cette Université si indignement calomniée, mais
vengée si noblement par la confiance dont vous l'a-
vez honorée, plus d'amour de la patrie, plus d'attachement aux institutions libérales qui nous régissent, plus de dévouement pour Votre Majesté,
pour toute votre Famille, et en particulier pour
ces jeunes Princes que les peuples voisins nous en-
vient, et que la France peut montrer avec fierté à
ses amis comme à ses ennemis. *Vive le Roi! vive
la liberté!*

Réponse du Roi.

« Je m'applaudis d'avoir pris le parti de placer mes
enfans sur les bancs de l'éducation publique, et j'ai

la satisfaction de voir qu'eux-mêmes s'en applaudissent également. J'espère que cette éducation aura
contribué à les rendre dignes de la confiance et de
l'affection de leurs concitoyens, au milieu desquels
j'ai voulu qu'ils fussent élevés, afin qu'ils apprissent
à se connaître et à s'aimer réciproquement.

« Quant à ce que vous me dites de la loi sur l'instruction publique, on s'en occupe, et je ferai tout
ce qui dépendra de moi pour qu'elle réponde à
l'objet que je viens d'indiquer à M. le recteur de
l'Académie. »

*Discours de l'Académie des sciences, belles-lettres
et arts de Besançon, M. Ordinaire portant la
parole.*

L'Académie des sciences, belles-lettres et arts
de Besançon s'empresse d'offrir à Votre Majesté
l'hommage de son respectueux et profond dévouement.

Elle est fière, elle est heureuse de contempler les
traits du Monarque dont le Trône, fondé sur la liberté et sur l'ordre public, protége l'ordre public
et la liberté contre le genre de despotisme le plus
effrayant pour eux, l'anarchie ; du Monarque qui,
avare du sang français tant que la gloire nationale
n'est pas compromise, mais qui serait prodigue du
sien s'il fallait la défendre, conserve à l'industrie,
aux sciences, aux lettres, fruits délicats d'une longue et lente civilisation, l'inestimable bienfait de la
paix.

--Cette noble tâche, que Votre Majesté s'est prescrite et qu'elle accomplit avec une si touchante longanimité, serait moins laborieuse sans doute si les lumières eussent été plus tôt et plus généralement réparties. Tel a toujours été le vœu du duc d'Orléans. Sous le règne paternel de Votre-Majesté, toutes les portions de la grande famille recevront le degré d'instruction nécessaire à chacune d'elles, et c'est par là que le grand peuple apprendra à mieux connaître encore la nature de ses droits et l'étendue de ses devoirs ; que les instutions de la patrie, les lois politiques, civiles et religieuses du pays, deviendront l'inviolable objet de son amour et de son culte ; que, dans le cours varié des événemens, il se maintiendra libre parce qu'il aura su s'affranchir de toute licence ; que, redouté ou plutôt chéri, admiré des nations, il sera leur modèle et leur guide dans ce grand œuvre de génération qu'elles entreprennent.

Et c'est ainsi, grand Prince, qu'ayant accompli le bonheur de la France, vous aurez assuré votre félicité personnelle et votre propre gloire ; car, plus les citoyens seront éclairés, mieux ils apprécieront et plus hautement ils proclameront les titres sacrés que vous acquérez chaque jour à leur reconnaissance.

Réponse du Roi.

« Ma félicité personnelle est identifiée avec celle de la nation. Je ne connais rien de plus propre à l'assurer que le moyen que vous indiquez. C'est en répandant les lumières, c'est en dirigeant l'enseignement dans la bonne voie, qu'on parvient à améliorer le sort des hommes. C'est ce que j'ai toujours pensé. Je vois avec plaisir que vous avez rendu justice à mes sentimens. Je vous remercie de ce que vous m'avez rappelé. Le Roi n'oublie pas que le duc d'Orléans a eu le plaisir de vous voir quelquefois, et il est bien aise que vous n'ayez pas oublié les vœux qu'il vous exprimait alors pour voir l'instruction publique prendre une meilleure direction. »

Adresse de la ville de Pontarlier, lue au Roi.

SIRE,

La ville de Pontarlier, par l'organe de son conseil municipal, vient avec empressement vous offrir l'hommage respectueux de son amour et de sa fidélité.

Le peuple a brisé un sceptre parjure et inhabile ; il a élevé sur un Trône national un prince vertueux et loyal. Avec la France entière, nous avons salué son avénement comme une ère nouvelle de gloire et de prospérité. Oui, Sire, la nation met en vous ses espérances ; elle sait que vous fûtes le constant ami de la liberté fondée sur les lois, de l'ordre appuyé sur l'amélioration des institutions générales et locales, sur une administration active, franche et économe, seules bases de stabilité.

La France sait que son honneur est en sûreté,

confié aux mains qui combattaient pour l'indépendance nationale, et qui, s'il était nécessaire, s'armeraient encore pour cette noble cause. Mais, Sire, vous gémissez du malaise qui affecte péniblement l'industrie et le commerce. Ces intérêts précieux, qui se rattachent à tous les autres, ont besoin de paix, d'une paix solide, honorable, digne du nom français : puissent bientôt vos efforts pour l'assurer être couronnés du succès !

Vous aimez à connaître, Sire, les vœux des populations. Daignez accueillir celui qui intéresse au plus haut degré les bons et laborieux habitans des montagnes : c'est la diminution du prix du sel, substance indispensable aux fromageries et à l'agriculture. Nous espérons que de justes et sages réformes dans les finances permettront d'alléger un impôt funeste et immoral, en ce qu'il pèse principalement sur les classes pauvres et laborieuses, si dignes de l'intérêt de Votre Majesté.

Pontarlier, deuxième ville du département par son importance, ose vous demander, Sire, que le transit soit rétabli dans son bureau des douanes, où il existait autrefois. Transféré au village de Verrières, une branche importante de notre commerce local a disparu, pour prospérer chez les négocians suisses, nos voisins.

Nous avons, Sire, exprimé simplement et avec vérité les vœux et les besoins d'une ville fidèle et dévouée; nous emporterons l'espoir que Votre Majesté ne les aura point entendus en vain.

Réponse du Roi.

« Vous pouvez être sûr que toutes ces réclamations seront examinées avec l'attention qu'elles méritent. Je voudrais qu'il fût en mon pouvoir d'allé ger davantage les charges publiques. Mais vous savez que la France a été appelée à s'armer pour se mettre dans l'attitude qui convenait à sa sûreté et à sa dignité, et cet armement a exigé des dépenses auxquelles il est nécessaire de subvenir. J'espère que la consolidation de la paix extérieure permettra bientôt d'en alléger le fardeau. Chaque jour elle devient plus probable, et j'ai tout lieu de croire que bientôt elle sera établie sur un pied qui ramènera la confiance, fera revivre le commerce, fera reprendre les travaux dans vos manufactures, et enfin vous procurera tous les avantages dont je regrette bien que vous soyez momentanément privés. »

Discours prononcé au nom du tribunal de première instance de Grey.

SIRE,

Les membres du tribunal civil de Gray viennent présenter à Votre Majesté l'hommage de leur respect et de leur dévouement.

Le Trône auquel vous ont appelé les vœux des Français est fondé sur l'ordre et la liberté.

Convaincu qu'une bonne administration de la justice est la meilleure garantie de la stabilité de ces deux bases du bonheur public, vous regardez le droit de la rendre à vos sujets comme l'un des plus beaux attributs de votre couronne. Heureux de la distribuer en votre nom dans un arrondissement important par la fertilité de son sol, son industrie et son commerce, notre zèle et nos efforts tendent sans cesse à justifier votre confiance.

C'est en donner une preuve à Votre Majesté et se conformer à ses désirs, que de lui faire connaître quelques-unes des améliorations que nous semble réclamer l'état actuel de la législation et de l'organisation judiciaire.

L'application fréquente de la loi forestière dans un arrondissement très-boisé nous fait surtout remarquer les inconvéniens graves de la sévérité de ses peines dans la partie qui atteint la classe si intéressante et si utile des cultivateurs. Nous regarderions comme un avantage réel la faculté d'en adoucir la rigueur par l'emploi de cette sage disposition de nos lois pénales qui permet au juge de proportionner toujours la peine au délit. L'expérience de plusieurs années en réclame l'introduction dans le Code forestier, et nous croyons remplir un devoir en signalant ce besoin à la sollicitude de Votre Majesté.

L'insuffisance du nombre de trois juges se fait particulièrement sentir dans le tribunal de Gray, qui, d'après le dernier compte rendu de l'administration de la justice criminelle, occupe le seizième rang parmi tous ceux du royaume. Toutefois, nous avons la satisfaction de vous annoncer que le nombre des délits et des crimes a diminué d'une manière sensible depuis notre glorieuse révolution.

Comment, Sire, dans un pays éclairé, la morale publique pourrait-elle ne pas ressentir l'heureuse influence d'un gouvernement dont la loyauté est le caractère distinctif?

Réponse du Roi.

« Elle le sera toujours ; elle est dans mon cœur autant que dans mon système. Je ne connais de gouvernement qui puisse se consolider que celui qui est loyal. La nation n'a conçu que trop de défiances, et ces défiances n'ont été que trop motivées par toutes les déceptions qu'elle a subies, soit sous le régime républicain, soit sous le régime monarchique. J'espère que ces défiances disparaîtront devant ma sincérité, ma droiture et ma loyauté, et que la nation accordera à mon Gouvernement toute la confiance dont il a besoin pour répondre à son attente. Ce n'est que dans la confiance de la nation que je veux chercher ma force, et ce n'est qu'avec cet appui que je peux parvenir à garantir la liberté par le règne des lois, à consolider nos institutions d'une manière inébranlable, et à assurer le bonheur et la propérité de la France. »

Discours prononcé au nom du tribunal de première instance de Lons-le-Saulnier.

SIRE,

Le tribunal de première instance de Lons-le-

Saulnier, chef-lieu du Jura, et votre procureur au
même tribunal, viennent avec empressement vous
offrir l'hommage de leur respect et de leur dévouement.

En rendant la justice en votre nom, avec zèle et
intégrité, en veillant avec activité au maintien de
l'ordre et de la tranquillité publique, et à l'exécution
des lois, nous sommes fidèles à notre serment. Mais
en remplissant des devoirs aussi importans, nous
nous glorifions d'être les interprètes du Roi-citoyen,
l'élu de la nation, ami et protecteur de nos libertés,
et dont les destinées sont à jamais unies à celles de la
France.

Notre révolution, Sire, repose sur des principes
qui, n'en doutons point, trouveront leur développe-
pement dans les lois que médite votre haute sagesse, pour satisfaire aux besoins de l'époque actuelle. Alors notre belle patrie, heureuse et florissante
sous la dynastie qu'elle chérit, jouira de tous les
avantages de la monarchie représentative et des
améliorations progressives que doit produire la civilisation.

Agréez, Sire, les vœux que nous formons pour
la prospérité de votre règne et de votre auguste
Famille.

Réponse du Roi.

» Nul ne desire plus que moi de voir nos lois
recevoir les améliorations progressives dont elles sont
susceptibles. Mais, en même temps, je crains qu'en

voulant trop changer, on ne porte atteinte à ce que nous possédons. C'est un danger qu'il importe de signaler à la sagesse publique. Vous avez parlé au futur des avantages de la monarchie constitution- nelle., et moi j'en parle au présent. La France jouit aujourd'hui de la Charte de 1830. Elle jouit de ses institutions; elle les a glorieusement défendues; je les ai jurées, et je concourrai de toute ma force à les maintenir avec elle. »

Discours du Roi à la garde nationale de Besançon.

Comme les officiers se disposaient à passer devant le Roi, Sa Majesté les a arrêtés et leur a dit :

« Je veux auparavant féliciter la garde nationale de Besançon, lui témoigner le plaisir que j'éprouve à me trouver au milieu d'elle, lui dire combien j'ap- précie et j'admire cette excellente institution de la garde nationale, qui procure à la France la précieuse assistance de toute sa population pour défendre la liberté, pour maintenir l'ordre public, et pour faire respecter le nom français au-dehors. Je suis heureux de voir les remparts et les boulevards de la France confiés à des mains aussi patriotiques et à des cœurs aussi généreux que les vôtres. J'espère que nous maintiendrons la paix; mais si l'indépendance natio- nale était attaquée, nous marcherions tous pour la défendre, et le triomphe de la France ne serait pas par douteux. »

(*De toutes parts, oui, oui. Vive le Roi!*)

Paris, le 30 *juin.*

Vesoul, le 28 juin.

Avant de quitter Besançon, le Roi a voulu visiter le fort de Brégille, si important pour la défense de la ville.

Sa Majesté s'y est rendue à cheval à une heure. Elle a été frappée de la beauté des ouvrages et des moyens de défense imaginés pour préserver la place des positions qui la dominent.

Après cette visite, qui a duré deux heures, le Roi a traversé la ville à cheval pour venir reprendre sa voiture à la porte de sortie.

Sa Majesté a été accueillie, comme la veille, sur son passage, par une vive manifestation des sentimens qui animent la population comtoise.

Le Roi est parti à trois heures de Besançon. Sa Majesté a été reçue par M. Thierry, préfet de la Haute-Saône, à la limite de ce département, en avant de Voray. Elle est descendue de voiture à Bouleau, pour passer en revue la garde nationale qui était rangée des deux côtés de la route, dans toute l'étendue de cette commune.

Le Roi est arrivé à sept heures et demie, à un quart de lieue de Vesoul, où ses chevaux l'attendaient.

Avant d'entrer en ville, Sa Majesté a donné un étendard au 11e régiment de dragons qui était en bataille le long de la route.

A l'entrée de Vesoul s'élevaient deux colonnes entourées de guirlandes de chêne et surmontées de faisceaux d'armes. M. le maire s'y trouvait à la tête du corps municipal pour recevoir Sa Majesté.

Le Roi est entré dans la ville, précédé par le corps municipal, et l'a traversée aux acclamations de la population, pour se rendre au champ de manœuvres, où l'attendaient 8,000 hommes de garde nationale. Sa Majesté, en les passant en revue, a été continuellement saluée par de vives acclamations.

Il était neuf heures quand le Roi est arrivé à la préfecture.

Sa Majesté y a aussitôt reçu les autorités et les députations de Lure, de Gray et de Luxeuil.

Elle s'est rendue, après le dîner, au bal, où elle a été accueillie par des cris réitérés de *vive le Roi!*

Journée du 28 juin.

Le Roi est parti de Vesoul à neuf heures et demie du matin. En sortant de la ville, Sa Majesté a distribué des décorations de la Légion-d'Honneur au 11e régiment de dragons.

Le Roi a trouvé sur sa route une belle et nombreuse garde nationale; malgré le mauvais temps, Sa Majesté est descendue de voiture pour la passer en revue.

Il y avait 3,000 hommes de la garde nationale à Combeau-Fontaine, et 6,000 à Fayl-Billot.

En passant devant leurs rangs, Sa Majesté a été

accueillie avec un vif enthousiasme, pár lès cris mille fois répétés de *vive le Roi des Français!* *vive Philippe Ier!* *vive le père du peuple et le sauveur de la France!*

Le Roi a été reçu à la limite du département de la Haute-Marne, par le préfet, le général commandant la division, le général commandant le département et le sous-préfet de Langres.

Sa Majesté est arrivée à quatre heures à une demilieue de Langres. La garde nationale s'étendait de ce point jusqu'à l'entrée de la ville, sur trois rangs, au nombre d'environ 12,000 hommes. Tous cherchaient à l'envi à témoigner leur zèle et leur dévouement. Le Roi a passé, à cheval, devant cette ligne, salué par de continuelles acclamations, et au bruit de l'artillerie de la garde nationale, qui tirait des hauteurs de Langres. Sa Majesté s'est arrêtée aux portes de la ville pour voir défiler toute la garde nationale et le 57e régiment de ligne : elle a été reçue à l'entrée par le maire.

Le Roi est descendu à l'Hôtel-de-Ville pour y recevoir les autorités et une députation de la cour royale de Dijon.

Sa Majesté est partie à six heures de Langres pour Chaumont, où elle est arrivée à huit heures et demie. Il y avait le long de la route une ligne de garde nationale encore plus étendue qu'à Langres ; plus de 15,000 hommes étaient réunis. Le Roi l'a parcourue à cheval, en recueillant partout l'expression d'un vif enthousiasme.

Sa Majesté a été reçue aux portes de la ville par le maire, accompagné du corps municipal. Elle est arrivée à neuf heures et demie à la préfecture, où elle est descendue.

Sa Majesté a reçu immédiatement les autorités.

Après le dîner, elle a honoré de sa présence le bal donné à l'Hôtel-de-Ville.

Paris, le 1er juillet.

29 et 30 juin.

Le Roi a reçu, dans la matinée du 29, les officiers de la garde nationale de Chaumont et des communes de l'arrondissement. Sa Majesté leur a adressé une allocution qui a produit sur eux une vive impression ; ils y ont répondu par des cris réitérés de *vive le Roi !*

Les produits de l'industrie du département de la Haute-Marne avaient été exposés dans une des salles de la préfecture ; Sa Majesté a examiné cette exposition avec beaucoup d'intérêt.

Le Roi est parti à midi de Chaumont pour Troyes. Sa Majesté a été reçue à la limite du département de l'Aube par le préfet, le général commandant la division, le général commandant le département et le sous préfet de Bar-sur-Aube.

A l'entrée de chaque commune, la population entière était groupée autour d'un arc de triomphe

30

en feuillage, et la garde nationale était sous les armes.

Le Roi s'est arrêté à Bar-sur-Aube et à Brienne, pour y passer en revue la garde nationale. A Bar-sur-Aube, il y avait 5,000 hommes réunis, et à Brienne 2,000. La garde nationale d'une partie de l'arrondissement d'Arcis-sur-Aube s'y était rendue. Partout un grand empressement, un vif enthousiasme.

Le Roi est arrivé à huit heures au faubourg de Troyes, où M. le maire, accompagné du corps municipal, est venu recevoir Sa Majesté et lui a présenté les clefs de la ville.

De ce point la garde nationale formait la haie jusqu'à la préfecture.

Sa Majesté a fait son entrée à cheval, comme dans toutes les villes qu'elle a visitées.

Les rues par où le Roi devait passer pour se rendre à la préfecture semblaient transformées en allées de verdure; de chaque côté de jeunes arbres plantés soutenaient des drapeaux tricolores tombant en festons, des guirlandes de chêne et des couronnes de fleurs. La population se pressait sur des estrades et sur les pas de Sa Majesté. De vives acclamations l'ont partout accompagnée.

Avant d'entrer à la préfecture, le Roi a passé en revue la garde nationale, qui était de 6,000 hommes, dans la plus belle tenue.

Sa Majesté a reçu immédiatement les diverses autorités de la ville de Troyes et des députations d'Arcis-sur-Aube, Bar-sur-Seine, Méry et les Riceys.

Après son dîner, Sa Majesté s'est rendue au bal; il était très-brillant; des cris réitérés de *vive le Roi!* l'ont salué à son entrée et à sa sortie.

Le Roi est parti à une heure du matin de Troyes; la garde nationale s'est trouvée sur son passage; une grande partie de la population remplissait encore les rues.

Sa Majesté a passé à sept heures du matin à Nogent-sur-Seine. La garde nationale était sous les armes. Dans les communes que Sa Majesté venait de traverser pendant la nuit, elle avait aussi trouvé la garde nationale sous les armes.

On a fait halte, à dix heures du matin, au-dessus de Provins. Le Roi a déjeûné dans un champ à droite de la route, ainsi que toutes les personnes qui l'accompagnaient.

Sa Majesté est arrivée à deux heures à Saint-Cloud.

SUITE DES AUDIENCES DU ROI.

Discours prononcé au nom de la garde nationale de Lons-le-Saulnier.

SIRE,

Député de la garde nationale de Lons-le-Saulnier, il m'est aussi doux qu'honorable d'être aujourd'hui, près de Votre Majesté, l'interprète des sentimens qui l'animent. Formée spontanément aux premières nouvelles des événemens de juillet, c'est avec transport, Sire, qu'elle a vu élever sur le Trône un Roi national, un Roi dont la gloire se mêle à la gloire de la France, et qui, l'un des premiers, a combattu sous ce drapeau tricolore dont la destinée devait être si grande.

Sire, placée sur la frontière, la garde nationale du Jura saurait, si la guerre éclate, défendre l'élu de la nation, le sol de la patrie, et ses lois nouvelles, source de la vraie liberté.

Sire, le Trône où vous êtes assis repose sur les libertés publiques. Cette base est d'autant plus solide, que Votre Majesté comprend les vœux, les besoins de la France, et que, se mettant à la hauteur du siècle, elle se plaira, nous ne saurions en douter, à réaliser graduellement toutes les espérances de juillet.

Réponse du Roi.

« Il ne tiendra pas à moi qu'elles ne soient toutes consolidées, que la France ne jouisse de tous les avantages qu'elle a dû s'en promettre. C'est pour les lui assurer que je me suis dévoué. Mais, pour y parvenir, il ne faut rien précipiter; il faut prendre garde de ne pas nous laisser entraîner par des illusions dans de fausses routes qui nous mèneraient, comme autrefois, à un résultat diamétralement opposé à celui que nous voulons atteindre. J'ai dit bien des fois, et bien franchement, quel était mon but; mais, je le répète toujours avec plaisir : c'est de maintenir nos institutions, conformément à la Charte de 1830, que j'ai jurée ; c'est d'asseoir la liberté sur l'ordre public qui en est inséparable, afin que chacun puisse exercer ses droits politiques dans toute leur étendue, et qu'il trouve dans le Gouvernement la force nécessaire pour le protéger contre toute attaque. Vous pouvez compter sur moi, à la vie, à la mort, comme je compterais sur vous, si la patrie se trouvait exposée à de nouveaux dangers. »

Discours adressé au Roi par le maire de la ville d'Arbois (Jura), au nom du corps municipal et de la garde nationale.

SIRE,

Nous venons au nom des habitans de la ville d'Arbois offrir pour la seconde fois, à Votre Majesté, le respectueux hommage de leur dévouement.

Les premiers, en Franche-Comté, nous avons salué avec enthousiasme la révolution de juillet, en arborant le drapeau national, et dès le commencement du mois d'août j'ai exprimé, au nom des habitans d'Arbois, à Votre Majesté, leur joie de vous voir élever par le peuple sur le pavois national.

La population de la ville dont les intérêts me sont confiés, n'exerce pas d'autre industrie que la culture de la vigne. Les mauvaises récoltes qui se sont succédé ont fait naître une grande misère. La faiblesse des ressources communales n'a permis que des secours insuffisans. Quelques désordres légers en ont été la suite ; mais tout est rentré dans l'ordre le plus parfait. Les impôts onéreux qui frappent sur les produits de la vigne et les entraves apportées à leur libre circulation, aggravent considérablement le malaise de notre laborieuse cité. Nous souffrons avec patience, des charges bien pesantes, dans la persuasion qu'elles nous sont imposées pour défendre la France d'une nouvelle coalition.

Le patriotisme des Arboisiens surpasse beaucoup leur misère ; ils sont prêts à verser leur sang pour l'indépendance de la patrie, et pour le soutien du Trône que le peuple français a élevé.

Réponse du Roi.

« Je me souviens, en effet, d'avoir eu le plaisir de vous voir à Paris, avec votre oncle qui vous conduisait alors. Je souhaite toujours de pouvoir alléger les charges de la classe des contribuables dont vous parlez. Mais vous connaissez l'étendue des sacrifices que le Gouvernement a faits l'année dernière pour atteindre ce but : vous connaissez aussi les besoins du Trésor public, et vous savez combien il est difficile d'y pourvoir. Néanmoins, ces questions seront examinées de nouveau, lors de la discussion du budget. Je desire beaucoup qu'elles soient résolues dans un sens favorable aux contribuables ; mais je desire aussi que la France ne perde rien de ce qui est nécessaire au soutien de son honneur et de sa dignité.

» Quant à ce que vous dites de l'application des

fonds publics à la force nationale chargée de défendre
la patrie, vous n'avez qu'à vous rappeler ce que l'armée française était l'année dernière, et voir ce
qu'elle est aujourd'hui. Vous n'avez qu'à voir cet
immense armement de nos gardes nationales et l'attitude que la France a prise, et c'est alors que vous
verrez aussi si, comme Roi des Français, j'ai fait
mon devoir envers la patrie. »

*Discours adressé par le Roi aux régimens réunis à
Besançon.*

« Mers chers camarades,

» Je me suis réservé le plaisir, et c'en est un
» grand pour moi, de vous donner moi-même ces
» drapeaux, qui portent ces glorieuses couleurs que
» nous avons quittées avec tant de regret, et que
» nous avons reprises avec tant de joie; ces cou-
» leurs dont les souvenirs vous retracent à la fois,
» et vos devoirs, et cette fidélité à vos drapeaux qui
» a toujours distingué l'armée française, aussi-bien
» que cette étonnante série de victoires qui ont de-
» puis tant de siècles honoré le nom français et il-
» lustré nos armes. Ces souvenirs seront donc pour
» vous des guides certains dans la noble carrière que
» vous êtes destinés à parcourir, et en ne les per-
» dant pas de vue, vous êtes sûrs de ne pas errer.
» J'aime toujours à vous rappeler que j'ai combattu
» dans vos rangs pour l'indépendance de la patrie,
» et à vous dire que s'il redevenait nécessaire de la

» défendre et de soutenir par les armes notre hon-
» neur national, vous me verriez accourir au mi-
» lieu de vous avec la ferme confiance que de nou-
» veaux combats ne feraient qu'ajouter un nou-
» veau lustre à la gloire de nos armes. *Vive la*
» *France!* »

Discours du maire de Vesoul.

SIRE,

Votre Majesté a voulu connaître les besoins de
la France et recueillir ses vœux : heureuse pensée
qui doit cimenter encore l'alliance de la nation et de
son ROI.

Partout Votre Majesté a entendu le même cri, partout la même manifestation de l'amour de l'ordre et
de la liberté.

Cet unanime sentiment de la France, Sire, est
partagé par les habitans de la ville de Vesoul ; et,
comme aux lieux que Votre Majesté vient de parcourir, elle ne recevra parmi nous que des témoignages de joie et d'affection, de dévouement au Roi
de notre choix.

Cependant notre pays industriel et agricole a eu
aussi sa part des sacrifices que la patrie s'est imposés,
mais aucun ne lui pèse quand il s'agit de rendre la
France forte et grande entre les nations et d'assurer
le règne de la liberté ou des lois.

Bientôt, Sire, vous retrouverez près du Trône les
mandataires de cette France que vous avez interro-
gée vous-même, et c'est alors que le voyage de Votre

Majesté portera ses fruits. Comme nos représentans, vous saurez nos besoins, vous connaîtrez nos vœux, nos espérances, et nous les verrons s'accomplir.

Sous le sceptre d'un Roi qui veut que tout soit vrai, et qui accorde à la nation la confiance qu'elle a mise en lui, nous verrons s'affermir avec nos liber-tés la gloire et la dignité nationales, et la France donner la paix au Monde en prêtant l'appui d'une médiation puissante à ces peuples généreux que l'amour de l'indépendance et d'anciens souvenirs nous rendent sympathiques. Au-dedans, une sé-vère économie cicatrisera nos plaies financières ; la liberté de l'enseignement rendra à nos écoles leur prospérité et multipliera les moyens d'instruction ; les dignités de l'État, devenues la récompense du mérite et des services rendus au pays, établiront une infaillible hérédité de talens dans les plus hautes fonctions ; nos institutions municipales et départe-mentales, complétant notre éducation constitution-nelle, aideront au développement de nos richesses locales, et la prospérité de notre heureuse patrie à jamais assurée, le cri de nos derniers neveux sera comme le nôtre : *Vive la France! vive la liberté! vive le Roi-citoyen!*

Réponse du Roi.

« Il me serait difficile de vous exprimer ici les di-vers sentimens que fait naître en moi le discours que je viens d'entendre. Identifié depuis long-temps avec les vœux et les intérêts de mon pays, je ne puis être

guidé que par eux. J'ai voyagé, comme vous le dites,
dans le but de voir mes compatriotes, de connaître
par moi-même leurs besoins et leurs vœux; partout
j'en ai entendu l'expression avec plaisir. Vous n'attendez pas de moi que je réponde à tous les points
que vous avez parcourus; ils embrassent des matières trop étendues et trop graves; plusieurs ne
sont pas de la nature de ceux que nous puissions
traiter dans une circonstance semblable. Néanmoins,
vous devez croire que, vieux vétéran de nos armées,
ayant combattu pour l'honneur et l'indépendance de
mon pays, ayant toujours été dévoué à la cause de
la liberté, ce ne sera pas sous mon règne qu'il y sera
porté la moindre atteinte. Je serai le premier à les
défendre, et quelque vivement que je desire la paix,
elle n'est rien à mes yeux, au prix de l'honneur, de
l'indépendance et des intérêts de la France. »

Discours prononcé au nom du collége de Vesoul.

SIRE,

Les fonctionnaires du collége de Vesoul prient
Votre Majesté d'agréer leurs hommages respectueux,
leurs sentimens dévoués.

Pour le corps enseignant plus que pour tout autre,
ce jour où la patrie, dans son indignation, brisa ses
fers et proclama avec enthousiasme son Roi-citoyen,
fut le signal d'un affranchissement long-temps desiré, l'aurore d'un avenir de bonheur et de gloire.
Sous un Prince ami si vrai de la jeunesse, protec-

teur éclairé des sciences et des beaux-arts, le corps
enseignant, encouragé d'ailleurs par les témoignages
d'une bienveillance toute particulière , comprendra
toujours la haute importance de ses modestes fonctions ; il n'oubliera jamais, Sire, cette vérité sur
laquelle vous-même avez voulu porter toute son
attention : Répandre les lumières sur un peuple, c'est
lui procurer le plus grand avantage qu'il puisse obtenir. Nous le pensons donc : des efforts constans
pour y contribuer, et préparer dans nos jeunes
élèves des citoyens qui feront un jour l'ornement et
la gloire du pays ; c'est là tout ce que nous pouvons
offrir de plus agréable à Votre Majesté.

Réponse du Roi.

« Ce n'est qu'en formant la jeunesse qu'on peut
assurer le bonheur des générations futures. C'est en
éclairant les jeunes gens, en leur apprenant les devoirs qu'ils ont à remplir, c'est en leur faisant bien
sentir que le meilleur moyen de consolider les libertés publiques, est de maintenir l'ordre et la tranquil-
lite, qu'on les préparera à devenir de bons citoyens.
Animés de ces sentimens, ils seront de bons patriotes,
de zélés défenseurs de la liberté, et la France n'aura
qu'à s'applaudir des soins que vous aurez pris de leur
éducation. ».

Discours du maire de Gray (à Vesoul).

SIRE,

En visitant successivement les départemens de notre belle patrie pour y entendre vous-même les vœux de leurs populations et y interroger leurs besoins ; vous avez prévenu les desirs du peuple français ; cette nation généreuse sait reconnaître dans le Roi de son choix ces nouvelles preuves de confiance et de sollicitude.

Organes des habitans de Gray, nous venons présenter à Votre Majesté l'expression de leur affection et de leur dévouement : ils avaient espéré un instant jouir du bonheur de vous posséder dans leurs murs, c'eût été leur plus beau jour.

Nos vœux sont ceux de tous les Français, le maintien des libertés publiques et d'une paix digne d'un grand peuple. Ce sont aussi les vôtres, Sire, et nous nous reposons sur vous avec confiance, du soin que vous apporterez à nous conserver ces bienfaits.

Quant à nos besoins, les difficultés de la navigation sur la Saône haute, le mauvais état dans notre arrondissement des routes qui communiquent à la Marne et à la Moselle, nuisent au commerce de notre ville ; vous proposer des améliorations et des moyens de prospérité pour le peuple, nous le savons, Sire, c'est seconder les intentions paternelles d'un Roi qui s'est dévoué au bonheur des Français et au salut de la patrie. »

Réponse du Roi.

« Vous pouvez compter que ces objets seront examinés. Voilà mon ministre du commerce et des travaux publics à qui je n'ai pas besoin de les récom-
der ; il connaît toute ma sollicitude à cet égard, il y
apportera certainement tout le soin que vous pouvez
desirer.

» Quant à ce que vous m'avez dit sur notre position générale, vous savez que ce sont mes vœux,
mes desirs ; je n'ai cessé de les exprimer journelle-
ment dans ce voyage ; c'est de voir la France grande,
heureuse et libre ; c'est de voir sa grandeur appuyée
sur la paix extérieure et sa liberté sur la paix intérieure ; c'est de voir par cet heureux concours sa
force s'accroître dans tous les sens, et sa prospérité
augmenter dans la même proportion.

Discours du maire de la ville de Lure.

SIRE,

Députés de la ville de Lure, nous accourons pour
témoigner au Roi-citoyen les regrets que nous
éprouvons de ne pas l'avoir vu dans nos murs.

Les sentimens de fidélité dont nous sommes pénétrés pour vous, Sire, doivent déjà vous être connus,
et nous sentons que, par un effet salutaire de la
Charte de 1830, la royauté constitutionnelle et la
nation ne peuvent jamais être désunies.

La révolution de juillet, chérie de tous les cœurs

français, a été salué avec enthousiasme par ceux qui connaissent l'esprit humain et en désirent les progrès.

Sire, nos vœux les plus ardens sont que notre pacte fondamental reçoive le développement que réclament vivement et de toutes parts les intérêts populaires.

De son côté, la garde nationale, qui apprécie le but de son institution, désirerait que son armement fût complété, soit pour le maintien de l'ordre, soit pour défendre avec l'intrépidité d'un peuple libre le Trône de juillet et l'honneur français, s'ils étaient menacés.

Pour l'accomplissement de ces vœux, nous avons une entière confiance dans le patriotisme et la haute sagesse de Votre Majesté.

Réponse du Roi.

« Le complément des lois qui ont été énoncées dans la déclaration annexée à la Charte de 1830 ne se fera pas long-temps attendre. Je ne connais pas d'autre complément à donner à nos institutions ; je suis bien aise de le dire franchement, je crois que la Charte de 1830 les renferme toutes ; qu'elle exprime ce que la France a voulu consacrer par la révolution de juillet ; que la Charte ancienne a été débarrassée de tout ce qui pouvait prêter à l'équivoque, rendre illusoire le serment qu'elle avait imposé au Roi, et qu'actuellement il ne peut plus exister de crainte à cet égard. Quant aux améliorations progressives

qu'on pourrait introduire dans nos lois, nul n'est
plus disposé que moi à les favoriser de tout mon
pouvoir; mais toujours en évitant le danger d'affai-
blir, d'altérer ou de détruire ce qu'on veut améliorer.
C'est de ce danger que je veux préserver mon pays.
Consacrer ses libertés, assurer son indépendance et
le libre exercice des droits civils et politiques de
tous les Français, tel a été mon but et l'objet
de mon serment; je le tiendrai, vous pouvez y
compter. »

Discours du président du tribunal de Lure.

SIRE,

Au milieu de l'élan général, le tribunal de Lure
est heureux d'apporter à Votre Majesté l'expression
de son amour et le respectueux hommage de sa fidélité et de son dévouement.

Le règne de Votre Majesté est celui de la liberté
et de l'ordre public : c'est le règne de la justice. Il
sera continué par vos fils, ces Princes qui sont pour
la France l'orgueil du présent et l'espoir de l'avenir.

D'accord avec les Chambres, Sire, vous avez eu
confiance dans la loyauté de la magistrature et dans
son attachement aux principes d'une sage liberté.
Cette auguste confiance ne sera point trompée.

La vérité est dans la Charte; elle vivra dans les
lois, elle dictera nos jugemens.

Puissions-nous, par notre zèle et nos efforts,
acquitter ce que nous devons à la patrie, et répondre

aux intentions paternelles d'un Roi qui se dévoue
pour le bonheur et la gloire de son pays.

Réponse du Roi.

« J'ai entendu avec grand plaisir l'expression de vos
sentimens. C'est dans cette vue que je veux persister.
Rendre la justice avec impartialité est le devoir du
magistrat. D'un autre côté, assurer le règne des lois,
c'est maintenir la liberté; car sans lois, comme vous
l'avez justement remarqué, il n'y a pas de liberté.
Mon vœu a toujours été de voir la France en possession de toutes les libertés qu'elle a droit de reclamer,
et qui peuvent assurer son bonheur; j'ai toujours
desiré qu'elle soit préservée des théories, qui, en
exagérant la liberté, sont souvent cause qu'elle se
perd. C'est là un des dangers dont j'ai voulu la préserver. »

Discours du maire de Langres.

SIRE,

Les maires et adjoints et les membres du conseil
municipal de Langres supplient Votre Majesté d'a-
gréer l'hommage de leur profond respect et de leur
dévouement sans bornes.

Sire, la France, en vous confiant ses destinées,
vous a remis un mandat glorieux mais difficile. Sire,
vous le remplissez avec une force et une sagesse qui
vous attirent le respect des peuples, la reconnaissance et les bénédictions des Français.

Les Langrois admirent en vous le fondateur des
libertés publiques, le protecteur des lois, le père de
la patrie. Sire, vous l'avez sauvée, vous êtes son
espérance. Les Langrois vous aiment, vous sont
dévoués; et leurs vœux auraient été remplis, s'ils
avaient pu jouir plus long-temps de la présence de
Votre Majesté et de celle de nos augustes Princes. »

Réponse du Roi.

« Et moi, si de nouveaux dangers menaçaient la
patrie, je ferais de même que j'ait fait en 92 ; je me
mettrais à la tête de toutes les braves gardes nationales pour défendre la patrie, son honneur, son
indépendance et sa liberté. Je suis enchanté de revenir parmi vous et de vous montrer que je n'ai d'autre
intérêt que celui de mon pays, d'autre ambition que
celle de le servir, de voir la France grande et heureuse. J'espère que nous parviendrons à ce but en
maintenant la paix ; qu'avec elle les arts et le commerce fleuriront et ramèneront la prospérité dans
vos contrées. »

Discours de la cour royale de Dijon (à Langres).

Sire,

La cour royale de Dijon regrettant vivement de
ne pouvoir jouir de la présence de Votre Majesté,
nous a chargés de lui apporter l'hommage de son respectueux dévouement.

Fidèles interprètes des lois, nous les ferons tou-

jours exécuter avec impartialité ; amis d'une sage
liberté, tous nos efforts, dans le cercle de nos attributions, tendront à réprimer la licence, assurés que
nous sommes du constant appui de votre Gouvernement et de la coopération des dépositaires de
l'autorité.

Ennemis du parjure, nos sermens, Sire, vous
répondent de notre fidélité : magistrats indépendans,
notre unique sollicitude est et sera toujours de
rendre prompte et impartiale justice.

C'est par l'accomplissement de ces devoirs que la
cour royale de Dijon saura se rendre digne de la
bienveillance de Votre Majesté.

Réponse du Roi.

« C'est le moyen certain d'y parvenir. Je suis
bien aise de vous témoigner combien tous les sentimens que vous venez de m'exprimer me pénètrent
de satisfaction. Je vous prie de dire de ma part à la
cour royale de Dijon que je suis très-sensible à cette
démarche, que j'ai vu avec grand plaisir la députation qu'elle ma envoyée ici. Dites-lui bien aussi que
mes efforts ont toujours tendu à empêcher la licence.
Je ne connais rien de plus contraire à la liberté que
les excès et les désordres qui résultent nécessairement de l'anarchie. Je me suis entièrement dévoué
pour mon pays, dans l'espoir de le préserver de ces
maux dans la ferme volonté de maintenir, dans toute
sa pureté, la Charte de 1830, de fonder la liberté

sur le règne des lois et d'assurer à chacun le libre exercice de ses droits. »

Discours de M. le procureur-général près la cour royale de Dijon.

SIRE,

Les membres du parquet de la cour de Dijon présentent à Votre Majesté l'hommage de leur profond dévouement.

Heureuse la nation dont le prince met sa gloire à ne régner que par les lois, et se plaît à proclamer que les prérogatives du Trône ne sont établies que pour les garanties des libertés publiques! Là sont tracés nos propres devoirs. Veiller à la sûreté de l'Etat et au maintien de l'ordre, faire respecter les droits des citoyens, acquitter envers tous la dette sacrée de la justice : telle est la haute mission que Votre Majesté a daigné nous confier. Nous ne cesserons de la remplir avec une inviolable fidélité.

Réponse du Roi.

« J'ai entendu l'expression de ces sentimens avec un plaisir particulier. J'ai toujours desiré que le ministère pubic fût aussi indépendant que les juges, qu'il n'eussent les uns et les autres que leur conscience pour guide, qu'aucune action ne pût les faire dévier de la voie qui leur paraît la meilleure pour remplir leurs devoirs. Je m'efforcerai toujours de maintenir le ministère public dans toute son indépendance, afin de faciliter par là la tâche qui est imposée aux magistrats, et d'atteindre le but que je me suis proposé, c'est-à-dire que tous les Français soient également protégés, que les écarts populaires soient réprimés, ainsi que ceux des agens de l'autorité, et que chacun puisse jouir de la liberté sans licence, et exercer librement ses droits civils et politiques. »

Discours du tribunal de commerce de Langres.

SIRE,

Organe du commerce de Langres, dont l'ai l'honneur de présider le tribunal, je viens, Sire, vous exprimer notre amour et notre dévouement. La France régénérée vous a confié le dépôt de ses institutions ; vous avez juré de les conserver : le serment d'un Roi-citoyen est maintenant un vérité.

- Comme celui de toute la France, le commerce de Langres a souffert de nos dernières commotions politiques ; mais grace à la prudence de ses opérations et à la généreuse intervention du duc d'Orléans, dans une affaire qui menaçait d'ébranler bien des fortunes, le crédit de notre place s'est maintenu.

Nos fabricans trouvent difficilement des débouchés à leurs produits ; ils espèrent que la tranquillité intérieure, raffermie par la franche exécution des lois, et le maintien d'une paix digne de l'honneur national, rouvriront bientôt des sources qui ne sont point taries.

Pour atteindre ce but, tous les Français vous doivent leur coopération; comptez, Sire, sur celle du commerce de Langres, comme il se repose entièrement sur la haute sagesse et le patriotisme de Votre Majesté.

Sire, en déposant à vos pieds l'hommage de son respectueux attachement et de sa vive reconnaissance, le tribunal de commerce regrette vivement de n'avoir pas vu se réaliser l'espoir qu'il avait conçu de posséder plus long-temps Votre Majesté.

Réponse du Roi.

« J'aurais été bien heureux de m'arrêter à Langres plus long-temps ; je m'étais arrangé pour cela ; c'eût été une grande satisfaction pour moi: obligé d'accélérer mon retour, j'ai dû supprimer cette journée; j'en éprouve un vif regret ; je suis bien aise de témoigner aux habitans de Langres combien je suis sensible à l'accueil qu'ils me font.

» Je gémis comme vous sur les souffrances du commerce; je voudrais pouvoir les adoucir, mais j'espère que la consolidation de la paix extérieure, ainsi que celle de la paix intérieure, ramèneront la confiance et la circulation des capitaux, et que la classe ouvrière retrouvera dans son travail l'aisance qui lui manque aujourd'hui. »

Discours du conseil d'arrondissement de Langres.

SIRE,

Les membres du conseil d'arrondissement de la ville de Langres s'estiment heureux de pouvoir aujourd'hui déposer aux pieds de Votre Majesté l'hommage des sentimens qui les animent; ils sont ceux de la population qu'ils représentent : elle est essentiellement monarchique ; elle veut, avec toute la France, la *Charte* et le *Trône constitutionnel* qu'elle a fondé. Oui, Sire, le *Trône constitutionnel*, parce qu'il est à ses yeux le plus ferme appui et la plus forte garantie des libertés que la Charte proclame.

En acceptant la couronne qui vous fut offerte, vous avez échangé les douceurs de la vie du duc d'Orléans contre les anxiétés inséparables du Roi des Français : graces immortelles soient rendues au noble dévouement qui vous a fait sacrifier votre repos personnel pour assurer le nôtre.

C'est à l'histoire à dire un jour que, nouveau Codrus, vous avez fermé le gouffre d'une révolution qui ensanglanta si long-temps notre belle patrie, et que c'est à vos généreux efforts, ainsi qu'à la sage fermeté de vos ministres, que nous avons été redevables de ne pas avoir été les tristes victimes de l'anarchie.

A vous, Sire, appartient la gloire d'une si belle œuvre ; à nous restera celle de la reconnaissance. Et comment vous l'exprimer, Sire, si ce n'est par de

nouvelles protestations d'obéissance, de zèle, de
dévouement, de fidélité de notre part? *La Charte
et le Roi*, tel a toujours été, tel sera toujours notre
Evangile politique: son dogme est populaire dans
nos contrées; mais s'il eût été nécessaire d'en propager la doctrine, personne d'entre nous n'eût été
tenté d'en désavouer l'apostat.

Hélas! Sire, jusqu'à présent en France l'accord
du pouvoir avec les libertés publiques n'a cessé d'être
un problème, c'est à vous qu'il a été réservé d'en
donner la solution: votre règne sera celui de la loi
et la Charte une vérité; c'est vous qui l'avez dit; et
c'est avec le plus profond respect et la plus vive
reconnaissance que nos cœurs ont recueilli ces augustes paroles.

Il y aura toujours sympathie de notre part avec
vos destinées personnelles, parce que nous savons
qu'elles renferment tout notre avenir; vous jugerez
dès-lors de l'intérêt qu'elles nous inspirent; cela suf-
fit pour vous donner la mesure exacte de la sincérité
de nos sentimens.

Daignez, Sire, en accueillir l'expression avec cette
bienveillance qui ne vous abandonne jamais.

Vive le Roi!

Réponse du Roi.

« Mes fils et moi, comme je viens de le dire au
tribunal de commerce, ont bien vivement regretté de
ne pouvoir passer la nuit dans vos murs. Nous aurions

été heureux de jouir plus long-temps de l'accueil que nous font les Langrois.

» Si j'ai accepté le Trône, c'est dans l'espoir de répondre à l'attente de la nation, de réaliser, comme vous le dites, ses espérances, de la préserver des maux auxquels je l'ai crue exposée, et de lui procurer tous les avantages qu'elle a le droit d'attendre du Gouvernement, et que je desire vivement lui assurer. »

La garde nationale de Langres n'a pas fait de discours. Le Roi lui a adressé les paroles suivantes :

« Je veux témoigner à la garde nationale de Lan-
» gres toute ma satisfaction, tout le bonheur que
» j'éprouve à la voir, combien j'ai admiré sa belle
» tenue, son ordre et sa discipline. La France se
» repose avec confiance sur cette institution des
» gardes nationales qui imprime à l'étranger le res-
» pect du nom français; en même temps qu'elle
» anéantit les coupables espérances des agitateurs
» intérieurs : institution admirable, qui, j'ose le
» dire, ne pouvait être fondée que par le caractère
» français. Je suis heureux de me trouver au milieu
» de vous. J'ai tout lieu d'espérer que la paix sera
» maintenue. Mais si nous avions la guerre, le
» concours de la garde nationale avec notre armée
» suffirait pour assurer le succès de nos armes, et
» comptez toujours que vous me verriez accourir
» avec mes fils me mettre à votre tête, pour parta-
» ger vos dangers, votre gloire, et nous associer au
» triomphe de la France. »

Discours d'une députation des commerçans et manufacturiers de la Haute-Marne.

SIRE,

Dans votre bienveillante sollicitude, vous avez manifesté le desir de connaître par vous-même nos besoins et nos vœux.

Vous seriez heureux sans doute de nous entendre dire que le commerce et l'industrie prospèrent; mais le ralentissement de nos travaux, nos magasins et nos ports encombrés de marchandises, ne nous permettent pas de vous tenir ce langage. La plaie faite à l'industrie est profonde et vive. C'est à vous, Sire, qu'il appartient de la fermer. La paix que réclament toujours les nations commerçantes et civilisées, cette paix durable et féconde, qu'on est sûr d'obtenir, quand la sagesse s'unit à la force, nous l'attendons de vous.

Sire, la fabrication du fer est la principale industrie du département de la Haute-Marne. L'exploitation des bois et la construction des bateaux de transports, qui couvrent la Seine, occupent le second rang.

Moins heureux que leurs voisins d'outre-mer, qui trouvent réunis, dans un étroit espace, le combustible et le minerai, les maîtres de forges français sont forcés partout de rapprocher à grands frais les matériaux qu'ils emploient. Cette infériorité de position a donné naissance aux droits d'entrée sur les fers

étrangers. La suppression totale de ces droits anéantirait inévitablement notre industrie métallurgique,
et placerait la France, au préjudice du Trésor, dans
la dépendance d'une nation rivale.

Sire, des routes nouvelles, des routes nombreuses et faciles, si nécessaires au développement du
commerce intérieur, sont aussi pour nos forges une
condition d'existence.

Un chemin de fer déjà projeté devait unir la Saône
à la Marne, suppléer à l'insuffisance de nos forêts,
en nous apportant les charbons du midi, les blés, les
bois, les fontes et les fers de nos contrées. Cette entreprise, trop vaste peut-être pour les faibles mains
de ceux qui l'ont conçue, est maintenant abandonnée. Nous conservons l'espoir qu'elle recevra de vous
cette impulsion qui décide du succès, et que vous
seul pouvez lui donner.

Permettez-nous, Sire, d'appeler encore l'attention
de Votre Majesté sur la navigation de la Marne, si
souvent interrompue, toujours difficile, et quelquefois dangereuse. Des travaux, auxquels pourrait
prendre part une population nombreuse, dont vos
bienfaits ont déjà soulagé la misère, suffiraient pour
rendre la Marne navigable dans tous les temps, et
préviendraient des malheurs qui se renouvellent
chaque année. Nous osons croire que vous ordon-
nerez ces travaux : l'intérêt général et particulier,
l'intérêt même de l'humanité les réclament.

Sire, réunis par les soins de notre premier magistrat, les différens produits de notre industrie manu-

facturière seront mis sous vos yeux. Vous y remarquerez la coutellerie de Nogent et de Langres,
devenue pour l'Angleterre un objet d'envie, la bou-
gie de Chaumont, et ses gants qui s'exportent jusque dans le Nouveau-Monde. Chaumont réclame à
juste titre l'honneur d'avoir étendu et perfectionné
cette industrie, qui seule s'accroît encore chaque
jour.

Nous nous tairons, Sire, sur les graves questions
que nos représentans seront bientôt appelés à discu-
ter ; nous n'en doutons pas, votre haute sagesse saura
calmer les passions, qui s'agitent de toute part, conserver intacts l'honneur national, les libertés et la
fortune publique ; le concours de tous les bons citoyens secondera vos généreux efforts, et notre belle
France, heureuse de posséder enfin un souverain
digne d'elle, pourra dire avec vérité que l'élu du
peuple en est devenu le père.

Réponse du Roi.

« C'est le défaut de confiance qui empêche les capitaux de se mettre en mouvement. Ainsi, ce n'est
qu'en travaillant à rétablir la confiance que nous pouvons atteindre ce but. Il ne faut pas oublier qu'elle
ne peut renaître qu'avec la paix extérieure et l'ordre
dans l'intérieur. Si, sans cesse préoccupés des théories de perfectionnement dans nos lois politiques,
nous tenons l'esprit public dans un état d'agitation
continuel, qui lui fait poursuivre des chimères, au
lieu de s'arrêter à la réalité, ce serait en vain que

nous ferions, comme vous le demandez, ouvrir de nouvelles routes, et ordonner des travaux qu'on n'aurait ni les moyens de payer, ni les moyens d'achever; car, pour tout cela, il faut des revenus publics et des revenus particuliers, et les sources des uns et des autres se tarissent, quand il n'y a pas dans l'Etat cette tranquillité d'esprit et de corps, vous m'entendez, qui peut seule ramener la confiance, et faire prospérer le commerce, en assurant la conservation de l'ordre et de la tranquillité publique. «

Discours du maire de Bourbonne (à Langres).

S IRE,

La ville de Bourbonne, dont j'étais déjà l'interprète à Metz pour inviter Votre Majesté à visiter ses établissemens thermaux, me charge une seconde fois de vous présenter l'hommage de son respectueux dévouement.

Sire, nous qui vivons au milieu d'une population sage, bonne, laborieuse, ennemie de tout excès; nous qui voyons dans tous nos compatriotes de dignes citoyens, nous appelons de nos vœux le moment de les voir participer à tous les droits compatibles avec cette belle qualité de citoyens français.

Notre contrée est limitrophe de ce patriotique département des Vosges que Votre Majesté vient de parcourir; nous partageons les sentimens de nos voisins. Nous aimons plus que tout la liberté à laquelle nous vous unissons dans nos cœurs, car nous savons que vous êtes son ferme soutien et son ami sincère. L'invasion étrangère, si jamais elle menaçait la France, nous trouverait prêts à manifester hautement et les armes à la main nos sentimens; nous aimons à le dire devant le soldat de Jemmapes. *Vive le Roi!*

Réponse du Roi.

« Je l'entends avec grand plaisir. Ce sont des souvenirs qui me sont toujours chers. Je vous ai témoigné à Metz combien je regrettais de n'avoir pas pu m'arranger pour allonger mon itinéraire. Mais loin de là, je suis obligé de l'abréger; je laisse ainsi plusieurs points que j'aurais bien desiré visiter. Ce sera pour moi un motif de revenir dans ce pays, et je pourrai alors rester plus de temps au milieu de vos concitoyens. »

Discours du tribunal de commerce de Chaumont.

SIRE,

Membres du tribunal de commerce, organes des négocians que nous représentons, nous venons exprimer à Votre Majesté combien nous sommes heureux de la voir au milieu de nous, et l'assurer de notre amour, de notre profond respect et de notre dévouement.

Nous ne vous retracerons point, Sire, les maux qui affligent le commerce, Votre Majesté les connaît comme nous.

Le Gouvernement de Votre Majesté, sage et prévoyant, s'est déjà occupé d'alléger ses malheurs ; sa vive sollicitude le portera à améliorer les lois qui le régissent, à l'aider dans l'intérieur à protéger, à étendre ses relations à l'extérieur.

Les paroles rassurantes que Votre Majesté a prononcées pendant son voyage sont venues jusqu'à nous. Elles nous ont laissé l'espoir du maintien de la paix.

S'il en était autrement, si la France, attaquée, avait à défendre son territoire et la dignité de votre couronne, nous ferions tous les sacrifices ! Deux fois envahis, pourrions-nous l'oublier ? Non, Sire.

Quelques agitations intérieures alarment encore le commerce ; votre sagesse, votre fermeté, Sire, les calmeront.

Chaque jour on rend hommage aux nobles intentions qui dirigent Votre Majesté. Tous les Français comprendront bientôt leurs véritables intérêts ; ils se grouperont autour d'elle, ils se rallieront à la Charte, et porteront dans leur cœur cette belle devise : *Liberté, ordre public.* Votre règne devient alors, Sire, celui du bonheur et de la gloire. Vos nobles rejetons le perpétueront pour nos descendans. Voilà nos vœux, nos plus chères espérances.

Vive le roi! vive la France !

Réponse du Roi.

« J'espère que les agitations intérieures ne se prolongeront pas ; mon Gouvernement a pris les mesures nécessaires pour les réprimer. Nous nous tiendrons toujours dans la voie légale ; nous ferons certainement, pour assurer la tranquillité publique, tout ce que la loi peut nous autoriser à faire, mais nous ne ferons rien au-delà. Quant à ce que vous me dites sur la stagnation du commerce, je ne puis que gémir de ses souffrances, qui tiennent à ces agitations trop prolongées ; mais j'espère qu'elles cesseront avec la consolidation de la paix extérieure, que j'ai la volonté de maintenir, sans qu'il en coûte rien ni à l'honneur, ni à la dignité de la France. Nous parviendrons par là à notre but, qui est d'accroître la prospérité du pays et de faire respecter le nom français en Europe sans verser le sang. »

Discours du président du tribunal civil de Chaumont.

S I R E ,

Au milieu des transports de la joie publique, et pénétrés des sentimens qui la font naître, nous sommes heureux d'offrir à Votre Majesté l'hommage de notre amour et de notre dévouement.

Organes des lois, nous n'oublierons jamais qu'elles sont le plus solide fondement du Trône et des libertés publiques, que leur observation renferme à la fois l'exercice de tous les droits et l'accomplissement de tous les devoirs ; qu'enfin nous devons les faire exécuter avec une entière indépendance.

Et vous, Sire, qui avez entraîné tous les cœurs par votre héroïque dévouement, qui présidez avec tant de sagesse aux destinées d'un peuple libre... ;

vous qui voulez gouverner par la justice et par les lois, vous rallierez tous les esprits à la monarchie constitutionnelle qui a fondé la Charte de 1830, que veut l'immense majorité des Français, et vous assurerez ainsi le bonheur et la gloire de la France.

Réponse du Roi.

« J'en accepte l'augure ; c'est ce que j'ai desiré toute ma vie, c'est ce qui a été le but de toute ma conduite. J'ai toujours pensé que le Trône devait s'appuyer sur les lois, sur la liberté et sur le bonheur public ; je ne lui connais pas d'autre base. Les hommes sont soumis aux gouvernemens, parce que les gouvernemens les protégent. Vouloir qu'ils leur soient soumis contre leurs intéréts, c'est vouloir l'impossible. L'intérêt des hommes, c'est d'être libres de leurs actions en tout ce qui n'est pas contraire à la loi ; c'est d'être protégés dans le libre exercice de leurs droits civils et politiques, de pouvoir se livrer sans crainte et avec confiance à la poursuite de toutes leurs professions et de toutes leurs industries ; et, en un mot, de ne pas être exposés au danger de voir tous ces avantages compromis ou perdus par des émeutes populaires ou par des coups d'autorité royale. Voilà la règle de ma conduite. Je persisterai dans cette marche, et en recevoir des encouragemens tels que ceux que vous me donnez, est aussi satisfaisant pour moi que rassurant pour l'avenir. »

Discours d'une députation du conseil municipal de
Saint-Dizier (à Chaumont.)

SIRE,

Le conseil municipal de la ville de Saint-Dizier
nous a confié l'honorable mission de déposer aux
pieds de Votre Majesté l'hommage de son profond
respect et de sa reconnaissance pour les bienfaits
que vous avez répandus l'hiver dernier sur sa population, en donnant du travail dans vos forêts à la
classe indigente de ses habitans, victimes de la stagnation du commerce. Nous devons à votre royale
munificence l'adoucissement des maux dont le terme
n'est sans doute pas éloigné.

Qu'il nous soit permis, Sire, de vous offrir, au nom
de nos concitoyens, l'expression d'une fidélité à
toute épreuve, et d'un dévouement sans bornes.

Les sentimens dont nous sommes animés sont sincères, parce qu'ils sont fondés sur vos vertus, votre
patriotisme éprouvé et votre amour inviolable pour
les libertés d'un peuple qui est fier de vous avoir
choisi pour son Roi, et qui comprend le sacrifice
immense que vous avez fait pour son bonheur en
acceptant la Couronne. Il vous en allégera le fardeau
par sa soumission aux lois et son amour pour l'ordre.

Une faveur nouvelle nous est permise, Sire, et
nous l'attendons de votre inépuisable bonté : c'est
l'établissement en notre ville d'une école gratuite industrielle, qui, préparant des artisans habiles et laborieux, éloignera la classe malheureuse des forêts

voisines, où de nombreux délits, que les moyens or-
dinaires de répression ne peuvent faire cesser, n'attestent que trop, nous sommes affligés de le dire, la
démoralisation de cette classe pauvre, mais intéressante.

Nous nous confions, Sire, à votre cœur paternel.

Réponse du Roi.

« Votre réclamation sera examinée avec le désir
d'y faire droit ; je serais bien aise que l'école que
vous demandez pût être établie ; mais j'ignore si rien
ne s'y oppose.

Je ne puis que vous répéter que tous les maux
dont vous me présentez le triste tableau, viennent
de la stagnation du commerce et du défaut de circulation du numéraire, qui fait souffrir la classe
commerçante et ouvrière, aussi-bien que les propriétaires de bois. Nous ne pouvons rétablir la confiance et rendre au commerce son activité, qu'en cal-
mant les agitations, en prévenant tous les sujets de
trouble, en prêtant force à la loi ; enfin, en tâchant
de faire bien apprécier les avantages de nous maintenir sous l'empire de la Charte de 1830, et de conserver la monarchie constitutionnelle dans toute son
intégrité, au lieu de nous lancer dans un mouvement continuel de théories et de nouvelles combinaisons politiques, qui peuvent bien bouleverser les
États, mais par lesquelles je doute beaucoup qu'on
parvienne jamais à les enrichir. »

Discours prononcé par M. le maire de Bar-sur-Aube.

SIRE,

Je suis heureux et fier de pouvoir, avec MM. les adjoints et les membres du conseil municipal de la ville de Bar-sur-Aube, vous exprimer l'allégresse que nous cause votre présence au milieu de nous.

Aussi-bien que les autres villes du royaume, notre pays a compris, et par conséquent admiré les journées de juillet, et nous avons spontanément applaudi à leurs résultats, quand nous avons vu s'asseoir sur le Trône que cette révolution venait de créer, un prince dont la jeunesse fut si glorieusement employée à la défense de nos frontières et au maintien de nos droits.

Ce concours de citoyens qui se pressent sur votre passage n'est pas le résultat d'une froide curiosité ; ce n'est pas seulement un monarque que cette population veut voir, c'est le Roi élu qu'elle veut saluer de ses acclamations.

Sire, pleins de confiance dans vos promesses, nous voyons en vous un chef qui fera le bonheur de la France, parce qu'il aime son pays.

Guidé par votre patriotisme, éclairé par votre expérience, et surtout par la libre manifestation de l'opinion publique, vous aiderez de tous vos moyens la marche irrésistible de la civilisation.

Sire, Votre Majesté peut croire à nos démonstrations affectueuses, et vous pouvez en jouir, parce qu'elles sont l'expression de nos sentimens.

A votre aspect, nous concevons de hautes espérances ; tous, nous éprouvons le besoin de voir triompher les intérêts nationaux : nous ne craignons pas de vous le dire, parce que nous savons que le peuple français et Louis-Philippe n'ont qu'un même but, la liberté, le bonheur et l'indépendance de notre belle patrie.

Sire, dans nos contrées comme dans celles dont vous venez de recevoir les hommages et les vœux, un grand malaise se fait sentir, occasionné par la stagnation du commerce. La cause de ce mal est connue de Votre Majesté ; elle est connue des hommes illustres et estimables que vous avez appelés dans votre conseil ; ils n'ignorent pas que cet état fâcheux ne peut cesser qu'avec les inquiétudes que font naître des agitateurs malveillans ou mal inspirés.

Pleins de confiance dans vos paroles paternelles, nous vous abandonnons notre avenir avec sécurité.

Appuyée sur l'amour des bons Français, Votre Majesté saura, dans l'intérieur, ramener les hommes égarés, comme elle saura comprimer les factieux. A l'extérieur, vous voudrez que les droits des nations soient respectés.

Les peuples qui sympathiseront avec nous recueilleront les fruits de votre puissante protection, et nos ennemis, s'il s'en rencontre, apprendront ce que peut un peuple libre gouverné par un roi de son choix.

Réponse du Roi.

« Vous pouvez compter aussi que, tout dévoué à mon pays, je n'ai d'autre ambition que celle d'assurer la conservation de nos libertés nationales pour le maintien de nos institutions, qui, comme vous le dites, ont été si glorieusement consolidées par la victoire que la nation a remportée dans les journées de juillet. Il s'agit de conserver ce que nous possédons, d'en apprécier la valeur, et d'en sentir les avantages, qu'il serait bien dangereux de méconnaître. Bien secondé dans cette noble entreprise par la volonté générale de la nation, dont je reçois chaque jour des témoignages si éclatans et si satisfaisans pour mon cœur, mon Gouvernement, comme vous le dites, ne négligera aucun moyen de remédier au malaise dont vous vous plaignez et qui m'afflige tant. J'espère, et je crois que le terme n'en sera pas éloigné, car je ne doute pas de la prompte cessation de ces agitations intérieures qui ont ébranlé la confiance. J'ai le même espoir pour la consolidation de la paix extérieure, que je m'efforce d'affermir par tous les moyens qui peuvent assurer en même temps nos intérêts nationaux ; car vous devez être certains que je ne dévierai jamais de la voie de l'honneur et de la dignité nationale, et que toutes les fois qu'ils seraient compromis, ce que je ne prévois pas aujourd'hui, vous me trouverez prêt à recourir aux armes, et à faire de nouveau la guerre, comme nous l'avons faite en 92. La nation ne montrerait alors ni moins d'élan, ni moins d'enthousiasme, pour défendre son honneur, sa gloire et son indépendance; et moi, soutenu de cette immense population qui m'entoure et qui partage mon dévouement à la patrie et à la cause nationale, je ne mettrais pas moins d'empressement à m'associer à cette grande lutte, et je n'aurais pas moins de confiance dans le succès. »

Discours de M. le maire de Chaumont.

SIRE,

Interprète de mes concitoyens, je viens offrir à Votre Majesté l'expression de notre amour et de notre dévouement sans bornes.

La population de notre ville a tressailli d'allégresse en apprenant que Votre Majesté devait l'honorer de sa présence. Quel bien plus précieux pour elle que celui de voir, de contempler dans nos murs le Monarque auquel la France doit la paix dont elle jouit! Déjà, Sire, vous étiez connu dans ce département par vos bienfaits, votre amour du bien public et votre attachement à toutes les institutions généreuses, quand vous avez été appelé à régner sur la France. Cet heureux avénement a été salué par d'unanimes acclamations. Qui aurait pu méconnaître que vous seul pouviez sauver la patrie, et que vous l'avez en effet sauvée des orages qui grondaient autour de nous?

Aujourd'hui la France n'a plus qu'à jouir des bien-

faits de votre Gouvernement, de cette liberté sage
que vous avez desirée vous-même, et qui ne consiste que dans l'obéissance à la loi et la conservation
des droits de chacun. C'est ainsi que nous la com-
prenons, c'est ainsi que nous desirons en jouir,
constamment protégés par votre haute sagesse.

Puisse Votre Majesté, puissent ces nobles rejetons qui vous accompagnent, et leurs descendans,
régner à jamais sur nous et sur nos derniers neveux
pour le bonheur et la gloire de la patrie!

Réponse du Roi.

« J'entends avec un vif plaisir l'expression de vos
sentimens; ce sont aussi ceux dont je suis animé pour
ma patrie. J'ai toujours souhaité que chaque Français pût jouir en paix et tranquillité de la plénitude
de ses droits civils et politiques. Voilà, selon moi,
la vraie liberté. Cette liberté ne peut être appuyée
que sur le maintien de l'ordre public et sur le règne
des lois qui en est la garantie. C'est ce qui m'a déterminé au grand sacrifice que j'ai fait en acceptant la
Couronne qui m'était offerte par le vœu national. J'ai
cru que dans l'état où se trouvait la France, je lui
étais nécessaire. Si je puis lui être utile, je serai satisfait. Je n'ai pas d'autre ambition que celle de la voir
grande et libre, que d'assurer son bonheur sur la
paix intérieure et la paix extérieure, qui lui donneraient tous les avantages propres à rendre au commerce et à l'industrie toute leur activité, et à déve-

lopper ses institutions et à assurer à jamais sa grandeur et sa prospérité. »

Discours prononcé au nom du tribunal de Bar-sur-Aube.

SIRE,

C'est un jour de fête et de bonheur qui nous laissera de longs et précieux souvenirs, celui où nous pouvons nous presser autour d'un chef en qui la grande famille aime à trouver un père, protecteur de ses plus chers intérêts.

Le tribunal de première instance est heureux d'être appelé à partager la joie si franche et si vive qu'excite partout la présence de Votre Majesté.

Sire, les magistrats dont je suis fier d'être aujourd'hui l'organe, accueillirent avec une vive reconnaissance cet acte de généreux dévouement qui, au jour du danger, vous fit accepter la garde des lois et des libertés publiques.

Unis dans un même attachement au bonheur de leurs concitoyens et au Trône constitutionnel qui en est la meilleure garantie, le but de leurs constans efforts sera de mettre en pratique cette devise chérie : *Liberté, ordre public.*

Nous sommes heureux, Sire, de pouvoir ajouter que l'excellent esprit des habitans de cet arrondissement, l'amour de l'ordre et du travail, et la parfaite soumission à la loi, qui toujours les a distingués, rendront facile à leurs magistrats l'accomplissement de leurs devoirs.

Sire, le tribunal de Bar-sur-Aube prie Votre Majesté d'accueillir avec bonté l'hommage de son profond respect et de son sincère dévouement.

Réponse du Roi.

« J'ai entendu avec grand plaisir l'expression de vos sentimens. Persévérez dans cette voie, continuez à soutenir le règne des lois , à apporter la plus grande impartialité dans l'exercice de vos fonctions. Le bonheur de la France dépend du maintien de l'ordre, et l'ordre est la base de la liberté. Travailler à empêcher que rien ne le trouble , c'est servir la cause de la liberté. C'est ainsi que nous parviendrons à donner de la stabilité à nos institutions, à rétablir la confiance et à rendre au commerce cette activité si nécessaire à la prospérité générale.

(M. le maire de Troyes a reçu le Roi à l'entrée de la ville, et a prononcé un discours qui ne nous a pas été communiqué.)

Réponse du Roi.

« J'ai touché ces clefs avec une vive satisfaction ; j'en éprouve une bien réelle à me trouver dans les murs de Troyes, à pouvoir témoigner à votre population combien j'apprécie les sentimens qu'elle me manifeste, et combien je jouis de l'affection que m'accorde mon pays. J'attache d'autant plus de prix à sa confiance, que c'est d'elle seule que je peux tirer la force nécessaire à l'accomplissement de la

grande tâche que j'ai entreprise. Nous devons préserver la France des agitations intérieures qui lui font
tant de mal, aussi bien que de toute attaque extérieure. J'espère y parvenir sans renoncer à la paix,
dont la conservation est si desirable pour le bonheur
et la prospérité de la France. »

Discours prononcé au nom du tribunal de première instance de Troyes.

SIRE,

Le tribunal de première instance de Troyes saisit
avec empressement l'heureuse circonstance qui lui
procure l'honneur de présenter à Votre Majesté
l'hommage de son respect et de son dévouement.

Conservatrice des lois dont elle est l'organe, la
magistrature ne peut se rendre digne de la bienveillance et de la protection de Votre Majesté que par la
consciencieuse distribution de la justice, l'impartial
examen des droits de tous, la juste application des
principes du pacte social qui nous régit, et à l'abri
duquel les Français jouiront enfin de la liberté et de
l'ordre public.

Prendre cet engagement devant Votre Majesté c'est
lui promettre d'agir selon ses vues paternelles, et de
concourir avec elle au bonheur et à la gloire de la
nation qui lui a confié ses destinées.

Que Votre Majesté daigne agréer cette sincère et
loyale protestation des sentimens du tribunal de
Troyes, les croire inaltérables comme les siens, ac-

cueillir l'assurance du zèle et de la fidélité d'une compagnie qui tient ses pouvoirs du Roi, qui rend la justice en son nom, et qui veut la liberté, l'ordre public et la sûreté des propriétés.

Réponse du Roi.

« En effet, rien n'est plus conforme à mes intentions que l'impartiale administration de la justice. C'est toujours pour moi une grande satisfaction de voir des magistrats pénétrés du sentiment de leurs devoirs et de l'importance de leurs fonctions. C'est en rendant bonne et impartiale justice à tous que le règne des lois s'affermit, que l'ordre public se maintient, et que la liberté se consolide. C'est lorsqu'on a l'avantage d'être régi par des lois uniformes qui protégent également tous les droits et répriment également aussi tous les excès, que chacun se rattache à l'ordre des choses qui lui donne cette sécurité, et que tous concourent par l'union de leurs efforts au maintien de la tranquillité publique et à l'accroissement de la prospérité générale. »

Discours du président du tribunal de commerce de Troyes.

SIRE,

Les membres composant le tribunal de commerce, dont j'ai l'honneur d'être l'organe, partageant l'allégresse générale qu'inspire la présence de Votre Majesté dans nos murs, s'empressent de déposer à vos

pieds le respectueux hommage de leur dévouement
et de leur fidélité.

Nous révérons en vous, Sire, la source d'où émanent les pouvoirs qui nous appellent à protéger la probité malheureuse et à réprimer la mauvaise foi. Nos constans efforts dans l'application des lois tendent à ce but.

Quelques modifications dans celles concernant les faillites nous paraissent desirables pour rendre leur administration plus prompte et moins onéreuse; nous les attendons avec confiance de la sollicitude de Votre Majesté, aussitôt qu'un avenir plus tranquille lui permettra d'en occuper son conseil.

L'état de gêne que la mévente de nos produits a causé depuis quelque temps sur notre place, a augmenté le nombre des procès; nos fabricans, dont le patriotisme égale la prudence, tout en ralentissant leurs moyens de production, ont dû s'imposer des sacrifices; mais, Sire, en saluant sur le Trône le Français le plus dévoué aux intérêts et à l'honneur de la patrie, nos cœurs se livrent à la plus douce espérance.

Réponse du Roi.

« J'ai la confiance qu'elle ne sera pas trompée.

» J'ignorais tout-à-fait le desir que vous manifestez d'une amélioration dans les lois sur les faillites. Cet objet sera pris en considération. Si vous voulez transmettre au ministre du commerce vos idées à cet égard, vous pouvez être sûrs qu'elles seront accueillies, comme doit l'être tout ce qui tend à améliorer notre législation.

» Je suis vivement touché de l'accueil que j'ai reçu dans la ville de Troyes, et c'est pour moi une bien douce jouissance que celle de pouvoir vous dire qu'il est le même que celui qui m'a été fait partout. J'ose croire qu'il est fondé sur la confiance que la nation met en moi, et sur la connaissance de l'affection que je lui porte. Je vous remercie de me dire qu'il n'y a pas de meilleur Français que moi; en effet, je m'enorgueillis d'avoir été fidèle à mon pays dans tous les temps, dans le malheur et l'exil comme dans la bonne fortune. Aujourd'hui que je suis sur le Trône, je n'ai rien tant à cœur que d'assurer le triomphe des libertés publiques en maintenant rigoureusement l'ordre et la tranquillité dans l'intérieur. Je crois qu'un des meilleurs moyens d'y parvenir, est la consolidation de la paix extérieure, parce qu'avec la paix, la confiance renaît, le crédit s'affermit et le commerce prospère. Mais soyez sûr que si la paix est maintenue, c'est qu'elle sera compatible avec l'honneur et l'indépendance nationale, que rien ne m'entraînerait jamais à compromettre. J'espère donc que tout se consolidera par le maintien de la paix extérieure, par la répression des agitations intérieures, par l'action des lois exécutées avec autant de fermeté que d'impartialité, et qu'alors le commerce reprendra sa vigueur et la France sa prospérité. »

Discours prononcé par le maire de Troyes au nom
du conseil municipal.

SIRE,

Interprètes des sentimens de nos concitoyens,
nous venons offrir à Votre Majesté le libre hommage
de notre profond respect, de notre dévouement et de
notre fidélité.

De grandes améliorations ont déjà été obtenues
dans l'organisation des communes; nous attendons
de votre sagesse et du patriotisme éclairé des Chambres la loi qui fixera nos attributions, persuadés que
nous sommes que les libertés publiques n'ont pas de
bases plus solides que les libertés municipales.

Amis de l'ordre et de la paix, nous attendons
aussi, avec calme, le développement progressif de
nos institutions.

Sire, Votre Majesté visite les départemens pour
recueillir leurs vœux et s'assurer de leurs besoins;
elle nous permettra de lui exprimer les nôtres pour
l'achèvement du canal de la Haute-Seine, si nécessaire à la prospérité du département et à l'embellisse-
ment de notre ville.

Sire, une révolution née de la violation des sermens a dû entraîner des maux inévitables. Le commerce souffre, les manufactures languissent; de grands
sacrifices ont été imposés à notre cité; mais notre
nouveau pacte social, l'avénement de Votre Majesté
au Trône, ses intentions patriotiques et la fermeté

de son Gouvernement, nous rassurent pour l'avenir, en nous garantissant la prompte renaissance de la félicité et de la confiance publiques.

Vive le Roi! vive la Famille royale!

Réponse du Roi.

« Vous ne devez pas douter du prix que j'attache à répondre à l'attente de la nation. Je lui ai été dévoué toute ma vie, et l'objet de tous mes vœux est de parvenir à réaliser ses espérances.

» Je me ferai rendre compte du projet de canal de la Haute-Seine dont vous me parlez; il sera examiné avec tout l'intérêt que réclame un grand objet d'utilité publique.

» Quant aux souffrances du commerce, je ne puis que répéter ce que je viens de dire au tribunal de commerce, que le commerce ne peut reprendre qu'avec le retour de la confiance, que par la fermeté de mon Gouvernement à réprimer les agitations intérieures, et en même temps par le maintien de la paix extérieure. Alors, la confiance renaissant, les capitaux circuleront, l'industrie reprendra son activité, et la classe ouvrière trouvera dans le travail ses moyens de subsistance. Tous mes efforts tendent vers ce but, qui, je l'espère, ne tardera pas à être atteint. »

Discours de M. l'évêque de Troyes.

Sire,

Le plus doux de mes devoirs, la plus chère de mes prérogatives, est de présenter à Votre Majesté les hommages respectueux du clergé de cette ville et de ses environs. Combien il est satisfaisant pour moi de pouvoir assurer à Votre Majesté que tous, ministres d'un Dieu de paix et de charité, étrangers à toutes les affaires politiques, ils sont persuadés qu'ils ne se montreront jamais plus dignes de leur ministère, que lorsqu'ils se servent de son influence pour fortifier dans tous les cœurs l'obéissance au souverain, l'amour de la patrie, la soumission aux lois et l'union entre les citoyens.

Pleins de confiance en la sagesse et la protection de Votre Majesté, pour la paix et la liberté de la religion, nous ne cesserons d'adresser au ciel des prières ferventes pour la conservation de Votre Majesté, pour le succès de toutes ses démarches et de ses projets pour le bonheur des Français. »

Réponse du Roi.

« Je vois avec plaisir que vous appréciez l'intention dans laquelle je suis de conserver à la religion le respect qui lui est dû, et d'entourer votre ministère de la protection que les lois lui assurent. Les sentimens que vous me manifestez sont propres à faciliter cette tâche à mon Gouvernement, et vous

ne devez pas douter de l'empressement que je mettrai toujours à la remplir. »

Discours de M. l'évêque de Langres.

SIRE,

Je viens ici offrir l'hommage de mon profond respect, et donner à Votre Majesté l'assurance que tous
les jours j'adresse au ciel d'humbles supplications
pour attirer sur elle toutes les bénédictions de Dieu.
Je demande qu'il lui accorde les lumières et la force
nécessaires pour gouverner sagement son royaume,
et les graces dont elle a besoin pour opérer le salut
de son ame

Loin de moi, Sire, l'idée de vouloir intervenir
dans les actes du Gouvernement, et de m'immiscer
dans des questions au-dessus de ma portée, et qui
sont étrangères à mes attributions. Ma politique est
toute spirituelle ; je m'y tiens absolument à ce qu'elle
m'inspire ; et j'ai soin d'y conformer mes vœux. Ainsi
j'ai la plus intime conviction que, quelles que soient
la hauteur du génie et les savantes combinaisons de
ceux qui se sentent appelés à l'art de constituer les
peuples et de les gouverner, ils ne réussiront point
dans leurs projets tant qu'ils éloigneront Dieu de
leurs pensées et de leurs travaux; et que les plus
brillantes théories ne produiront que confusion et
que trouble, quand on n'aura pas invoqué le secours
du Tout-Puissant, et qu'on n'aura pas pris les maximes

33

qu'il nous a révélées pour base de la conduite qu'on se propose de tenir.

Ma persuasion est fondée sur les paroles de l'Écriture-Sainte et sur un simple raisonnement. David, roi d'Israël et prophète inspiré de Dieu, a dit dans les Psaumes : *Si le Seigneur ne bâtit la maison, en vain travaillent ceux qui la bâtissent. Si le Seigneur ne garde lui-même la ville, c'est en vain que veille celui qui la garde.* Je ne crains pas, Sire, d'invoquer l'histoire de tous les siècles pour prouver l'accomplissement de cette prophétie dans tous les temps et dans tous les lieux.

Le simple raisonnement démontre la même vérité. C'est une chose universellement reconnue que la morale est le soutien de la société ; mais c'est aussi une chose évidemment prouvée, que la bonne morale n'existe que sous l'empire de la véritable religion : en vain ses ennemis prononcent avec emphase le mot de morale ; ces exclamations ne font que dévoiler leur inconséquence ou leur hypocrisie. Comment, en effet, peut-on se déclarer défenseur de la morale, quand on en sape les fondemens par ses discours et ses exemples, et qu'on s'efforce d'en détruire la sanction ?

Animé du desir ardent de voir effectuer le bonheur de ma patrie, dans la persuasion où je suis qu'il ne peut avoir lieu sans la profession et la pratique de la religion, je trouve, Sire, une grande consolation dans les paroles que la renommée nous rapporte avoir été adressées, par Votre Majesté aux évêques qui ont eu l'honneur de lui être présentés, par lesquelles vous promettez votre protection au culte catholique.

Réponse du Roi.

« Je suis charmé de pouvoir vous confirmer ces paroles. Ce que je desire, c'est de trouver des évêques et des pasteurs animés de cet esprit de paix, d'union et de concorde, qui facilite l'action du Gouvernement dans la protection qu'il accorde au clergé et que la religion a droit d'attendre de lui. Vous pouvez compter que mon Gouvernement s'efforcera toujours d'assurer le libre exercice du culte, ainsi que la sécurité que ses ministres ont droit de réclamer dans l'accomplissement de leurs devoirs. »

Discours prononcé par le commandant de la garde nationale de Troyes.

SIRE,

J'ai l'honneur de vous présenter les hommages de la garde nationale de Troyes, dont Votre Majesté vient, par une auguste préférence, de me confier l'honorable commandement.

La gloire et l'indépendance de la patrie, le Trône populaire du Roi-citoyen, ne comptent parmi nous que des amis et des défenseurs dévoués.

La liberté et l'ordre public, noms sacrés que votre main vraiment royale à inscrits sur nos dra-

peaux, n'ont pas de plus fermes soutiens, que
nous.

Sire, nous sommes fiers de pouvoir vous dire que
nous avons, des premiers, arboré, en juillet, nos
trois glorieuses couleurs, proclamé le soldat de Valmy
et de Jemmappes Lieutenant-Général du royaume,
et, d'une même voix, fait des vœux pour la procla-
mation immédiate du Roi.

Nous avons salué avec amour et enthousiasme, dans
votre élection ; l'alliance désormais indissoluble du
pouvoir monarchique constitutionnel et de la liberté.

C'est dans ces sentimens patriotiques que nous
verrons fleurir et se développer progressivement
dans nos institutions, pour le bonheur de la France,
la gloire de votre règne et la puissance de votre dynastie, les principes de la révolution grande et sage
qui vous a couronné.

Réponse du Roi.

« Je connais l'intérêt que la ville de Troyes m'a
témoigné à la grande époque que vous venez de me
rappeler. Je sais que, dans tous les temps, elle a fait
preuve de patriotisme, et je suis d'autant plus aise
de pouvoir témoigner ici à la garde nationale combien j'apprécie ses sentimens, que c'est dans les
plaines de cette Champagne, où je vous revois aujourd'hui, que j'ai combattu jadis pour l'honneur,
l'indépendance et la liberté de mon pays. Si depuis
l'invasion étrangère n'a pas été repoussée avec autant
de succès que celle contre laquelle j'ai eu l'honneur

de combattre, si l'ennemi a porté dans vos campagnes le ravage et la désolation , c'est qu'alors la France n'était pas couverte., comme elle l'est aujourd'hui , de ces myriades de milices citoyennes , de ces nombreux bataillons qui, de tous côtés , accouraient en masses formidables pour défendre le territoire, l'indépendance , l'honneur et la liberté de la patrie. Non , un tel danger ne peut revenir ; la France en est préservée à toujours par l'admirable institution des gardes nationales. Si la guerre éclatait, la garde nationale, de concert avec notre brave armée, nous rendrait invincibles. C'est alors que vous me verriez accourir avec mes fils, pour combattre avec vous , pour repousser toutes les invasions dont nous pourrions être l'objet, et pour soutenir l'honneur du nom français. »

Discours des juges de paix de la ville de Troyes.

SIRE,

Nous venons offrir à Votre Majesté le tribut de notre respect, de notre dévouement et de notre amour.

Nous venons recommander à votre attention bienveillante une institution qui doit être d'autant plus chère au cœur du monarque français, qu'elle touche de plus près aux intérêts et au bien-être des nations.

Sire, vous le savez, l'influence des justices de paix s'est fait sentir aussitôt leur création ; les conciliations devenues plus faciles, les simples contestations apaisées avec promptitude , et la source même de procès détournée ou tarie, ne laissent aucun doute des précieux avantages que la société recueille d'une institution dont on a dit que si elle n'existait pas, il faudrait l'inventer.

Sire, combien ces avantages deviendraient plus considérables, si la compétence des juges de paix avait l'étendue dont elle est susceptible, s'il leur était accordé plus de latitude pour opérer le bien, et surtout s'ils jouissaient d'une considération proportionnée à l'utilité des fonctions dont l'exercice entretient la concorde, l'harmonie et la paix parmi les citoyens composant la grande famille dont vous êtes l'auguste chef et le père.

Tel a été, Sire, et tel sera le but de nos constans efforts ; comme l'approbation de Votre Majesté, si nous avons le bonheur de l'obtenir, en sera la plus douce récompense.

Réponse du Roi.

« Je vous en remercie beaucoup. Nul n'apprécie plus que moi les avantages de l'institution des juges de paix ; nul ne sent plus que moi combien il est désirable de voir diminuer le nombre des procès. Aussi, je vous recommande de faire tous vos efforts, d'employer toute votre autorité, pour tâcher de les concilier, et pour faire en sorte qu'il en arrive le moins possible dans les tribunaux. »

Discours du principal du collége de Troyes.

Sire,

A la première nouvelle qui s'est répandue que Votre Majesté devait nous honorer de son auguste présence, nos cœurs ont tressailli d'allégresse. Tous les membres qui composent le collége à la tête duquel je suis placé et que j'ai l'honneur de représenter ici, tous, dis-je, Sire, et les maîtres et les élèves, ont partagé à l'envi la joie et l'enthousiasme dont sont transportés les habitans de votre *bonne ville* de Troyes.

Tous, Sire, nous n'avons plus été occupés alors qu'à appeler, à presser de tous nos vœux l'heureux instant où, en déposant à vos pieds l'humble et sincère hommage de notre dévouement et de nos respects les plus profonds, il nous serait donné de contempler les traits augustes de Votre Majesté et ceux de ces Princes chéris, vos plus douces espérances, comme ils font celle de toute la France, dont ils sont destinés à faire un jour la gloire. .....

Tous, Sire, nous n'avons plus été occupés que du bonheur qui nous attendait et que nous éprouvions d'avance, de pouvoir exprimer à Votre Majesté, outre la vive reconnaissance dont nos cœurs sont pénétrés, combien nous nous sentons glorieux de la protection pleine de bienveillance qu'elle daigne accorder aux études et à l'éducation de la jeunesse française ; combien nous nous sentons glorieux de pouvoir faire connaître avec quelle impatience, avec quel empressement nous attendons, nous recevrons les sages améliorations qu'elle prépare à l'enseignement, à l'instruction publique.

Oui, Sire, votre sollicitude paternelle, votre prévoyance, qui s'étend à tout, nous sont de sûrs garans que Votre Majesté saura écarter et faire disparaître tous les obstacles qui pourraient s'opposer à l'exécution d'un si noble dessein, et aux progrès des études.

Les lettres et les sciences, Sire, sont filles de la paix.... Loin de cette mère commune, elles languissent et périssent desséchées. Ce n'est que dans son sein fécond qu'elles trouvent et conservent cette douce et salutaire chaleur qui leur donne la vie et l'entretient.

Personne, Sire, ne le sait mieux, personne ne le sent plus vivement et plus sûrement que Votre Majesté; aussi avons-nous la ferme confiance que, sous son heureux règne, elles seront toujours unies.

Et si jamais l'honneur de la France, si l'honneur de son Roi, si la dignité du Trône qu'il occupe, et dont il fait le plus bel ornement, exigeaient qu'il tirât l'épée pour repousser les agressions d'un ennemi qui oserait entreprendre de troubler notre repos, les muses françaises ne seraient pas pour cela réduites à fuir épouvantées; vous les couvririez, Sire, de votre main puissante; et sous cette égide protectrice, sous cette égide rassurante autant que sacrée, elles jouiraient toujours sans inquiétude et sans trouble des douceurs et de tous les précieux avantages de la paix.

Tranquilles au milieu même du cliquetis et du fracas des armes dont elles seraient environnées, on les verrait encore continuer avec calme de transmettre à l'histoire votre gloire, vos bienfaits et leur reconnaissance.

Réponse du Roi.

« Vous ne devez pas douter de mon zèle pour donner à l'instruction publique tout le développement dont elle est susceptible. C'est sur cette base qu'est fondé l'avenir de la France. L'instruction rend les hommes meilleurs : c'est en les éclairant qu'on en fait de bons citoyens, des défenseurs de la patrie ; c'est elle qui peut concourir si efficacement à la gloire et à la prospérité de la nation, en développant les facultés de ces hommes destinés à devenir célèbres, et à illustrer la France par leur génie et par la supériorité de leurs talens. »

Discours prononcé au nom du comité d'instruction primaire.

SIRE,

Le comité d'instruction primaire, dont j'ai l'honneur de vous présenter les respectueux hommages, a reçu de Votre Majesté une mission dont il sent vivement la haute importance.

Eclairer l'enfant du pauvre, répandre le goût des lumières dans les classes moins oubliées de la fortune, réveiller l'apathie des uns, encourager les efforts des autres ; dès le premier âge, préparer l'homme par l'instruction au développement des germes de moralité que la Providence a déposés dans l'ame humaine, pour son bonheur, sa dignité et son indépendance ; tel est le but que nous desirons atteindre. L'établissement d'écoles normales, sinon d'arrondissement, au moins de département, l'action des comités dégagée des entraves universitaires, le perfectionnement des méthodes d'enseignement et la distribution de bons livres élémentaires, sont les moyens qui nous paraissent les plus propres au succès de notre mission. Mais, pour les employer, nous avons besoin, Sire, de l'appui des lois et de la protection spéciale de votre Gouvernement.

Ce double secours ne nous manquera pas. Nous en avons pour garans les promesses de la Charte de 1830 et les vœux ardens de Votre Majesté.

Réponse du Roi.

« La loi sur l'enseignement public est actuellement soumise à la délibération des comités, afin qu'elle puisse être présentée aux Chambres à la session prochaine. Vous devez être certains que tous mes efforts tendront à faciliter votre tâche, à propager l'enseignement mutuel, ce grand moyen de répandre l'instruction dans les classes peu aisées de la société. Je recommanderai aussi d'augmenter autant qu'on pourra la distribution des livres élémentaires. »

Discours prononcé au nom de la chambre de commerce de Troyes.

SIRE,

La chambre de commerce est heureuse de vous offrir l'hommage de son respect et de son dévouement.

Toute la population manufacturière qu'elle représente, salue par des acclamations de joie votre présence en ces lieux.

Nous ne devons pas cependant vous cacher que ses ateliers ne se soutiennent que par d'immenses sacrifices ; le commerce est languissant et prêt à défaillir. Mais la sagesse de Votre Majesté et sa ferme résolution d'assurer le bonheur des Français raniment toutes les espérances....

Depuis vingt-deux ans, le canal de la haute Seine, où sont enfouis sans résultats plusieurs millions, est commencé. Son achèvement a toujours été l'objet de nos vœux et de nos besoins, et nous osons l'espérer de la bienveillante intervention de Votre Majesté.

Ce canal, si vivement desiré et si utile au commerce de notre département, combiné avec celui de la Loire, accroîtra les moyens d'approvisionnement de la capitale, en nous mettant en relation économique avec elle.

Sire, depuis long-temps nous sollicitons un entrepôt réel dans notre ville : sa position géographique, les villes manufacturières qui l'entourent, le rendent d'une utilité incontestable ; ses avantages se rattachent à ceux du canal, et ils sont tous soumis à Votre Majesté dans le Mémoire que nous la supplions d'accueillir avec bonté.

Réponse du Roi.

« Vous pouvez compter que ces objets seront examinés avec tout le soin possible, avec tout le désir de faire ce qu'il y aura de mieux pour la prospérité de la ville de Troyes en particulier et celle du pays en général.

Quant à la stagnation du commerce et au manque d'ouvrage dans les ateliers, j'en gémis le premier ; j'ai fait tous mes efforts pour que la crise que nous avons subie n'ébranlât pas la confiance ; je ne cesse de travailler à la rétablir. Vous savez aussi-bien que moi que ce qui maintient la confiance, c'est la sécurité, c'est l'ordre public. J'espère que ce résultat n'est pas éloigné. »

Discours prononcé par les députés de la ville d'Arcis.

SIRE,

Organes de la ville d'Arcis, nous venons vous offrir l'hommage de son respect et de son amour.

Cet empressement d'hommes libres a, pour un prince populaire, plus de prix que ces adulations de commande où la bouche n'est pas l'écho du cœur.

Nos concitoyens, émules de la France entière, ont salué avec enthousiasme la révolution de juillet : c'est après ces glorieuses journées, et dans l'intérêt de votre Trône, appuyé sur les institutions libérales que vous avez données, que s'est improvisée notre garde nationale, prête à défendre ce même Trône et ces mêmes institutions.

Sire, la paix est l'objet de nos desirs ; mais si jamais elle était troublée, vous seriez encore au milieu de nous ce que vous avez été dans les plaines de notre Champagne.

Votre voyage, Sire, a pour but de connaître les besoins et les vœux des peuples : nous avons dit nos vœux, nous allons vous dire nos besoins.

Des ruines attestent encore l'incendie de nos maisons en 1814. Cette grande secousse avait déjà ébranlé nos filatures et nos fabriques ; depuis, le mal s'est agrandi : l'ouvrier aujourd'hui est sans travail, le pauvre sans secours. Une dette considérable pèse sur notre ville, sans moyen de l'acquitter. De là l'impossibilité de propager l'instruction par l'établissement d'une école d'enseignement mutuel ; de là l'impossibilité de réparer le mauvais état de nos quais, et de rendre les chargemens et la navigation plus faciles.

Sire, cette fâcheuse situation réclame la sollicitude paternelle de Votre Majesté et la munificence de votre Gouvernement.

Nous redirons à nos concitoyens qui n'auront pu voir le Roi et ces jeunes Princes, espoir de la France,

que nous avons invoqué pour eux votre bienveillance, et que nous avons été écoutés avec intérêt.

Réponse du Roi.

« Je suis disposé à faire tout ce qui dépendra de
moi pour la ville d'Arcis-sur-Aube. Je sais tout ce
qu'elle a souffert, je connais les nombreux combats
dont elle a été le théâtre, tout ce qu'elle a souffert
pour soutenir notre indépendance et repousser l'invasion étrangère : ce sont des titres à la reconnaissance nationale. Je serai heureux si je puis adoucir
ses souffances. Mais j'ose lui répondre que quant aux
maux de l'invasion, elle n'en souffrira plus ; armés
comme nous le sommes, avec une garde nationale
comme la nôtre, nous n'avons plus à en redouter. »

Discours prononcé par le maire de Méry-sur-Seine.

SIRE,

J'ai l'honneur de vous offrir l'hommage du profond respect, de l'amour et de la fidélité de mes
concitoyens. C'est une bien douce satisfaction pour
moi, après longues années de fonction de maire,
d'être l'interprète de leurs sentimens auprès de
Votre Majesté, destinée à devenir le modèle des rois
de l'Europe.

Vous avez dit, Sire : La Charte désormais sera une
vérité. Ces paroles ont été comprises.

Toute la France s'est simultanément écriée : La
liberté et les droits publics sont assurés.

La nation attend avec confiance de votre concours des lois sages et répressives des désordres; elles mettront un terme au malaise général, elles tranquilliseront les esprits inquiets. Vous donnerez toujours des magistrats consciencieux, ayant le sentiment de leurs devoirs, chargés d'exécuter les lois, non avec la rudesse qui chagrine et éloigne les cœurs, mais avec la douceur qui les attire, en commandant néanmoins le respect et l'amour de l'ordre public.

Sire, il reste encore aux habitans de Méry des souvenirs douloureux de 1814, dont nous avons été les victimes malheureuses ; toutefois, nous sommes tous gardes nationaux pour vous défendre et soutenir l'honneur de la patrie.

La paix, nous la desirons; mais la guerre dont nous avons éprouvé plus que d'autres les fléaux, nous la ferons avec vous, courageusement et en déterminés, si la plus petite partie du territoire français était violée et nos libertés menacées.

Nos vœux pour vous, Sire, comme pour votre Famille, sont aussi sincères que notre joie de vous posséder est grande.

Réponse du Roi.

« Si pareil événement arrivait, vous pouvez compter que je serais le premier à faire un appel aux armes. Mais j'ai la confiance que cela n'arrivera pas. Au reste, je ne desirerai jamais la paix aux dépens de l'honneur et de l'indépendance nationale,

et surtout aux dépens de l'intégrité de notre territoire. Vous pouvez en être bien sûr. »

*Discours prononcé par la députation de Bar-sur-
Seine, venue à Troyes.*

SIRE,

Aujourd'hui que Votre Majesté visite une portion
de la grande famille dont elle est le père, la ville de
Bar-sur-Seine ne pouvait pas rester étrangère à
l'allégresse que fait naître dans tous les cœurs la
présence d'un Roi qui n'a accepté le Trône que pour
faire le bonheur des Français.

Le maire et le conseil municipal de Bar-sur-Seine
sont accourus à votre rencontre. Organes fidèles de
leurs concitoyens, ils prient Votre Majesté d'agréer
l'hommage de leur fidélité, de leur amour et de leur
dévouement.

Réponse du Roi.

« Je reçois avec un grand plaisir l'expression de
vos sentimens. Je regrette de n'avoir pu aller à Bar-
sur-Seine. Je vous prie de témoigner à vos habitans
combien je suis sensible à ce que vous m'exprimez
de leur part. »

Paris, le 4 juillet.

Journée du 2 juillet.

Le Roi et la Reine sont partis à onze heures trois quarts de Saint-Cloud pour Melun.

Dans la voiture de LL. MM. étaient Madame Adélaïde, les Princes et les Princesses, et les ministres de la guerre, des affaires étrangères, et du commerce et des travaux publics.

La gardes nationales de Charenton et les élèves de l'école d'Alfort attendaient LL. MM. à leur passage; elles ont été saluées de leurs acclamations.

A Maisons, à Villeneuve-Saint-Georges, à Montgeron, la garde nationale était aussi sous les armes.

LL. MM. ont été reçues à la sortie de la forêt de Sénart, limite du département de Seine-et-Marne, par le préfet et le général commandant le département.

Le Roi est monté à cheval à une demi-lieue de Melun. M. le duc d'Orléans, M. le duc de Nemours, et les ministres, étaient aussi à cheval.

La Reine, Madame Adélaïde, les Princesses, leurs dames d'honneur et les jeunes ducs d'Aumale et de Montpensier, se sont placés dans deux calèches découvertes.

Le 6ᵉ régiment de lanciers était en bataille à gauche de la route.

M. le maire s'est trouvé avec le corps municipal

34

à deux cents pas de la ville, pour complimenter Sa Majesté.

Le Roi et la Reine ont traversé la ville pour se rendre au champ de manœuvres, où devait avoir lieu la revue de la garde nationale.

Les rues par où LL. MM. ont passé étaient traversées de guirlandes de chêne qui soutenaient des couronnes de fleurs; partout des drapeaux tricolores et divers emblèmes. L'enthousiasme qu'ont montré les habitans était d'autant plus grand, qu'il s'adressait à toute la Famille royale.

Les gardes nationales de l'arrondissement de Melun et celle d'une partie de l'arrondissement de Provins s'étaient réunies au champ de manœuvres, au nombre de 8,000 hommes environ.

Le Roi et la Reine ont passé devant les lignes qui formaient un carré avec le 6e régiment de lanciers. LL. MM. ont été partout accueillies par les cris de *vive le Roi! vive la Reine! vive la Famille royale!* Le Roi a paru très-satisfait de la belle tenue de la garde nationale et de la manière dont elle a défilé. Un temps superbe favorisait cette revue.

Après la revue, LL. MM. sont rentrées en ville à cinq heures et demie; elles ont descendu à l'hôtel de la préfecture.

De jeunes demoiselles ont offert à la Reine une corbeille de fleurs.

Les plus jeunes élèves du collége ont adressé un compliment à M. le duc d'Aumale.

Le Roi a reçu, à la préfecture, les autorités de la ville, les maires des communes de l'arrondissement, les officiers de la garde nationale et les officiers du régiment de lanciers.

Une grande tente, soutenue par des mâts enveloppés de chèvrefeuille, avait été dressée dans le jardin pour le banquet ; elle était à jour et laissait voir la campagne traversée par la Seine.

LL. MM. ont admis à dîner avec elles les principaux fonctionnaires.

Après le dîner, LL. MM. se sont rendues au bal à la salle de spectacle, qui était ornée avec beaucoup d'élégance. Le bal a été ouvert par les Princes et les Princesses.

LL. MM. se sont retirées à onze heures.

Elles sont montées immédiatement en voiture pour prendre la route de Fontainebleau.

La garde nationale de Fontainebleau les attendait à l'entrée de la ville ; la population qui remplissait les rues faisait retentir l'air de ses acclamations. Toutes les maisons étaient illuminées.

LL. MM. sont arrivées à minuit au château.

Journée du 3 juillet.

LL. MM. ont reçu, après le déjeûner, les autorités de la ville, les officiers de la garde nationale et les officiers du 3e régiment de chasseurs.

De jeunes demoiselles ont offert des fleurs à la Reine et aux Princesses.

Le Roi est monté à cheval pour aller passer en revue la garde nationale et le régiment de chasseurs. La Reine et les Princesses suivaient dans une calèche découverte.

La garde nationale de l'arrondissement de Fontainebleau, s'élevant à 10,000 hommes environ, dans une très-belle tenue, étant rangée en bataille dans la grande avenue du château ; elle a défilé devant LL. MM. avec beaucoup d'ordre et de précision, aux cris mille fois répétés de *vive le Roi ! vive la Reine ! vive la Famille royale !*

LL. MM. sont parties de Fontainebleau à trois heures.

Elles se sont arrêtées à Essonne pour passer en revue la garde nationale de l'arrondissement de Corbeil, qui n'était ni moins belle ni moins bien exercée que celle de Fontainebleau ; elle se composait de 6,500 hommes. Elle n'a cessé en défilant de saluer LL. MM. de ses acclamations.

MM. le sous-préfet, le maire et le président du tribunal de 1re instance de Corbeil ont adressé au Roi des discours auxquels S. M. a répondu.

LL. MM. se sont arrêtées une demi-heure au château de Chantemerle, chez M. Feray.

Elles sont parties à sept heures et demie d'Essonne et sont arrivées à Saint-Cloud à onze heures.

AUDIENCE DU ROI.

M. le maire de Melun a prononcé, à l'entrée de la ville, un discours qui n'a pas été remis.

Voici la réponse du Roi :

« J'avais déjà été bien sensible à l'accueil que la ville de Melun et la population de ces contrées ont fait à mon fils, lorsqu'il est venu de ma part vous visiter au mois d'août dernier. J'ai bien regretté alors de n'avoir pu venir moi-même, et je me réjouissais de pouvoir enfin réaliser mes desirs, lorsque j'ai cru nécessaire d'abréger mon itinéraire, et de revenir à Paris plus tôt que je ne me l'étais proposé ; mais je me suis arrangé de manière à pouvoir revenir tout exprès pour témoigner à la ville de Melun combien j'avais de confiance dans son patriotisme, combien j'appréciais les sentimens qui l'animent et que vous venez de m'exprimer, puisqu'ils se rattachent à mon pays et à tout ce qui est cher à mon cœur. Tout ce que vous m'avez dit à cet égard m'a causé une vive satisfaction. C'est ce que j'ai éprouvé constamment dans le cours du voyage que je viens de faire, et j'ai bien joui des sentimens et de la confiance qui m'ont été témoignés partout. C'est la récompense de l'affection que j'ai toujours portée à mon pays. Je lui ai été dévoué dans tous les temps. Je n'ai jamais eu d'autre ambition que son bonheur, d'autre vœu que sa prospérité, d'autre desir que sa gloire et sa liberté. Aujourd'hui, appelé au Trône par la volonté nationale, ce ne sont plus seulement des vœux que j'ai à faire, ce sont des devoirs que j'ai à remplir, et je m'y consacre tout entier avec la ferme confiance que, forts de celle de la nation, nous mènerons le vaisseau de l'Etat à bon port ; nous le préserverons des agitations intérieures et du fléau de la guerre extérieure, en conservant à la fois et notre honneur et notre indépendance, et nos intérêts nationaux, franchement, loyalement assurés et bien défendus, et alors je n'aurai plus rien à desirer... »

Sa Majesté est interrompue par des cris de *vive le Roi !* prononcés par le corps municipal, et vivement répétés par la population qui l'entoure.

Discours prononcé au nom du conseils de préfecture.

SIRE,

Le conseil de préfecture de ce département vous présente, par mon organe, l'hommage de son profond respect.

Veuillez, Sire, l'agréer avec bienveillance.

Institué pour rendre la justice administrative qui, comme toute justice, émane du ROI, le conseil de préfecture s'efforce de remplir avec zèle et persévérance la tâche qui lui est imposée : il seconde ainsi, par son action et dans les limites de ses pouvoirs, les intentions bienfaisantes de Votre Majesté, qui veut que prompte et bonne justice soit rendue aux citoyens.

Aux lois sages et libérales que nous devons à la sollicitude éclairée de Votre Majesté viendra bientôt se joindre la loi départementale, et dans ses dispositions se trouveront, sans doute, de nouveaux développemens en faveur de l'institution déjà si utile des conseils de préfecture qui, comme toutes les autorités judiciaires, réclament la publicité de leurs séances dans l'intérêt bien entendu des justiciables.

Nous en formons le vœu comme magistrats; comme citoyens, Sire, nous joignons l'expression de notre dévouement et de notre vive gratitude à celle de tous les Français véritables amis de l'ordre et de la liberté qui, comme nous, savent apprécier le bien que vous avez déjà fait et celui qui est l'objet constant des pensées de Votre Majesté dans ses vues paternelles et patriotiques pour le bonheur et la prospérité de la patrie.

Réponse du Roi.

« Rien n'est plus conforme à mon vœu personnel que la publicité des séances de tous les tribunaux. Je crois que le public a le droit de savoir ce qui s'y passe, que c'est une surveillance salutaire pour les juges qui y siégent, que rien n'est plus propre à rectifier leur conduite, et à les déterminer à apporter dans l'exercice de leurs fonctions, l'attention, la surveillance et les scrupules qui doivent toujours les animer. La loi sur le conseil-d'état et la loi départementale se préparent en ce moment pour être sou-

mises aux Chambres. J'ignore encore quelles en
seront les dispositions ; elle ne pourront être définitivement arrêtées qu'après la discussion législative à
laquelle elles donneront lieu ; mais je ferai tous mes
efforts qur qu'elles répondent aux vues que vous
avez énoncées. Je vous remercie beaucoup de ce
que vous m'avez témoigné personnellement. »

Le discours prononcé au nom du tribunal de première instance de Melun ne nous a pas été remis.

Voici la réponse du Roi :

« Mon fils ne m'a pas laissé ignorer tous les sentimens que vous lui avez témoignés pour moi, à la
grande époque dont vous me rappelez le souvenir ;
elle me rappelle aussi tous les devoirs que j'ai con-
tractés envers la France ; je m'efforce de les remplir
tous. Je n'ai pas d'autre but. Comme vous l'avez dit,
c'est une justice que vous m'avez rendue, et je l'ai
entendu avec plaisir. Je n'ai d'autre vœu que le bonheur et la prospérité de la France, que de voir nos
institutions garanties par le règne des lois, par le
maintien de la tranquillité publique, et par la franche
exécution de ce que la nation a droit d'attendre de
mon Gouvernement. Je ne cesserai de faire tous
mes efforts pour répondre à son attente, pour continuer à obtenir d'elle la confiance dont vous me
donnez de si doux témoignages. Fort de son appui,
je n'ai pas de doute que nous ne parvenions à dissiper les orages qui pourraient s'élever, à triompher

des obstacles que nous pourrions rencontrer, et à assurer la continuation et l'accroissement de la prospérité publique. »

Discours prononcé par M. le maire de Melun au nom du conseil municipal.

SIRE,

Les membres du conseil municipal, aussi reconnaissans qu'ils ont été émus vivement de la bienveillance toute particulière des expressions de Votre Majesté, viennent vous offrir la nouvelle protestation de leurs sentimens de fidélité et de dévouement.

Réponse du Roi.

« Je remercie le conseil municipal de m'avoir mis dans le cas d'exprimer les sentimens dont mon cœur était rempli. J'en avais besoin pour vous témoigner à tous combien je jouis de l'accueil qui m'est fait, combien la confiance de la nation m'est précieuse. C'est elle qui peut me donner la force nécessaire pour accomplir la tâche que je me suis proposée, pour préserver la France du fléau de l'anarchie, pour garantir ses institutions de toute attaque et son honneur national de toute atteinte. »

Discours prononcé au nom de la Société d'agriculture.

SIRE,

Aux sentimens de respect, d'amour et de dévouement qu'elle partage avec tous les habitans de cette ville, la Société d'agriculture de l'arrondissement de Melun joint l'expression de sa profonde gratitude, pour l'intérêt dont Votre Majesté honore nos modestes mais utiles travaux.

L'agriculture, Sire, est le premier bien des peuples et le plus solide appui des États.

Alléger autant qu'il sera au pouvoir de Votre Majesté les souffrances qu'occasionnent le défaut des récoltes précédentes et l'avilissement du prix des laines; donner à la France le Code rural que réclament depuis long-temps nos besoins et nos progrès, tels seront, nous en sommes certains, les objets constans de votre sollicitude paternelle; et ces nouveaux bienfaits, Sire, ajouteront à la reconnaissance de ceux qui, comme nous, peuvent se glorifier d'être à la fois soldats, laboureurs et citoyens.

Réponse du Roi.

« J'ignore à quel degré est arrivé le travail du Code rural; j'en sens toute l'importance; mais il y a tant à faire, que nous ne pouvons pas nous flatter que cela aille aussi vite que je le desirerais. J'apprécie l'utilité des travaux de votre Société. Je désire qu'elle puisse perfectionner l'agriculture en elle-même, et surtout qu'elle puisse indiquer au Gouvernement les moyens par lesquels ce perfectionnement peut être obtenu. Le grand objet qu'elle doit se proposer est l'augmentation des produits et l'amélioration du sort des laboureurs. Je vois avec plaisir que cette année la récolte s'annonce bien. J'espère que la paix intérieure et la paix extérieure, en se consolidant, assureront de nouveaux débouchés à nos produits, et qu'alors le laboureur, comme la classe ouvrière, retrouveront toute l'aisance dont je desire tant les voir jouir.

Discours du Roi adressé à la garde nationale de Melun, lorsque les officiers ont été présentés à Sa Majesté.

« Mes chers camarades,

» J'ai vu avec une grande satisfaction la belle revue que vous m'avez offerte aujourd'hui. J'avais déjà prié votre digne commandant de vous exprimer combien j'en avais été satisfait, combien j'avais jouis de l'accueil qui m'a été fait, et qui est un sûr garant de la confiance que vous m'avez témoignée. La confiance que la nation m'accorde est le grand moyen par lequel je puis accomplir la grande tâche que j'ai entreprise. Si elle est pénible à beaucoup d'égards, sous d'autres, elle est bien satisfaisante, quand je vois que je suis récompensé de mes efforts par l'affection de mes concitoyens. Nous parviendrons, je l'espère, à assurer le maintien de l'ordre au-dedans, et à consolider la paix au-dehors. Mais si des attaques extérieures, que je ne prévois pas et contre lesquelles nous devons toujours nous tenir en garde, me plaçaient de nouveau dans vos rangs, nous les repousserions comme en 92. Je ne doute pas que, soutenu par

» votre patriotisme et votre valeur, nous ne parvîns-
» sions à obtenir de nouveaux succès, et à ajouter
» de nouvelles victoires à celles qui ont tant de fois
» illustré les armées françaises. »

Le maire de Fontainebleau a prononcé un discours qui n'a pas été remis.

Voici la réponse du Roi :

« Je reçois avec plaisir l'expression de ces sentimens. Personne n'est plus dévoué que moi à mon
pays, à la défense de ses institutions. C'est une assurance que je suis toujours empressé de renouveler.
Croyez que je suis charmé de me trouver à Fontainebleau, et que j'apprécie vivement l'accueil que j'y
reçois. »

*Discours prononcé au nom du tribunal de première
instance de Fontainebleau.*

SIRE,

Les bons rois n'ont pas à redouter le silence du
peuple : sans cesse occupés de ses besoins, des cris
de reconnaissance les attendent à leur passage.

Votre Majesté en a fait l'épreuve lorsqu'elle a parcouru les provinces de l'est de la France.

Partout même vœux, même confiance, même espoir. La grande Famille dont vous êtes le chef veut
l'ordre légal, seule garantie du maintien de nos institutions et d'une prospérité durable.

Elle se confie en vous, Sire, pour lui en assurer la
jouissance paisible.

Elle repousse ces théories mensongères qui, en promettant au peuple l'abondance et la liberté, ne lui apportent que la misère et l'anarchie.

La Charte de 1830, que nous avons jurée, contient tous les élémens de notre droit public ; nous ne devons pas les chercher autre part.

Quant à nous, Sire, chargés de rendre la justice en votre nom, nous montrerons toujours l'exemple de la soumission aux lois, et le Gouvernement de Votre Majesté nous prêtera la force nécessaire pour les faire exécuter.

Veuillez, Sire, recevoir avec bonté l'hommage du profond respect, de la fidélité et du dévouement des membres composant le tribunal civil de Fontainebleau, que j'ai l'honneur de présider.

Réponse du Roi.

« En effet, Messieurs, le voyage que je viens de faire dans les départemens de l'Est a été pour moi une source de grande satisfaction. J'y ai vu non-seulement l'excellent esprit, le patriotisme dont ces populations généreuses sont animées ; mais j'ai vu aussi qu'on y rendait justice à mes sentimens, à mes principes, à ma conduite, à mon amour constant pour mon pays et à mon affection pour la nation. J'ai reconnu qu'on y appréciait la manière dont j'avais envisagé le véritable intérêt de la France, que l'on concevait, comme vous l'avez dit, de quelle importance il était de ne pas se laisser égarer par la poursuite de ces vaines théories qui exposent au

danger de s'embarquer dans de fausses routes, et
d'arriver ainsi à des résultats diamétralement oppo-
sés à ceux qu'on aurait voulu obtenir. Ma longue
carrière ne m'en a présenté que trop d'exemples, et
plus j'en suis frappé, plus je desire concourir de
tous mes moyens à préserver mon pays du renouvellement de ces malheurs. Je veux assurer à la
France tous les avantages de la Charte de 1830, de
cette Charte purgée de ce qu'elle avait d'équivoque,
de ce qui pouvait prêter, soit à l'arbitraire, soit à
de fausses interprétations ; de cette Charte, enfin,
qui assure la liberté et le bonheur de la France sur
la base d'institutions stables, par lesquelles chaque
citoyen se trouve protégé dans la jouissance de ses
propriétés, dans le libre exercice de tous ses droits
civils et politiques, en même temps qu'elle assure
au Gouvernement la force nécessaire pour faire respecter les lois. C'est ainsi que la confiance pourra
se rétablir, que l'activité rendue au commerce et à
l'industrie procurera à la classe ouvrière l'aisance
qu'elle doit trouver dans son travail, et que la nation atteindra ce degré de grandeur et de prospérité
dont elle est susceptible, et dont je desire si vivement la voir jouir. »

Discours du tribunal de commerce de Fontainebleau.

Sire,

Appelés à rendre la justice au nom de Votre Majesté, nous joignons nos vœux à ceux des autres tri-

bunaux de commerce de votre royaume, pour la révision de nos lois commerciales.

Nous connaissons votre sollicitude pour adoucir les maux que la stagnation des affaires cause à vos sujets.

Daignez, Sire, recevoir, au nom du tribunal et des commerçans dont je suis l'interprète, les vœux que nous faisons pour que vous puissiez terminer ce que vous avez si glorieusement commencé, le bonheur de la France, inséparable de celui du Prince et de sa Famille, que nous révérons tous, et qui nous inspire le plus respectueux attachement.

Réponse du Roi.

« Je les reçois avec beaucoup de plaisir, et je vous en remercie au nom de la Reine, de ma sœur et de nos enfans, que j'ai été charmé d'amener à Fontainebleau, afin qu'ils pussent partager la satisfaction que j'éprouve de me voir entouré de cette excellente population.

» Vous savez combien je gémis des souffrances du commerce; je ne pourrais que vous répéter à cet égard ce que je viens de dire au tribunal de première instance. J'ai l'espoir que les ouvriers de vos manufactures retrouveront bientôt dans l'activité du commerce tous les avantages qu'ils ont le droit d'en attendre, et dont je suis si impatient de les voir jouir de nouveau. »

Discours prononcé au nom de la garde nationale
de Fontainebleau.

Sire,

Il était appelé de tous nos vœux, ce jour trois fois
heureux où la garde nationale de Fontainebleau peut
enfin, à son tour, faire éclater ses cris de joie, de reconnaissance et d'amour en présence de ce Roi
dont le peuple gardera aussi la mémoire ; car il est le
Roi selon nos cœurs, et nous avons salué son avénement comme le gage de notre sécurité présente et
le présage assuré du bonheur de nos enfans.

Sire, quand votre présence comble tous nos souhaits, puissent les expressions de nos sentimens toucher le cœur paternel de Votre Majesté pour y faire
naître le désir de venir quelquefois, entouré de cette
aimable Famille, cher et tendre espoir de notre belle
patrie, chercher au milieu de nos paisibles solitudes,
pleines de tant d'illustres souvenirs, le repos et les
délassemens si nécessaires après les fatigues inséparables d'un Trône sorti du sein des orages que vous
seul pouviez calmer.

Sire, toujours fidèle à la devise sacrée inscrite sur
le drapeau qu'elle tient de votre munificence, la garde
nationale trouvera dans son zèle patriotique assez de
forces et de moyens pour faire régner chez nous
l'ordre, la paix et la tranquillité ; mais si jamais les
étrangers, méconnaissant votre sagesse, étaient assez téméraires pour oser se mêler de nos affaires, si
un appel à nos bras vous semblait nécessaire, au pre-

mier signal vous nous verriez tous accourir, pour venger la patrie outragée.

Et moi, Sire, vieux soldat de Jemmapes, à qui la confiance de mes camarades procure aujourd'hui le bonheur d'être leur interprète, je voudrais les suivre encore; et, lorsque Votre Majesté guiderait nos nobles couleurs aux sentiers de la gloire et de l'honneur, je me croirais revenu à ce beau jour où je contemplais avec tant de plaisir le jeune et vaillant duc de Chartres, combattant pour cette liberté dont Louis-Philippe nous fera enfin jouir.

Oui, Sire, nous sommes amans passionnés de la liberté; mais c'est encore elle que nous croyons invoquer, en faisant retentir l'air de ce cri qui part de nos cœurs : *Vive Louis-Philippe, Roi des Français !*

Réponse du Roi.

« Mes chers camarades,

» C'est toujours avec un nouveau plaisir que je me vois entouré de la garde nationale, et que je puis lui manifester combien j'apprécie son zèle et son patriotisme, combien je jouis de voir le grand développement qu'a pris parmi nous cette admirable institution, qui couvre la France de ces milliers de soldats-citoyens dont le dévouement assure le maintien de l'ordre public dans l'intérieur, et la répression de ces agitations par lesquelles on cherche vainement à miner la liberté, à renverser nos institutions, et à détruire la prospérité publique, qui ne

35

peut être appuyée que sur leur conservation et le règne des lois. Mais ce n'est pas seulement par ses services dans l'intérieur que cette milice citoyenne se rend utile à la patrie ; c'est encore à elle que nous devons, au moins en grande partie, la considération dont le nom français est entouré aujourd'hui dans l'étranger ; car c'est par son existence et son organisation que toute invasion est devenue impossible. Si jamais on osait de nouveau tenter de nous envahir, des milliers de bras se lèveraient pour la défense de la France, et les armées étrangères, pressées comme dans un réseau par nos gardes nationales et par nos troupes de ligne, ne pourraient ni avancer, ni reculer, et succomberaient infailliblement sous les coups de nos phalanges patriotiques, au milieu desquelles je me serais empressé de me ranger avec tous mes fils pour partager leurs dangers, et concourir avec elles à attacher de nouveaux lauriers à ces drapeaux tricolores que nous avons repris avec tant de joie, et qui seraient pour nous le garant de nouvelles victoires. »

Ici le Roi fut interrompu par de vives acclamations, et Sa Majesté dit ensuite :

« Je suis bien touché, mon cher commandant, de tout ce que vous m'avez exprimé personnellement pour moi et pour ma Famille. Je vous remercie de n'avoir pas oublié le duc de Chartres, et je serai charmé de vous répéter encore souvent à Fontainebleau, avec quel plaisir je revois toujours mes anciens compagnons de Jemmapes. »

..(Nous rétablissons ici le discours de la cour royale
de Nancy et la réponse du Roi, dont l'insertion n'a
pu avoir lieu à sa date.)

*Discours adressé au Roi par M. le premier
président de la cour royale de Nancy.*

SIRE,

Au milieu des acclamations qui attestent la sympathie profonde des populations pour cette royauté
de juillet, si nécessaire à la France, si chère à tous
les cœurs, un même sentiment d'amour et de respect amène auprès d'elle les magistrats de la cour
royale, jaloux de renouveler entre les mains de
Votre Majesté les promesses de leur fidélité à votre
personne et à la dynastie féconde dont vous êtes le
chef.

Lorsque vous avez juré, Sire, de ne régner que
par les lois, et de puiser la force de votre Gouvernement dans la Charte rajeunie et rendue à la vérité,
vos paroles ont retenti dans le sanctuaire de la justice; elles y ont été acceptées comme l'interpréta-
tion légitime des vœux que la nation avait formés
le jour de sa victoire, et vous avez dû compter sur
le zèle sans bornes des magistrats, voués par conscience et par le génie de leur profession au culte
de l'ordre légal et au triomphe de son influence.

Déjà la France commence à recueillir les fruits
heureux de l'ascendant constitutionnel du pouvoir
de l'État. La guerre si menaçante pour la liberté, si

terrible pour les peuples, semblent s'éloigner de nos frontières, protégées par le drapeau de Valmy et par la formidable union du Trône et des citoyens.

Au-dedans, les dernières traces de nos discordes politiques tendent à s'effacer ; l'ordre public, objet constant de la sollicitude des tribunaux, s'associe de plus en plus à la liberté ; partout le bon sens des magistrats éclate, par leur unanimité à repousser les excès des perturbateurs.

C'est sous ces auspices, mais c'est seulement à ce prix, que s'ouvre devant nous la carrière des améliorations sociales ; la nation les attend avec confiance du règne de Votre Majesté ; elle sera heureuse et fière d'en devoir l'initiative à la sagesse du prince qu'elle a librement élu ; et vous, Sire, vous qui avez déjà tant fait pour le bien de la patrie, vous jouirez d'avoir cimenté pour jamais l'accord des deux grandes puissances qui survivront toujours en France, le peuple et la royauté.

Réponse du Roi.

« Mon desir a toujours été de voir la France régie par un gouvernement franchement constitutionnel. Je n'en connais point d'autre qui puisse être solidement établi, et je crois que si cette grande vérité n'avait pas été méconnue par ceux-là même qui avaient le plus d'intérêt à la reconnaître, ils se seraient épargnés de grands malheurs. Aujourd'hui que le vœu national m'a appelé au Trône, toute ma vie sera consacrée à faire jouir mon pays de ce grand bienfait. Je ne conçois de gouvernement possible que celui qui est identifié avec la nation. Le chef de l'État, comme tous les citoyens, ne doivent avoir qu'un seul et même intérêt ; le maintien des libertés publiques et la prospérité générale. Telle sera toujours la règle de ma conduite. J'accepte l'augure que vous me donnez. J'espère que nos institutions raffermies assureront à la nation la jouissance de tous les avantages qu'elle a le droit d'en attendre ; que la paix intérieure et la paix extérieure consolidées feront renaître la confiance, rendront à l'industrie toute son activité, et répandront dans les diverses classes de la société cette aisance dont je regrette qu'elles soient privées momentanément par la stagnation du commerce. Quant à moi, je ne forme qu'un vœu, c'est de voir la France aussi libre et aussi heureuse que mon cœur l'a toujours souhaité. »

Discours de M. le sous-préfet de Corbeil.

SIRE,

Les gardes nationales de l'arrondissement de Corbeil attendaient avec un impatient desir le moment où elles pourraient présenter à Votre Majesté l'hommage de leur attachement et de leur respect. Votre arrivée, Sire, comble leurs vœux.

Votre Majesté n'aura point oublié sans doute avec quel élan patriotique elles se portèrent à sa rencontre à Versailles, et avec quelle brûlante énergie se peignit, en passant devant elle, cette émotion encore palpitante qu'avait laissée dans les cœurs la révolution de juillet. Parmi ces vingt mille citoyens qui, de tous les points du département, venaient saluer Votre Majesté de leur unanime suffrage, ceux de l'arrondissement de Corbeil se présentaient avec une confiance plus empressée encore ; un lien de plus les rattachait à cette élection populaire : de leur sein était partie la voix qui, la première, exprima et traduisit si heureusement les besoins et les vœux de la France.

Sire, ils reviennent les mêmes aujourd'hui devant vous, car ils sont restés fidèles à cette religion du patriotisme qui jeta son brillant reflet sur les beaux jours de notre régénération politique. Ils reviennent et déposent devant vous, pour offrande onze mois d'une tranquillité parfaite, au milieu d'une population en grande partie ouvrière, mais qui connaît le prix de l'ordre et de la liberté.

Sire, le voyage que Votre Majesté achève a raffermi l'opinion, et sa portée est grande. Une pensée profonde se rattache à cette visite sur les champs de Valmy, où le Roi national de 1830 est venu rechercher les souvenirs patriotiques du jeune soldat de 1792. Les échos de la Lorraine et de l'Alsace nous ont renvoyé les paroles de Nancy, d'Épinal, de Strasbourg et de Mulhausen. Comme la voix de ces hérauts des temps anciens qui portaient dans leurs mains la paix ou la guerre, votre voix généreuse a retenti au-dehors et résonne encore au-dedans, et à ses nobles accens prononcés sur cette frontière

éminemment française et belliqueuse, nous avons
cru voir se lever la grande figure de la patrie rassu-
rée, criant sur les rives, aux Français : *Union*,
confiance, liberté, patrie ! à l'étranger : *Honneur,
indépendance nationale !*

Réponse du Roi.

« Toujours dévoué à mon pays, telle a été en
effet la devise de toute ma vie ; honneur, patrie, indépendance nationale, respect aux lois comme base
de la liberté ; respect par tous, car il faut que la loi
soit supérieure à tous, que tous les citoyens soient
assurés d'être protégés par elle ; que personne ne
rêve de s'élever au-dessus d'elle. C'est alors qu'elle
donne au Gouvernement la force qu'il doit avoir
pour remplir le but de son institution ; c'est alors
qu'il n'y a point d'arbitraire, que tout est soumis à
un régime uniforme, et que chacun jouit en paix
de la liberté et de la protection qu'il a droit d'attendre de la société. »

(S. M. est interrompue par des cris de *vive le Roi !*)

« Les souvenirs que vous me rappelez sont chers
à mon cœur. Il est vrai que j'ai revu les champs de
Valmy avec un nouveau plaisir, que je me suis re-
porté au temps où j'avais le bonheur de combattre
pour mon pays, et pour assurer son indépendance.
Ma vie entière est le gage qu'il n'y a rien en moi
qui ne soit français et national. C'est en consacrant
ainsi à mon pays toute l'affection, tout le dévouement dont je suis susceptible, que je puis me flatter

d'obtenir en retour quelque amitié et quelque affection de la part de mes concitoyens. »

De toutes parts : Oui, oui, nos cœurs et nos bras
sont à vous ? *Vive le Roi des Français !*

Discours de M. le maire d'Essonne.

Sire,

Vos fidèles sujets les habitans d'Essonne, heureux
de vous posséder parmi eux, saisissent avec empressement l'occasion de vous offrir par mon organe l'expression de leur attachement inviolable.

Sire, vous trouverez dans notre commune autant
de sujets dévoués que de citoyens remplissant les
devoirs qui leur sont imposés, avec le même zèle
qu'ils usent des droits qui se rattachent à ce glorieux
titre.

Loin de moi, Sire, la pensée d'attrister votre
cœur par le tableau de la stagnation de nos manufactures. L'intérêt que vous portez à la prospérité
de notre belle patrie nous est un sûr garant des
efforts que vous ferez pour y mettre un terme. Nous
plaçons toute notre confiance dans le Roi-citoyen
que nos vœux ont appelés au Trône.

Pour tout bon Français, les cris de *vive le Roi !*
vive la liberté ! sont désormais inséparables. Vive
le Roi !

Réponse du Roi.

« Rien ne m'est plus agréable que de recevoir des
émo gnages de confiance et d'affection de mes con-

citoyens. Je suis vivement touché de l'accueil qui
m'est fait dans la ville d'Essonne. Je jouis de voir
cette belle garde nationale dont l'existence est à la
fois le gage du maintien de l'ordre public dans l'intérieur et celui de la résistance à l'invasion, s'il était
possible, ce que je ne crois pas, que nous y fussions
de nouveau exposés. Mais si jamais les étrangers
étaient assez téméraires pour l'entreprendre, c'est
alors que la France, forte de sa milice citoyenne et
de sa brave armée de ligne, verrait des milliers de
bras se lever à l'instant pour défendre son honneur et
son indépendance nationale. C'est alors que vous me
verriez accourir pour combattre avec vous, et participer aux nouveaux succès que votre valeur et votre
patriotisme ne manqueraient pas d'obtenir. »

Discours de M. le maire de Corbeil.

SIRE,

La ville de Corbeil, qui se fait gloire de ne le
céder à aucun autre en patriotisme, est heureuse de
posséder Votre Majesté et d'avoir aussi l'occasion
d'exprimer ses sentimens au Roi-citoyen.

La Charte régénérée devient de plus en plus précieuse : les institutions dont elle est la base se
développent successivement au profit des libertés
publiques, et, depuis la chute du despotisme, le présent donne de la confiance dans l'avenir, parce que
les intérêts du Trône sont devenus les mêmes que
ceux de la nation.

Sire, malgré les avantages de sa situation, ce pays n'est pas exempt de la gêne commune. La population agricole supporte encore, quoique avec difficulté, les charges qui pèsent sur elle; mais la classe industrielle a beaucoup moins de ressources. Nous espérons, Sire, que la France, unie à son Roi, contribuera de toute son influence à faire cesser l'incertitude qui existe encore dans les affaires de l'Europe, et qui est la cause principale du malaise. Nous appelons de tous nos vœux une prompte et heureuse conclusion, non-seulement pour nous, mais pour les peuples amis qui excitent au plus haut degré notre intérêt et notre sympathie, et qui méritent si bien l'initiative que le Gouvernement de Votre Majesté a déjà pris en leur faveur. C'est alors, Sire, c'est quand un dénouement favorable aura consolé l'humanité et donné de l'avenir aux nations, que la France, sous l'égide des lois et de la royauté constitutionnelle, verra refleurir son industrie, son commerce et son agriculture, susceptibles encore de tant de développemens et d'améliorations.

Nous vous remercions, Sire, nous remercions Sa Majesté la Reine, et votre bien-aimée Famille de cette heureuse journée. Pleins de confiance dans la réciprocité de vos sentimens, nos vœux et notre respectueux attachement vous accompagneront toujours.

Réponse du Roi.

« Les souffrances de la classe ouvrière m'affligent profondément. J'espère qu'elles trouveront leur terme dans la cessation des agitations intérieures et dans la consolidation de la paix extérieure, objet de tous mes desirs et de tous mes efforts. C'est alors qu'aucun nuage n'obscurcira la jouissance que l'accueil que je reçois ici me fait éprouver ; et je puis vous assurer que cette jouissance n'est pas moins vive pour la Reine et pour toute ma Famille. »

Discours prononcé au nom du tribunal de première instance séant à Corbeil.

SIRE,

Les membres du tribunal de Corbeil viennent offrir à Votre Majesté l'hommage de leur respect et de leur fidélité.

Investis d'une portion de l'autorité publique, les magistrats savent tout ce que son exercice a de pénible, au milieu des intérêts qui se combattent, des passions qui s'agitent ; et ils sont persuadés, Sire, qu'en acceptant le Trône, vous avez, par une généreuse abnégation de vos goûts et de votre repos, sacrifié votre existence entière au salut de la France. Ce dévouement absolu à notre pays, le caractère de sagesse et de loyauté imprimé à tous vos actes, la protection que vous accordez également à tous les droits, excitent au plus haut degré notre reconnaissance.

Daignez, Sire, en recevoir le témoignage, et compter sur notre zèle à seconder vos nobles efforts ; heureux si, au moyen d'une distribution impartiale de la justice, d'une répression énergique des atteintes portées à l'ordre social, nous contribuons à maintenir l'exécution des lois, et à prouver que *le règne de la liberté est compatible avec la paix et la prospérité publiques.*

Agréez cette expression sincère de nos sentimens pour Votre Majesté et des vœux ardens que nous formons pour le bien de notre patrie. Permettez-nous, Sire, de vous entretenir de cette population empressée de jouir de votre présence et de celle de votre auguste Famille. Il n'en est point de plus laborieuse, de plus amie de la tranquillité. Malgré l'interruption des travaux, la gêne qui en est résultée, elle est restée fidèle à ses devoirs envers la société, et nous pouvons attester que les délits soumis à notre juridiction n'ont augmenté ni en nombre ni en gravité. Cet éloge, Sire, ne manquera pas de satisfaire votre royale sollicitude.

Réponse du Roi.

« C'est, en effet, une circonstance bien honorable pour la classe ouvrière, que la diminution des délits au milieu des privations qu'elle éprouve. C'est aussi pour moi une consolation, parce que cette circonstance me confirme dans l'espérance que ses souffrances ne seront pas de longue durée. Lorsque toute une population en apprécie aussi bien les causes ; lorsqu'elle ne se laisse aller à aucun écart, à rien qui puisse manifester, soit sa colère, soit sa mauvaise humeur, soit surtout son erreur, ou son illusion sur ce qui occasionne le malaise dont elle souffre, on doit doublement espérer que ses plaies ne tarderont pas à se cicatriser. Ainsi que je viens de le dire à M. le maire de Corbeil, l'objet de mes efforts est d'arriver le plus promptement possible au terme de ces souffrances par la consolidation de la paix intérieure et de la paix extérieure. C'est là ce que je desire bien vivement, et ce à quoi je me flatte de parvenir. Je vous remercie de tous les sentimens que vous m'avez exprimés ; ce sont pour moi des encouragemens dans la carrière où je suis engagé. Ne connaissant que les intérêts de mon pays, faisant abnégation de moi-même, étant toujours prêt à faire, dans tous les sens, tous les sacrifices qui pourraient être nécessaires pour assurer le bonheur, la grandeur et la prospérité de la France, ce n'est qu'en atteignant ce but que j'obtiendrai la récompense de mes travaux, et je n'en veux pas d'autre. »

LE 3 JUILLET a été le dernier jour du second voyage du Roi. Partout, comme à la Saint-Philippe, aux grandes revues et dans le premier voyage, les populations des villes et des campagnes se sont empressées au-devant de Sa Majesté, et l'on ne saurait rendre avec quelle ardeur elles ont rivalisé de joie, de vives acclamations, de sentimens de vénération, d'amour et de dévouement, que les corps constitués ont ensuite exprimés, au nom des administrés, dans des discours remarquables.

Et quelle confiance, quelles espérances ne com-
mandent pas les paroles improvisées et adressées
par le Roi au corps diplomatique (M. le nonce ayant
porté la parole), aux autorités administratives, civiles, militaires, au clergé, aux recteurs ou principaux de colléges, aux corps et sociétés académi-
ques, agricoles, industrielles, commerciales, et à
MM. les consuls étrangers résidant au Hâvre, et
s'exprimant par l'organe de leur doyen!

Ainsi, dans ces deux voyages de Sa Majesté, tous
les sentimens nationaux, les plus hautes garanties
royales (*), auront été consacrés dans des harangues

(*) Entr'autres réponses on aime à répéter quelques frag-
mens de celles que le Roi a adressées :

A MM. les officiers de la garde nationale de Strasbourg.

« Le Roi est inséparable de la royauté ; vouloir l'en sé-
» parer serait l'acte d'un mauvais citoyen, et il n'y en a pas
» parmi vous. Je repousserais de toute la chaleur de mon
» ame une tentative de ce genre. »

A M. le maire de Colmar.

« Je suis trop heureux de penser que ma conduite m'a
» mérité tant de confiance ; que c'est à mon patriotisme bien
» connu, à mon amour de la liberté, de la véritable liberté,
» que j'ai dû l'honorable appel de la nation. »

Combien d'autres citations n'aurions-nous pas à faire res-
sortir ! aussi regrettons-nous de n'avoir pu mettre chaque
famille en possession d'une collection où les intentions du
Souverain sont exprimées d'une manière si franche et en
même tems si rassurante contre toutes les trames ultérieures
ou suggestions d'esprits agitateurs et malveillans !

et des réponses dont la lecture répand dans l'ame les plus douces émotions, et l'on chercherait en vain dans les annales françaises une époque plus caractéristique de la véritable sympathie qui partout s'est manifestée entre les citoyens et le monarque accouru pour s'enquérir de leurs besoins et de leurs vœux, accompagné de deux de ses fils et de deux ministres qu'on a remarqués sans cesse occupés de recueillir les promesses royales dont la réalisation ne se fera sans doute pas attendre. (M. le Maréchal Soult, duc de Dalmatie, ministre de la guerre, et le comte d'Argout, ministre du commerce et des travaux publics.)

Après l'heureuse et glorieuse révolution de 1830, qui aura valu à la France le meilleur des rois et une nouvelle Charte constitutionnelle qui sans doute va être suivie, non-seulement du complément des institutions et des lois textuellement énoncées dans son article 69, mais encore de toutes celles que réclame si impérieusement l'administration intérieure, sous le rapport d'organisation, d'ordre et d'économie, la postérité n'aura qu'à redire du premier Roi des Français :

Ainsi s'exprimait et gouvernait Louis-Philippe Ier, Roi des Français, citoyen-soldat et père de la patrie.

Paris, le 12 juillet 1831.

Un électeur du département de la Seine, ancien fonctionnaire.

www.ingramcontent.com/pod-product-compliance
Lightning Source LLC
Chambersburg PA
CBHW070347030726
47504CB00001B/92